CHRISTOPHE BIGOT

L'HYSTÉRICON

roman

nrf

GALLIMARD

À Jocelyn, loin des yeux mais jamais loin du cœur.

— [...] Mais je voudrais savoir à qui madame Oisille donnera sa voix.

— Je la donne, dit-elle, à Simontault, lequel je sais bien qu'il n'épargnera personne.

— Autant vaut, dit-il, que vous mettiez à sus que je suis un peu médisant ? Si ne lairrai-je à vous montrer que ceux que l'on disait médisants ont dit vérité.

MARGUERITE DE NAVARRE
L'Heptaméron.

PROLOGUE

Faites un effort d'imagination. Une grande maison bourgeoise, façon Deauville ou Dinard, au bout d'une langue de terre. Vous voyez ça d'ici. Non ? Deauville *ou* Dinard, dites-vous ? Normandie *ou* Bretagne ? Bretagne, plutôt. Quelque part en Côtes-d'Armor ou dans le Finistère. La précision n'a guère d'importance. Du moment qu'on a les rochers découpés, les vagues furieuses, l'atmosphère vaguement légendaire, tout va bien.

Ce qui est crucial, en revanche : notre demeure est fortement isolée.

Oui, cela vous rappelle sans doute quelque chose. Agatha Christie. Chateaubriand. Daphné Du Maurier ou Scooby-Doo. Peu importe qui ou quoi. Si vous frissonnez agréablement et éprouvez le désir de mettre un gros pull ou de faire un feu de cheminée, c'est que vous êtes dans la bonne direction.

L'isthme qui relie cette maison à la terre ferme est ponctué de quelques dizaines d'autres propriétés, de part et d'autre de la route. Mais la maison qui nous intéresse est toute seule à trôner au bout de la petite presqu'île, au centre d'un jardin à l'anglaise. Cette appellation doit elle aussi susciter certaines visions, toutes bienvenues : arbres résineux, massifs de fleurs, vallonnements et rocailles.

Au fond du jardin, un mur d'enceinte, percé par une poterne. Un escalier en colimaçon est creusé dans la muraille. L'air du large et les embruns s'y engouffrent en tourbillonnant. Au bout du colimaçon, le promeneur, depuis quelques marches aveuglé par la lumière du jour, après avoir tâtonné avec inquiétude dans le noir, débouche sur une grille en fer rouillé. De l'autre côté de la grille, à une quinzaine de mètres en contrebas, c'est la plage. On y accède par un nouvel escalier taillé dans le rocher. Très raide. Il faut s'appuyer à une rampe tellement oxydée qu'elle branle et se détache par morceaux. À marée haute, la plage est recouverte par les eaux. Si l'on veut se baigner, il faut plonger des rochers émergés.

Terminons d'inventorier les lieux. S'il est plus tard besoin de se représenter les scènes du récit, on pourra se reporter avec profit à ces indications. On a coutume de les justifier, en disant qu'elles sont peut-être fastidieuses, mais à coup sûr nécessaires. Nous nous contenterons de promettre que, dans la grande mesure du possible, la suite n'en comptera pas d'autres.

À proximité de la maison, un mini-centre commercial. Il comprend : une supérette / dépôt de pain / kiosque à journaux. Un marchand de glaces et de gaufres fermé hors saison. Une pharmacie.

Un bus dessert la presqu'île deux fois par jour en hiver, quatre fois par jour en été, depuis la gare routière de la ville adjacente, H***. Étant donné le mauvais état de la route, il faut compter une grosse demi-heure pour atteindre le dernier arrêt, à quelques dizaines de mètres de la façade de notre maison.

14

La maison elle-même est composée d'un seul corps de bâtiment, sur trois étages. Au rez-de-chaussée, un cellier rustique. Une salle à manger à ogives néogothiques, dont la baie vitrée donne sur le jardin. Une cuisine à l'ancienne, dans laquelle on mange généralement, autour d'une grande table en chêne rectangulaire, flanquée de deux bancs. La porte vitrée de la cuisine s'ouvre sur un potager. Artichauts, fraises, haricots et plants de tomates.

Aux étages, des chambres et des salles de bains. Bien entendu, les plus belles chambres, à raison de deux par étage, sont celles qui ont vue sur la mer. Mais une seule chambre dans toute la maison peut mériter le nom de *suite*. Elle est située au deuxième étage. Elle est composée d'une sorte de boudoir, d'une vaste chambre et d'un cabinet de toilette.

Il est à présent grand temps de peupler ce décor désertique.

Pendant toute la durée de notre récit, la suite qui vient d'être mentionnée sera habitée par le petit-fils de la propriétaire des lieux, laquelle habite Bordeaux en résidence principale, c'est-à-dire neuf mois sur douze. Retenez bien son nom. Ce jeune homme s'appelle Jason Cailleteau. Il est le personnage moteur de notre récit. À défaut d'en être le héros.

*

Jason termine une licence de lettres à l'université de ***.

Au printemps, il a proposé à plusieurs de ses camarades de venir profiter de la demeure familiale sitôt les écrits terminés.

La fin des examens coïncidant avec un week-end prolongé et des prévisions météorologiques radieuses, Jason et neuf de ses amis ont pris des billets de train pour H***. Mais — faut-il ajouter *malheureusement* ou *heureusement,* on laissera chacun se faire une opinion, *heureusement* pour notre récit et les acquis sociaux, *malheureusement* pour les *malheureux usagers* — ce fastueux week-end, effectivement très ensoleillé, même dans le quart nord-ouest, a concordé avec le début d'une grande grève dans les transports et la fonction publique.

Le jour du départ de Jason et de ses amis, il y a bien eu quelques retards et suppressions de train. Quelques scènes pénibles de cohue. Quelques râles et insultes sur les quais bondés. Mais rien de compromettant pour le week-end projeté, en définitive.

Quatre jours plus tard, en revanche, la situation avait bien changé. Nos jeunes gens, à peu près coupés du monde pendant la durée de leur séjour, ont compris qu'ils ne pourraient pas rentrer chez eux comme ils l'avaient prévu. Le bus qui devait les conduire à la gare n'est pas passé. Ils ont alors tenté de faire du stop. Mais leur aspect troupeau de moutons — de moutons chargés de volumineux sacs à dos, qui plus est — a découragé les rares voitures. Il paraît, soit dit entre parenthèses, que les auto-stoppeurs sont une espèce en voie de disparition, en raison d'une pénurie croissante de citrouilles transformables en carrosses. Tout cela aurait pour cause première la consommation abusive de faits divers sanglants par la population. L'automobiliste serial killer le disputerait désormais à l'auto-stoppeur psychopathe dans l'imaginaire collectif, paralysant tout élan spontané des parties concernées sur les routes de France.

Mais revenons à nos moutons.

Comme le bus devait arriver avec deux heures d'avance

sur l'horaire du train, les moutons en question se sont dit qu'ils avaient le temps de marcher. Hélas, une fois arrivés à la gare, les uns seulement bien échauffés par leur marche sportive, toniques, le regard brillant et les joues roses, les autres écarlates et suants, les épaules meurtries et les poumons sifflants (on aura reconnu les chétifs et les fumeurs), nos protagonistes ont découvert un hall rempli de voyageurs consternés, et un panneau d'affichage vide de toute annonce hormis celle-ci :

En raison d'un mouvement social, pas de train jusqu'à nouvel ordre.

Après quelques jurons bien sentis, coups de pied donnés dans les valises, tentatives dérisoires pour *obtenir des informations au guichet, demander aux autres voyageurs ce qu'ils comptent faire*; après des déclarations aussi vaines et intempestives que : «Moi j'ai b'soin d'boire un café», «Moi faut que j'fume une clope», «Moi-j'-reste-pas-ici-quoi-qu'il-arrive-j'me-casse», «Moi-putain-ils-ont-intérêt-à-me-rembourser-mon-billet-ou-j'leur-colle-un-procès-au-cul», nos étudiants ont fini par acheter les journaux. Chose qu'ils n'avaient pas faite depuis leur arrivée en Bretagne.

Ils ont découvert la gravité de la situation, se sont assis sur leurs sacs à dos, et ont commencé à se concerter sur la suite des événements.

Jason a fait remarquer qu'ils étaient pour ainsi dire en vacances et qu'il n'y avait aucune urgence à rentrer. Il a ajouté «pour ainsi dire» afin de ménager l'ego saignant du seul garçon de la troupe qui n'est pas étudiant, mais, comme nous allons le voir, chômeur. Il leur a proposé de prolonger leur séjour sur la presqu'île. Ou pour le moins d'y passer la nuit, de manière à voir venir.

La proposition a été assez bien accueillie, en dépit de

quelques grincements de dents, et d'un désagréable «voir venir quoi?», dont la paternité n'a pu être attribuée.

Après avoir dîné dans une crêperie près de la gare, de manière à refaire leurs forces, nos protagonistes ont courageusement repris leurs sacs à dos et sont arrivés à bon port — c'est-à-dire à leur point de départ — peu avant minuit. Disons-le tout de suite, ils sont là pour toute la durée du récit.

Mais il est temps de présenter individuellement nos dix souris de laboratoire.

*

De *Jason Cailleteau,* nous avons déjà dit quelques mots. Ce jeune homme brillant, infatigable et parfois fatigant, qui a obtenu les meilleurs résultats de sa promotion aux partiels de février, a le tempérament d'un meneur. Ancien chef scout, il aime donner des ordres, proposer des activités, monopoliser la parole. En bref, organiser le bien-être de la collectivité, à condition qu'elle lui en soit un minimum reconnaissante. Jolie tête de dandy bouclé, qu'on laissera au lecteur le loisir d'imaginer. Beaucoup de grâce et de volubilité. Voilà qui suffira pour le moment.

Ludivine Nattier, dite *Ludi* par ses proches, et *Divine* par son compagnon, est notre deuxième souris. Quand nous disons *deuxième,* nous ne suggérons pas que l'ordre de présentation relève d'une quelconque préméditation, ou soit doté d'une quelconque signification. Les souris surgissent de leur nuit bretonne de manière aléatoire, les unes après les autres, à la va-comme-je-te-pousse.

Ludi est une amie d'enfance de Jason. Cette jolie jeune femme est blonde, de préférence, possiblement rousse, et quoi qu'il en soit blanche et fragile de peau. Idéaliste (c'est elle qui le dit), elle étudie la sociologie sur le même campus que Jason, mais songe à tout plaquer pour faire de l'humanitaire, rejoindre une association ou un parti politique, *elle ne sait pas encore.* Fille de riches industriels, quelque peu complexée par ses origines sociales, elle compense en se disant *rouge,* en fumant des cigarettes roulées et en portant un keffieh en toute saison.

Hugues Simoneau est le petit ami de Ludivine. Il a quatre ans de plus qu'elle, soit vingt-cinq ans. Il n'a pas fait d'études, et se trouve actuellement au chômage (oui, c'est lui le chômeur, les autres n'étant peut-être, après tout, en bons étudiants incertains de leur avenir, que des graines de chômeurs). Il a précédemment travaillé dans une célèbre chaîne de fast-food. Lors de la dernière grève que ladite chaîne a connue, il a poussé à bout la patience de son *manager* en montant sur les tables neuves avec ses croquenots, pour mieux haranguer ses camarades. Il a été licencié officiellement pour *dégradation de matériel.* Il a rencontré Ludivine deux ans auparavant, alors qu'il était payé par un institut de sondage pour poser des questions aux gens sur le thème de l'hygiène dentaire. C'est un garçon séduisant, pour qui aime le genre rude : mâchoire carrée, traits saillants, musculature sèche et mains noueuses.

Amande Thiers est ce qu'on appelle d'ordinaire, avec une vulgarité qui a l'avantage d'être explicite, une *bombe.* Libre à chacun de se la représenter blonde ou brune. En revanche, il est impératif, si l'on veut ne pas trahir son type, de l'imaginer souple, pulpeuse, languide, coiffée d'un foulard de couleur vive, et avec un piercing dans la narine droite. Douée mais paresseuse, comédienne à ses heures, ce qui nuit fortement à son assiduité à la fac, elle est voisine de Jason à la résidence universitaire. Elle a sympathisé avec lui pendant l'année, notamment en vue de lui emprunter ses cours et de lui faire faire ses exposés.

Amande appartient à un genre bien connu : celui des filles qui font sensation quand elles entrent dans un amphithéâtre, une salle de spectacle ou même un supermarché, suscitant haine torrentielle ou dévotion extatique. Comme chacun a bien connu une Amande Thiers dans sa vie, nous laisserons au lecteur le soin de compléter le portrait.

Karen Letort ne posera pas davantage de problèmes de représentation, quand on aura expliqué qu'elle est, depuis le lycée, la *meilleure amie* d'Amande Thiers. Tout le monde a connu la meilleure amie d'une Amande Thiers. Mais tout le monde n'est pas capable de s'en souvenir avec exactitude. Et pour cause. C'est la même jeune fille qu'Amande Thiers, mais dans sa version ratée, inachevée, inodore et sans saveur. La copie pâlichonne d'un Warhol rutilant. Résultats scolaires en léger retrait, postérieur plus saillant et moins bien dessiné, vêtements de marque et de qualité comparables, mais moins seyants, et moins bien assortis. Avec cela, de la régularité sans beauté, de la méchanceté sans esprit, de la gentillesse sans grandeur et confinant à la niaiserie. En bonne suiveuse, elle fait comme Amande une licence de lettres. Elle non plus sans conviction ni projet d'avenir, mais sans même l'espoir d'un casting qui la sauvera de l'anonymat.

Yvon Rétamier appartient lui aussi à un type bien connu. Selon les termes consacrés, il est le *beau gosse* de la fac, tout comme Amande en est la *bombe*. Avec sa grande taille, ses yeux charbonneux et ses dreadlocks terminées par des grelots, il est devenu en moins de temps qu'il ne faut pour le dire *la coqueluche de la fac*, après avoir été *l'idole du lycée* et *la star du collège.* Étudiant en histoire et en arts du spectacle, il a connu Amande et Jason lors des soirées organisées par le club cinéma. Tous les étudiants du campus connaissent Yvon, au moins de vue, pour l'avoir croisé dans des réunions politiques, au club ciné qu'il co-anime, ou bien en train de jongler torse nu avec des noix de coco vides, sur les grandes pelouses qui séparent les bâtiments lettres et sciences, accompagné à la flûte à bec et au djembé par quelques admirateurs mystiques convaincus de revivre Woodstock.

Notre septième protagoniste, *Cédric Orvet*, est depuis le collège le *meilleur ami* d'Yvon, exactement de la même manière que Karen est la *meilleure amie* d'Amande. D'origine coréenne, adopté durant sa petite enfance par un couple d'informaticiens, Cédric est étudiant dans une école d'ingénieurs. C'est un garçon jovial mais complexé. Le lecteur a pu voir des versions américaines de ce stéréotype dans des comédies d'un goût douteux, dites *teen movies*. Comme ses parents sont fortunés, Cédric possède une voiture, qu'Yvon lui emprunte souvent. Un appartement en ville, qu'Yvon utilise pour organiser des *teufs géantes*. Un compte en banque bien fourni, dans lequel Yvon puise pour s'approvisionner en substances diverses auprès de son dealer. En retour de ces bons et loyaux services, Cédric se voit proposer par Yvon tous les *bons plans* en matière de soirées, de filles et de week-ends à Amsterdam ou à la mer. C'est ce qui explique qu'il fasse partie des invités de Jason, alors que celui-ci ne le connaît guère et n'a pas été très enthousiasmé par sa venue, au départ. La présence de Cédric ayant été annoncée comme la condition expresse de celle du bel Yvon, la sensuelle Amande, secondée par la jalouse Karen, a travaillé Jason au corps, et a finalement obtenu satisfaction.

Bathilde de Ganze est une autre amie d'enfance de Jason.

Elle fait des études de droit. Le stéréotype dont elle relève — on l'aura compris à son nom, qui est à lui seul tout un programme romanesque — est celui de la *jeune fille rangée*. Stéréotype moins anachronique qu'on pourrait le croire, surtout dans certains milieux insensibles au passage du temps. On reconnaîtra d'ailleurs mieux Bathilde sous le sobriquet usuel et odieux de *catho coincée*.

Bathilde est très attachée à Jason. Leurs deux grand-mères, qui étaient dans le même club de lecture, leur ont toujours prédit qu'ils finiraient par se marier. Bathilde connaît également Ludivine, autrefois scolarisée dans le même institut religieux qu'elle. Mais les deux jeunes femmes ne s'apprécient pas, et c'est un euphémisme. La première, parce qu'elle juge Jason trop proche de la seconde. La seconde, parce que sa camarade lui renvoie l'image du milieu dont elle s'est péniblement affranchie. Explications grossières, mais provisoirement suffisantes. Bathilde est tout sauf laide et sotte, n'en déplaise à certains. Elle est assurément jolie, très jolie même (d'aucuns rajouteront perfidement *dans le genre élevé au bon grain*). Enfin, c'est un esprit rigoureux et pénétrant, quoique peu ouvert, et sujet à quelques accès de mysticisme.

Mourad El Amrani, également étudiant en droit, s'est rapproché de Bathilde au cours de l'année de licence. Comme il la redoutait vaguement raciste, il a surjoué pour elle le côté *bon-Arabe-modèle-d'intégration-meilleur-étudiant-de-sa-promotion*, de façon à pouvoir déjeuner au restaurant universitaire à la même table qu'elle et que Jason, qu'il trouve irrésistible. Mourad est aussi beau et intelligent que possible. C'est-à-dire beaucoup, et plus encore. Originaire d'une *banlieue défavorisée*, fils d'un virulent caricaturiste tunisien devenu routier et d'une femme au foyer, tous deux réfugiés politiques depuis le début des années quatre-vingt-dix, environné d'une ribambelle de frères et de sœurs, Mourad a le démon de la réussite et le diable au corps. Il accumule les palmarès dans le domaine universitaire comme dans celui de la séduction. Certains le jugent requin, d'autres se contentent de dire qu'*il ira loin.*

Notre dernière souris a nom *Corinne Geminiani.* Corinne est la petite-fille de la femme de ménage de M. et Mme Cailleteau, les parents de Jason. La mère de Corinne est morte d'une overdose quand Corinne avait six ans, et c'est sa grand-mère qui l'a élevée depuis, dans un deux pièces jouxtant le vaste appartement familial des Cailleteau. Jason a toujours eu à cœur de montrer à Corinne, contre l'avis de ses propres parents, qu'il ne la considérait pas comme une enfant différente *au prétexte que sa mère était une putain droguée, qu'elle n'avait pas de père, et qu'elle était pauvre.* C'est ainsi que Corinne a toujours été invitée aux goûters d'anniversaire de Jason, et qu'il la considère comme une cousine, et certains bons jours comme une sœur, surtout depuis qu'elle a obtenu son bac littéraire avec mention. Mais comme elle triple actuellement sa première année de philosophie (la seule chose qui l'intéresse, c'est Freud, et elle a découvert trop tard que c'est en *psycho* qu'elle aurait dû s'inscrire pour aborder à fond son auteur culte), elle se trouve de nouveau bien démunie face à son brillant camarade. Quand on aura ajouté que Corinne est psychiquement torturée, et dotée d'un physique peu conforme aux canons anorexiques en vigueur, on aura été assez prolixe.

*

Avant d'entamer notre récit, et afin de permettre aux lecteurs de digérer toutes ces informations sur nos protagonistes, un ultime avertissement.

Il va sans dire que toute ressemblance desdits protagonistes avec des personnes de la vie réelle ne serait pas fortuite. Nos jeunes gens sont suffisamment stéréotypés pour paraître familiers à tout un chacun. Mais, bien entendu, toute ressemblance ne serait jamais qu'une ressemblance. Ces personnages, en effet — les éventuels homonymes doivent impérativement s'en persuader —, ne sont que des êtres de papier!

Il va également sans dire que la charge n'exclut pas la nuance, à condition que celle-ci ait le temps de s'immiscer dans le récit. Patience, donc, à ceux qui trouveraient la satire un peu voyante, et revenons-en à la mise en place de l'expérience.

Cette expérience, disons-le tout de suite, ne se propose la vérification d'aucune hypothèse. Certes, on pourrait être plus particulièrement sensible à la manière dont la *lutte des classes* conditionne l'évolution des rapports humains dans un microcosme donné. Mais cette fameuse lutte des classes se complique, chacun le sait, de la *lutte darwinienne* entre les forts et les faibles. Laquelle ne recoupe pas nécessairement celle des riches et des pauvres! Et il faut encore ajouter à cela la lutte plus ou moins déclarée des garçons contre les filles (nom de code : *domination masculine*). Des filles contre les garçons (qu'il est impossible de réduire au *Mouvement de Libération des Femmes*). Des filles contre les filles (connue sous l'appellation de *catfighting*, ou plus vulgairement de *crêpage de chignon*). Des garçons contre les garçons (dite *émulation entre mâles* ou, horreur, *concours de bites*).

La liste peut s'allonger indéfiniment : gauchistes contre

droitiers, fumeurs contre non-fumeurs, lève-tôt contre lève-tard, *coincés* contre *cool*, enfin mille autres facteurs et antagonismes, attractions et répulsions, batailles ouvertes et conflits larvés, dont les catégories pourraient se décliner à l'infini.

Après tout cela, il faudrait encore rappeler les inévitables clauses additionnelles :

Premièrement, le fait que les forts peuvent à tout moment se révéler faibles, et les faibles forts.

Deuxièmement, la maxime selon laquelle les apparences sont souvent trompeuses (variante : «L'habit ne fait pas le moine»).

Troisièmement, l'existence désormais avérée de l'inconscient, lequel nous joue des tours en s'exprimant à notre place.

Quatrièmement, enfin, l'espoir, à défaut d'être une certitude, que le libre arbitre n'est pas seulement une vaine chimère pour philosophes idéalistes !

Au bout du compte, les rapports humains ne sont-ils pas trop nébuleux pour que l'on puisse espérer y voir clair ? Plutôt que de répondre à une question aussi difficile, nous laisserons la porte de la cage entrouverte. Nous nous contenterons d'observer nos animaux de laboratoire, sans déterminer à l'excès leurs actions et leurs comportements. De cette façon, nous espérons nous laisser surprendre par eux. Nous les regarderons se côtoyer et se découvrir. Briser leur moule. S'affranchir de leurs carcans. Éroder les contours stéréotypés de leur silhouette. Bref, prouver qu'ils ne sont pas seulement, ni même du tout, des animaux de laboratoire !

Car ce qui nous importe et nous intrigue est le problème suivant :

Que peuvent bien faire des jeunes gens enfermés dans un lieu clos, quoique magnifique, sans possibilité de départ, sans passions communes, *sans ordinateur ni télévision*? Et alors que le pays est en train de vivre l'un des plus grands mouvements sociaux de son histoire?

Ils pourraient s'adonner, bien sûr, à la cuisine, à l'amour ou à la marche à pied. Mais il nous a plu de les imaginer se livrant au plus vieux passe-temps du monde : raconter et écouter des histoires. Des histoires de gens. Méchantes histoires à propos de gens charmants. Ou charmantes histoires à propos de gens méchants, l'avenir nous le dira.

Pour comprendre comment nos vacanciers en sont venus à cet étrange passe-temps, il est temps de faire taire une fois pour toutes le théoricien bavard qui sommeille dans tout romancier, et de laisser la parole à notre grand chef organisateur. On veut parler, bien entendu, de l'éminent Jason Cailleteau.

PREMIÈRE JOURNÉE

Ce début n'est pas mal, et contre le prochain
La conversation prend un assez bon train.

MOLIÈRE
Le Misanthrope

1

La journée qui suivit le périple à la gare fut longue et morose, en dépit de l'éclat presque aveuglant de la lumière. Dès 8 heures du matin, Hugues alluma la radio et réveilla ses camarades par les larsens du poste et ses propres jurons. La réception était désastreuse. À force de collectionner les bribes des différents flashes, il finit pourtant par reconstituer un puzzle vraisemblable de la situation. Le Premier ministre, invité la veille au 20 heures de la chaîne publique, avait réitéré son intention de maintenir le *cap des réformes*. Il avait traité les principaux chefs des syndicats de *conservateurs* et de *contre-révolutionnaires*. Ceux-ci avaient réagi à la provocation en annonçant une nouvelle journée de grève, et en appelant les autres secteurs d'activité à les rejoindre dans la lutte, de manière à *amplifier le mouvement*.

Sitôt son café avalé, Hugues courut acheter le journal. La caissière lui expliqua qu'elle n'avait rien reçu depuis deux jours. Elle ajouta qu'il n'y aurait selon toute vraisemblance ni bus ni train de toute la journée, et qu'il valait mieux profiter du soleil et de la plage.

«Et ça risque d'être comme ça jusqu'en milieu de semaine prochaine, ajouta-t-elle, avec le ton complice des mécontents à la recherche d'alliés. Après ça, on se plaint que les commerçants sont aigris.»

Tout à ses ruminations, Hugues oublia la promesse faite à sa Divine de rapporter le pain et les croissants pour la *communauté*. Il s'en alla courir sur la plage, le ventre vide, pour évacuer sa frustration. En conséquence de quoi, les premiers levés, à bout de patience, finirent par se disputer trois tranches de pain de mie à moitié rassises oubliées dans la huche les jours précédents.

*

Au fond, chacun avait une bonne raison d'être de mauvais poil ce jour-là.

Descendue parmi les premières, Corinne Geminiani avait trouvé la cuisine dans un état révoltant.

La veille, elle avait été déléguée, avec Bathilde, au nettoyage des zones ingrates : salle de bains, toilettes et cuisine. Tandis qu'elle s'acharnait sur une grande plaque orangée qui maculait l'émail du lavabo — vraisemblablement du fond de teint —, elle avait reconnu, par la fenêtre entrouverte, les voix d'Amande et de Karen. Celles-ci étaient en train de jacasser au fond du jardin, au lieu de participer à la remise en ordre de la maison. Dans leur caquetage, il était question d'ongle dédoublé par l'eau chaude de la vaisselle, d'allergie à la poussière et de refus d'inhaler des produits cancérigènes.

«Hors de question de toucher à du Saint-Marc, avait précisé Amande. Ça a été blacklisté par *Que choisir.*»

Corinne avait une première fois ravalé sa rage.

Ce matin-là, en découvrant sur la toile cirée des morceaux de céréales séchés et incrustés, ainsi qu'un saladier rempli, en lieu et place du reste de riz au lait dont elle espérait faire son régal pour le petit déjeuner, de mégots de joints écrasés, elle porta ses doigts à sa bouche et se les mordit jusqu'au sang. Ils avaient encore l'odeur des gants de vaisselle, mêlée à celle de la crème à récurer — laquelle s'était infiltrée par les fentes du caoutchouc.

«Elles m'ont tout salopé, les garces», lâcha-t-elle dans un râle, comme si la cuisine lui appartenait.

Vers 9 heures, Cédric descendit et aida Corinne à nettoyer. Il s'en prit directement à Yvon. «Faut pas chercher, c'est tout lui, ça», fit-il en vidant les mégots.

Il expliqua qu'Yvon avait fait irruption dans leur chambre à 3 h 31 — bon radio-réveil ne saurait mentir —, et avait heurté le montant en fer de son lit en se couchant. Cet abruti avait ensuite eu le fou rire, pendant dix minutes, puis s'était mis à ronfler, sitôt endormi. Cédric prétendait avoir la migraine.

Peu à peu, les uns et les autres émergeaient de leur tanière, à l'exception d'Yvon et de Jason. Ils n'étaient pas beaux à voir, sous la lumière crue de ce beau matin de mai. Leur démarche était lente et leurs traits tirés.

Ludivine regrettait ses croissants, au point d'en imaginer, sur sa langue aux papilles inutilement éveillées, le goût de beurre léger et délectable. Pour la troisième fois, sous le regard interloqué de ses camarades, elle appela Hugues sur son portable. Et pour la troisième fois, on entendit la sonnerie résonner absurdement dans leur chambre à l'étage, ce qui donna lieu à une troisième bordée de jurons.

Karen, quant à elle, était furieuse d'avoir dû aller se coucher la veille en laissant Amande et Yvon seuls dans la cuisine, parce qu'elle ne pouvait plus lutter contre la fatigue. La jalousie incrustait tellement ses mâchoires l'une dans l'autre, qu'elle devait dilater ses narines pour ne pas manquer d'air.

Sa victoire de la veille n'avait pourtant pas rendu Amande plus affable. D'exécrable humeur parce que, disait-elle, elle n'avait pas eu ses dix heures de sommeil, elle était convaincue que sa première ride, aperçue quinze jours plus tôt dans la glace de son poudrier, était en train de s'installer pour de bon, sous son œil gauche, là où la peau est fine et pochée après les nuits courtes. C'était la faute du *connard qui avait fait gueuler sa radio à 6 heures du mat'*, et qu'elle ne prenait pas la peine de nommer, se contentant d'insinuations menaçantes.

Mourad acheva de ternir l'ambiance. À Bathilde, qui lui demandait poliment s'il avait bien dormi, il répondit qu'il n'arriverait pas à trouver le sommeil *avant d'avoir tiré son coup*. Bathilde, qui avait les oreilles chastes, s'offusqua moins de cette repartie, en réalité, que du ton rogue qui l'accompagnait, et du sous-entendu méprisant qu'il impliquait. Ce n'était pas avec elle, ni avec une représentante quelconque de son sexe, qu'une solution au problème était envisageable, et Mourad tenait à le bien faire savoir.

*

Sur les coups de 10 h 30, Jason Cailleteau ouvrit les volets en bois de sa chambre. Le soleil se répandit immédiatement dans la pièce, recouvrant la toile écrue des murs d'une guipure d'or. Ébloui, le jeune homme, en robe de chambre imitation soie, s'avança sur le balcon. La sensation sous ses pieds nus de la pierre encore fraîche, rugueuse et déjà tiédie par endroits, était délicieuse.

Depuis longtemps, Jason n'était plus capable d'apprécier le spectacle de la nature pour lui-même. En bon dandy féru de décadence, et ayant entretenu son raffinement avec le soin maniaque que l'on prend à s'occuper d'un bonzaï, il était saturé de culture. Un flot de références picturales ou littéraires venait faire écran à toute impression spontanée, et spécifier la teneur même de son émotion.

C'est ainsi que la mer, à l'horizon, lui parut avoir revêtu son plus beau bleu Klein. Son impeccable monochrome n'était rompu que par les plaques métallisées forgées par le soleil, somptueux bijoux qui lui rappelaient des vers de Baudelaire. Dans le jardin, la végétation, de ce vert tendre et dense qui n'appartient qu'aux premiers jours du printemps, brillait de rosée. La transparence de l'air lui rappela quelque ciel italien de Corot. Quant aux hortensias qui exhibaient avec une joyeuse fierté leurs gros pompons roses, bleus et mauves, ils semblaient sortis du costume d'Arlequin d'une fête galante de Nicolas Lancret.

Jason exultait devant tant de perfection.

Au fond, il était ravi du prolongement inattendu de son séjour. Mais il se serait bien contenté de sa propre compagnie. Il était fatigué de jouer les maîtres de cérémonie. Et ses invités l'avaient horriblement déçu.

La veille, pendant le ménage, il avait été choqué par la mauvaise volonté de Karen et d'Amande, les *siamoises*, comme il les appelait. Et encore, ce n'était rien à côté de celle d'Yvon, pour lequel il ressentait une irrépressible aversion. Cet homme de Neandertal traînait des savates et semait derrière lui les cendres de ses cigarettes, en grognant : « Qu'est-ce que je peux faire pour me rendre utile ? », d'une voix à peine timbrée, trahissant la peur d'être entendu et d'obtenir une réponse.

Mais indépendamment même des désagréments liés à la séquence ménage, le week-end n'avait pas répondu aux attentes de Jason. L'ambiance de groupe avait pris les premières vingt-quatre heures, avant de se décomposer comme une mayonnaise restée trop longtemps au frais, ou trop riche en vinaigre. Le regard mystérieusement chargé de reproches de Bathilde l'avait mis mal à l'aise. Et que dire des plaisanteries, lourdes de sous-entendus grivois, que Mourad lui avait adressées à jets réguliers — à propos du manche à balai, du concombre à couper pour la salade, ou de n'importe quel objet oblong et contondant ?

« Trivial. Tristement trivial. »

Jason n'était pourtant pas du genre misanthrope. S'il aimait la solitude, ce n'était que par éclats. Il la concevait plutôt comme une apothéose glorieuse et nappée d'auto-érotisme — la sensation d'un esprit vif et d'un corps léger voguant en plein azur —, que comme une retraite farouche d'ermite, avec cabane en bois et ascétisme déguenillé de rigueur. Mais il avait de toute façon trop besoin d'un public pour se contenter longtemps de son propre reflet.

Après avoir pris sa douche, il descendit au rez-de-chaussée, enfin décidé à renouer avec ses semblables. Il découvrit alors avec stupeur que la maison était désertée. Dans le jardin, il n'y avait personne non plus. Seul un drap de bain abandonné sur une chaise longue attestait, comme un vestige vaguement inquiétant, une présence humaine sur les lieux.

Son fantasme passager de solitude robinson-crusoesque semblait ironiquement se réaliser. Mais il n'osait pas héler. À la fois parce que cela lui semblait ridicule, et parce qu'il redoutait l'écho angoissé de sa voix dans ce silence étrangement pesant.

« Ils ont pris la fuite ou quoi ? »

Il rentra par la cuisine et entendit alors un pas traînant dans le couloir. Il s'avança soulagé dans la direction d'où le bruit était parti et s'arrêta net en apercevant Yvon, jogging descendu sur ses cuisses velues, se livrant toutes portes ouvertes à son oraison du soir.

« Scénario digne de *La Planète des singes*. Je ne reste pas ici, moi non plus. »

2

« Tu ne peux pas te débarrasser d'eux comme ça, mon chéri. »

Jason ne répondit pas immédiatement. Il dessinait avec sa cuiller un quadrillage dans la pellicule brunâtre qui recouvrait sa soucoupe. C'était toujours comme ça que s'achevait la dégustation de la mousse au chocolat de Colette impossible à racler intégralement. Des quadrillages qui le faisaient basculer, depuis son enfance, dans des fantasmagories en 3D dignes d'Escher. Le sillon tracé par la cuiller était inégalement profond. Au centre, il laissait apercevoir la faïence blanche. Sur les côtés, un dégradé de couleurs allant du jaune clair au marron foncé. Les barres superposées ressemblaient à des tuyaux entrelacés, dont la nature variait en fonction de l'imagination du moment : cylindres de quelque machine industrielle, chemins entrecroisés de labyrinthe souterrain, ou fétus de paille tressés, évoquant la muraille chocolatée du palais de Dame Tartine.

« On va finir par s'entredévorer, si ça continue, déclara-t-il soudain, en effaçant sa composition avec le dos de la cuiller.

— À t'entendre, on dirait que vous êtes sur le radeau de la *Méduse.*

— C'est un peu ça, la presqu'île, non ? On est pris au piège, ici. »

Colette repoussa sa chaise du bord de la table avec un soupir agacé. Elle n'aimait pas entendre parler comme d'un trou de la presqu'île où elle avait vécu depuis son mariage.

Originaire d'un village à côté de Brest, Colette avait été ramenée ici en 44 par son mari, Marcel Blanchard, un autochtone qu'elle avait rencontré dans des circonstances mystérieuses sur le « continent ». Elle n'avait plus jamais quitté cette maison entourée d'un jardinet, et située à la lisière du hameau, à quelques minutes à pied de celle des Cailleteau.

Marcel Blanchard était le fils unique de riches maraîchers de la presqu'île. Avant la guerre, refusant tout emploi, il avait vécu de braconnages et de pêche, en éternel oisif, objet de la désapprobation des commères autant que de l'adoration des filles. Après la défaite de 40, il avait disparu. Il n'était revenu qu'après le débarquement, accompagné de cette femme superbe, transformé, mûri, sérieux. Rapidement, le ton avait changé dans les conversations de la presqu'île. À la Libération, on avait parlé de Colette et de Marcel comme de héros. La rumeur voulait qu'ils aient fait partie d'un réseau de résistants. Mais ils ne s'étaient jamais vantés de rien. Lui avait repris ses braconnages. Elle avait gagné de l'argent en servant à table chez les bourgeois de H***.

Quand, des années plus tard, le grand-père de Jason avait cherché des gens de confiance pour l'entretien de sa résidence, on lui avait conseillé les Blanchard. Ils avaient idéalement fait l'affaire. Après la mort de Marcel, Colette avait continué à s'occuper de la maison et du potager des Cailleteau, tenant en leur absence le rôle officieux de gardienne, en leur présence celui de cuisinière et de bonne d'enfants. Comme elle était un peu sorcière, ils lui réclamaient des avis sur la comestibilité des champignons, des recettes de grogs et de cataplasmes. Respectée comme une ancienne et traitée comme une subalterne, grand-mère de substitution mais vivant symboliquement à l'extérieur de la maison, objet de déclarations tendres comme de remarques aigres et condescendantes, Colette avait toujours souffert de son statut ambigu. N'ayant jamais eu d'enfants elle-même, elle s'était fait une joie de s'occuper de la descendance Cailleteau, génération après génération. Mais de tous les enfants et petits-enfants, c'était Jason qu'elle avait de loin préféré. Elle avait pour lui une véritable adoration, et il lui arrivait d'oser croire que cette adoration était réciproque. Jason était venu seul à plusieurs reprises, de son plein chef, allant jusqu'à s'enfermer chez elle pendant quelques jours pour réviser son bac ou ses examens. Elle lui faisait à goûter, tandis qu'il lui récitait ses cours d'histoire, ensoleillant sa solitude et l'éclaboussant de sa bonne humeur. Elle le trouvait plus vif, plus sensible, plus tendre que les autres membres de la tribu. Mais parfois, elle frémissait de trouver en lui des accents méprisants qui lui rappelaient son grand-père, ou des attitudes de petit-bourgeois capricieux qui n'a jamais connu les difficultés. Elle avait peur de l'avoir trop chouchouté, et redoutait de ne pas le voir tenir ses promesses.

« Vous n'êtes que des gosses gâtés, lâcha-t-elle enfin. Les gens sont dans la rue parce qu'ils n'arrivent plus à joindre les deux bouts. Et vous, vous êtes en villégiature dans un petit paradis. Vous ne vous rendez pas compte de votre chance.

— Mais si, tu me comprends mal. Je veux juste qu'on évite de dépérir en attendant la reprise du trafic. »

Jason expliqua que le problème, c'était l'occupation des soirées. Pendant la journée, personne n'avait de comptes à rendre à personne. Certains se levaient à l'aurore, d'autres quand l'heure du déjeuner était passée. Personne ne mangeait en même temps le midi. On grignotait à la cuisine, un bout de fromage ou d'andouille avec du pain. On lançait une plâtrée de pâtes pour trois ou quatre gros mangeurs. On sautait un repas, ou on le remplaçait par des bières accompagnées de chips. Après quoi, grâce au beau temps, la journée passait, bon gré mal gré. Mais le soir, une fois le soleil couché, quand chacun errait comme une âme en peine entre la cuisine et la salle à manger, attiré par la faim ou l'ennui, les tensions prenaient un caractère insoutenable.

« Regardez-moi ces jeunes ! Sans télé, c'est le désœuvrement. Ou les disputes. Comment tu crois qu'on passait le temps, autrefois ?

— On allait se coucher, je suppose.

— Mais non, on ne se couchait pas directement. On veillait, figure-toi. »

Colette se lança alors dans une évocation nostalgique de son enfance. Tandis qu'un feu de tourbe achevait de se consumer, trouant l'ombre épaisse de lueurs fantastiques, l'un des adultes présents perpétuait une tradition immémoriale et racontait des histoires. Il y en avait dans tous les genres et pour tous les goûts. Des histoires de loup-garou, de puits empoisonnés et de maisons hantées dans la lande, à faire dresser les cheveux sur la tête, car *on n'était pas breton pour rien.* Des histoires drôles ou salaces, qu'on racontait après avoir demandé aux enfants de se boucher les oreilles, et dans lesquelles il était question de jarretières dérobées et de nuits de noces trop arrosées, de boulangères trop lestes et de maris trop bêtes. Il y avait aussi beaucoup d'histoires tristes et vraies, qu'on se répétait en baissant la voix pour ne pas s'attirer le mauvais œil. Ce voisin qui s'était pendu après avoir étranglé sa femme et ses enfants parce qu'il ne pouvait plus éponger ses dettes de jeu. Ce cousin qui faisait de la contrebande et avait terminé sur la guillotine à la suite d'un meurtre de gendarme dans lequel il n'était pour rien. Ce travailleur saisonnier qu'on avait connu dans telle usine de textile, et qui avait été roué de coups par le patron pour avoir déshonoré sa fille. Après ces histoires, il y avait toujours des silences. Les femmes hochaient la tête ou se signaient, heureuses au fond de contempler de tels naufrages depuis l'apaisante solidité du rivage. Ce goût pour le malheur culminait avec les histoires de guerre. C'était encore une autre légende, plus noire et plus fascinante, car plus densément émaillée d'éclats de vérité. Il s'agissait de femmes à la recherche de maris disparus et réapparus, atrocement mutilés, alors qu'elles avaient refait leur vie. De courriers de poilus racontant les horreurs des tranchées — poumons brûlés par les gaz moutarde et têtes emportées par un obus, à dix centimètres de soi — et qu'on rangeait dans des liasses jaunies après les avoir relues. Certains noms revenaient dans les récits, terrifiants et magiques : Verdun, la Marne, Les Éparges.

« Finalement, ces histoires nous tenaient chaud, tu comprends ? Elles nous donnaient le sentiment d'être plus riches, tous ensemble. D'appartenir à quelque chose de plus grand que nous. »

Jason, depuis un moment, avait le visage éclairé par un demi-sourire. Il avait repris ses arabesques avec sa cuiller. Celles-ci devenaient plus souples, plus orientales, comme libérées de leur rigidité industrielle par le flux de l'imagination. La suggestion de Colette faisait du chemin dans son esprit.

« Le pouvoir de raconter des histoires, ou de savoir les écouter, continuait Colette, insinuante. C'est fabuleux, si on y réfléchit deux minutes. Cette faculté qu'ont les hommes, quand ils sont enfermés, de s'échapper par l'imagination. Ta grand-mère m'a souvent raconté que pendant les bombardements à Paris, un vieux libraire rassemblait les enfants dans un coin de la cave et leur racontait, à la lueur d'une lampe à pétrole, des histoires merveilleuses. Les gamins finissaient par oublier l'horreur de la situation. »

Jason se leva d'un bond, et alla rincer son assiette. La pellicule creusée d'arabesques fondit sous l'eau chaude, et laissa apparaître la faïence blanche.

« Si c'est une proposition que tu me fais, Colette, j'accepte. Je ne sais pas ce que ça va donner, mais ce sera toujours mieux que bouder chacun dans son coin. »

*

L'après-midi était déjà bien avancé quand Jason s'en revint de chez Colette, par le chemin côtier. Il rapportait dans son panier, à la place des fraises qu'il lui avait offertes, de la rhubarbe et deux douzaines d'œufs frais.

Sa tête était en ébullition, et sa mauvaise humeur s'était évaporée. Colette était décidément une sorcière. Pas seulement parce qu'elle connaissait les plantes médicinales et qu'elle était capable avec ses mains de retirer le feu, le mal de dos et l'eczéma. Mais aussi parce qu'elle savait soulager les angoisses et surmonter les impasses, trouver les solutions aux problèmes les plus ardus, grâce à une intuition télépathique, une connaissance sans faille du cœur humain. Son avis était toujours fiable, son discours toujours délicatement adapté à la psychologie de son interlocuteur et aux particularités de sa situation.

En l'écoutant évoquer le pouvoir libérateur des histoires, Jason s'était soudainement rappelé un séminaire sur Marguerite de Navarre, qu'il avait suivi au cours de sa licence. L'analogie entre leur situation, à lui et ses invités, et celle des personnages de *L'Heptaméron* l'avait brutalement frappé. Les personnages de Marguerite de Navarre étaient immobilisés dans les Pyrénées par une crue du gave. Les routes étant rendues impraticables, les voyageurs, retenus dans une auberge, se racontaient des histoires pour passer le temps. Mais le livre n'était pas un simple empilement d'histoires. Ce qu'il y avait de passionnant, c'est que les personnages commentaient les nouvelles, en débattaient le sens, creusant ainsi les perspectives et ajoutant la réflexion au plaisir. Une telle expérience n'était-elle pas envisageable ? Pour lui qui ne savait pas appréhender la vie autrement qu'à travers les livres, qui s'inspirait sans cesse de la littérature pour donner plus de couleur et de relief à l'existence, elle paraissait en tout cas follement prometteuse.

En arrivant près de la maison, il aperçut, à proximité d'un

bloc de rochers, Mourad, Ludivine et Cédric. La marée était basse. Les pieds dans un courant marin profond d'une dizaine de centimètres, le dos courbé, ils creusaient dans le sable avec leurs mains, un seau en plastique à côté d'eux.

Jason les rejoignit par un chemin escarpé taillé dans le rocher.

«On ramasse des coques, expliqua Ludivine.

— Je sais que tu n'aimes pas les moules, ajouta Mourad avec un sourire qui se voulait tendancieux. Mais les coques, c'est une chair plus ferme, tu verras. Sautées avec un peu d'ail, c'est délicieux.

— Je connais, merci. Moi je vais faire des tourtes aux fraises et à la rhubarbe pour le dessert. Où sont les autres?

— Karen et Amande doivent faire de la bronzette avec Yvon. On a envoyé Bathilde et Corinne chercher des tomates et du basilic dans le jardin.

— Impeccable. Il ne faut pas se laisser mourir de faim.»

Un léger nuage embruma la bonne humeur de Jason. Il était partagé entre la joie de voir que l'*esprit collectif* avait repris le dessus, et l'humiliation de constater que ses camarades avaient su se débrouiller en son absence. Ils avaient pris des initiatives, pour une fois, s'étaient réparti les tâches en vue du dîner. Il n'en attendait pas tant d'eux. Mais il n'aurait su dire si la surprise était agréable ou désagréable.

«Il faudrait que tout le monde se retrouve dans la cuisine à 21 heures, ajouta-t-il en cédant au besoin irrépressible de reprendre le contrôle. J'ai des propositions à vous faire.»

Mourad osa aussitôt un jeu de mots équivoque sur les *propositions* de Jason, mais celui-ci ne prit pas la peine de relever. Il grimpait déjà le rocher pour rejoindre le chemin côtier, d'un pas alerte, laissant derrière lui de petits nuages de sable doré.

3

«J'ai un gros problème avec ton idée, Jason.

— Lequel, ma chère Ludi?

— Tu sembles partir du principe qu'on va rester coincés là plusieurs jours d'affilée.

— Pas impossible, ce cas de figure.

— Le souci, c'est que si ça continue comme ça, nous, on va mettre les bouts.

— Tu m'expliques comment?

— N'importe comment. À pied, à cheval, ou en bateau à voiles.

— Très bien, qu'est-ce que tu veux que je te dise?

— Tu parles d'une histoire nouvelle tous les soirs. On est dix. Ça veut dire quoi? Tu t'imagines que ça va durer au moins dix jours, cette putain de grève?

— Je ne suis pas devin, Ludi. Faut arrêter de me demander toutes les cinq minutes quand est-ce qu'on repart. Je ne suis pas dans la tête des grévistes, merde!

— Il sait peut-être mieux ce qui se passe dans la tête des patrons», murmura complaisamment Yvon à l'oreille d'Hugues.

Mais Hugues ne disait rien. Il se contentait de triturer avec la pointe de son couteau la cire encore molle qui avait coulé sur la table en chêne. Il avait le visage durci et mauvais. À la lueur des bougies, ses traits paraissaient plus durs qu'à l'accoutumée. L'arête de son nez, rendue plus aiguë par les méplats ombrageux du reste du visage, semblait aussi coupante que du diamant.

Rester enfermé avec tous ces *bourges* dans cette baraque

de *bourges*, il n'en aurait jamais le courage. Et puis ces racontars de salon *prout-prout* lui donnaient la nausée d'avance. Car il ne fallait pas se leurrer. Il n'y aurait rien de neuf. Jason avait présenté des pistes possibles. Des trucs minables. Des dossiers de magazine féminin. Cas psychologiques, avait-il dit. Secrets de famille. *Anecdotes incroyables ou révélatrices.* Situations amoureuses complexes. Ah! L'amour! L'amûr! Oui, Jason était allé jusque-là. Il n'avait pas craint d'être à ce point ridicule. Et il avait osé parler de *débats*. Quand l'avenir de la Révolution se jouait. Quand la seule chose à débattre, désormais, c'était la question des stratégies d'action, de l'organisation de la résistance, du délai nécessaire à la reprise en main par le prolétariat des moyens de production! C'était écœurant. Aussi écœurant que la fraise cuite de la tourte.

Mais Hugues n'était pas le seul à éprouver des réticences. Bathilde aussi se braquait, pour des raisons différentes. Elle voyait le truc venir. *Revenir*, plus exactement, sous une forme déguisée et plus présentable. Des secrets livrés à la lumière souillante des malveillances et des concupiscences. Des déblatérations en règle. Des histoires mesquines assorties de débats mesquins. Mais qu'est-ce qu'ils avaient fait, depuis quatre ou cinq jours, si ce n'est exploiter ce filon douteux? Elle en était encore abrutie de honte. Dès le premier soir, ils en avaient fait une overdose, de ces commérages. Comme on se connaissait mal, et qu'on n'était pas très à l'aise les uns avec les autres, il avait fallu mettre en commun des ressources, capables de nourrir un certain temps une assemblée désœuvrée. Or qu'étaient-ils, ces maigres butins collectifs, hormis de vagues connaissances, de fuyantes silhouettes aperçues dans les amphithéâtres ou les couloirs de la résidence universitaire? Mais c'était à prendre ou à laisser.

Alors, puisqu'il n'y avait rien de mieux à se mettre sous la dent, on avait commencé à tailler des costards. Bathilde ne savait plus qui avait ouvert les hostilités, mais probablement la question officielle et barbante — «Quelles sont nos connaissances communes?» — avait-elle été proposée, par les plus perfides et les plus blasés d'entre eux, comme la couverture décente d'une autre question plus stimulante, plus excitante, une question larvée qui avait allumé aussitôt des lueurs diaboliques dans les regards humectés de convoitise : «Sur qui pourrions-nous *baver*?»

Et bien sûr, il y en avait, des gens tordus que presque tout le monde dans le groupe connaissait, de près ou de loin, depuis la première année à la fac. Des fantoches qui semblaient prêter d'eux-mêmes le flanc aux attaques les plus féroces, et qu'on pouvait réduire facilement à quelques traits caractéristiques, à quelques défauts bien saillants.

Alors, une fois le premier nom jeté en pâture, ils avaient donné dans la surenchère la plus grotesque, se coupant la parole, riant faux, poussant des cris et des gloussements. Avec quelle lâcheté gratuite, avec quelle fatuité vraiment lamentable ils s'étaient lâchés sur Odile Ruchet, la trésorière nymphomane du bureau des relations internationales! Et sur ce pauvre Jérôme Ardier, l'étudiant de trente ans qui recommençait ses études de droit, sans l'ombre d'une chance! Tout ça pour quoi? Pas seulement pour meubler la conversation, bien sûr. Mais aussi pour épater la galerie. Cédric, Hugues, Corinne, qui n'appartenaient pas directement à leur petit monde étriqué, et qui constituaient des spectateurs bénévoles.

Quand elle y repensait, Bathilde se disait qu'il en avait fallu, de la naïveté, de la complaisance, pour s'imaginer qu'on allait les intéresser avec ces puériles caricatures de parfaits inconnus, les faire s'extasier sur le brillant de leurs évocations, leurs aptitudes à décocher des flèches acérées et à viser dans le mille. Surtout, elle ne comprenait pas comment elle avait pu elle-même céder à cette ivresse de creuses méchancetés. Elle se rappelait que le silence de Cédric, d'Hugues et de Corinne avait exercé sur elle une pression intolérable. Plus ils étaient restés silencieux, plus elle avait eu besoin de parler, pour susciter davantage que leur sourire poli, leur amusement feint et modéré. Mais ç'avait été comme remplir un seau percé. Plus elle avait parlé, plus leur silence l'avait exaspérée, vexée et meurtrie. Alors elle avait continué à s'assécher la bouche, aspirée par leur mutisme, tournoyant dans un cercle infernal.

Bathilde était persuadée que ces débordements du premier soir expliquaient à eux seuls la gêne atroce qu'ils avaient éprouvée à se côtoyer les jours suivants. Dès le lendemain de cette séance fatale de commérages, elle s'était sentie blême et cotonneuse, comme après une cuite. Maintenant, il lui suffisait de croiser Yvon dans les escaliers, ce gaillard un peu épais mais sensible, et qui avait moins donné que les autres dans les égratignures, pour que se substitue à lui, dans ses fantasmes, une allégorie de la Justice divine, la pointant du doigt en tonnant : «Bande de vipères, vous êtes allés trop loin!»

«Qu'est-ce que tu proposes de neuf, Jason? lança-t-elle enfin, d'une voix que la conscience de son audace faisait trembler. Tu veux qu'on recommence à dire des saloperies sur des gens dont tout le monde se fout?»

Un silence interloqué accueillit la remarque de Bathilde. Les uns avaient le regard baissé sur leur assiette vide, où nageaient encore quelques coques dans une flaque de tomate.

D'autres fixaient Bathilde avec un air hargneux ou goguenard.

Le vocabulaire qu'elle avait utilisé ne cadrait pas avec son registre habituel. *Saloperies. Tout le monde s'en fout.* Qu'est-ce que c'était que ça? Qu'est-ce qui lui prenait? Cherchait-elle à adoucir son grief en lui donnant la forme passe-partout, relâchée et vulgaire qu'une Amande ou une Karen lui aurait donnée? Mais justement, Bathilde n'était pas Amande ni Karen. Ni même Jason. Car là où Jason, avec la souplesse qui le caractérisait, était capable de truffer un langage soutenu, voire précieux, de mots argotiques ou vulgaires, qui ne faisaient, par de brusques décrochages de registre, que rehausser audacieusement sa conversation, lui donner du piquant, un éclat pittoresque, Bathilde ressemblait à une nonne qui essaie pathétiquement et sous la contrainte son premier *zyva*.

«J'espère que tu n'as pas l'intention de nous faire la morale, Bathilde, lâcha Amande, d'une voix mi-miel mi-épines. Car pour ce qui est de dire des *saloperies* sur les gens, tu n'es pas en reste.

— Surtout des gens dont tout le monde *se fout*, effectivement, lança Karen en écho.

— C'est bon, intervint Jason. Ça suffit comme ça. Je comprends que Bathilde soit échaudée. C'est vrai que c'était pas très malin, nos petites vacheries du premier soir. Moi-même, je n'avais pas tout à fait bonne conscience après coup.»

Bathilde lui lança un regard éperdu de reconnaissance. Pendant une seconde, elle crut que Jason allait abandonner pour une fois son cynisme de dandy, et mettre les valeurs morales au-dessus de toute autre considération. Mais, comme s'il avait à cœur de la démentir sur ce point, il reprit aussitôt la parole.

«Pour parler franchement, l'autre soir, c'est surtout mon sens esthétique qui a été mis à l'épreuve.

— *Sens esthétique?* interrogea Cédric. Qu'est-ce que tu racontes?»

Sentant qu'il captait de nouveau l'attention de ses camarades, même si celle-ci n'était pas spécifiquement bienveillante, Jason se lança dans un nouveau monologue, agrémenté de gestes variés pour souligner une remarque de la main ou replacer une mèche bouclée derrière son oreille.

Il expliqua que ce qui l'avait dérangé, dans leurs déblatérations, c'était leur manque d'organisation. Leur aspect anarchique et stérile. Tous ensemble, ils s'étaient éparpillés, égarés. Par impatience, par émulation frénétique dans le lynchage, ils n'avaient pas soigné leurs anecdotes. Ils en avaient même massacré quelques-unes du plus haut prix, car tout le monde parlait en même temps et personne n'écoutait personne. Lui suggérait un tour de parole. Il se proposait de faire le chef d'orchestre, pour garantir une harmonie satisfaisante dans l'assemblée. Par ailleurs, il conseillait d'éviter les simples portraits, ou les vulgaires ragots, mais de leur préférer des histoires, de vraies histoires, avec un début, un milieu et une fin. Pour finir, il fallait évidemment éviter les attaques au-dessous de la ceinture.

«Nos ancêtres du Grand Siècle, ajouta-t-il pompeusement, incapable de contenir trop longtemps son érudition de jeune licencié, avaient coutume de distinguer la *raillerie fine*, c'est-à-dire la satire honnête, et d'une portée assez générale pour ne pas blesser qui que ce soit, et la *raillerie froide*, autrement dit les attaques personnelles. Je crois qu'il faudrait savoir retrouver ce goût de la mesure et de l'élégance.»

Hugues poussa un soupir exaspéré, mais les autres approuvèrent, admiratifs.

D'une manière générale, Jason reprochait à leurs précédents racontars leur absence d'élaboration littéraire. Or, seule cette dernière avait selon lui le pouvoir de justifier la médisance, activité autrement aussi rabaissante pour ceux qui en étaient la victime que pour ceux qui la pratiquaient. Joignant le souci du fond à celui de la forme, et se remémorant sa récente discussion avec Colette, il proposait par ailleurs d'élargir les horizons, de varier les fonds dans lesquels chacun puiserait. Tout était possible. L'amour, la politique, les grands sujets de société. Et sur tous les registres — comique ou pathétique, sérieux ou bouffon. L'essentiel était que chacun réfléchisse à une histoire — véridique, absolument authentique, c'était là le critère essentiel — qui puisse intéresser tout le monde et donner matière, Jason y revenait avec insistance, à un *débat*.

Mais à ce mot de *débat*, de nouvelles objections s'élevèrent.

«Tu veux que je te dise, Jason, à quoi ça me fait penser? lança Yvon, qui terminait de se rouler un joint. Ça me fait penser à un truc de talk-show. Une merde du PAF pour après-midi à la maison de retraite. Ça m'évoque ça, le mot *débat*. Point barre.»

Amande lui lança un clin d'œil complice, quoiqu'elle mourût elle-même de l'envie de débattre, et Karen un sourire admiratif. Tous deux furent perdus pour Yvon, dont les facultés de perception étaient déjà fort émoussées à cette heure tardive.

Corinne voulut prendre la défense de Jason et s'embrouilla dans un exposé fort confus sur la culture grecque du débat et les origines de la démocratie, inspiré d'un cours d'histoire de la philo mal digéré. Cédric, soucieux de venir en aide à la malheureuse Corinne, prit alors le relais et parla des universités étrangères et de la culture anglo-saxonne du débat. Il avait assisté à ce genre d'exercices lors d'un stage à l'université de Montréal. Le prof proposait un sujet qui avait été bossé en séminaire — l'avortement, ou la peine de mort, ou encore les OGM — et répartissait arbitrairement les étudiants, quelle que soit leur opinion véritable, dans deux camps. Les uns défendaient le oui, les autres le non, et ils étaient notés sur leur capacité à argumenter. Cédric trouvait ça *absolument génial*.

« Mais non, ducrétin, ça n'est pas *génial*, le coupa Yvon en lui soufflant sa fumée dans la figure. C'est même carrément stupide. C'est comme ça qu'on en arrive à un mode de pensée complètement binaire. Oui. Non. Le Bien, le Mal. L'Amérique, quoi.

— On s'éloigne, mes enfants. Ce n'est pas du tout dans ce sens-là que j'entends le mot *débat*.

— Ta gueule, Jason, répliqua Amande, qui aspirait littéralement les paroles d'Yvon et tendait le bras par-dessus la table pour récupérer son joint. On a aussi le droit de parler de ça. Pour une fois qu'on a une conversation passionnante. On n'est pas obligés de tout faire à ta sauce. »

Jason, vexé, ne dit plus un mot, et quitta la table pour vérifier que la deuxième tourte n'était pas en train de brûler. S'ils voulaient l'anarchie, ils n'avaient qu'à assumer. Les discussions creuses et qui tournaient en rond, il en avait son content.

À table, la *conversation passionnante* s'enlisa très vite. Yvon n'avait déjà plus rien à ajouter. Il avait emprunté son argument à un prof d'histoire de la fac et ne se souvenait plus du détail de sa démonstration. Un nouveau silence désagréable s'installa bientôt. Karen était vexée parce que Amande ne lui faisait jamais parvenir le pétard d'Yvon, et le rendait servilement à ce dernier, dès qu'elle avait aspiré une ou deux bouffées. Pour se venger, elle fit avorter comme à dessein toute discussion, en coupant la parole à tout le monde, et en commençant des phrases qu'elle ne finissait jamais, ce qui irrita suprêmement Amande.

Il fallut aller rechercher Jason et le supplier de revenir sur son exposé. Rien ne lui parut plus humiliant et factice que de devoir, sous les yeux de tous, et en quelques secondes, retrouver son récent enthousiasme. Le sang de la colère et de la honte refluait encore dans son cœur et paralysait les mots dans sa bouche. Mais quelques flatteries bienvenues l'aidèrent à surmonter son blocage. Une fois remis en selle, il réalisa un topo concis et efficace sur les débats d'amour à l'époque des Précieuses.

« En fait, ça n'avait rien d'un passe-temps futile, conclut-il. J'y vois pour ma part une saine gymnastique intellectuelle. Il s'agissait de s'entraîner à examiner un cas sous toutes ses coutures, avec le plus grand raffinement psychologique possible. De façon à aller justement au-delà du simple raisonnement binaire. »

Ils finissaient par se rendre, séduits les uns par la rhétorique persuasive, les autres par les boucles blondes de Jason, qu'il manipulait avec une indéniable maestria. Lui jubilait, ravi d'avoir vaincu les résistances des plus sceptiques.

« Je veux bien raconter la première histoire, parce que bien sûr j'ai eu le temps de réfléchir à tout ça, cet après-midi. Pour ce qui est du débat, par contre, je compte évidemment sur votre participation. Tout le monde est bien installé ? »

Cette question occasionna un léger remue-ménage. Certains filèrent à la salle de bains pour garantir leur concentration la plus grande. Pendant ce temps, on fit bouillir de l'eau pour des infusions. Quand chacun fut de retour, bien carré devant une nouvelle part de tourte fraise-rhubarbe, avec à portée de main cigarettes, tisane ou bière, Jason reprit la parole.

« Je vais vous raconter une histoire d'amour. Pour répondre aux attaques de tout à l'heure, je tiens à préciser que, même si par hasard vous connaissez les protagonistes de cette histoire, c'est moi qui y tiens le rôle principal. Et, si on peut dire, le sale rôle. En bref, c'est de moi que je vais médire.

— Et nous, on pourra te critiquer à notre tour ? demanda joyeusement Amande.

— Tout ce que vous voudrez. Ça m'intéresse d'avoir votre avis. Même s'il est méchant.

— Chouette, renchérit Karen.

— La morale de l'histoire pourrait résider dans l'adage suivant : celui qui condamne sans connaître est condamné à ne connaître que par les apparences.

— La morale, c'est nous qui la donnerons, si tu veux bien, suggéra Mourad. Ne commence pas à influencer notre jugement.

— Ça marche. Mais à une condition : je ne veux pas être interrompu. Donc par pitié, ni questions ni commentaires avant le point final. »

Tout le monde acquiesça. Jason se gratta la gorge, puis commença.

Première histoire
LA STRYGE ET LE BOUFFON

En début d'année dernière, certains parmi vous s'en souviennent peut-être, j'ai été invité à suivre le séminaire de Gritchov, un

prof de russe de la fac. Son cours était consacré à *L'Idiot* de Dostoïevski.

Je m'étais engagé auprès du prof de littérature du XXe siècle,
Hermel, à faire un exposé pour son cours. Sujet : l'influence de
Dostoïevski sur Nathalie Sarraute. Rien que ça. Hermel m'avait
arrangé cette solution avec son collègue, pour que je me familia-
rise avec le grand romancier russe.

La première fois que j'ai assisté au cours de Gritchov, je me
suis présenté devant la salle indiquée avec quelques minutes
d'avance. Ce jour-là, je m'en souviens comme si c'était hier, il faisait particulièrement beau et chaud. C'était une journée exceptionnelle, pour la fin du mois d'octobre. Un de ces jours où l'été
fait une incursion tardive au milieu de l'automne, comme pour
mieux se faire regretter par la suite.

Je savais qu'il y avait des problèmes de locaux sur le campus.
Je me doutais que les cours destinés aux six ou sept étudiants
inscrits en licence de russe n'avaient pas lieu dans un amphithéâtre. Pourtant, quand je me suis retrouvé devant la salle, qui
était ouverte mais vide, j'ai cru que je m'étais trompé de numéro.
C'était une toute petite pièce triangulaire, située à l'angle du bâtiment lettres et langues. J'avais du mal à croire que l'éminent professeur Gritchov — l'un des meilleurs spécialistes de Tchekhov au
monde, selon Hermel — accepte de faire cours dans un tel placard. En entrant, la chaleur m'a suffoqué, ainsi qu'une odeur de
craie et de vieux rideaux, cuits et recuits.

J'étais en train de m'escrimer sur la poignée d'une fenêtre, pour
aérer un peu, quand j'ai entendu claquer des talons à l'autre bout
du bâtiment. J'ai passé la tête par l'encadrement de la porte. C'est
alors que j'ai vu s'approcher, de toute la longueur du couloir
désert, une superbe fille blonde, portant des talons hauts, une
jupe courte et un spencer blanc cintré.

Aussitôt, je me suis senti envahi par une terreur irrationnelle à l'idée de la voir disparaître dans une des salles de cours qui la séparaient de moi. Aspirée par l'une des portes comme par une trappe. Se dérobant telle Eurydice à mon regard, peut-être pour toujours. Mais la fille continuait de marcher vers moi, d'un petit pas sec et déterminé, la tête haute, les cheveux flottant sur les épaules. À mesure qu'elle s'approchait, ses traits se précisaient. Elle avait les yeux d'un bleu surnaturel. Des pommettes hautes et saillantes. Des lèvres fines couleur carmin. De loin, on aurait dit une coupure saignante.

Quand elle a été à quelques pas de moi, elle s'est immobilisée, en me fixant droit dans les yeux. Je lui ai demandé si le cours du professeur Gritchov avait bien lieu dans cette salle. Elle m'a répondu que oui, c'était bien là, et qu'il ne fallait pas que je m'inquiète, car Gritchov avait toujours dix minutes de retard. Puis elle s'est adossée au mur du couloir, a sorti un livre et n'a plus fait attention à moi. Moi, en revanche, j'ai continué à la dévorer des yeux.

J'avais été frappé par un fort accent dans sa prononciation. En détaillant sa physionomie, je me suis dit qu'elle devait être russe. Au moment où j'ai fait cette découverte romanesque, j'ai compris que je venais d'avoir ce qu'on appelle un coup de foudre.

*

Les autres étudiants sont arrivés au compte-gouttes. Je me suis installé à mon tour, au quatrième et dernier rang, à gauche près de la fenêtre. L'inconnue s'est assise sur le même rang, mais à la dernière table, tout à droite, près de l'allée qui menait à la porte.

Avec près d'un quart d'heure de retard sur l'horaire prévu, M. Gritchov a finalement fait son apparition. Je me suis relevé pour me présenter au bureau. Ce faisant, dans la brusquerie de mon mouvement, j'ai fait tomber une chaise. Ma belle Russe n'a pas bougé, mais a jeté un regard en coin sur la chaise renversée, accompagné d'un sourire narquois. J'en ai eu le cœur transpercé.

Le reste du cours m'a laissé un souvenir assez flou. Je me rappelle que j'essayais de prendre des notes, mais que la chaleur de la salle me déconcentrait. Sans parler du trouble causé par ma voisine. Je ne pouvais pas m'empêcher de la lorgner. Malheureusement, elle était toujours imperturbable. À la fin du cours, elle est sortie précipitamment, sans tourner la tête.

Pendant toute la semaine, j'ai été obsédé par le souvenir de cette fille. J'ai perdu instantanément le sommeil et l'appétit. Chez moi, ce sont les symptômes les moins réfutables de la passion. Avec une douleur dans le ventre, qui vous empêche de vivre. La seule chose qui apaisait un peu mon angoisse, c'était l'espérance de revoir mon inconnue la semaine suivante. Mais alors, une nouvelle angoisse remplaçait la première : celle de la lenteur du temps qui passe, quand on aime et qu'on se trouve privé de la vue de celle qu'on aime.

*

Le jeudi suivant, j'ai fait en sorte d'arriver dix minutes en avance sur l'horaire. J'espérais avoir le temps de discuter avec mon inconnue. Je voulais au moins connaître son prénom. Mais elle est arrivée en même temps que Gritchov, avec lequel elle était en grande discussion. En russe, pour mon malheur.

Sans répondre à mon salut, elle s'est installée à la même place que la semaine précédente, et a continué à vivre, de sa vie splendide d'œuvre d'art, comme si je n'existais pas. Pour ma part, j'ai recommencé à la scruter. Le plus discrètement possible. C'est-à-dire assez indiscrètement tout de même. Elle avait des cheveux d'un blond presque blanc, relevés sur sa nuque en un chignon strict. Je lui trouvais une froideur de vamp rétro. Quelque chose d'Eva Marie Saint dans *La Mort aux trousses*, l'exotisme slave en plus. Quand elle écrivait, elle devait appuyer très fort sur son stylo, car son ongle devenait blanc à l'extrémité, et rosissait à la base, sous l'afflux du sang. Ce détail me prouvait qu'elle n'était pas de marbre. Comme pour me confirmer cette découverte, en réalité sans doute parce que j'avais passé les bornes en la détaillant de manière aussi insistante, elle est sortie de son immobilité de statue, a tourné la tête et m'a lancé un regard excédé. Le bleu foncé de son iris avait viré au noir. J'en ai eu un mouvement de panique, et je me suis efforcé de ne plus la regarder de toute la séance.

À la fin du cours, elle a de nouveau disparu.

Les semaines suivantes, je n'ai pas été plus avancé. Elle arrivait toujours avec Gritchov, parlant en russe de la manière la plus animée qui soit. Elle paraissait presque en colère. Ses yeux lançaient des flammes et son débit était rapide et heurté. C'est peut-être le russe qui donne cet air farouche si émouvant. Comme si le visage était obligé de s'accommoder à la rudesse mélodique des sonorités. Quoi qu'il en soit, la barrière de la langue me séparait d'elle, de manière ostensible et agressive. De toute évidence, je n'existais pas à ses yeux.

*

Je commençais à désespérer de trouver la moindre occasion de l'aborder, quand une découverte que j'ai faite par hasard m'en a brutalement coupé l'envie.

Je me trouvais au RU à une table d'étudiants que je ne connaissais pas. Je n'avais pas l'intention de me mêler à leur conversation, et je n'écoutais que machinalement leurs propos. J'avais compris qu'ils étaient en train de médire — pas besoin d'écouter les paroles pour ça, l'air de persiflage suffit. Mais comme ils parlaient de gens qui m'étaient inconnus, ça ne présentait aucun intérêt pour moi.

Soudain, la conversation a obliqué, et ils s'en sont pris à une dénommée Varia Andreïevskaïa. À son nom, et à quelques détails qu'ils mentionnaient — les talons aiguilles, la bouche peinte en rouge, la nationalité russe —, j'ai immédiatement reconnu ma blonde.

Ils en disaient le plus grand mal. J'ai tendu l'oreille.

À les en croire, Varia — puisque c'était là son nom — était une garce professionnelle. Elle se prenait pour la huitième merveille du monde, méprisait tous les étudiants, et ne frayait qu'avec des membres du staff. On racontait qu'elle avait couché avec deux assistants de laboratoire et un jeune chargé de cours. On lui prêtait plusieurs aventures avec des profs, dont une avec Gritchov.

Un des garçons présents à la table, qui me paraissait particulièrement remonté, a raconté qu'il avait essayé de l'aborder, comme tout le monde, *parce qu'elle avait un cul sensationnel*. Elle l'avait envoyé sur les roses. Elle avait prétendu qu'elle était déjà fiancée à un mafioso russe qui avait fait fortune dans le pétrole et qui possédait des millions.

Ma voisine de droite a renchéri aussitôt en déclarant que Varia était la reine des mythos. Elle avait discuté avec elle lors d'une soirée cubaine à la Cité U, et avait été bluffée par son bagout. Varia lui avait raconté qu'elle avait commencé comme mannequin à l'âge de treize ans dans la plus grande agence de Moscou. Arrivée en France, elle avait refusé un contrat avec Élite, pour se consacrer à ses études et à sa grande passion : le cinéma. Toujours selon ses dires plus que douteux, elle avait été repérée par Chabrol lui-même au cours d'un casting. Elle jurait qu'il lui avait promis un grand rôle dans son prochain film.

«Son agence de mannequins, ça devait être un truc de boules, a observé l'un des garçons d'un air fin.

— C'est clair, a renchéri un autre garçon du groupe. La seule carrière qui l'attend, c'est celle de star du X. »

Ils ont tous éclaté de rire.

J'avais du mal à me contrôler. L'envie d'insulter tous ces bourrins était irrépressible. Mais j'avais besoin d'en savoir un peu plus et il fallait que je m'immisce dans la conversation.

« Excusez-moi, je crois que je connais cette fille.

— Il y a pas mal de chances pour que tu la connaisses, m'a expliqué ma voisine de droite. Il n'y a pas trente-six étudiantes russes sur le campus. Et puis Varia est connue comme le loup blanc.

— Elle veut dire que tout le monde lui est passé dessus, a ajouté une autre fille en m'adressant un clin d'œil complice.

— Ça, malheureusement, c'est pas vrai, a objecté l'un des garçons, provoquant par sa remarque une nouvelle salve de rires gras.

— Vous pouvez me la décrire, physiquement?

— Bien sûr. Tu ne peux pas la louper, c'est *le plus beau cul de la fac*.

— Une blonde du genre vénéneux, a ajouté un autre type.

— Mais de visage, elle n'est pas belle du tout, je ne sais pas ce que vous lui trouvez », a fait remarquer ma voisine, apparemment soucieuse d'impartialité.

À la suite de quoi, une dispute s'est ouverte au sujet de la beauté de Varia Andreïevskaïa. Les filles la trouvaient au mieux commune, au pire vulgaire. Les garçons disaient que vulgaire ou pas, elle était *bonne de chez bonne*, et qu'on sentait qu'elle devait aimer ça.

J'avais le nez plein, comme disent nos amis outre-Rhin. J'ai quitté la table.

*

Le lendemain, au séminaire, j'ai observé Varia avec un regard transformé. Lorsque je l'ai vue débarquer dans la salle, comme d'habitude en grande conversation avec le professeur Gritchov, ce brillant et séduisant quinquagénaire, la jalousie que je refoulais depuis des semaines a explosé. Elle se mêlait d'ailleurs à un sentiment de dégoût. Je ne pouvais pas m'empêcher d'imaginer les mains épaisses et tannées du professeur sur le corps blanc comme neige de Varia, et j'en éprouvais des haut-le-cœur. Varia m'apparaissait soudain comme une sorte d'escort-girl des pays de l'Est. De celles qu'on voit dans les reportages, à la télé.

Je me souviens très bien que, ce jour-là, Gritchov a consacré son cours au personnage de Nastassia Philippovna, la sulfureuse héroïne du roman de Dostoïevski. Comme il évoquait la scène initiale, dans laquelle la cruelle Nastassia donne des coups de cravache en pleine figure à ceux qui se trouvent sur son passage, je n'ai pas pu m'empêcher de l'imaginer sous les traits de Varia. Dans ma tête, les scènes du roman se superposaient aux ragots que j'avais récoltés au sujet de Varia. Ma propre perception de la fille qui se tenait à côté de moi, tirée à quatre épingles, blonde et blanche, lisse et impénétrable, achevait de semer le trouble dans ma tête. J'avais encore du mal à rassembler les pièces du puzzle.

Mais moins que jamais aurais-je été capable de lui adresser la parole. Je ne trouvais aucun prétexte pour engager la conversation. Sa froideur me paralysait. Sans compter ma timidité naturelle, qui se compliquait d'un mélange cuisant d'amour et de haine. J'en étais réduit à des regards rageurs, lourds de sous-entendus, mais incapables d'atteindre leur cible.

*

La semaine suivante, Varia est arrivée en cours avant le professeur Gritchov, et accompagnée d'une camarade que je n'avais encore jamais vue. C'était une brune très maquillée, habillée tout en similicuir. Elle avait l'air encore plus diabolique que Varia. Elle était en tout cas d'un assez mauvais genre, comparée à cette dernière. Elles se sont installées à ma droite, et cette fois, j'ai constaté qu'elles n'arrêtaient pas de me scruter. Mais de toute évidence, ça n'était pas avec bienveillance. Leurs yeux brillaient. Elles faisaient des messes basses et avaient du mal à étouffer leurs rires. Je les aurais tuées.

L'arrivée de cette nouvelle étudiante dans le séminaire de Gritchov m'a tout de même rendu un service appréciable. J'en ai fait mon bouc émissaire. La responsable de mon incapacité pathétique à m'attirer l'amour de Varia. Et à vrai dire, je n'ai pas eu besoin de forcer mon antipathie. Je la trouvais naturellement abominable. Avec sa bouche d'anthropophage rouge carrosserie, ses cheveux façon perruque en nylon du *Crazy Horse*, elle aurait pu jouer dans une parodie porno de films de vampires. En plus, en toute objectivité, elle avait une très sale influence sur Varia. Celle-ci commençait à prendre une touche vulgaire. Elle se maquillait de plus en plus, se sapait plus court, plus criard et plus synthétique. Son charme frais et hautain de reine des neiges commençait à s'évaporer, tandis qu'elle tombait dans un glamour standard de magazine féminin.

De semaine en semaine, je glissais du dépit au mépris, du mépris à l'indifférence. On arrivait à la fin du semestre. Le cours de Gritchov allait bientôt s'interrompre, et il me restait quinze jours pour préparer mon exposé sur Sarraute et Dostoïevski. Je me suis donc plongé dans le travail. Ma douleur s'en est trouvée comme engourdie.

Je dis *engourdie* seulement, car je me mettais le doigt dans l'œil, pour ce qui était de la réalité de mon détachement. Une chose est sûre, je ne pensais plus beaucoup à elle, pendant la journée. Parfois, quand je me reposais entre deux plages de boulot, il arrivait que son image me revienne à l'esprit. Mais je la balayais du revers de la main. Varia n'était plus pour moi qu'une idée un peu ridicule. Je me méprisais d'avoir pris une vulgaire étudiante Erasmus pour la femme idéale. Une traînée bon marché pour une créature polaire et inaccessible. Et je croyais qu'il me suffisait d'avoir conscience de mon erreur pour être guéri.

Mais des cauchemars se sont mis à détruire mes illusions au sujet de ma santé mentale. La nuit, Varia revenait me hanter. Je la voyais marcher vers moi, depuis l'extrémité d'un couloir interminable, percé de portes plus noires que des trappes, perchée sur ses talons qui perforaient le carrelage. Elle avançait, un fouet à la main, toute de blanc vêtue, la chevelure souple et ondoyante, les lèvres rouges et serrées. À quelques pas de moi, elle ouvrait sa bouche pour me sourire. Je découvrais alors des canines de vampire, maculées de sang.

Parfois je la voyais nue au milieu d'autres hommes habillés. Allongée sur le dos, les jambes en l'air, avec pour toute parure ses talons aiguilles. Il y avait là des profs de la fac, des laborantins en blouse du département de chimie, quelques-uns des garçons au rire gras avec qui j'avais déjeuné au RU. Ils ne la caressaient pas. Ils se contentaient de la regarder, de la montrer du doigt et de rire. Et elle riait avec eux, dans cette posture humiliante.

Dans d'autres rêves, elle se moquait de moi avec sa copine, pendant le cours de Gritchov. Je ne comprenais pas ce qu'il y avait de si comique dans ma tenue. Alors je m'apercevais que je n'avais ni pantalon ni slip, et je tâchais, avec les plus grandes difficultés, de dissimuler mon entrejambe. Quand je leur jetais de nouveau un regard, elles s'étaient transformées en monstre à deux têtes, et ricanaient de plus belle, en renversant à tour de rôle leurs chevelures blonde et brune.

*

Quinze jours avant les examens de fin de semestre, on a attendu en vain Gritchov. Comme il n'était jamais à l'heure, personne n'a osé quitter la salle avant une bonne demi-heure. Encore un jour que je n'oublierai pas. Il faisait un froid de loup. Varia était toute seule, cette fois. J'ai remarqué qu'elle avait un air préoccupé, et même légèrement mélancolique. Mais comme, officiellement du moins, je n'étais plus amoureux d'elle, j'ai décidé de ne pas prêter attention à son manège. J'ai sorti les photocopies d'un livre sur Sarraute, et j'ai commencé à bosser dans mon coin, soulignant certaines phrases avec un crayon.

Soudain, je l'ai entendue qui parlait toute seule.

« C'est bientôt la fin », disait-elle, avec force soupirs et mouvements de cheveux.

J'ai levé la tête, et je me suis aperçu qu'elle s'adressait à moi. J'ai fait un petit hochement de tête, par politesse, puis j'ai repris ma lecture. J'étais un peu décontenancé.

« C'est bientôt la fin, a-t-elle répété, et nous ne nous reverrons peut-être plus. »

J'ai de nouveau relevé la tête. Cette fois, je n'ai même pas pris la peine d'acquiescer. Mon étonnement restait modéré, mais il commençait à se nuancer de mauvaise humeur. Je me suis replongé résolument dans mes photocopies.

« Je ne sais même pas comment tu t'appelles, a-t-elle insisté. C'est dommage, tu ne trouves pas ? »

Cette fois, j'étais stupéfait. Puis, en l'espace de quelques secondes, la colère a pris le pas sur la surprise. Une colère énorme, montant en moi de manière incontrôlable, ramenant mes griefs à la surface comme une grande marée qui jette ses cadavres et ses déchets sur la grève. Trop, c'était trop. S'adresser à moi de cette manière doucereuse, me faire l'aumône d'une petite déclaration niaise, par pitié ou ennui, le jour où sa copine Vampirella et son amant le grand professeur Gritchov n'étaient plus là pour lui tenir compagnie, et penser que j'allais mordre à l'hameçon, alors que pendant un semestre elle m'avait au mieux snobé, au pire ouvertement pris pour le dernier des cons, c'était vraiment chercher les coups.

« Non, c'est pas dommage, lui ai-je dit, ma colère me donnant le courage de la regarder droit dans les yeux. C'est même carrément tant mieux.

— Je ne comprends pas.

— Je crois que j'ai pas envie de perdre mon temps avec une fille dans ton genre.

— Mon genre ? C'est quoi, mon genre ?

— Ton genre, c'est le genre qui fait son cinéma. Le genre pétasse, si tu veux tout savoir. T'en as assez ou je continue ? »

J'ai vu son œil, si bleu et si brillant, perdre immédiatement son vernis appétissant, comme un beau jaune d'œuf percé par une pointe de couteau et qui s'effondre, lamentablement. Il était devenu terne, tout pâlichon, d'une lividité de ciel orageux. Au même moment, je n'ai plus ressenti aucune colère. Je me suis senti vidé de toutes mes forces.

Varia s'est levée lentement. Elle a avancé la tête vers moi pour dire quelque chose en russe, probablement une insulte. Puis elle est partie d'un pas fébrile, en faisant claquer ses talons.

*

En sortant de cours, j'avais les jambes coupées.

Pendant une semaine, la honte de ce que j'avais fait m'a empêché de dormir. Je ne comprenais pas comment j'avais pu être aussi goujat. J'ai passé des jours et des nuits à échafauder des plans pour obtenir le pardon de Varia. Je l'ai cherchée en vain sur le campus. Elle n'était ni à la bibliothèque, ni à la cafétéria, ni dans aucune des trappes qui trouaient les couloirs de la fac. Je voulais lui dire que je n'étais qu'un bouffon, que j'avais commis un crime, et que je méritais mon châtiment. Je rêvais de m'humilier à ses pieds, de me labourer le dos avec un knout, de me traîner sur le sol gelé de la cour en l'appelant ma tsarine. Je brûlais de lui confesser que j'avais été, plus encore qu'elle, la victime des calomniateurs. Que j'étais désormais prêt, sinon à lui faire une confiance absolue, du moins à tout lui pardonner. Quand bien même elle n'aurait été qu'une femme de petite vertu, je voulais l'emmener en troïka au bout du monde, dans n'importe quelle Sibérie, n'importe quel goulag, l'aider à repartir de zéro, à reprendre forme humaine et à oublier les damnés de la terre.

Hélas, quand je me suis présenté la semaine suivante pour le dernier séminaire de Gritchov, Varia n'était pas là.

J'ai attendu, une boule dans le ventre, le regard rivé à la porte de la salle, priant de toutes mes forces pour qu'elle s'ouvre et cède le passage à la fille de mes rêves, la créature céleste qui m'avait presque fait une déclaration, et que j'avais été assez stupide, assez arrogant pour écrabouiller en plein envol vers moi !

Le cours était commencé depuis dix minutes, quand j'ai vu enfin la poignée de la porte s'abaisser. Mais hélas, celle qui est entrée n'était pas Varia. L'étudiante qui pénétrait dans la salle, et que je n'avais pas revue depuis au moins trois semaines, c'était l'affreuse âme damnée de mon ange, la réplique vulgaire de mon idole, la cruelle et abominable Vampirella. Sa dégaine de dominatrice sadomasochiste me paraissait plus atroce que jamais. Pendant une seconde, je me suis dit qu'elle avait dû découper

Varia en rondelles et la manger. Elle m'a jeté un regard prédateur et s'est installée juste devant moi.

Je voyais son cou à quelques centimètres de mon visage, car elle avait relevé ses cheveux. Au-dessus de son chemisier en satin noir, il était d'une blancheur vraiment immaculée. J'ai eu envie d'y planter les crocs. Au lieu de ça, réfrénant avec de grandes difficultés mes pulsions carnivores, je me suis penché sur son épaule, et lui ai demandé :

«T'as pas vu Varia ? Tu ne sais pas si elle viendra au cours, cette semaine ? »

Elle a tourné à demi son visage et a pris une expression de surprise.

«Tu veux parler de Groucha ? Elle est repartie à Saint-Pétersbourg il y a trois jours.

— Non, je te parle de ta copine. »

Elle m'a regardé d'un air de plus en plus interloqué.

«Tu sais bien, la blonde, celle qui était toujours avec toi.

— Eh bien oui, Groucha ! Celle qui portait un spencer blanc et qui en pinçait pour toi !

— Non, moi je te parle de Varia ! Varia, tu m'entends ? Varia Andreïevskaïa ! »

J'avais presque crié. Le professeur Gritchov s'est interrompu et nous a torpillés du regard.

Nous nous sommes remis à écrire.

Au bout de quelques minutes, Vampirella a jeté un billet froissé sur ma table. Je l'ai déplié si nerveusement que je l'ai déchiré en deux. À l'encre noire, elle avait écrit :

«Je ne connais qu'une Varia Andreïevskaïa. Moi-même. »

J'allais protester une nouvelle fois, et je m'apprêtais à lui taper sur l'épaule, à lui tirer les cheveux en la traitant de sorcière, de goule, de vampire, la sommer d'arrêter de raconter n'importe quoi, mais Gritchov ne m'en a pas laissé le temps :

«Jason Cailleteau et Varia Andreïevskaïa, a-t-il vociféré, si ça ne vous intéresse pas, vous serez assez aimables pour quitter mon cours!»

Pour m'empêcher de hurler, je me suis mordu la lèvre jusqu'au sang en me traitant moi-même de bouffon. Mais tandis qu'en moi c'était le big bang, je me suis raccroché à un détail. Éperdument. C'était le seul élément qui ne me paraissait pas absurde, dans ce cauchemar digne de Kafka. Ou de Dostoïevski, pour être plus précis. Quelque chose que j'avais justement observé, depuis plusieurs minutes, machinalement, et sans pouvoir lui donner la moindre signification. À la base de sa nuque, sur quelque deux centimètres, les cheveux de Vampirella étaient blonds comme les blés.

4

Jason avait parlé debout, appuyé contre le rebord de la cuisinière, à quelque distance de la table. Les autres ne bougèrent pas, se demandant si c'était bien fini.

Jason se rassit sur sa chaise, attendant les réactions avec appréhension.

«Alors? Vous en pensez quoi?

— Rien compris, fit Cédric en repoussant son assiette à dessert et en détournant la tête d'un air désabusé.

— Qu'est-ce que tu ne comprends pas?

— Qui c'est, cette Varia, au bout du compte?

— J'en sais rien, moi. Varia, c'est l'autre. On s'en fout.

— C'est bien d'elle qu'ils parlaient, au RU?

— Exactement, c'est d'elle qu'ils parlaient.

— Mais pourquoi est-ce qu'ils disaient qu'elle était blonde, alors qu'après on la voit en brune?

— Parce qu'elle s'est teint les cheveux entretemps, banane! fit Amande, ulcérée par la lenteur de Cédric.

— C'est un malentendu, alors?

— Mon cher Cédric, dit Corinne en lui mettant familièrement la main sur l'épaule, tu es peut-être un génie en maths, mais pour ce genre de trucs, je te trouve un peu long à la détente!

— Mais alors, qui c'est, l'autre? insista Cédric, qui prenait un plaisir évident à jouer à l'abruti.

— Quelle autre? demanda Corinne, toute secouée d'un rire joyeux.

— La Groucha, Gricha, je sais plus?

— Ce qu'il est lourd! soufflait Amande, les yeux au ciel. Ce qu'il est lourd!

— C'est bien là le problème, répondit Jason d'un air tragique. Je n'en sais rien. Et je n'en saurai probablement jamais rien. Elle était déjà repartie à Saint-Pétersbourg, quand je me suis rendu compte de ma foutue méprise! Partie au bout du monde. Emportant son secret avec elle, pour toujours!»

Ludivine le coupa net dans son élan lyrique. Elle était furieuse contre lui et le traita de pauvre type. Son histoire était un concentré de tous les préjugés les plus misogynes. Les filles y étaient présentées comme des caricatures de femelles. Des goules anthropophages, lubriques et frigides tout à la fois. C'était trop facile de la part de Jason de désamorcer les critiques en se présentant comme le méchant de l'histoire, alors que tout montrait qu'il n'avait pas réformé son jugement depuis. Parler de «femme de petite vertu», en plein XXIᵉ siècle, elle n'en revenait pas! S'il attendait des protestations du style: «Mais non, tu es un mec bien, n'importe qui aurait fait pareil à ta place», il pouvait aller se rhabiller. Oui, il s'était comporté en vrai salaud, en refusant de se faire une opinion par lui-même, en jugeant d'après les apparences et selon des critères complètement archaïques.

«Et tu l'as vraiment traitée de *pétasse*? Comme ça, à froid?»

Jason confirma par un petit signe de tête. Il était tout rouge.

«Mais enfin à quoi ça rime? C'est comme ça que vous nous voyez? L'émancipation des femmes, ça ne vous dit rien du tout? Réveillez-vous, les mecs! C'est lamentable!»

Hugues écoutait Ludivine, d'un air navré. Tout ça était effectivement d'un lamentable achevé. Une histoire bonne pour les Américains et les enfants de trois ans, réduisant la lutte centenaire et épique entre deux blocs et deux idéologies à la joute sexuelle, caricaturale et infantile d'un petit Français lettré et d'une espionne russe digne d'un vieux *James Bond*. Quant au débat, il en restait à la question bourgeoise et superficielle de la représentation des sexes. Hugues avait pourtant cent fois mis Ludivine en garde contre ce féminisme digne de *Biba*.

«Moi, je t'aurais foutu une beigne, si tu m'avais traitée de pétasse, fit Karen, méditative.

— Je ne suis pas du tout d'accord, intervint Amande, en inspirant profondément la fumée de sa cigarette, comme pour mieux prendre son élan, avant de débiter son point de vue avec force petits crachats tabagiques, nerveux et hautains. Parce qu'à mon avis, il y a deux problèmes différents, dans l'histoire de Jason. D'un côté, il y a l'idée vieille comme le monde et chiante comme la pluie que c'est pas bien de dire du mal des gens. Que c'est pas joli d'écouter les méchancetés que les gens disent sur les autres. Qu'il faut se faire son opinion par soi-même, ne pas s'arrêter à la réputation, et patati et patata, toutes ces conneries bien-pensantes. Tu m'arrêtes si je me trompe, Jason. Pour moi, y a pas matière à débat, c'est juste du politiquement correct. Mais de l'autre côté...

— Excuse-moi, Amande, interrompit Ludivine, de plus en plus animée, mais ça n'est pas *patati et patata*, justement. C'est même le cœur du problème. Si cette malheureuse Varia n'avait pas fait l'objet d'une cabale de machos, Jason aurait peut-être eu envie d'aller au-delà des apparences. C'est très grave, cette histoire de réputation ! Ça met directement en péril l'intégrité de la personne. L'accès à son identité véritable, à son moi profond, à sa *personnalité la plus personnelle* ! C'est insupportable !

— Pardonne-moi à mon tour, Ludivine, mais en l'occurrence, à moins que je n'aie rien compris moi-même à cette histoire, la réputation de cette Varia, la fausse brune ou la fausse blonde, peu importe, la réputation de cette fille, dis-je, était bel et bien fondée. Je pose la question aux garçons ici présents. D'après le récit de Jason, la vraie Varia vous paraît-elle une garce, oui ou non ? »

Il y eut une sorte de murmure approbateur. Mourad déclara que c'était sans doute une pétasse, mais qu'il *adorait* les pétasses. Elles au moins, elles savaient s'amuser. Ludivine était horrifiée. Voilà comment on condamnait les sorcières à mort, au Moyen Âge. Le bûcher, sur de vagues soupçons.

« Bon, je reprends, fit Amande. Pour la vraie Varia, l'affaire est réglée, c'est une garce. Pour la fausse Varia, que nous appellerons désormais Groucha, la question qui se pose, et qui est à mon avis le seul problème un tant soit peu intéressant soulevé par ton histoire, c'est de savoir si les apparences sont trompeuses. Ou si c'est au contraire la première impression qui est la bonne.

— Ça, malheureusement, nous ne pourrons jamais le savoir», fit Jason.

Mais Amande prétendit qu'on le pouvait, et défendit la thèse de la première impression. Selon elle, les signes ne mentaient jamais. Si Jason avait pu faire la confusion pendant si longtemps entre la vraie et la fausse Varia, c'est que ce qu'il avait appris au RU n'était pas incompatible avec ce qu'il avait vu de ses yeux vu. Autrement dit, Groucha présentait elle aussi tous les signes extérieurs de la garce. Même si, à côté d'elle, bien sûr, Varia était une garce au carré. Et même si Groucha ne correspondait pas exactement à l'image usuelle de la garce et qu'elle relevait en fait d'une sous-catégorie moins connue mais encore plus dangereuse de garces, la *garce sophistiquée*. De toute façon, le portrait que Jason faisait d'elle n'était pas reluisant. Pas besoin d'avoir fait Polytechnique pour voir qu'elle était lunatique et frigide. Elle avait sûrement couché avec le prof de russe. Et quoi qu'il en soit, son manège auprès de Jason était ridicule, et laissait penser qu'elle ne savait pas ce qu'elle voulait.

«Elle présente tous les symptômes de l'hystérie froide, cette Groucha. Crois-moi, Jason, tu as bien fait de garder tes distances. La fausse ne vaut pas mieux que la vraie.»

Un discours aussi unilatéral fit exploser la rage de Ludivine. D'abord, elle en avait plus que marre d'entendre qu'une fille, sous prétexte qu'elle se maquille et qu'elle couche à droite et à gauche, est la dernière des traînées, alors qu'un garçon qui cumule les conquêtes est un sympathique don Juan. Oui, ces évidences étaient un cliché, mais non, elle n'avait pas tort de les rappeler. Elle préférait encore se faire traiter de Chienne de garde rabâcheuse que de laisser passer ça. La preuve que ça n'était pas inutile, c'est que les garçons continuaient de plus belle à juger les filles en utilisant les mêmes catégories ringardes. Et que les filles, qui avaient *intégré leur propre aliénation*, étaient les premières à conforter les hommes dans leurs préjugés pourris.

« Nous sommes victimes *et* responsables », martelait-elle.

Mais le plus hallucinant, c'était qu'au lieu de s'en prendre à Jason, qui s'était comporté à la fois en goujat et en lâche, parce qu'il n'avait jamais eu le cran d'aborder cette fille simplement, et aussi parce qu'il l'avait agressée au moment où elle se montrait douce, ouverte, presque vulnérable, on faisait de nouveau le procès de quelqu'un qui n'était pas là pour se défendre.

« Qu'est-ce que j'avais parié ? murmura Bathilde, qui, depuis le début de l'histoire, s'était engloutie dans un coin sombre de la cuisine, comme pour se dissimuler aux regards. Les absents ont toujours tort.

— En tout cas, ajouta Karen en se grattant le crâne d'un air circonspect, j'aimerais bien voir qui sont ces nénettes. Groucha, ça ne me dit vraiment rien. Mais si la vraie Varia est connue comme le loup blanc, je vois forcément qui c'est. Tu vois qui c'est, Amande ?

— Non, je ne vois pas qui c'est. Ni l'une ni l'autre.

— Ah ! Ça m'énerve de ne pas voir !

— Moi, sans la connaître, je l'imagine assez bien, fit Cédric, en faisant du coude à Yvon. Avec ses cheveux blonds, ses minijupes et ses airs de pas y toucher. Miam ! Quel programme ! S'il y a encore une chose que je ne comprends pas, Jason, c'est que, garce ou pas garce, tu n'aies pas cherché à te la faire. Juste pour voir.

— Mais bien sûr, Cédric, fit Ludivine, qui ne décolérait pas. Du moment qu'elle est *bonne*, pourquoi se priver ? Tu aurais peut-être aimé te taper les deux Russes en même temps, pour pimenter un peu les choses ? La brune et la blonde, l'une sur un canapé en skaï et l'autre sur un clic-clac en lin ?»

Cédric ne trouvait rien à répondre. Ludivine offrit alors le bouquet final, tout en nuances moralisatrices. Personne ne pouvait savoir ce que les apparences cachaient de souffrances. Peut-être Groucha était-elle aussi idéaliste que Jason, aussi timide que lui. Peut-être avait-elle des difficultés métaphysiques pour communiquer avec son prochain, de graves problèmes psychologiques («ou même simplement des problèmes de maîtrise du français», ajouta perfidement Amande). On ne pouvait rien savoir d'elle, puisqu'elle n'était pas là pour s'exprimer. Il fallait, par principe, s'en tenir à l'idée que l'habit ne fait pas le moine.

«Je te le confirme, Ludi, fit Amande. Il y a de l'hypocrisie partout dans le monde, et tout le monde le sait. Le tout est d'assumer, et de ne pas monter pour un rien sur ses grands chevaux.»

Un silence gêné s'installa de nouveau. Bathilde commença à empiler les assiettes, en faisant le moins de bruit possible. La couche de fruits et de miettes écrasés en amortissait le choc. Mourad était absorbé dans la contemplation de la flamme d'une bougie sur le point de s'éteindre. Il fouillait dans la cire liquide avec un bout d'allumette et se brûlait les doigts.

Hugues, estimant que le minimum syndical de politesse avait été rempli, exprima ouvertement son sentiment de saturation à l'égard des histoires de garces, au cube ou au carré. Il s'étira, bâilla, puis se leva, après avoir raclé désagréablement sa chaise contre le carrelage.

«Bonsoir, messieurs-dames. Je vais me coucher.»

Ce départ glaça l'atmosphère un peu plus.

«Tu veux que je t'accompagne, Doudou ?

— Comme tu veux, Divine», répondit Hugues, froidement et sans se retourner.

Elle ne bougea pas, et s'alluma une nouvelle cigarette, nerveuse. Elle sentait qu'elle avait fait un faux pas, mais ne comprenait pas à quel moment.

Yvon, qui n'avait pas dit un mot jusque-là et semblait, depuis la fin de l'histoire, passablement préoccupé, prit enfin la parole.

«Ton récit m'a mis un peu mal à l'aise, Jason, fit-il en tapotant nerveusement sur le bois de la table l'extrémité du joint qu'il venait de rouler.

— Dans quel sens?» demanda Jason.

Lui non plus ne se sentait plus très à l'aise, dans son costume de chef d'orchestre. Il ne s'était pas attendu à des réactions aussi virulentes. Surtout de la part de Ludivine, qui avait toujours été si bienveillante avec lui. Et les silences de Bathilde et de Corinne ne lui paraissaient pas non plus de bon augure. Son désappointement virait à l'amertume. On n'avait pas su apprécier son histoire, sur un plan esthétique. En dépit du champ métaphorique soigneusement exploité du vampirisme. De l'opposition hitchcockienne entre la blonde et la brune. De l'intertextualité dostoïevskienne, pourtant si évidente. Il s'était donné un tel mal! C'était vraiment jeter des perles aux pourceaux.

«Dans le sens, reprit Yvon d'une voix hésitante, où je crois que je connais la fausse Varia. Groucha, je veux dire.

— Tu crois, ou tu es sûr?

— Je suis pratiquement sûr, en fait. Si c'est bien la même fille, j'ai même eu une histoire avec elle.

— Eh bien, raconte. Qu'est-ce que tu attends?

— Non, pas ce soir.

— Tu plaisantes? Qu'est-ce qui t'en empêche?

— Pas envie. Je suis fatigué, moi aussi.

— Et puis il faut bien garder un peu de suspense, dit Mourad, que cette scène amusait délicieusement. Jason, tu as bien dit : "Une histoire tous les soirs"? Eh bien, ça y est, nous l'avons eue, notre histoire avant de faire dodo !

— Mais on peut considérer l'histoire d'Yvon comme un simple appendice ! protesta Jason, furieux. Quelque chose qui viendrait nourrir le débat !

— Le débat est terminé lui aussi, mon petit, reprit Mourad. Il est 1 heure du matin. Il faut vite aller te coucher, sinon demain tes jolis yeux seront tout cernés, et tu devras aller chiper les soins antirides dans les trousses de toilette des filles. »

À ces mots, Amande se leva à son tour, comme piquée par un serpent. Elle repensait à sa ridule. Mais surtout, elle voulait elle aussi connaître la véritable histoire de Groucha. Elle se sentait incapable d'attendre, ne serait-ce qu'un jour ou deux de plus. L'idée qu'elle n'occupait peut-être pas toutes les pensées d'Yvon la mettait hors d'elle. Elle se demandait si elle avait bien fait de s'acharner sur cette petite putain des pays de l'Est. Avec un peu de chance, elle l'avait déconsidérée aux yeux d'Yvon, sans paraître de parti pris, puisqu'elle ignorait à ce moment-là qu'il la connaissait. Mais elle n'était tout de même pas tout à fait sûre de son calcul. Il valait mieux s'éclipser.

« Tu viens, Karen ? » lança-t-elle, autoritaire.

Mais Karen croyait justement tenir sa revanche sur la soirée de la veille. Tout le monde s'était levé de table, sauf elle et Yvon. Un espoir fou s'empara d'elle. Peut-être caressait-il l'idée de rester seul avec elle ? Elle allait alors pouvoir avancer ses pions. Extirper les secrets de son cœur. Lui glisser une ou deux rosseries sur Amande, qui n'avait pas dû se priver d'en faire autant de son côté.

«Je ne sais pas. Je crois que je reste un peu. J'ai envie de me refaire une tisane.

— Alors, bonne nuit, Karen, lui dit Yvon, en se mettant brusquement debout et en exhibant, tandis qu'il s'étirait, une palette d'abdominaux saillants et velus. Moi aussi, je vais mettre la viande au torchon. »

*

Vingt minutes et une dizaine de chasses d'eau plus tard, tout le monde était couché. Tout le monde, sauf Karen. Seule dans la cuisine, elle suçotait un reste de joint laissé par Yvon dans le cendrier. Le goût en était infect. Mais Yvon avait posé ses lèvres sur ce papier-là, exactement à l'endroit où elle posait à son tour les siennes. Une telle sensation valait toutes les consolations du monde.

DEUXIÈME JOURNÉE

> La cancanerie la plus mesquine règne dans les rapports socialement et intellectuellement les plus élevés : désolante constatation !
>
> Lettre d'HENRI LEHMANN
> à MARIE D'AGOULT

1

Le lendemain, les invités de Jason furent de nouveau réveillés par le flash de 8 heures, largement agrémenté de plages de friture. Ceux, tout du moins, qui logeaient au premier étage. À savoir Amande et Karen, qui partageaient une chambre côté mer ; Bathilde et Corinne, qui partageaient une deuxième chambre côté mer ; et Cédric et Yvon, qui logeaient dans une chambre plus vaste, mais côté rue. Encore faut-il retirer de cette liste Yvon, qui avait le sommeil particulièrement épais, et Bathilde, qui dormait avec des bouchons d'oreilles.

Amande tenta d'envoyer Karen en bas pour passer un savon à Hugues. Mais comme celle-ci prétendait ne pas être dérangée plus que ça par la radio, Amande se mit à cogner frénétiquement le plancher avec le talon de sa bottine Prada, tout en poussant des jurons que nous ne reproduirons pas. De cette façon, elle crut pouvoir se venger à la fois de celui qui la réveillait pour le troisième matin de suite, et de ceux qui osaient dormir encore, quand elle-même avait perdu le sommeil. À bout de forces, elle finit par renoncer et se rencogna contre le mur de sa chambre.

Nos lecteurs étant peut-être plus intéressés que la plupart des habitants de la maison par l'évolution de la situation du pays, nous résumerons succinctement les informations collectées par Hugues.

Dans l'ensemble, c'était le statu quo, avec des menaces d'aggravation.

Le ministre de l'Économie et des Finances campait sur sa position. Dans une interview donnée la veille au journal télévisé d'une grande chaîne privée, il s'était dit droit dans ses bottines, bottines dont la marque nous est cette fois-ci malheureusement inconnue. Selon lui, il n'était pas question de revenir sur une loi qui venait d'être votée. C'était impossible techniquement, et moralement. Comme le présentateur, anormalement coriace ce soir-là, lui faisait remarquer que le droit de grève n'était pas amoral en soi, le ministre avait riposté en convoquant les grands mots. Contester une loi qui avait été votée par des députés élus par la nation, avait-il dit avec quelques trémolos dans la voix, c'était remettre en cause la *Démocratie*. C'était bafouer la *République*. Ni plus ni moins.

Le ministre avait terminé son allocution en ajoutant que l'heure était venue pour chacun de prendre ses responsabilités, face à la *crise grave* que traversait le pays. Le temps des *guéguerres de récréation* était désormais révolu. Petite phrase qui avait été reprise et commentée jusqu'à plus soif un peu partout, suscitant les réactions les plus indignées de l'opposition et des syndicats.

Côté trafic, on approchait de la paralysie totale. On comptait un TGV sur dix. Un train corail sur quinze. Une situation aussi déplorable à la RATP qu'à la SNCF, aussi stagnante dans les bus que dans les tramways. Des camions commençaient à bloquer routes et autoroutes. Seules les lignes aériennes étaient pour le moment épargnées, mais certains syndicats de grandes compagnies laissaient déjà planer des menaces. On évoquait aussi la *grogne* dans le secteur de la grande distribution, avec projets de grève à l'appui.

Dans les journaux, à la radio, à la télévision, les reportages sur les usagers *pris en otages* se succédaient. La famille Durand avait investi dans des rollers pour grands et petits. Mais à la première sortie, monsieur s'était retrouvé avec une fracture ouverte du genou. La famille Dupont avait choisi les bateaux-mouches. Mais dans la panique du départ, madame avait perdu une chaussure dans la Seine.

Le clivage entre la France qui travaille et celle *qui passe sa vie à se tourner les pouces, et à empêcher les autres de faire leur boulot* ne cessait de se creuser.

« La France va droit dans le mur. » Ce fut avec ces paroles que la caissière de la supérette accueillit Hugues, ce matin-là. S'imaginait-elle naïvement qu'il partageait son point de vue, alors même qu'il ressemblait fort au Français qu'elle vouait aux gémonies — un oisif, doublé d'un rouge qui achète *L'Humanité* ? Ou bien était-elle malveillante et espérait-elle, par ses insinuations, lui gâcher son café-clope-journal matinal en solitaire, le meilleur moment de sa journée ?

Comme elle paraissait la seule personne vivante sur la presqu'île, hormis quelques vieillards qui taillaient leur haie d'un air méfiant, et ses propres colocataires, avec lesquels il n'avait plus l'intention de faire d'efforts de sociabilité, il ne souhaitait pas se fâcher avec elle. Elle était en effet sa première source d'informations. Et pas seulement parce qu'elle le pourvoyait en journaux — aujourd'hui, elle avait tout reçu, y compris les livraisons de la veille. La kiosquière était visiblement très au fait de tout ce qui se passait à H***.

« S'il y avait une possibilité de quitter la région, vous me tiendriez au courant ? Faut que je rentre chez moi le plus tôt possible.

— C'est fini les vacances ?

— Oui, je dois travailler impérativement sur de gros dossiers qui se trouvent chez moi.

— Vous savez que vous êtes une espèce rare ? Personne ne veut bosser, dans ce pays.

— Pas même les demandeurs d'emploi ?

— Vous plaisantez ? Ils sont les premiers à profiter du système. L'État les engraisse et les encourage à ne rien foutre.

— Vous devriez ajouter : "Avec l'argent des contribuables."

— Exactement. Ce sont toujours les petits qui trinquent.

— Alors, vous pensez que vous pourriez m'aider à me remettre au turbin ? Il faut vraiment que je décampe d'ici. Au plus tard d'ici à deux jours.

— Quitter la presqu'île, c'est pas insurmontable. Je pourrais même vous déposer en voiture, si vous y teniez. Mais quitter H***, c'est autre chose. Le stop n'a jamais bien fonctionné, par ici. Les gens sont méfiants. Donnez-moi toujours votre numéro de portable, au cas où. Le kiosquier de la gare est mon cousin. Il sera aux premières loges s'il y a du nouveau. Je le mets sur le coup, et à la première alerte, je vous appelle. »

Corinne Geminiani avait toujours été fascinée par la beauté. Dans sa pure gratuité, son arbitraire absolu, elle lui paraissait la preuve même que Dieu n'existait pas. Ou qu'il était profondément injuste.

Pourquoi certains garçons avaient-ils les dents bien alignées, d'une blancheur impeccable, le cheveu abondant et le muscle sec, alors que d'autres luttaient en vain contre les caries, les poignées d'amour et la calvitie précoce ? Pourquoi certaines filles pouvaient-elles se permettre de manger du chocolat à toute heure, en gardant le ventre plat et les fesses fermes, alors que d'autres, comme elle, même en s'affamant pendant des jours, se révélaient incapables de perdre le moindre gramme ? Pourquoi certains êtres *cumulaient*-ils toutes les grâces, telles des princesses de contes de fées pourvues de marraines exagérément généreuses ? Tandis que d'autres ne cumulaient que les kilos et multipliaient les handicaps, comme si une sorcière les avait maudits au berceau : problèmes de taille, de pilosité, d'allergies au soleil ?

Non, Dieu n'existait pas. Ou bien ces répartitions inégales étaient l'œuvre de Satan, pour alimenter les passions mauvaises des hommes, jalousie, haine, frustration. Ou bien la nature n'était régie que par un aléatoire pur, un principe anarchique, dans lequel aucune intention providentielle, aucun schéma préétabli ne pouvait être décelé.

Et s'il y avait de la divinité dans tout ça, c'était dans la beauté elle-même. C'était à la Beauté même qu'il fallait rendre un culte. Non parce qu'elle était censée renvoyer, selon quelque idéalisme platonicien fumeux, à l'idée de Beauté. Mais parce qu'elle était à elle-même sa propre fin. « N'est-ce pas là le premier attribut de Dieu, que de se suffire à soi-même?» songeait Corinne. D'ailleurs, quand bien même cette beauté était périssable, soumise au vieillissement et à la corruption, n'y aurait-il pas tous les jours de nouvelles beautés pour remplacer celles qui se flétrissaient? Des beautés toutes plus affriolantes, charnelles, sensuelles les unes que les autres, alimentant sans cesse le suppliciant spectacle des merveilles de la nature?

La Beauté. La Grâce. La Jeunesse. Lorsque sous ses yeux ces qualités s'incarnaient à la perfection, lorsqu'elle était en présence d'un être aussi richement doté, Corinne avait du mal à réfréner son désir de se jeter à genoux, de prier l'être en question de la laisser l'adorer, le vénérer, et lui rendre grâce pour le tableau qu'il daignait lui offrir.

Or, à cet instant, allongées sur un vaste rocher plat, léchées par les vagues, dorées et huilées, c'étaient trois divinités de ce genre qui s'offraient aux regards de Corinne et aux rayons du soleil, narguant les cieux de leurs splendeurs terrestres pleinement autosuffisantes.

Au centre, Mourad, pain d'épices luisant, caramel fondant, corps dur et souple à la fois. À sa gauche, Amande, liane d'or blanc, serpent doré aux écailles brillantes, aux courbes enivrantes. À sa droite, Karen, corps un peu plus court et disgracieux, peau au grain moins serré — mais à cette distance, volet digne de ce triptyque d'exception.

L'image aurait suffi à Corinne. Hélas, il lui fallait subir le son. Et se conforter dans l'idée décevante que les gens beaux, estimant sans doute qu'ils font un cadeau suffisant au monde en présentant constamment le réjouissant spectacle de leur personne, sont généralement méchants.

Certes, il y avait des exceptions. Bathilde, par exemple. Et encore. Bathilde n'était que jolie. Elle n'était pas de cette beauté qui écrase tout sur son passage. En tout cas, elle n'était pas là pour empêcher, par sa seule présence désapprobatrice, à la vertu calmante, le flux vipérin qui s'exhalait de ces corps allongés. Et sa présence à elle, Corinne, était sans doute trop insignifiante pour être même remarquée de Mourad, Karen et Amande. Elle était en effet perchée sur son rocher, un mètre plus haut, enrobée dans son drap de bain pour éviter les coups de soleil, à la meilleure loge pour entendre les médisances du jour.

« Honnêtement, entre nous, disait Mourad. Qu'est-ce que vous avez pensé de l'histoire de Jason, hier soir ?

— Ridicule, fit Amande. J'aime beaucoup Jason, mais là, c'était grotesque.

— Comment ça, grotesque ?

— Grotesque, je te dis ! Ses histoires de vampires russes, de reines des neiges ! Non mais franchement ! Où il va trouver tout ça ? »

En réalité, Amande s'était mise à prendre cette histoire en grippe à partir du moment où elle avait constaté son impact sur Yvon. Ce matin, elle avait profité de son insomnie pour élaborer un stratagème. Elle avait songé à une histoire à raconter à son tour. Une histoire qui ferait oublier à Yvon toutes les Groucha du monde, et qui lui permettrait de se mettre en scène comme une créature à la fois irrésistible et pleine de grandeur morale. Il se trouvait qu'elle en avait une toute prête, et qui répondait à tous les critères exigés. Authentique, et pourtant incroyable. Il fallait qu'elle prenne la parole dès ce soir. Avant même qu'Yvon raconte qu'il était lui aussi éperdument amoureux d'une improbable Russe, l'humiliant ainsi publiquement.

«Jason a un vrai problème avec les gonzesses, déclara Karen. Vous ne trouvez pas ?

— On est d'accord, fit Mourad, qui se redressa sur sa serviette, dans son excitation. On est bien d'accord ! Il a un problème avec les gonzesses !

— Disons qu'il a un souci d'adaptation à la réalité, précisa Amande. Il est à la recherche de la femme idéale. Ce qu'il voudrait, c'est une créature diaphane, sortie d'un roman du XIXe siècle.

— OK, vous pensez comme moi, reprit Mourad.

— C'est-à-dire ? geignit Karen.

— Vous pensez qu'il est homo.

— J'ai jamais dit ça, fit Karen.

— Non, Mourad, franchement, je ne suis pas sûre, dit Amande. Fais gaffe, tu prends tes désirs pour des réalités !

— Mais vous êtes aveugles ou quoi ? Un mec beau et sensible, tout seul, depuis des lustres. Qui rêve à des créatures séraphiques. Qui cauchemarde qu'il est tout nu sans son slip et tout recroquevillé dès qu'une bouffeuse de bite est dans les parages ! Qui se balade en peignoir de soie ! Tous les indices sont là !»

Le silence retomba. Karen, à moitié dans les vapes, venait de mettre un tee-shirt sur sa tête. Elle suait à grosses gouttes et souffrait de la chaleur de midi, mais elle ne voulait pas qu'Amande paraisse plus bronzée qu'elle aux yeux d'Yvon.

«Tu ne m'en voudras pas de ce que je vais dire, Mourad ? fit Amande.

— Dis d'abord, et tu verras bien.

— Les mecs ici, c'est le désert. Ils sont ou pédés, ou moches.

— T'exagères. Qu'est-ce que tu fais d'Yvon ?

« — Ouais. Je sais pas. Beau mec, d'accord, mais pas très entreprenant.

— Tu ne voudrais pas qu'il soit entreprenant avec toi après ce que je t'ai raconté ? demanda Karen, mise en alerte dès qu'il était question d'Yvon.

— Qu'est-ce que tu lui as raconté ? demanda Mourad.

— Karen cherche à me faire croire qu'elle est folle amoureuse d'Yvon. Et par conséquent, comme je suis sa meilleure amie, je lui ai promis de ne pas y toucher.

— Tu vas tenir parole ?

— Je ne sais pas. Oui, à condition qu'elle se remue un peu les fesses. Parce que jusqu'à présent, je n'ai pas trouvé sa stratégie très payante. Alors disons que je lui donne jusqu'à ce soir. »

C'en était trop pour Karen. Elle se redressa, replia ses affaires, et quitta les lieux en chancelant. Elle grimpa le rocher sans prêter attention à Corinne, qui observa médusée les délicieuses petites marques corail que les anfractuosités du rocher avaient imprimées sur le postérieur de Karen, à la limite du maillot. Corinne se demanda pourquoi les mêmes rochers, quand ils s'imprimaient sur ses fesses à elle, ne laissaient que d'affreuses crevasses violacées, jouxtant vergetures et boutons liés à la repousse des poils.

Karen partie, Mourad et Amande continuèrent à passer les hommes de la maison en revue. Hugues n'était vraiment pas mal, dans le genre austère. Mourad lui trouvait un petit quelque chose de Corto Maltese. Le côté baroudeur, pirate des mers du Sud. Il avait sûrement une belle cicatrice de guerrier quelque part. Amande acquiesçait, mais elle lui trouvait vraiment trop l'air prêtre. Les révolutionnaires la fatiguaient, avec leur vertu et leur phraséologie manichéenne.

82

Et surtout elle ne comprenait pas ce qu'il fabriquait avec une dinde comme Ludivine.

«En voilà une que je ne peux pas supporter. Avec son féminisme pouf et son idéalisme de supermarché, elle est vraiment grave. En plus, j'en ai plus que marre de les entendre s'appeler *Divine* et *Doudou* devant tout le monde. C'est obscène, au bout d'un moment.»

Mourad jubilait. Amande était une peste, mais sa méchanceté avait une drôlerie sans équivalent. Il suffisait de la lancer sur une piste, et elle démarrait au quart de tour, brossant des portraits comme une virtuose, se dépensant sans compter.

«Et Cédric?

— Non mais tu veux rire? Il est gentil, d'accord, mais il est lourd comme du kouign-amann. Et puis je ne m'occupe pas des puceaux. Je n'ai pas l'abnégation d'une bonne sœur, désolée!

— Et Jason? Entre nous? Dis-moi comment tu le trouves?

— Attention à ce que vous dites!»

Jason venait de faire son apparition. Il se tenait debout sur le rocher au-dessus d'eux, les mains sur les hanches, la jambe gauche s'avançant légèrement dans le vide. Il était doré comme un croissant. Ses boucles blondes flottaient dans la brise légère. Corinne, assise à ses pieds, l'observait, incrédule. Avec son maillot de bain qui représentait des têtes de mort sur fond noir, il ressemblait vraiment à un messager des dieux de l'enfer.

«Encore une beauté d'archange, songeait-elle. Et moi, à ses pieds, c'est sûr, je ressemble au monstre vaincu par saint Michel.»

«Salut Jason, fit Mourad, à peine gêné. Oui, on parlait de toi. On était en train de dire que tu étais vraiment le plus beau parmi nous, n'est-ce pas, Amande? Les Groucha et les Varia, elles ne savent pas ce qu'elles perdent.

— Viens ici, mon petit bonhomme, fit Amande, en lui faisant signe de la main. J'ai un service à te demander. Je te préviens tout de suite que tu ne peux pas me dire non. Il en va de ton intérêt et du mien.»

3

Dans la belle lumière de l'après-midi finissante, Bathilde et Corinne équeutaient des haricots pour la salade du soir. Les ombres commençaient à s'allonger sur les murs de la cuisine et dans les allées du potager.

«Tu as remarqué que nous sommes toujours de corvée cuisine, toutes les deux? fit Corinne, qui était au fond ravie de se retrouver seule avec Bathilde.

— Si tu comptes sur les garçons pour avoir un peu le sens pratique, tu peux toujours attendre. Il n'y a que Jason qui ait de la suite dans les idées. Le problème, c'est que ce qu'il préfère, c'est donner des ordres. Il fait la liste des courses, les menus. Nous, on se contente d'exécuter. C'est la vie, que veux-tu?

— Et les filles, tu ne crois pas qu'elles pourraient filer un coup de main?

— Ludivine a fait les courses avec moi. C'est déjà un gros effort pour elle. Elle considère que toute activité ménagère est pour une femme une *aliénation librement consentie*. C'est sans doute pour ça qu'elle a toujours eu une femme de ménage pour s'occuper de son linge sale, quand elle vivait chez ses parents.

— Comment tu sais ça?

— Notre nounou était la nièce de la femme de ménage de ses parents.

— Ah ? Je l'aurais crue de milieu plus modeste.

— Moi, je comprends très bien qu'on ait une bonne, si on peut s'en payer une. Ça aide à garder une maison propre. Et puis ça rend service à de pauvres gens qui se trouveraient peut-être sans cela sur une pente dangereuse. Mais ce qui me rend malade, c'est cette hypocrisie. Elle réécrit complètement l'histoire, en cherchant à se faire passer pour une prolétaire. »

Corinne resta pendant une seconde la main en l'air, avec un haricot tremblant entre les doigts. Bathilde pouvait-elle ignorer que sa propre grand-mère faisait le ménage chez les Cailleteau ? Voulait-elle souligner la charité des parents de Jason, sans lesquels, à l'en croire, toute la famille de Corinne roulerait à présent au fond du caniveau, un litron de rouge à la main ? Elle voulut changer de sujet.

« Et Karen et Amande, comment tu les trouves ?

— S'il te plaît, Corinne, ne me fais pas dire de mal. Je me suis promis de ne pas recommencer à médire de mes semblables.

— Tu as fait le vœu de ne pas dire de mal. Mais est-ce que tu enfreins ton vœu en m'écoutant *moi* dire du mal ?

— Si tu veux parler, je ne peux pas t'en empêcher. Mais ne compte pas sur moi pour t'encourager. »

Alors Corinne lâcha ce qu'elle avait sur le cœur. Elle en avait assez de faire la bonniche du matin au soir pour permettre à certains et surtout certaines de se faire rôtir sur la plage. Elle n'avait pas la vocation ancillaire, en dépit de ce que tout le monde semblait croire ici, avec une foi facile dans les puissances de l'hérédité. En plus, elle ne voyait pas ce qui la distinguait de ces filles. Elles n'étaient guère plus diplômées qu'elle, peut-être même n'avaient-elles pas eu une mention au bac comme elle. Karen, même, lui paraissait tout à fait stupide. Elle était redescendue de sa chambre une demi-heure plus tôt, tandis que Corinne passait un coup de serpillière dans la cuisine. Au lieu de lui proposer son aide, elle l'avait regardée faire en se plaignant d'un gros mal de tête.

«Et tu sais ce qu'elle m'a demandé, pour finir? Elle m'a demandé si je suivais *Les Prisonniers*. Tu sais, la dernière bouse de la télé-réalité. Elle a cherché à me faire croire qu'elle trouvait ça débile, qu'elle s'était mise à regarder ça pendant ses révisions par pur désœuvrement, pour se détendre en fin de journée. Mais je ne suis pas conne! J'ai bien vu qu'elle était accro, que c'était un drame pour elle que de ne pas savoir si un certain *James* avait fini par coucher avec une dénommée *Élodie*. Tu te rends compte? Le plus grand problème pour elle ici, visiblement, ça n'est pas d'être coupée du monde, mais d'être privée de télé!»

Cela dit, poursuivait Corinne, Amande l'exaspérait encore beaucoup plus. Ce que Corinne lui reprochait par-dessus tout, c'était d'être *sûre d'elle*. Et c'était son grief majeur à l'encontre des gens. *Les gens sûrs d'eux* constituaient pour Corinne une catégorie à part entière, qui semblait avoir pour mission d'écraser le reste de l'humanité en lui donnant des complexes.

Corinne fut certaine d'apercevoir dans le visage de Bathilde, pieusement penché sur le saladier, une lueur d'acquiescement amusé. Elle crut pouvoir continuer à vider son sac.

Yvon lui paraissait douteux, lui aussi. On sentait qu'il avait un problème avec l'argent. Cédric avait déjà dû avancer pour lui sa première part dans la caisse commune. Et depuis deux jours qu'ils avaient refait une cagnotte, il n'avait toujours pas payé ses vingt euros à la communauté.

«Je crois que tu lui fais un procès d'intention, la tempéra Bathilde. À mon avis, si Yvon n'a pas encore payé, c'est parce qu'il est dans la lune. Il est du genre doux rêveur. Et puis je crois que les choses matérielles n'ont pas de prix pour lui. De ce point de vue, je ne peux pas lui donner tort. On sent que c'est un garçon influençable, mais qui a des valeurs.»

Corinne, déçue de trouver cette résistance inattendue chez Bathilde, changea une nouvelle fois de sujet. Elle lui demanda ce qu'elle avait pensé de l'histoire de Jason. Mais Bathilde, cette fois, se rembrunit complètement. Et, en bonne psychologue, Corinne en déduisit immédiatement que Bathilde éprouvait pour Jason plus qu'une tendresse ancienne. Mais Corinne ne savait pas faire profit d'une bonne découverte. Au lieu de ménager les sentiments blessés de sa nouvelle amie, elle ne put s'empêcher de les rudoyer encore.

«Tu sais ce qu'ils disent, les autres?

— Non.

— Ils disent que Jason est gay.

— N'importe quoi. Jason *n'est pas* gay. Et puis j'ai horreur de ce mot.

— Je te répète ce qu'ils disent.

— Eh bien, arrête de répéter, veux-tu?

— Je suis désolée. Je ne voulais pas te faire du mal.

— Du mal? Qu'est-ce que tu insinues?

— Rien. J'ai l'impression que ça te fait souffrir, l'idée que Jason soit gay.

— Mais pas du tout. Pourquoi est-ce que j'en souffrirais, puisque ça n'est pas vrai!

— Ce qui signifie que, si c'était vrai, tu en souffrirais?

— Corinne, tu deviens pénible. Et indiscrète. Terminons d'équeuter ces haricots, et restons-en là. Je n'ai plus envie de parler. »

*

« Karen n'est pas descendue ? demanda Jason en débouchant une bouteille de cidre.

— Elle est malade, répondit Cédric.

— Malade ? répéta Amande. Elle ne sera pas là pour mon histoire ?

— Si. Elle va rester allongée encore un peu, et elle va descendre.

— Elle ne la connaît pas déjà, ton histoire ? demanda Yvon à Amande. Je croyais que vous n'aviez pas de secrets l'une pour l'autre.

— Détrompe-toi. Je suis capable de garder un secret. Et il se trouve qu'on m'en confie beaucoup.

— Et ce soir, donc, fit Bathilde, sortant de sa réserve habituelle, tu vas raconter à tout le monde l'un de ces secrets ? Te montrer digne de la confiance qu'on a placée en toi ?

— Je me permets de raconter l'histoire, mais uniquement parce qu'elle relève désormais du domaine public, figure-toi. À la prochaine rentrée, on en parlera absolument partout dans les couloirs de la fac. Ce ne sera plus un secret. La levée de la clause de confidentialité ne compte donc pas, ma chère Bathilde. Vous pouvez considérer qu'il s'agit d'une simple avant-première.

— Est-ce qu'on connaît la personne qui t'a confié ce secret ? demanda Jason.

— Toi, oui. D'autres ici, sûrement. C'est Irène Savanat. »

Des commentaires et des rires étonnés accueillirent ce nom.

«Je sais, elle a l'air insignifiante. Mais méfiez-vous de l'eau qui dort.

— Attends, avant de commencer, fit Cédric. Je vais aller voir si Karen est en état de descendre.

— Mais enfin, qu'est-ce qu'elle a?

— Un début d'insolation, je crois. Rassurez-vous, rien de grave.

— Une insolation, tu veux rire? s'écria Jason. On peut se faire hospitaliser pour une insolation!»

Mais Cédric prétendit rassurer tout le monde en racontant comment il avait sauvé la vie de Karen. Il était en train de jouer à la PlayStation dans sa chambre, quand il avait entendu des gémissements de l'autre côté du couloir. Ça venait de la salle de bains. Il avait trouvé Karen allongée sur le carrelage, rouge et frissonnante. Un énorme bouton de chaleur lui avait poussé au milieu du front et elle semblait en plein délire. Cédric l'avait soulevée de terre et lui avait tenu la tête au-dessus de la cuvette des toilettes pour l'aider à vomir.

«Merci pour ces détails, dit Amande. Je sens que je vais bien digérer mon gâteau aux pruneaux.

— Tu m'inquiètes, Cédric, je t'assure, insista Jason. Il faudrait faire venir SOS médecin. Ou alors je l'emmène chez Colette.

— Qui est Colette? demanda Mourad.

— Ma deuxième grand-mère, pour faire vite. Elle habite à cinq minutes d'ici, près de l'épicerie. Elle a une sorte de don pour guérir les brûlures et les fortes fièvres.

— Est-ce que Karen a de la fièvre? demanda Corinne.

— Elle en avait, répondit Cédric, mais c'est redescendu.

Je lui ai donné de l'aspirine et elle a dormi comme un bébé tout l'après-midi. »

Mais chacun y allait de son avis médical. Jason ne voulait pas que quelqu'un claque dans la maison. Amande expliquait que Karen avait toujours été sensible à la chaleur. Mais elle avait voulu faire la maligne en restant allongée en plein soleil, et maintenant elle récoltait la monnaie de sa pièce. Cela dit, on pouvait parier qu'il y avait là-dedans une part de comédie.

« C'est du chiqué, pour attirer l'attention sur elle. »

À ce moment, on entendit du bruit à l'étage. Puis des pas dans l'escalier.

Karen fit son apparition, une serviette humidifiée en forme de turban sur la tête. Avec son bouton rouge au milieu du front, elle ressemblait à un maharadjah.

« J'ai tout entendu, Amande, dit-elle d'une voix tremblante mais accusatrice.

— Très bien, alors. Je n'aurai pas à reprendre mon préambule. Assieds-toi, ma chérie, que je commence mon histoire. Et évite les pruneaux, c'est mauvais pour la digestion. Je n'ai pas envie de te tenir la tête toute la nuit. »

Deuxième histoire
LIBERTINAGE À HAUT RISQUE

Un jour que j'étais en train d'essayer, tant bien que mal, de suivre un cours soporifique consacré à la performativité verbale non séquentielle ou quelque chose d'approchant — cours auquel je n'avais pas assisté depuis deux mois, autant dire depuis toujours —, ma voisine a mis fin à mon intense effort de concentration psychique en me demandant d'un air gourmand ce que je pensais du prof. Physiquement.

C'était Trudel. Oui, Jason, tu peux rigoler. Moi-même, sur le coup, j'ai failli m'étrangler. Mais il faut expliquer pour les autres. Ils ne peuvent pas savoir. Trudel, c'est, comment dire? Un bel homme. Mais si, j'insiste, je suis sérieuse. Trudel est ce qu'on appelle un bel homme. À condition d'aimer les ruines, bien sûr. Ce qui n'est pas mon cas, j'aime autant vous prévenir. Mais des fois que ça le serait, ça dérangerait qui? Un bel homme, donc. Grand, mais déjà voûté et un pied dans la tombe. Chevelu mais chenu. Les yeux verts, mais chassieux et vitreux. Un cadavre ambulant, en résumé.

Blague à part, je n'ai jamais compris qu'on puisse s'intéresser à un vieux prof. Ils sentent tous la craie et la sueur rancie. Sans parler de leur haleine fétide et de leurs postillons mousseux, qui décourageraient les meilleures volontés. Ce n'est pas que ça me choque. L'interdit, ça pimente plutôt l'affaire. Mais enfin en ce qui me concerne, et même si, vous allez voir, je peux déployer des trésors de charité, mon dévouement a des limites. Je ne me sens pas l'âme d'une sainte Groucha. Moi, j'aime les hommes jeunes et pleins d'avenir. Ceux dont on sent qu'ils n'auront pas besoin de Viagra pour assurer le minimum syndical, vous voyez?

Mais revenons à ma voisine, parce que c'est d'elle qu'il s'agit, et qu'après tout tous les goûts sont dans la nature. Pour me débarrasser d'elle sans la vexer, je lui ai répondu : «Oui oui, il a un charme certain — ou plutôt un certain charme! Tout est affaire de point de vue!» Hélas! Voilà qui lui a suffi à se croire encouragée aux confidences.

«Je suis folle de lui, m'a-t-elle déclaré en substance, avec un air de névropathe. Et je suis tellement désespérée, je crois que je suis sur le point de faire une grosse bêtise.»

J'avais besoin de récupérer des cours. Les partiels arrivaient, et je ne connaissais personne dans le TD qui prenne aussi proprement et exhaustivement ses notes que ma petite voisine. J'étais impressionnée par ses cahiers. Elle calligraphiait tout avec une dextérité d'élève de CP et soulignait les titres avec quatre couleurs différentes. Je me suis dit que si j'acceptais, en échange de ces foutus cours, de prendre un café avec elle pour la laisser s'épancher et lui faire bénéficier de quelques conseils d'experte, ce ne serait pas une trop mauvaise affaire pour moi. Et pour elle, si on considère que je ne dilapide pas ma science ès séductions tous les jours, ce serait comme un cadeau de la Providence.

En conséquence de quoi, à la fin du cours, je l'invite à la cafétéria. C'est comme ça que j'apprends qu'elle s'appelle Irène. Pour ce qui est de son apparence, la voici en trois coups de crayon : petite, d'une pâleur de céleri-rave, des cheveux noirs et secs comme du crin de jument empaillée. Ni seins, ni fesses, si bien que de loin, on ne pourrait pas distinguer sa face de son profil. Habillée ton sur ton, en noir et bleu marine, façon camaïeu dégueu. En termes d'aura, aussi émouvante qu'un fer à repasser. Des yeux d'un joli bleu layette, tout de même. Si tant est qu'on soit sensible à ce genre de bleu et à un regard de poisson mort, c'est déjà un atout. Mais un atout dissimulé derrière des lunettes à la monture impossible, du style pointu et rebiquant sur les côtés. En l'écoutant raconter son histoire, je la contemplais avec consternation, me demandant déjà quel parti on pourrait bien tirer de si faibles appâts.

Irène s'était enamourée de Trudel dès qu'il avait pris la parole le premier jour de cours. Sa voix grave lui avait *remué les entrailles*. Sa chemise ouverte sur un carré de fourrure organique lui avait donné des frissons, et depuis, elle avait perdu le sommeil.

Elle s'était renseignée sur lui auprès d'Agathe Leglaudie. Pour ceux qui n'ont pas la chance de connaître cette réjouissante créature, Agathe, trentenaire plus laide qu'une chamelle famélique, est chargée de cours à la fac depuis la nuit des temps. À ses heures perdues, elle espionne pour son compte personnel. Se décrivant elle-même comme *bonne à tout faire du campus*, usée par les *humiliations quotidiennes* que son statut de précaire lui vaut au sein de l'équipe pédagogique, Agathe est rongée par le ressentiment, et raconte volontiers des horreurs sur les collègues qui, dit-elle, la méprisent. À la fin des cours, les étudiants qui restent pour poser des questions au bureau n'ont pas besoin de l'asticoter trop longtemps pour lui faire cracher son venin. À peine sollicitée, elle se répand en calomnies, tout en répétant aux élèves : « Surtout, que ceci reste bien entre nous, *il en va de ma carrière.* »

À l'en croire, untel est un tire-au-flanc, qui n'a pas publié un article depuis vingt ans. Unetelle a couché avec la moitié du département de sciences humaines. Tel autre a piqué ses travaux de recherche à un doctorant et les a fait publier sous son nom. En échange de ces révélations plus ou moins sulfureuses, Agathe attend de ses étudiants des informations sur le niveau des cours de ses ennemis. Quand on lui dit : « Celui-ci est vraiment mauvais », elle prend mollement la défense de la cible, pour mieux susciter les protestations des étudiants. « Ah bon ? feint-elle de s'étonner. Tout le monde sait qu'il n'est plus bon à rien comme chercheur, qu'il est vicieux et ne se lave pas les mains en sortant des toilettes, mais je l'aurais au moins cru bon prof ! »

Ainsi, en s'adressant à Agathe, Irène avait donc tout de suite frappé à la bonne porte. En feignant l'indifférence, elle avait collecté sans trop se forcer de juteuses informations. Trudel était divorcé et remarié à une ancienne étudiante, de trente ans sa cadette. Il avait deux filles de son premier mariage, déjà mères de famille, et un fils de son deuxième lit, âgé de huit ans environ. Agathe ne cachait pas qu'elle le détestait et qu'elle espérait lui nuire. Mais elle n'avait aucun ragot décisif sur lui. Certaines rumeurs invérifiables couraient à son sujet. On disait qu'il était volage. Qu'il aimait les très jeunes filles. Plusieurs étudiantes prétendaient avoir reçu des lettres. Agathe disait perfidement qu'elle devait déjà être trop vieille, car il ne lui avait jamais fait aucune proposition. Si elle s'était vue dans une glace, elle aurait compris que ce n'était pas ça qui était en cause dans la froideur de Trudel. Mais passons.

Irène avait été à la fois vexée d'apprendre que Trudel accordait peut-être ses faveurs à certaines de ces camarades, et regonflée par l'espoir. C'était le syndrome « Pourquoi pas moi ? » En conséquence de quoi, elle s'était procuré son adresse, et s'était mise à le guetter, pour découvrir ses habitudes. Elle l'avait suivi dans la rue, même le week-end, découvrant ainsi qu'il faisait son jogging le dimanche matin, du côté du lac. Elle avait résolu de l'aborder là, pour lui déclarer sa flamme. C'était à propos de cette imprudence qu'elle sollicitait mon avis.

J'ai essayé de lui expliquer que c'était trop brutal, et qu'avec le nombre d'étudiantes qui passaient chaque semaine sous ses yeux, il était peu probable qu'il la reconnaisse. Son idée n'était pas mauvaise en soi, mais elle ne pouvait être que la dernière étape d'une longue stratégie. Comme elle me regardait avec des yeux vides de toute étincelle, j'ai décidé d'être encore plus franche.

« Irène, ne le prends pas mal, mais tu n'es pas du genre inoubliable. Tant que tu as ces cheveux en torche-cul et ces lunettes de première de la classe, tu n'as aucune chance. Quand on aura refait ta garde-robe et que tu seras aussi glamour qu'Audrey Hepburn, ou disons, pour être plus réaliste, que Mireille Matthieu jeune, tu pourras passer à l'attaque. Mais pas avant. »

J'avais décidé de m'occuper moi-même de son cas. À croire que je n'avais que ça à foutre. Je ne me serais jamais cru une telle abnégation, franchement !

Pour être honnête, je crois que j'y trouvais des compensations.

Quand j'étais petite, j'étais interdite de Barbie, pour ma plus grande frustration. Ma mère disait que Barbie, c'était l'impérialisme américain dans toute son horreur. Je suis sûre que ce qu'elle reprochait surtout à Barbie, c'étaient ses seins et ses jambes de playmate. Comme je n'avais droit qu'à des poupées vieillottes, plates comme des écrans d'ordinateur et vêtues comme les petites filles modèles de la comtesse de Ségur, je les transformais. Je leur coupais les cheveux, je leur peignais la bobine avec des feutres, je taillais leurs culottes en coton pour en faire des strings. En traînant Irène Savanat chez le coiffeur et chez Séphora, je me disais que j'allais retrouver ces douces joies d'antan, revivre mon enfance, savourer ma madeleine de Proust à moi !

Mais il y avait autre chose. J'ai toujours aimé expérimenter. Observer jusqu'à quel point je pouvais transformer les gens. C'est mon côté docteur Frankenstein. Il n'y a rien qui m'excite davantage que ça. Avoir une créature à ma disposition. Tenter de lui donner la beauté, l'intelligence, la grâce. Et, en bienfaitrice de l'humanité, la rendre ensuite à ses semblables, enrichie et prête à l'emploi.

Malheureusement, Irène était récalcitrante. En sortant des magasins, j'étais pleine d'espérance. On en avait eu pour plus de mille euros. Lentilles de contact, accessoires somptueux, brushing vaporeux, robes à métamorphoser n'importe quelle souillon en miss France. On avait fait une séance d'essayage dans ma chambre, et j'avais presque été tentée d'apposer ma signature quelque part sur son corps. Mais dès le lendemain, Irène a rattaché ses cheveux avec un chouchou. Le surlendemain, elle a remis ses lunettes, sous prétexte que les lentilles lui donnaient de la conjonctivite. Un autre jour, ça a été un immonde carré de soie imprimée, qui avait dû appartenir à son arrière-grand-père, et qu'elle a mis autour de son décolleté Agnès B. Bref, il y avait toujours un détail qui venait ruiner mes efforts. Et comme je n'avais pu lui acheter une paire de seins ou des fesses postiches, que ses cheveux, au bout du troisième shampooing, reprenaient leur aspect poils de cul, elle restait désespérément moche. Cependant, un jour que j'observais horrifiée la photo de sa carte d'étudiante, je me suis dit que nous avions tout de même amélioré un certain nombre de choses. Il était temps de passer à la seconde étape.

*

« À partir de maintenant, tu te mets au premier rang à chaque cours, et tu poses des questions tout le temps.

— Je n'oserai jamais ! »

Le fait est qu'elle était tellement handicapée qu'il a fallu que je lui promette de m'asseoir à côté d'elle en permanence pour la rassurer. Et que je lui rédige des questions sur un bout de papier, à charge pour elle de les apprendre. Avant les séminaires, on répétait dans les toilettes. Je lui remettais un coup de blush sur les joues, et elle me montrait, avec une bonne volonté pathétique, qu'elle avait bien appris sa leçon. Je faisais le professeur, je répondais aux questions que j'avais moi-même inventées — ce qui me permettait au moins de réviser de manière ludique —, puis je lui demandais, en imitant la voix de Trudel, si elle avait bien compris mes explications.

« Qu'est-ce que je dois répondre, s'il me demande ça ? »

Je tâchais de lui expliquer qu'il fallait minauder. Baisser les paupières puis les soulever, comme dans les dessins animés. Le fixer avec des yeux remplis de timide convoitise. Avancer une bouche boudeuse, préalablement humidifiée, puis se mordre la lèvre inférieure et léchouiller son stylo Bic. Mais autant elle avait été débrouillarde quand il avait été question de se renseigner sur Trudel, autant, dans la séduction à proprement parler, elle n'était bonne à rien. Quand j'essayais de lui faire faire des mimiques provocatrices, elle se rengorgeait comme une poule malade et manquait avaler son quatre-couleurs. Elle finissait par éclater en sanglots si je la brusquais trop, et j'avais envie de la gifler. Quand arrivait le cours et qu'elle questionnait enfin Trudel, contrainte et forcée parce que je lui pinçais la cuisse jusqu'au sang, j'avais honte pour elle. Elle avait l'air d'une poupée mécanique, dont les compétences se limitent à répéter : « Maman j'ai faim » et : « Papa j'ai sommeil. »

J'essayais aussi de la pousser à traîner à son bureau à la fin des cours. « Pour lui dire quoi ? » pleurnichait-elle. Il fallait encore que je lui donne des idées. Demander une explication plus détaillée. Se proposer pour un exposé. L'inviter à prendre un café à la sortie du séminaire. Ça n'est pourtant pas difficile, quand on a un peu d'imagination !

Mais elle me disait que plus le temps passait, moins elle se sentait capable de l'aborder. Et pourtant, il lui arrivait d'affirmer que si jamais elle se trouvait un jour seule avec lui entre quatre murs, elle ne pourrait pas s'empêcher de lui sauter dessus. Car ce qui la terrorisait plus que tout, c'était le regard des autres étudiants. Cette godiche tremblait pour sa réputation.

À bout de nerfs, j'ai fini par lui demander pourquoi elle ne lui écrivait pas, si c'était plus facile pour elle. Elle avait son adresse. Elle pourrait réfléchir, à tête reposée, à ce qu'elle souhaitait vraiment lui dire. Jeter ses brouillons, travailler ses formules, choisir un joli papier, etc. Au fond, je lui disais tout ça pour me débarrasser d'elle. Car entre nous, je n'y croyais plus. J'étais convaincue qu'elle n'avait aucune chance, qu'elle ne tenterait jamais rien et continuerait à se morfondre comme la religieuse portugaise dans sa chambre universitaire.

Contre toute attente, elle m'a déclaré qu'écrire à Trudel lui paraissait finalement moins difficile que l'aborder dans le parc où il courait. Elle prétendait qu'elle s'était toujours senti *l'âme d'une épistolière.*

*

Quelques jours plus tard, je trouve dans mon casier une lettre tapée et non signée. Je vous la cite de mémoire.

Mademoiselle,

Je crois ne pas me tromper en reconnaissant en vous l'auteur de la missive charmante que j'ai trouvée à mon domicile.

Je vous avoue que je suis bien flatté qu'une aussi jeune et belle personne que vous puisse encore être un tant soit peu sensible à mon charme vieillissant de sexagénaire.

Je vous demande de ne plus m'écrire à mon domicile mais, si jamais semblable folie vous prenait de nouveau, directement à mon bureau à l'université. Vous comprendrez que je ne peux me permettre, à mon âge, de laisser une aventure, même purement chimérique, mettre en danger la vie que j'ai si péniblement reconstruite.

Mais sachez que je ne serais en rien réfractaire à l'idée de prendre un verre avec vous, si toutefois vous persistiez dans des intentions qu'il est de mon devoir d'appeler extravagances, et qui ne doivent pas vous donner d'espérances disproportionnées.

Je n'avais jamais rien lu d'aussi ridicule.

Il m'a fallu trente secondes pour comprendre que l'auteur de cette lettre n'était autre que Trudel. J'appelle Irène pour en avoir le cœur net, sans rien lui dire de l'objet de mon coup de fil. Elle me confirme ce dont je me doutais déjà, à savoir qu'elle n'a pas signé la lettre qu'elle a envoyée à Trudel, et qu'elle attend toujours une réponse. Je lui demande si elle a gardé une trace de sa lettre, et quelques minutes plus tard, elle me rappelle pour me lire son brouillon. Sa prose était encore plus invraisemblable que celle de Trudel. On comprenait qu'il se soit senti obligé de se mettre au diapason. Elle lui disait en substance — car sa lettre est bien trop longue pour que je la cite ici entièrement — qu'il avait peut-être remarqué dans son cours du jeudi de dix à douze une *jolie jeune fille* au premier rang, particulièrement intéressée par son cours, etc. Trudel avait évidemment cru que la jolie jeune fille du premier rang, c'était moi. J'étais dans de beaux draps.

J'ai évidemment décidé de ne pas lui répondre, et de ne plus me pointer à son cours. Mais alors il s'est mis à m'envoyer un tas de saloperies. Une bague avec un cœur. Un livre sur les pratiques érotiques des Indiens. Une culotte en dentelle. Il n'y avait jamais de carte pour les accompagner, mais je savais que c'était lui.

Pendant ce temps, Irène me harcelait au téléphone.

«Tu m'as laissée tomber, geignait-elle. Dans le pire moment pour moi. Il n'a pas répondu à ma lettre, et maintenant, c'est un supplice de venir en cours. Je ne sais pas ce que je vais devenir. Il faudra peut-être que je lui présente des excuses! »

Comme s'il travaillait à me nuire de concert avec Irène, Trudel m'a alors envoyé une nouvelle lettre, non signée, mais au style reconnaissable entre mille.

Mademoiselle, je pense à vous nuit et jour. Je suis au désespoir en songeant que ma lettre précédente vous a peut-être offensée. Vous y avez sans doute lu une rebuffade, là où il n'y avait qu'une mise en garde que mon sens des responsabilités m'obligeait à formuler. Hélas, vous ne venez plus à mon cours. Vous vous dérobez cruellement à ma vue. Je vous en prie. Un mot. Un signe de vous. Donnez-moi l'occasion de vous faire éprouver la fermeté de mes sentiments pour vous. Je ne suis plus en état de la nier.

*

J'avais vraiment assez perdu de temps avec cet obsédé et cette écervelée. J'ai résolu de jouer mon va-tout. Je me suis dit que si je parvenais à mes fins, je rendrais service à l'humanité tout entière, en neutralisant deux malades potentiellement dangereux. Et que j'aurais droit à la reconnaissance éternelle d'Irène, pour mes qualités de bienfaitrice.

Mon plan était simple.

J'ai envoyé à Trudel un poulet, tapé sur mon ordinateur, tiré sur une imprimante de la BU, pour ne pas laisser de trace. Il fallait rester dans le ton *Liaisons dangereuses* :

Monsieur,

J'ai tenté de vous oublier, afin de ne pas semer la discorde dans votre vie de famille. Mais votre dernière lettre a si bien rallumé ma flamme, que le seul moyen de l'éteindre m'a paru être de la pousser à sa dernière incandescence. Avec vous.

Je vous prie de bien vouloir me retrouver jeudi prochain vers 22 heures, dans ma chambre, résidence universitaire, bâtiment C, escalier B, quatrième étage, couloir de gauche. Chambre n° 666.

Pour éviter le gardien de nuit, passez par l'arrière du bâtiment. Le code d'entrée en est le 3254.

Permettez-moi de ne pas signer moi non plus, et soyez discret. Il en va de ma réputation.

Puis, j'ai donné rendez-vous à Irène dans la cafétéria.

« J'ai travaillé pour toi, tandis que tu te répandais en larmes inutiles. Ne me demande pas comment j'ai fait. Contente-toi d'exécuter mes ordres. Jeudi prochain, nous échangeons nos chambres. Rendez-vous à 21 h 30 devant le bâtiment C. Nous procéderons à l'échange de nos clefs. J'aurai mis des draps propres. Merci de faire la même chose de ton côté. J'oubliais. Fais-toi

100

belle. Épile-toi. Maquille-toi. Mets le porte-jarretelles que nous avons acheté ensemble. Ne dis rien, s'il te plaît. Pas de questions. J'attendrai ton appel jeudi jusque tard dans la nuit. Si tu n'as plus la tête à ça, ce n'est pas grave, nous en parlerons le lendemain. Je veux ma clef au plus tard vendredi à 16 heures. Rendez-vous à la cafétéria pour procéder à la restitution. »

Irène a balbutié, protesté, mais je ne me suis pas laissé fléchir et je l'ai laissée là, très fière de mon stratagème.

*

Le jeudi soir, elle était bien au rendez-vous. Elle m'a donné sa clef, en échange de la mienne. Elle tremblait, me suppliait du regard, mais je ne voulais toujours rien lui dire. Je suis allée m'enfermer dans sa chambre, où j'ai passé une heure mortelle. Sa piaule, on aurait dit le palais de Charlotte aux fraises. Il y avait un grand poster avec des chevaux blancs courant sur la plage, sur fond de coucher de soleil. Sa couette était rose avec des cœurs. Ça sentait le sirop et les bonbons. En observant tout ça, je me suis dit qu'Irène n'était sans doute pas aussi déterminée à coucher avec son prof qu'elle le prétendait. Sa chambre ressemblait trop à celle d'une fillette amoureuse de son papa. Je commençais à éprouver des remords, quand mon portable s'est mis à sonner. C'était Irène. Elle était en larmes. Je ne comprenais rien à ce qu'elle baragouinait. Je lui ai dit de ne surtout pas bouger, que j'arrivais dans la minute.

En ouvrant la porte, j'ai la mauvaise surprise de ne pas la trouver seule. Qui était assise à côté d'elle sur le lit, la prenant dans ses bras, lui caressant les cheveux ? Je vous le donne en mille : Agathe Leglaudie !

« Ne vous inquiétez pas pour votre amie, me lance-t-elle, je contrôle la situation.

— Qu'est-ce qui s'est passé ?

— Rien de dramatique. Mais ça aurait pu mal tourner. Heureusement que je n'étais pas loin ! »

Agathe explique qu'elle vient de quitter deux étudiantes de master, qu'elle retrouve toutes les semaines pour une partie de tarot au bout du couloir, quand un terrible barouf l'arrête, devant la chambre 666. Des cris étouffés, des meubles qu'on déplace, une chaise qu'on renverse. Inquiète, elle se permet d'entrer sans frapper.

« Et là — gardez ça pour vous pour le moment, même si vous pouvez être sûre que les choses ne vont pas en rester là, et que ça va faire un *énorme scandale* —, là j'ai trouvé M. le professeur Trudel *himself*, à moitié nu, et qui se débattait avec votre camarade. Sans doute cherchait-il à la violer. Je ne sais pas, votre amie ne veut rien me dire ! Je crois qu'elle est traumatisée. Enfin quoi qu'il en soit, vous pouvez compter sur moi. Je ne laisserai pas ce porc continuer à exercer ses pressions sur les étudiantes de la fac en toute impunité. Nous tenons enfin un bon moyen pour l'empêcher de nuire. »

*

Je n'ai jamais pu savoir le fin mot de l'histoire.

Poussée par Agathe Leglaudie, à ce que je crois, Irène a décidé de porter plainte pour tentative de viol. J'ai récemment croisé Agathe qui m'a raconté les dernières évolutions de l'affaire. La plainte d'Irène a été enregistrée il y a huit jours. Trudel comparaîtra en correctionnelle en septembre. Agathe sera appelée à déposer en tant que témoin. Comme je vous le disais, un truc énorme. On ne va parler que de ça à la rentrée.

Lui risque sa carrière, ni plus ni moins. Comme il est fini, et que c'est de toute façon un vieux cochon, ça n'est pas très grave.

Je préférerais qu'il en sorte innocenté, bien sûr. Mais après tout, il n'a qu'à comprendre qu'il n'a plus l'âge de jouer les Valmont.

Quant à Irène... pas facile de se faire une opinion.

Je suis à peu près convaincue que c'est elle qui s'est jetée sur Trudel pour lui arracher sa chemise. Il a dû protester, en voyant qu'il y avait erreur sur la marchandise. Se débattre. Et quand Agathe Leglaudie est entrée, Irène s'est dépêchée d'inverser les rôles. Ça aurait été trop humiliant pour elle d'avouer qu'il avait repoussé ses avances. J'aurais bien aimé poser la question directement à la principale intéressée, mais depuis cette fameuse soirée, l'ingrate ne m'adresse plus la parole.

La conclusion que je tire de cette triste histoire, c'est qu'il est impossible de faire le bonheur des gens à leur place. J'ai remarqué que, chaque fois que j'ai essayé de répandre les bienfaits autour de moi, ça a été un fiasco. Non seulement je ne suis pas parvenue à mes fins, mais en plus on a cru que je cherchais à nuire! Alors tant pis pour eux si les gens sont bêtes et injustes. Pour ma part, surtout en comparaison de Trudel et Irène, j'estime que je me suis comportée comme une sainte, et que je n'ai rien à me reprocher.

4

«Bravo, Amande! fit Mourad en se levant et en applaudissant. Tu es merveilleuse!

— Tu es digne de la Merteuil!» ajouta Jason en applaudissant à son tour.

Amande observait, un peu inquiète, l'effet de son histoire. Les filles la regardaient d'un air particulièrement hostile, mais ça lui était égal. La seule personne qui comptait, c'était Yvon. Quand elle crut déceler sur son visage un sourire amusé, elle se dit que la victoire lui était acquise. Le reste n'avait aucune importance.

« La Merteuil aurait mieux caché son jeu, dit Bathilde d'une voix fielleuse. À la fin, si elle est démasquée, c'est contre son gré. Mais ce qui me sidère, Amande, c'est que toi, tu te démasques de toi-même devant nous. En toute impudence. Je n'en reviens pas. »

Amande la fusilla du regard.

« Moi, je ne voudrais pas t'inquiéter, ajouta Ludivine, mais ça me paraît assez mal barré pour toi. Tu as une responsabilité directe dans cette affaire. Ça s'est passé dans ta chambre. C'est toi qui as attiré la pauvre Irène dans ce traquenard. Il me paraît impossible qu'elle garde ça pour elle. Et dans ces conditions, je vois mal comment tu pourras éviter de sérieuses emmerdes.

— Je ne suis pas conne au point de ne pas y avoir pensé, tu t'en doutes. Crois-moi, je ne risque rien. Irène sait très bien que si elle balance que c'est moi qui l'ai attirée dans ce piège, moi, je raconterai que c'est elle qui m'a demandé de l'aider parce qu'elle était folle amoureuse de Trudel. Elle ne pourra pas à la fois attaquer Trudel et m'attaquer moi. Les deux versions ne sont pas compatibles.

— Elle pourrait raconter que c'est un complot entre toi et Trudel, suggéra Yvon.

— Impossible, elle n'est pas assez intelligente. Et au pire, ce serait sa parole contre la mienne.

— Et Trudel, dit Bathilde, est-ce qu'il ne pourra pas montrer les lettres au tribunal et dire qu'elles viennent de toi ? Il connaît forcément ta part de responsabilité, puisqu'il t'a envoyé des lettres à toi, *Amande Thiers*, et qu'il s'est retrouvé face à *Irène Savanat*.

— J'avais pas pensé à ça, fit Cédric. C'est clair, il va t'accuser !

— C'est impossible. Il n'a aucune preuve. D'abord, la première lettre n'est pas de moi. Quant à la seconde, j'ai pris toutes les précautions pour qu'on ne puisse pas en identifier l'auteur. Enfin, n'oubliez pas que j'ai moi-même des lettres de Trudel parfaitement compromettantes. Comptez sur moi pour les avoir conservées. Il a beaucoup plus à perdre que moi, dans cette histoire.

— Donc, tu dors sur tes deux oreilles ?

— Je suis sûre que je ne risque rien.

— Tu es sûre que tu ne risques rien, intervint Corinne. Tu es sûre que tu n'as rien à te reprocher. J'aimerais bien savoir : sur quoi le débat est-il censé porter ?

— Eh bien, par exemple, ça m'amuserait d'avoir votre avis sur ce qui s'est réellement passé dans ma chambre. Si vous deviez faire une reconstitution, comment est-ce que vous vous y prendriez ? »

Mourad se lança. Il était lui aussi convaincu, sans l'ombre d'une hésitation, que c'était Irène qui avait agressé le professeur. Trudel avait dû suivre les instructions d'Amande à la lettre. Il avait frappé à la porte. Irène lui avait dit d'entrer, d'une voix langoureuse. Alors il avait découvert, offerte sur le lit, cette petite étudiante insignifiante qu'il se rappelait à peine. Peut-être s'était-il dit à ce moment-là qu'il était tombé dans un piège, ou bien qu'il s'était trompé de chambre. Sans doute avait-il tout de même reconnu la voisine d'Amande en cours, et avait-il compris son erreur fatale. En tout cas, il avait dû bredouiller une excuse et chercher à prendre la poudre d'escampette. Irène lui avait alors sauté dessus, lui avait arraché sa chemise. Dans la lutte, une chaise était tombée. Il avait dû crier au secours.

105

« Quelle horreur ! Du céleri-rave en porte-jarretelles ! Je comprends qu'il se soit débattu ! »

Ludivine le réfuta point par point. À son avis, la pauvre Irène devait avoir patienté fébrilement dans la chambre, sans trop savoir à quoi s'attendre. Quand le professeur était entré, timide comme elle était, elle avait été paralysée. Lui avait sans doute été un peu décontenancé de trouver Irène à la place d'Amande. Mais, en vieux dégoûtant qu'il était, habitué à coucher avec ses étudiantes, il s'était dit que tant qu'à faire, puisqu'il s'était déplacé, autant ne pas s'être déplacé pour rien. Il avait alors ôté sa chemise et tenté d'attraper la malheureuse Irène. Celle-ci s'était débattue, avait crié. Dans la lutte, une chaise était tombée. C'est à ce moment-là qu'Agathe était entrée.

« Tout le problème, au fond, finit par dire Cédric, c'est qu'on ne sait pas si les cris entendus par Agathe étaient des cris d'homme ou des cris de femme.

— Bravo, Cédric ! fit Yvon. Tu deviens perspicace !

— C'est que j'adore les polars.

— Mettons qu'ils aient été tous les deux consentants, fit remarquer Amande. Et que ce cri ait été non pas un appel au secours, mais l'expression du plaisir...

— Tu as raison, on n'avait pas pensé à ça non plus, l'interrompit Jason. C'est peut-être cette satanée Agathe qui a fait capoter ce qui devait être une nuit torride.

— Je n'en crois rien du tout, dit Bathilde. Mais dans un cas comme dans l'autre, c'est dégoûtant.

— Comment ça, dégoûtant ? demanda Mourad. Qu'est-ce qui te gêne ? Moi, je peux trouver ça dégoûtant, à la limite. Mais toi ? Quoi de plus naturel que ces instincts animaux ?

— Justement, nous ne sommes pas des animaux. Et puis dans ce cas de figure, il y a des choses choquantes. »

Bathilde évitait d'intervenir dans les débats quand il n'était question que de cancan. Mais quand la morale, la décence ou la religion lui semblaient en péril, elle ne pouvait rester sur son quant-à-soi. Elle se sentait investie d'une mission. Il lui fallait impérativement rétablir l'ordre, dissiper l'impureté de l'atmosphère. Mourad, ayant compris son mode de fonctionnement, éprouvait un plaisir pervers à la faire sortir de ses gonds. Il savait qu'il suffisait d'appuyer sur un bouton pour entendre Bathilde réciter son laïus. Certains mots, sortes de *Sésame, ouvre-toi*, déclenchaient immédiatement des sorties qui semblaient préparées de longue date. C'était la multiplication des pains. Des mots engendrant magiquement de nouvelles séries de vocables creux et coupants, d'expressions figées et violentes, de périphrases hyperboliques, véritables amplifications oratoires, et qui le faisaient paradoxalement jubiler. *Avortement* («crime perpétré contre l'innocence et la vulnérabilité»), *contraception* («obstacle honteux aux élans vitaux et cause d'une tragique dénatalité»), *adultère* («trahison des engagements les plus sacrés»), *divorce* («simulacre honteux au regard de Dieu, traumatisme pour les enfants»), *mariage homosexuel* («mascarade indigne»), etc. Quand il y avait du monde, c'était encore mieux, car Mourad pouvait donner sa camarade gratuitement en spectacle.

En l'occurrence, une fois lancée, Bathilde dispensa sans se faire prier son manuel de bonne conduite. Pour l'édification de tous.

Si l'homme était plus âgé que la femme, cela ne la gênait pas. À condition que l'écart ne soit pas excessif au point d'occasionner une *confusion générationnelle*. «Dans le cas présent, ce Trudel pourrait être le père d'Irène, voire son grand-père. C'est à la limite de l'inacceptable. Et je dirais même plus : s'il est bien coupable d'une tentative de viol, cela me paraît constituer une circonstance aggravante.»

En aucun cas, en revanche, la femme ne pouvait être plus vieille que son mari. Même de deux ou trois ans. «C'est une question de *représentation symbolique*. L'homme, pour rester l'élément dominant dans le couple, ne doit pas se sentir menacé par une supériorité quelconque. L'âge étant incontestablement et même mathématiquement une supériorité, ce genre d'écart conduit nécessairement à un renversement des valeurs.

— Quelles valeurs? demanda Mourad.

— Les valeurs, voyons! Celles de la famille. De la société. Celles qui font qu'on ne va pas droit dans le mur.

— Mais ce ne sont pas *les* valeurs, ma chère Bathilde. Ce sont *tes* valeurs. Celui qui ne les partage pas n'est pas forcément amoral et dépravé.

— Et ça fait du droit! murmura Ludivine à l'oreille d'Hugues, qui fumait toujours en silence. Quand je pense qu'elle sera peut-être avocate un jour, j'ai peur. Les femmes sont mal barrées avec elle.»

Bathilde, vexée, ne disait plus un mot.

Le débat se poursuivit, sans elle, ni aucun de ceux qui avaient décidé de rester muets : Hugues, qui se masquait derrière un écran de fumée. Amande, qui n'avait plus de salive. Karen, qui était rouge et brillante de sueur.

On évoqua d'abord la question tant attendue de la coucherie avec un prof. Pourquoi était-ce un fantasme si répandu parmi les étudiants? Sans surprise, Jason évoqua l'attrait du pouvoir. Le goût de l'interdit. La fascination pour le savoir et l'expérience. La fétichisation de l'uniforme. Mourad renchérit en effectuant des comparaisons éculées avec les médecins, les flics, les pompiers, les militaires et *toute autre profession générant des fantasmes dans lesquels peur et désir sont étroitement liés.*

Puis, on se demanda qui était responsable, dans le cas d'une coucherie entre prof et étudiant. Chacun s'accorda à reconnaître, profitant du silence de Bathilde, qu'il n'y avait rien à redire dès l'instant qu'on était entre adultes consentants. Mais qu'il était tout de même préférable d'attendre que l'étudiant ne suive plus les cours de l'enseignant, de façon à ne pas créer des *inégalités dans le traitement.* Si cette règle élémentaire était enfreinte, c'était selon Corinne de la faute du prof. C'était à lui de fixer les limites. Pas aux élèves. D'ailleurs certains profs étaient des récidivistes bien connus. Mais Cédric déclara que le prof était un être humain comme les autres, et que s'il était constamment soumis à ce qu'il fallait bien appeler du *harcèlement sexuel,* on ne pouvait pas lui en vouloir de ne plus être en état de résister.

«Il y a des circonstances où la nature reprend le dessus!»

*

La conversation roulait ainsi, entre paradoxes et idées reçues, quand on s'aperçut qu'il était déjà 2 heures. Ludivine, Hugues et Karen étaient montés se coucher. On était tellement pris par le débat qu'on ne les avait pas vus partir.

Mourad, Bathilde et Corinne quittèrent les lieux à leur tour, après une tournée de bises. L'atmosphère était presque chaleureuse, ce soir-là, pour la plus grande satisfaction de Jason.

«Tu avais raison, lui dit Cédric. Elle fonctionne, ton idée!

— Je reconnais qu'on ne voit pas le temps passer», ajouta Yvon.

Amande décida de profiter de la bonne humeur ambiante pour tenter une démarche décisive. Yvon l'avait regardée à une ou deux reprises avec une lueur dans les yeux. Elle était sûre qu'il s'agissait de désir. Elle déclara que l'idée de dormir avec Karen lui donnait des inquiétudes. Elle était tellement fatiguée qu'elle avait peur de ne pas se réveiller si celle-ci avait besoin d'elle.

«Tu veux que je dorme dans sa chambre? demanda Cédric. J'ai le sommeil léger.

— Tu serais un amour.

— Mais toi, tu vas dormir où?

— Je ne sais pas, ça n'a pas d'importance. En bas, sur un canapé.

— Il reste un lit dans la chambre de Mourad, observa Jason. Et si tu préfères je peux t'accueillir provisoirement dans ma chambre.»

Le regard que lui lança Amande lui fit comprendre l'ampleur de sa bourde.

«Mais non, protesta mollement Yvon. Viens dans la mienne. C'est beaucoup plus simple, je suis sur le même palier. Tu verras, on dort très bien côté rue. Il n'y a pas une voiture qui passe.»

TROISIÈME JOURNÉE

Le matérialisme dialectique lui servait à trancher n'importe quelle discussion. Les raisons qu'un homme peut avoir pour en haïr un autre ou l'aimer sont infinies. Moon réduisait l'histoire universelle à un sordide conflit économique. Il affirmait que la révolution était prédestinée à triompher.

JORGE LUIS BORGES
La Forme de l'épée

1

Cela faisait déjà quelque temps que Ludivine et Hugues étaient au bord de la rupture. Ils avaient beau continuer à s'appeler *Divine* et *Doudou* devant tout le monde, suscitant l'approbation attendrie des uns et l'agacement suprême des autres, leur relation n'avait plus rien de doux ni de divin.

Ludivine tentait désespérément de conserver l'amour de son *corsaire de la lutte des classes*, comme elle l'appelait parfois. Il lui avait tout appris. Sans lui, elle sentait qu'elle n'était plus rien. Qu'elle ne percevait plus rien. Pour donner relief à l'existence, elle avait besoin de ses yeux, de son intelligence, de son verbe rugueux et enragé. Hugues lui avait permis de voir le monde des riches comme il était. Dans sa cruauté. Sa brutalité à peine masquée. Son mépris des plus démunis. Il l'avait initiée aux grandes causes politiques et lui avait expliqué la différence entre trotskisme et léninisme, stalinisme et maoïsme, LO et la LCR. Il lui avait fait prendre le capitalisme en horreur.

Ludivine reconnaissait d'elle-même qu'elle n'était qu'une *privilégiée qui a tout reçu dans une cuiller en argent*, selon une expression de Doudou qu'elle avait faite sienne. Hugues, lui, était un *autodidacte*. Quand Ludivine prononçait ce mot d'*autodidacte*, l'admiration mettait des étoiles dans ses yeux. Certes, Doudou n'avait pas son bac. Il avait de grands trous dans sa culture et son vocabulaire. Il ne connaissait pas grand-chose à la littérature ou à l'histoire de l'art. Il cherchait à utiliser des mots compliqués, des expressions qu'il n'était pas sûr de maîtriser. Il disait *inhérent* pour *implicite*, «ça me *méduse*» pour «ça me *dégoûte*», «*apologie*» pour «*analogie*». Mais en revanche, il dominait les concepts marxistes comme personne. Les grandes luttes et les grands combattants de l'histoire, la Commune de Paris, la révolution de 17, Gracchus Babeuf et Simón Bolívar n'avaient plus de secret pour lui.

Mais tandis que Ludivine n'en finissait pas de s'exalter en songeant à son Doudou, Hugues se refroidissait à l'égard de sa Divine. Il vivait de plus en plus difficilement ce qu'il considérait de sa part à lui comme une *sociale-trahison*. Qu'avait-il fait, ces derniers mois, si ce n'est humer l'opium de la bourgeoisie? Endormir sa conscience, en acceptant que le loyer soit payé par M. et Mme Nattier, ces industriels décadents qui le méprisaient, pour n'avoir même pas su devenir manager au sein de la chaîne de fast-food? Ludivine

112

lui avait promis de renier son milieu d'origine, dès qu'elle aurait obtenu son autonomie financière. Mais c'était lui qui s'était renié en coupant les ponts avec le milieu syndical. Et maintenant, alors que le brasier révolutionnaire s'allumait un peu partout, il vivait dans un palace à l'écart du monde, avec des dégénérés qui pratiquaient le fouillage de merde et l'enculage de mouches le plus futile, nappant le tout de références à Boccace et à Molière pour tenter de se justifier. Ça ne pouvait plus durer.

« Il est quelle heure ? demanda Ludivine d'une voix endormie, en l'entendant boucler son sac.

— 6 heures. Rendors-toi.

— Qu'est-ce que tu fabriques ?

— Je m'arrache.

— Tu plaisantes ? Pour aller où ?

— Là-bas. Là où ça se passe.

— Et moi ? Tu me laisses tomber ?

— Je ne veux pas t'obliger à me suivre.

— Et si je veux venir ?

— À toi de voir. Si t'as vraiment envie de me suivre, ça te regarde. Mais pas d'atermoiements, je te préviens. Si tu me suis, tu assumes. »

Ludivine bondit hors du lit et s'agrippa à Hugues.

Elle le supplia. Elle ne pouvait pas partir aujourd'hui. Elle avait ses règles. C'était bientôt la fin, mais il fallait qu'elle reste allongée si les douleurs la reprenaient. Pourquoi ne l'attendait-il pas encore quarante-huit heures ? Est-ce que c'était raisonnable de partir tout seul sur les routes ? Ça ne rimait à rien. D'autant plus que les trains n'allaient pas tarder à repartir. Elle avait écouté les infos, cette nuit, pendant une insomnie. Certains conducteurs de train avaient parlé de reprendre le travail. On disait que le gouvernement travaillait à faire des propositions concrètes. D'ici à un ou deux jours, sûrement, les choses reprendraient un cours normal.

« Mais je ne veux pas que les choses reprennent un cours normal, tu ne comprends pas? Je veux faire la révolution. Tout foutre par terre! »

Alors Ludivine, sans se démonter, inversa le cours de sa démonstration. On n'en était qu'au début. Aux balbutiements. Hugues n'avait pas encore manqué grand-chose. Le Grand Soir arrivait, à coup sûr, mais il était encore loin, il y avait tout le temps. Il fallait d'abord qu'Hugues prenne quelques forces ici, avant la grande lutte. Qu'il se repose et qu'il mange bien, car on ne savait pas de quoi demain serait fait. S'il restait encore deux jours, elle aurait le temps de prévenir Jason. De laver leurs vêtements et de les mettre à sécher. De se décider elle-même. Il n'allait quand même pas partir sans elle! Elle aussi, elle en avait par-dessus la tête de ce monde pourri. Elle aussi, elle espérait que ça pète un bon coup. Mais la révolution ne pouvait pas se faire sans les femmes. Il avait besoin d'elle, autant qu'elle avait besoin de lui.

« Mais tu me fais rire, avec ton féminisme de midinette. Non, je n'ai pas spécialement besoin de toi. »

Ludivine accusa le coup et recommença à le supplier. Est-ce qu'il était si malheureux, dans cette baraque? Oui, il y avait des cons, elle le reconnaissait. Mais il y avait aussi des gens formidables! Le problème est qu'il n'avait pas fait d'efforts pour les connaître. Il était parti avec ses *a priori*, convaincu qu'ils étaient tous des fils à papa. Mais tous ne pétaient pas dans la soie. Pourquoi est-ce qu'il ne profitait pas d'être ici, par exemple, pour parler avec Mourad du *problème des banlieues*?

« Il n'en a rien à foutre du problème des banlieues. C'est

un petit arriviste, qui fait du droit pour devenir riche, et qui est au mieux apolitique. Le prototype du social-traître.

— Et Yvon? Il a l'air cool, Yvon. Je suis sûre qu'il a les mêmes idées que toi et que tu t'entendrais bien avec lui, si tu te forçais un peu.

— Tu veux rire? Ce crétin? C'est pas parce qu'il écoute du reggae et fume des joints que c'est un révolutionnaire. Au contraire!»

Hugues, répétant ce qu'il avait entendu dire à un camarade militant, expliqua à Ludivine que les vrais rastas étaient des fous furieux. Des racistes et des sexistes, qui voulaient brûler les pédés et enfermer les femmes. Leur idéologie était tout sauf pacifiste. En plus, le reggae était une musique de merde. Un truc ramollissant, destiné, surtout quand il était accompagné de chichon, à abrutir les masses. Ce qu'il fallait, c'était du rock identitaire. Ou du rap, à la limite. Quelque chose qui réveille.

«Mais dis-leur, tout ça! fit Ludivine. Dis-leur! Tu as tellement de choses à leur apprendre! Pourquoi est-ce que tu ne leur racontes pas une histoire, à ton tour? Peut-être que tu arriverais à les convaincre de la nécessité d'une révolution! Peut-être qu'ils nous accompagneraient sur les barricades!

— Mouais, je ne crois pas que ce soit une bonne idée. Bathilde de Ganze sur les barricades, tu y crois, toi?

— Bathilde est un cas à part. Une *reudeudeu*. On ne peut rien pour elle, elle est indécrottable. Mais Corinne, par exemple. Corinne aussi est une exploitée. Une aliénée. Sa grand-mère fait des ménages. Elle n'a pas de parents. On lui a sucré sa bourse d'études parce qu'elle avait raté sa première année, alors qu'elle devait bosser tout le temps à la caisse du supermarché pour payer ses livres et qu'elle n'avait pas le temps de travailler ses cours! Elle n'aurait rien à perdre, dans une révolution! Elle aurait tout à gagner!»

Hugues mollissait. Il s'était toujours senti l'âme d'un leader. Pourquoi ne pas faire ses armes sur ce petit groupe? Pourquoi ne pas profiter des circonstances pour s'améliorer d'un point de vue rhétorique? Il pouvait bien faire l'effort de rester vingt-quatre heures de plus.

«J'ai peut-être une histoire, fit-il. Si j'ai la certitude de pouvoir la raconter ce soir, je veux bien m'y coller. Mais je te préviens, ça risque d'en mettre certains mal à l'aise.

— Peu importe, mon doudou, tout ce que tu veux. Mais recouche-toi, je t'en supplie. Il en va de notre avenir et de celui de la révolution.»

2

Entre les résineux, découpée en triangles lapis-lazuli, la mer étincelait, comme dans une toile de Caspar David Friedrich. L'odeur des aiguilles chauffées par le soleil de midi, mêlées à la poussière blanche du chemin côtier, suscitait dans l'esprit de Jason des visions méditerranéennes, des souvenirs de siestes méridionales, des promesses sensuelles d'été caniculaire.

Essoufflée, ruisselante de sueur, Corinne s'arrêta et posa par terre les sacs de commissions.

«Est-ce que tu veux que je te prenne un sac? demanda Jason.

— Merci, ça va.»

Jason s'assit sur une grosse pierre, au bord du chemin. Corinne trouva appui sur la branche basse d'un arbre, qui formait comme un banc naturel. Dans le silence, à peine couverts par les sifflements de la respiration de Corinne, on entendait des insectes. Des cigales, en Bretagne? Des criquets? Jason n'aurait pas su dire. Il n'y connaissait rien. Comme ce calme était apaisant, en tout cas! Comme ça donnait envie de rester seul, au milieu de la nature, loin des hommes et de leurs bassesses!

«Yvon t'a donné ses vingt euros? demanda Corinne.

— Tu parles! fit Jason, reprenant à regret ses esprits. Il s'est démerdé pour être sous la douche pile au moment où on partait faire les courses.

— Ce mec a un vrai problème avec le fric. Je ne peux pas le sentir.

— Ah, toi non plus? Tu n'imagines pas comme tu me fais plaisir!»

Les écluses étaient ouvertes. Ils s'épanchèrent.

Il faut dire que la matinée avait été rude, une fois de plus, balayant l'embellie de la veille en moins de temps qu'il ne faut pour le dire. Corinne avait encore dû se farcir la vaisselle et le nettoyage de la cuisine. Jason avait trouvé la salle de bains inondée, des Coton-Tige flottant dans le lavabo bouché, des chaussettes sales moisissant derrière la corbeille. Ludivine et Hugues ne s'étaient pas levés. Corinne était sûre de les avoir entendus à 6 heures du matin, en pleine scène de ménage. Forcément, ensuite, c'était dur d'être debout à une heure normale. Amande promenait de la cuisine à la salle à manger une humeur de dogue, bousculant les meubles et faisant claquer les portes. Karen n'avait pas paru, mais selon Cédric, dont Corinne avait recueilli les confidences, elle ne voulait plus parler à sa sœur siamoise. Yvon était resté toute la matinée enfermé dans sa chambre, sonorisant la maison entière avec une vieille cassette pourrie d'UB40.

Pour finir, Jason et Corinne n'avaient pas trouvé ce qu'ils voulaient à la supérette. Le magasin n'avait pas été livré depuis deux jours.

«Les gens se sont rués sur l'huile et les pâtes, leur avait expliqué la caissière. Comme chaque fois qu'il y a une guerre ou une grève. C'est un réflexe de survie.

— C'est un réflexe de cons», avait grommelé Jason.

Ils avaient dû se rabattre sur quelques denrées non périssables et cuisinables en grande quantité : graines de couscous, lentilles, haricots blancs. Dans leurs sacs, ils rapportaient aussi les journaux. Il y en avait pour toutes les tendances politiques. Mais quelle que soit la ligne éditoriale, les faits restaient les mêmes : ni train, ni avancée significative dans les négociations. Karen avait demandé qu'on lui rapporte un magazine télé pour suivre les évolutions des *Prisonniers*. Corinne, au hasard, avait choisi *Trash TV hebdo*. En couverture, la dernière candidate éliminée posait seins nus sous un titre prometteur : «L'heure des règlements de comptes.»

«Quand je pense, déclara Corinne en s'épongeant le front avec une feuille d'essuie-tout, que je suis en train de porter le torchon de Karen, en plus de ses médocs, alors que je n'ai plus de bras, qu'on n'a pas la télé, et qu'elle n'est même pas foutue de me dire bonjour! Je ne sais pas comment tu supportes cette bécasse!

— Elle n'est pas méchante. Elle est même plutôt plus gentille qu'Amande.

— Ça, je te le fais pas dire.»

Et Corinne se lança dans une nouvelle diatribe contre *les gens sûrs d'eux*, dont Amande constituait à ses yeux plus qu'un spécimen : le plus parfait prototype. Jason prit mollement la défense de sa camarade de cours. Il la trouvait drôle,

118

pour le moins, et il appréciait son esprit. Mais elle lui semblait filer un mauvais coton, depuis qu'elle fricotait avec *Gorille dans la brume,* alias Yvon. Il espérait du fond du cœur qu'elle n'avait pas commis la faute de goût de sortir avec lui. Corinne soutint au contraire que ce serait là une excellente idée, car Amande et Yvon, de loin les deux pires du groupe, étaient parfaitement assortis, et devaient se neutraliser mutuellement. Mais Jason, à la grande surprise de Corinne, déclara que pour lui, le pire du groupe était Mourad. Il en avait par-dessus la tête de ses calembours vaseux et de ses regards insistants. Il l'avait ménagé, jusqu'à présent, car Mourad était un brave type, et Jason ne voulait pas se montrer homophobe. Mais ça ne pouvait plus durer, ce harcèlement.

« Il ne t'attire vraiment pas ? Il est tellement beau !

— Corinne, je ne suis pas homosexuel !

— Et bisexuel ? Freud dit quelque part qu'on est tous bisexuels, à un moment donné de notre existence !

— Eh bien, pas moi.

— Je suis désolée, je ne voulais pas te vexer.

— Tu ne me vexes pas.

— Mais j'ai l'impression que tu l'as pris pour toi !

— Pas du tout, je t'assure ! Je ne suis pas vexé ! »

Ils reprirent leurs sacs et recommencèrent à marcher, seulement accompagnés par le cricri des insectes. Au bout de quelques minutes, Jason s'arrêta de nouveau et reposa son sac dans la poussière.

« Écoute, Corinne, je vais te dire quelque chose, si tu me jures de ne pas le répéter.

— Je te le jure.

— Si jamais tu racontais ça à qui que ce soit, je ne te le pardonnerais pas.

— Depuis le temps qu'on se connaît, tu sais que tu peux avoir confiance en moi !

— Bon. Je n'ai pas été tout à fait honnête avec toi. J'ai *peut-être* des tendances homosexuelles, moi aussi. J'ai bien dit *peut-être*. Ne commence pas à me faire dire ce que je n'ai pas dit. Je fais des rêves bizarres, depuis quelque temps. Je ne vais pas rentrer dans les détails, mais ça me perturbe. Pendant que je rêve, je trouve ça plutôt agréable. Même sensuel, pour tout te dire. Et au matin, quand j'y repense, ça me dégoûte. À un point, tu ne peux pas t'imaginer.

— Freud a dit que le rêve était la réalisation d'un désir inconscient.

— Je te remercie.

— Mais ça n'est pas grave, Jason ! Je ne vois pas ce qu'il y a de dégoûtant là-dedans !

— J'espère que ça n'est qu'une phase, Corinne. Je suis *persuadé* que ça n'est qu'une phase. Mais si par hasard ça continue, de toute façon, j'irai voir quelqu'un pour me faire soigner. Et quoi qu'il en soit, mets-toi bien en tête que ça ne retire rien à l'amour que je porte aux femmes. Que dis-je à l'*amour* ? Au *culte* que je leur voue. J'aime la féminité. Je la vénère. Profondément. Tu me crois ?

— Oui, je te crois.

— Tu garderas pour toi ce que je t'ai dit ?

— Sois tranquille. Je garderai ça pour moi. »

3

Les lentilles séchaient dans les assiettes. Pas assez cuites, dures comme du gravier, elles baignaient dans un jus noir et sans saveur. Cédric avait oublié de saler. Il n'y avait ni carottes ni oignons pour rehausser le goût. Décidément, c'était un repas raté.

Karen avait reparu au dîner. Sans maquillage, le front brillant de pommade antiallergique. Elle allait mieux, disait-elle. Mais elle s'était assise à côté de Bathilde, c'est-à-dire le plus loin possible d'Amande, et en exhibant la plus outrageuse indifférence. Personne n'avait été dupe de l'artifice.

Bathilde était venue prendre de ses nouvelles, dans l'après-midi. Elle avait même apporté un petit bouquet de fleurs des champs. Karen avait été agréablement surprise de cette attention. Elle s'était dit qu'elle pourrait peut-être se rapprocher de Bathilde, si elle se sentait trop seule. Bathilde n'avait sûrement rien de drôle à raconter. Ce n'était pas avec elle qu'elle pourrait faire des pronostics au sujet des *Prisonniers*. Mais elle n'avait pas l'air méchante, et au moins elle n'était pas du genre à marcher sur les plates-bandes des autres.

«De toute façon, je n'ai plus le choix, personne ne m'aime ici. Je ne peux pas me permettre de faire la difficile.»

La nuit précédente, quand Karen s'était réveillée, grelottante et trempée de sueur, elle avait failli faire un arrêt cardiaque en découvrant, penché sur elle, impénétrable comme un bonze, Cédric, qui la veillait. Il l'avait calmée, lui avait épongé le front avec une serviette, lui avait fait boire de l'eau.

Mais, à peine rendormie, elle s'était de nouveau réveillée en sursaut. Si Cédric était dans sa chambre à la place d'Amande, où Amande se trouvait-elle elle-même? Karen s'était remémoré les propos que sa perfide amie lui avait tenus la veille sur la plage. Amande lui avait donné un ulti-matum pour faire une démarche décisive auprès d'Yvon.

Elle lui avait dit «jusqu'à ce soir». Autrement dit, cet ultimatum venait d'expirer. Et elle connaissait Amande. Elle n'était pas du genre à parler à la légère.

À la seconde, une nouvelle torture s'était ajoutée à celles qu'elle éprouvait déjà. La présence de Cédric lui rappelait à chaque instant l'absence problématique d'Amande. La matérialisait, implacablement. Dans sa fièvre, elle imaginait Amande, enroulée comme un serpent autour du corps musculeux d'Yvon. La jalousie lui plantait des couteaux dans le ventre. Faute de mieux, elle s'était mise à en vouloir à Cédric, de manière aussi violente qu'injuste. Elle avait le vague souvenir qu'il s'était occupé d'elle la veille, dans l'après-midi, quand elle avait cru crever pour de bon, noyée dans ses sécrétions. Mais l'idée qu'il l'avait vue dans des positions et des activités aussi humiliantes pour elle suffisait à le lui faire prendre en horreur.

«Tu veux bien aller dormir sur le canapé? Je n'ai plus besoin de toi.»

Aujourd'hui, en fin de journée, Amande avait tenté une explication auprès de Karen. Elle lui avait juré qu'il ne s'était rien passé entre elle et Yvon.

«Mais t'aurais bien voulu, c'est ça?

— Tu te trompes. C'est justement moi qui n'ai pas voulu.

— Ah ouais? Il s'est jeté sur toi, et toi, stoïquement, tu as résisté à la tentation?

— J'étais trop fatiguée.

— Arrête de m'embobiner. C'est fini. Je n'ai plus confiance en toi.

— Tout de suite les grands mots. Je ne te donne pas vingt-quatre heures pour te rendre compte que tu débloques.

— Eh bien, même si ça n'est que vingt-quatre heures, je

te promets que tu vas les sentir passer. Fiche-moi le camp, s'il te plaît.

— Désolée, mais c'est ma chambre. Quand on aura aéré et que ça ne sentira plus l'hôpital, je reviendrai m'installer.

— Alors c'est moi qui partirai. »

*

Corinne se leva pour toaster une troisième tartine. Il n'était pas dit qu'elle se coucherait avec une sensation de ventre vide, alors qu'elle avait trimé toute la journée.

Dans le silence, on entendait le cliquetis des couverts sur les assiettes. Un cliquetis sans entrain, avec un vague bruit de clapotement dû au jus des lentilles. Cédric se recoupa un morceau de fromage. Yvon décapsula une bière. Ludivine alluma la cigarette qu'elle avait patiemment roulée, ce qui l'avait occupée pendant au moins cinq minutes. Le ressort du grille-pain fit sursauter Mourad, qui s'endormait sur sa chaise.

« Mes chers amis, fit Jason, d'une voix forte. Je sais que personne n'a la pêche, ce soir. On ne va pas commencer à vider nos sacs, et achever de pourrir l'ambiance. Mais j'ai quand même deux ou trois choses à vous dire. Tout d'abord, la caissière de la supérette n'a pas été livrée depuis deux jours. C'est ce qui explique que nous avons mangé des lentilles — ça n'explique pas qu'elles n'étaient pas cuites, cela dit —, au lieu des Torti carbonara que tout le monde attendait. Il n'y avait ni oignons ni crème fraîche, et il ne restait que quelques paquets de nouilles. Je ne vous apprendrai pas que ce n'est pas avec ça qu'on fait des carbonara. Tout ça pour dire que je mets maintenant toutes les bonnes volontés à contribution pour trouver et réaliser des menus inventifs, variés, et aussi bourratifs que possible. Ceci de manière à éviter de manger entre les repas, et de prendre dans le frigo les provisions patiemment amassées par les charmants volontaires du groupe courses — merci à eux —, et destinées aux repas du midi et du soir. Ceci aussi de façon à éviter que ceux qui n'ont rien foutu de la journée critiquent ce qu'ils trouvent dans leur assiette. Si tout le monde signe le menu, tout le monde est responsable de ce qu'il mange. »

Le silence commençait à changer d'apparence. Il se passait enfin quelque chose. Les yeux des uns et des autres s'allumaient comme ceux des crocodiles, qui somnolent dans leur mare jusqu'au moment où un spectacle inattendu, peut-être la promesse d'une proie, leur met des lueurs jaunes dans le regard.

« Par ailleurs, il va falloir faire certains efforts sur l'hygiène, les économies d'énergie, et respecter quelques règles élémentaires. Je m'explique, en m'excusant d'avance pour le côté gore et scato de mon exposé. En premier lieu, je suis contrarié d'avoir à rappeler qu'une chasse est faite pour être tirée, une brosse à chiottes manipulée, une lunette levée (je m'adresse ici aux garçons), à moins qu'on reconnaisse humblement ne pas savoir viser et qu'on accepte de s'asseoir. Deuxièmement, on n'abandonne pas ses Coton-Tige dans le lavabo — ça peut boucher les siphons, si vous réfléchissez deux minutes, et je n'ai pas plus envie de voir le contenu des tuyaux que celui de vos petites oreilles. On évite aussi de laisser la salle de bains inondée. Parce qu'ensuite, si on rentre avec ses chaussures, ça fait des traces noires, voire un ring de catch boueux. Et accessoirement, on peut glisser et faire une chute mortelle. Inutile de vous dire que ça n'est pas le moment d'avoir à se rendre à l'hôpital. Troisièmement, on ne fait pas couler l'eau pendant trois heures. L'eau en général, parce que ça n'est pas bien du tout pour la planète. Et l'eau chaude en particulier, parce que ce faisant, on vide le ballon, et on ne laisse pas d'autre choix à ses camarades que de prendre une douche à dix degrés. Ce qui est peut-être excellent pour les tissus, mais franchement insuffisant pour le décrassage du corps et de la mauvaise humeur!»

Cette fois, les regards étaient totalement éveillés. Certains étaient durs et pleins de méfiance, exprimant une paranoïa à peine voilée. D'autres scintillaient de joie malicieuse, et prête à éclater.

«J'ai encore une chose franchement désagréable à dire. Je ferai donc vite. Tout le monde n'a pas payé sa part dans la caisse commune. Est-ce en raison d'une surdité momentanée au moment où on a sonné le rappel? Est-ce par peur de donner une indigestion au petit cochon de porcelaine? Je ne veux pas le savoir. Mais pour éviter un deuxième coup de semonce, merci de renflouer la tirelire dès ce soir. C'est promis, j'ai bientôt fini. Avant de passer la parole à notre cher Hugues, qui a demandé à raconter une histoire à son tour, ce dont je suis ravi, je vous ferai juste part d'une toute petite impression. La situation n'est pas facile. Les nouvelles ne sont pas bonnes. Tout le monde a le blues. Tout le monde a envie d'être chez soi, ou dans les rues des grandes villes. Maintenant, en contexte de crise, j'ai toujours pensé qu'il fallait se serrer les coudes. Je vous accueille gentiment dans la maison de ma grand-mère. Et avant de me manquer de respect à moi, c'est surtout à elle que vous manquez de respect, en laissant la crasse s'accumuler, en ébréchant la vaisselle et en marchant sur les plates-bandes du potager qui vous procure de si beaux légumes. Merci de penser davantage à elle. Elle s'appelle Gertrude, elle a quatre-vingt-deux

125

printemps, et elle est aussi charmante que susceptible. Elle n'appréciera pas que vous n'ayez pas fait honneur à son hospitalité. Par ailleurs, je vous ai proposé un moyen d'occuper nos soirées. Si vous avez mieux à proposer, je n'attends que ça. Mais si vous n'avez pas mieux, arrêtez de faire vos gueules de hareng saur, et tâchez de profiter du moment. Ceci dit, je ferme ma gueule et je laisse la parole à Hugues.»

Quelques applaudissements saluèrent le discours de Jason, mais le silence revint presque aussitôt. Un silence intense, très attentif. Personne ne s'attendait à entendre jamais un son sortir de la bouche d'Hugues. Hugues le taciturne, Hugues à la mâchoire verrouillée, Hugues à la bouche semblable à une plaie en train de cicatriser, et qu'on n'imagine plus se rouvrir. C'était vraiment l'événement de la soirée. La curiosité la plus passionnée était dans tous les regards.

Troisième histoire
GRANDEUR ET DÉCADENCE DE NADÈGE ROUGET

Vous avez réclamé une histoire incroyable, mais authentique. Je ne sais pas si la mienne répond au premier critère, mais à coup sûr elle répond au second. En fait, c'est plutôt une histoire ordinaire. Horrible, mais ordinaire. Une histoire de pauvres gens.

Vous n'en connaissez peut-être pas beaucoup, autour de vous, des pauvres gens. Je pense qu'ils n'ont pas trop l'occasion de partir en vacances au bord de la mer comme vous autres. Dans des baraques comme les vôtres, avec salle de bains à tous les étages. Et puis ils ne fréquentent pas les épiceries fines, mais les hypermarchés discount. Alors forcément, à part ceux qui viennent faire le ménage chez vous, vous n'en croisez pas tous les jours, des

126

pauvres gens. Moi, origine sociale oblige, j'en connais pas mal. Et je peux vous dire qu'il y en a beaucoup. Et que leurs histoires sont souvent horribles. Horribles et ordinaires à la fois. Histoires de surendettement. De cessation de droits. Histoires d'alcoolisme et de violence conjugale. Tout ça doit vous paraître banal, étant donné qu'on en parle parfois à la télé. Qu'on les montre, même, dans certaines émissions, un peu comme des monstres de foire. Avec leurs gros chiens et leurs gros mots, ils mettent tout de suite une ambiance folklorique de quart monde, le vendredi soir à la télé.

Dans le genre, tout de même, mon histoire bat des records d'horreur. J'aime autant vous prévenir. L'histoire que je vais vous raconter, c'est celle de Nadège Rouget. Une ancienne copine à moi, Nadège. Copine, en tout bien tout honneur, s'entend. Et c'est peut-être un peu dommage, en même temps. Mais c'est comme ça. Ses parents habitaient dans la même barre HLM que mes vieux, à B***. Moi, j'étais dans la même école primaire que Nadège. Après, on s'est retrouvés dans le même collège. Le genre de collège où personne veut mettre ses enfants. Alors tous les parents riches ils magouillent avec la carte scolaire pour envoyer leurs gosses dans une bonne école. Ou bien ils les foutent dans le privé s'ils ont les moyens. Comme ça il reste plus que les pauvres qui mijotent ensemble dans le collège des pauvres, faisant le désespoir de leurs profs, qui font tout pour les aider mais espèrent quand même obtenir leur mutation à la fin de l'année. Bref, un collège où personne ne veut aller ni rester. Un collège qui programme d'avance l'échec scolaire, l'échec professionnel et social. Bref, l'échec. Tout court.

À B***, tout le monde connaissait Nadège. Non seulement parce que c'était une gentille fille. Mais aussi, et surtout, parce qu'elle était vachement belle. C'en était presque étonnant. Quand on voyait ses parents — son père, petit bonhomme râblé avec des chicots et des cheveux couleur foin, sa mère, tronche de poivrote obèse façon betterave pourrie —, on se disait même que ça tenait du miracle. Y en avait qui disaient tout haut des trucs horribles que tout le monde pense tout bas, dans ces cas-là, mais s'abstient de formuler : Nadège, c'était *une rose poussée sur un tas de fumier.* En même temps, c'est pas faire justice à ses parents, qui étaient de braves gens, et certainement pas des fumiers comme tant d'autres.

À coup sûr, Nadège n'avait pas inventé l'eau tiède. Mais bon, c'est surtout qu'elle n'était pas aidée, dans les années *où tout se joue,* comme disent les éducateurs. Ses parents travaillaient dur, tous les deux. Ils auraient bien aimé qu'elle réussisse, mais ils étaient un peu fatalistes, et ça restait un vœu pieux. Elle n'avait pas de grand frère non plus pour s'occuper d'elle. Et puis elle n'aimait pas l'école. Pas mauvais genre, pourtant. Pas du genre à traîner avec les garçons qui squattaient sur leur mob devant le collège. Pas du style à avoir de mauvaises fréquentations, ou un bébé à douze ans. Non. Réglo, propre sur elle, bien élevée. Mais pas douée, quoi. À la fin de la cinquième, elle a été orientée coiffure.

Quelques années plus tard, elle a été récupérée comme shampouineuse chez Nouvel Hair, le coiffeur installé sur la dalle.

Quand j'allais me faire couper les cheveux, j'aimais bien qu'elle me shampouine la tête. Elle avait les mains douces, et elle faisait toujours attention à ce que l'eau ne soit pas trop chaude ni trop froide, mais juste comme j'aime. Elle me parlait doucement. Moi je me contentais de dire « oui » ou « non », sans trop faire d'efforts. J'étais bercé par le bruit de l'eau et des bulles de shampooing qui éclataient dans mes oreilles. La douceur de sa voix et de ses mains. Comme j'avais la tête à l'envers, le sang qui me gonflait les veines me faisait des sensations bizarres et agréables.

Le père, ancien ouvrier spécialisé chez Renault, est mort d'un cancer du poumon quand elle avait dix-sept ans.

Tout ça, je l'ai su par mes parents, car moi je n'habitais déjà plus à B*** à ce moment-là. Ça faisait partie des nouvelles du voisinage que mes vieux colportaient, quand ils m'avaient au téléphone. Ça m'a fait triste, mais on savait que c'était la vie et qu'on n'y pouvait rien.

Moins d'un an après, sa mère aussi est tombée malade et a dû prendre un congé prolongé. Et là, c'était moins la vie. Cancer de la plèvre. La mère Rouget travaillait en magasin dans les usines Jamier, le grand fabricant de biscuits de la région. Tout le monde savait qu'il y avait eu des problèmes d'amiante dans les anciens locaux de l'usine.

À cette époque, on en parlait beaucoup, de l'amiante. Il y avait des reportages au journal télévisé, assez souvent. Quand elle a appris qu'elle avait un cancer, Mme Rouget a d'abord pensé que c'était lié au chagrin qu'elle avait ressenti à la mort de son mari. Mais ensuite, à force de rester chez elle à regarder la télé, elle s'est dit que c'était peut-être lié à l'amiante. Comme elle devait commencer la chimio et qu'elle était moralement à bout, elle n'a pas cherché à savoir. Elle n'avait pas le courage de se battre.

Un jour qu'elle était à l'hôpital pour une séance de chimio et que Nadège était toute seule chez elle, le téléphone a sonné. C'était une syndicaliste de chez Jamier. Elle se présente, elle explique qu'elle a entendu dire que Mme Rouget a un cancer de la plèvre et que c'est pour ça qu'elle n'est pas revenue bosser. Elle veut savoir si c'est vrai. Nadège le lui confirme.

La syndicaliste raconte alors à Nadège que c'est le douzième cas de cancer de la plèvre, à la connaissance des syndicats. On n'est pas sûr de tous les cas, il y en a peut-être moins, mais vraisemblablement beaucoup plus. En fait, la boîte maquille les départs liés aux cancers de la plèvre en maladies diverses et variées, et pratique la désinformation. Elle achète le silence des malades en leur proposant une prime juteuse. Évidemment, une prime sans commune mesure avec les indemnités qui leur seraient reversées à la suite d'une action en justice. Faut pas rêver.

Toujours selon la syndicaliste, l'ancien P-DG, Jamier père, aurait fait faire un rapport d'expertise sur l'amiante six ans plus tôt, mais ensuite il n'aurait engagé les travaux nécessaires pour désamianter que quatre années plus tard, sous prétexte que ça ne rentrait pas dans le budget. Des criminels, ces mecs-là, si vous voulez mon avis.

Les syndicats proposaient d'intenter une action en justice contre Jamier père et fils. Mais ils avaient besoin de témoignages et de pièces à conviction. Il leur manquait une copie du rapport d'expertise, mais ils ne désespéraient pas de se la procurer. Nadège devait absolument convaincre sa mère de se battre pour faire reconnaître son cancer comme une maladie du travail.

En entendant ça, Nadège est devenue folle de rage. Elle a annoncé qu'elle irait elle-même chercher le papier dans le bureau du P-DG. Qu'elle ferait un scandale. Qu'elle se battrait jusqu'au bout avec sa mère, et que ces salopards paieraient pour leurs crimes.

*

Trois mois plus tard, en descendant à B*** dire bonjour à mes vieux, j'apprends que Nadège va se marier avec Philippe Jamier.

Philippe Jamier, le fils de l'ancien P-DG, et désormais à la tête de la boîte, c'est ce qu'ils appellent un *jeune loup*, dans leur milieu. Il faut croire qu'ils sont vraiment cyniques. Je l'ai croisé une ou deux fois, le Philippe, à bord de sa BMW. Une vraie caricature. Le genre costume de chez Boss, cravate Givenchy, chaussures brillantes et cheveux gominés en arrière. Bronzé toute l'année. Orange, plus exactement, façon fond de teint ou autobronzant. Une gueule de chacal, en bref.

Évidemment, ça m'a fait un gros coup. J'étais resté sur une union syndicale contre le patron, et j'apprends que ça se transforme en union conjugale *avec* le patron. Et puis il se trouve que j'avais toujours eu le béguin pour Nadège. Vous l'avez peut-être compris. Mais enfin je suis pas là pour vous raconter ma vie.

À propos de ce mariage, voilà ce que les gens disaient, notamment ses anciens patrons chez Nouvel Hair, qui étaient très remontés contre elle.

Nadège avait demandé un rendez-vous avec le P-DG. On lui avait paraît-il affirmé qu'on voulait bien recevoir Mme Rouget mère elle-même, mais personne d'autre. Elle n'était pas encore entre quatre planches et pouvait bien avoir le courage de se déplacer, tout de même ! Si elle faisait un petit effort de motricité, on aurait même des propositions à lui faire ! Voilà l'humanité de ces chacals de possédants.

En fait, ils en avaient marre de faire des chèques en or pour acheter le silence des malades, à un moment où ils savaient que, de toute façon, ils ne pourraient plus éviter une action en justice. La télévision régionale était déjà venue deux fois faire un reportage. Du coup, ils ne faisaient plus d'efforts. Ils attendaient le moment où ils seraient vraiment obligés de passer à la caisse.

À son deuxième coup de fil, ils avaient eu le front de dire à Nadège que le cancer de sa mère n'avait rien à voir avec l'amiante, mais qu'il était sans doute lié à sa tabagie passive. Après tout son mari était mort d'un cancer du poumon un an plus tôt. Nadège leur avait hurlé dessus que le cancer de sa mère, ça n'était pas un cancer du poumon, mais de la plèvre. Ça commençait par la même lettre, mais ça n'était pas le même mot, au cas où ils n'auraient pas remarqué. Mais autant pisser dans un violon.

Finalement, Nadège s'était rendue directement sur place. Elle avait fait un scandale chez la secrétaire du P-DG. Elle avait exigé de rencontrer le boss. Elle avait sommé la secrétaire de lui donner une photocopie du rapport d'expertise.

Et c'est là que tout avait basculé. Le jeune renard avait fini par entrouvrir sa porte, et s'était retrouvé face à face avec Nadège. Je l'ai déjà dit, elle était d'une beauté incroyable. Elle aurait sûrement pu faire du cinéma, ou de la publicité. Enfin quelque chose. Les gens lui trouvaient une ressemblance avec Sophie Marceau. C'est dire.

Il lui a dit de venir dans son bureau.

On ne sait pas trop ce qu'ils se sont raconté, mais dès ce moment, Nadège a changé de bord. Elle a cessé de venir au salon de coiffure, sans même prévenir ses patrons.

Elle a retiré sa plainte contre Jamier.

Elle a refusé de répondre aux appels et aux courriers de la syndicaliste.

Un mois plus tard, elle a annoncé à sa mère qu'elle se fiançait. Elle voulait se marier très vite, parce qu'elle savait que celle-ci n'en avait plus pour longtemps. Le médecin lui avait dit : « Six mois à un an. »

*

Pendant un an, ça a été le conte de fées pour Nadège. Si on met de côté le cancer de sa mère, bien sûr.

Tout ce que je vous raconte là, je le sais par ce qu'elle m'a répété plus tard.

Mme Jamier mère était très remontée contre sa future belle-fille. Bien sûr, elle jugeait que son fils faisait une mauvaise affaire.

Elle lui disait que c'était un caprice, qu'il aurait très bien pu se contenter de faire de Nadège sa maîtresse. Mais le fils Jamier n'était pas une tête brûlée. Il savait bien que la publication des bans allait faire du bruit et mettre des bâtons dans les roues des plaignants. Quant au père, comme toujours dans ces cas-là, il félicitait son fils pour son bon goût. Je suis sûr qu'il l'aurait bien essayée, sa bru. Comme on essaie une nouvelle BMW. Mais enfin, ça, c'est une supposition toute personnelle.

Le mariage, ça a été une fête à tout casser. Ils ont fait ça dans un château qu'ils possèdent à la campagne, à une centaine de bornes de B***. Il y avait deux cents invités. Tous du côté du marié, bien sûr. De son côté à elle, personne.

Les Jamier avaient pris en charge l'hospitalisation de la mère dans une clinique privée. Elle agonisait dans des draps de satin, heureuse pour sa fille du beau parti qu'elle avait fait.

Nadège n'avait plus que quelques copines. Les filles du salon de coiffure ne lui adressaient plus la parole depuis qu'elles n'avaient pas été invitées au mariage. Philippe lui avait permis d'organiser un enterrement de vie de jeune fille avec les trois copines qu'il lui restait. Il leur avait prêté sa carte bleue pour la soirée. Elles avaient mangé un couscous à B***, après avoir fait un sauna à la piscine municipale, puis elles étaient allées danser au Hongkong Star, la grosse boîte de nuit du coin. C'était tout.

Au mariage, Nadège était en robe Courrèges. J'ai vu les photos. Elle était superbe.

Après ça, ils sont partis en voyage de noces à Saint-Martin, dans la mer des Antilles. Il n'y avait rien à faire là-bas, à part de la bronzette et des boutiques. Mais elle était heureuse.

Quand ils sont rentrés, ils se sont rendu compte qu'elle était enceinte.

Toute la journée, les beaux-parents lui demandaient comment elle se sentait, à l'idée de porter dans son ventre l'héritier de la dynastie Jamier. Je crois que si elle avait eu une petite fille, ils auraient exigé de Philippe qu'il la répudie.

Heureusement pour elle, c'est bien d'un fils qu'elle a accouché.

Mme Rouget est décédée deux jours après l'accouchement, dans son mouroir pour riches. Les Jamier ont payé les obsèques. Ils ont même laissé Nadège choisir du marbre première catégorie pour la tombe.

Après ça, Nadège a fait une dépression. Elle est restée enfermée toute la journée. Elle ne voulait plus sortir. Quelque chose s'était cassé en elle. Comme si elle n'assumait pas complètement son destin. La rose transplantée dans un sol étranger dépérissait.

*

On a beau savoir que les contes de fées n'existent pas dans la vraie vie, que les histoires de Cendrillon et du prince charmant, c'est bon pour les petites filles, on ne peut pas s'empêcher de rêver, de temps à autre. Hélas, ce n'est pas avec du rêve qu'on transforme le monde. Dans la vraie vie, il n'y a pas de souillon sauvée du trottoir ou du RMI par des richards au grand cœur. Dans la vraie vie, il n'y a que des exploitants et des exploités. Parfois, il y a des gens qui passent d'une catégorie à l'autre. Presque toujours dans le même sens, d'ailleurs. Ce qui laisse croire aux gens que c'est possible de se faire une place au soleil. Que si t'es prêt à marcher sur les autres et à faire taire ta bonne conscience, tu dois pouvoir réussir. Mais la plupart du temps, si t'es prolétaire, tu restes prolétaire. Si t'es pauvre, tu deviens même de plus en plus pauvre. De même que si t'es riche, tu deviens de plus en plus riche.

Si par hasard, t'as réussi à te hisser au-dessus de ta condition, gare à la chute ! Car alors il n'y a pas de parachutes dorés, ni de capital relationnel pour te permettre de rebondir. T'atterris directement au quatrième sous-sol, sans même la compassion de tes anciens compagnons de misère. Normal, tu les as trahis.

C'est ce qui s'est passé pour Nadège.

Un beau jour, son Philippe de mes deux est revenu d'un voyage d'affaires aux Émirats arabes unis. Me demandez pas ce qu'il foutait là-bas, je n'en sais rien. Le rapport entre les biscuits salés et les pays chauds, c'est pas mon domaine. Le père avait des actions dans le pétrole, à ce qu'on m'a dit. Ça a peut-être un lien. Mais ça n'est qu'une supposition toute personnelle. Bref, le Philippe avait rencontré une richissime héritière. Une sorte de princesse, ou je ne sais pas quoi. Mais une vraie princesse, cette fois. Pas une pauvresse relookée chez Courrèges. Une fille de milliardaire.

Philippe a demandé le divorce. Il en avait marre, de son premier jouet. La fille qu'il avait épousée avait du punch et de la joie de vivre. Celle qui venait de donner naissance à son fils était triste à mourir et prenait des cachets. Il voulait être remboursé.

L'avocat du clan Jamier est venu expliquer la situation à Nadège. Tout ce qu'elle a compris, c'est que si elle était gentille et qu'elle acceptait de laisser la garde du bébé au père et de renoncer à tout droit de regard ou de visite sur l'enfant, elle aurait une pension mirifique. Si elle faisait chier, en revanche, ils ne lui laisseraient que ses yeux pour pleurer.

Elle l'a envoyé foutre, bien sûr.

Mais lui est revenu à la charge, en lui présentant des papiers qu'elle devait signer.

Elle n'avait pas de quoi se payer un avocat, de son côté.

Le fils Jamier avait suivi le conseil de sa mère. Il n'avait jamais donné un sou à sa femme. Ils vivaient en régime de séparation des biens. Et comme elle n'avait pas un clou, c'était vite vu. Si elle avait besoin de quelque chose, il lui prêtait une carte bleue, à charge pour elle de rapporter les facturettes.

L'avocat avait déjà constitué tout un dossier pour démontrer que cette mère de dix-neuf ans était immature et hors d'état d'élever un gosse. Il avait les ordonnances du médecin prouvant qu'elle prenait plein de cochonneries. Un faux rapport de psychiatre qu'elle avait consulté une seule fois, à la demande de Philippe Jamier, et qui prétendait qu'elle était un danger pour elle-même et pour les autres.

Elle s'est vue prise au piège, dans sa prison dorée d'où on allait de toute façon l'éjecter. Elle n'avait été qu'un ventre pour accueillir un héritier, et un argument publicitaire dans l'affaire amiante des usines Jamier.

Elle a signé, et elle est retournée dans l'appartement de sa mère, qui par chance n'avait pas été reloué. Il y avait juste quatre mois de retard dans le paiement du loyer. C'est une telle bagatelle dans les barres HLM de B***, il en faut plus que ça pour se faire mettre dehors.

*

Maintenant, il me reste le plus triste.

Nadège a essayé de reprendre le travail. Au salon de coiffure, on ne voulait plus d'elle. Son ancienne patronne disait que l'histoire de Nadège, c'était ce qui arrivait quand on voulait s'élever au-dessus de son milieu d'origine. Ses anciennes collègues jubilaient de la voir en galère. Les gens qui travaillaient à l'usine étaient scandalisés par la manière dont les Jamier l'avaient traitée. Mais ils ne pouvaient pas lui pardonner d'avoir retiré sa plainte dans l'affaire de l'amiante.

Une fois les loyers en retard payés, il ne restait plus grand-chose sur son héritage. Quelques milliers d'euros péniblement économisés par ses parents. Elle a reçu de l'aide des services sociaux, mais c'était quand même dur de joindre les deux bouts.

Le plus grave, pourtant, ça n'était pas l'argent. Tôt ou tard, elle aurait touché sa pension. Elle avait la vie devant elle, elle était toujours aussi belle, et il y aurait sans doute plein de garçons qui ne demanderaient pas mieux que d'épouser une fille aussi formidable.

Le problème, c'est que la fille formidable était brisée. C'est triste à dire, mais elle était toujours amoureuse de son prince charmant à la con. Sans compter le bébé, qui lui manquait à en crever, bien sûr. Elle ne comprenait toujours pas comment tout ça avait pu arriver. Elle était sûre qu'elle avait déconné quelque part, mais elle n'arrivait pas à savoir ni où ni quand.

À cette époque, quand j'allais voir mes parents, je passais toujours lui faire une petite visite. C'est à ce moment-là qu'elle m'a raconté tous les détails de l'affaire. Il y a eu un temps, je dois avouer, où j'ai espéré que je pourrais lui faire oublier son P-DG à la con. Quand je la voyais là, pliée en deux sur le vieux canapé à fleurs de ses parents, pleurant toutes les larmes de son corps, je n'avais qu'une envie : la prendre dans mes bras, et lui permettre de tout recommencer de zéro.

Mais je voyais bien que c'était peine perdue, et que pour ça il aurait fallu lui laver le cerveau. À dix-neuf balais, elle disait que sa vie était derrière elle. Et elle n'en démordait pas.

Les dorures avaient dû la gâter, en fait. Peut-être que les filles au salon de coiffure avaient raison. Peut-être qu'elle était une bourgeoise, désormais. Un mec tout simple comme moi, ça n'avait sans doute plus aucun attrait pour elle, qui avait connu la vie de palace, même quelques mois seulement. En tout cas, je n'arrivais pas à mettre un peu de soleil dans son quotidien. Le seul truc qui la soulageait, c'était de parler de son jules, et au bout d'un moment j'en avais ma claque, forcément. Alors je la laissais.

Un jour, au sortir d'une grosse journée dans un bar où je bossais comme serveur, mes parents m'ont appelé. Nadège avait avalé tous les médicaments qu'elle avait dans son armoire à pharmacie, et elle avait descendu une demi-bouteille de rhum pour être sûre de ne pas se louper. C'est le gardien qui l'avait découverte deux jours plus tard, étonné de ne plus la voir descendre chercher son pain.

Je suis allé à son enterrement, avec mes parents. Il n'y avait pas un chat, à part nous et son ancienne patronne, qui était peut-être venue par curiosité. En tout cas, c'était moche et triste. On marchait en silence derrière l'ancienne citrouille devenue corbillard, une rose à la main. Je me disais : « Et voilà. *End of the story*. Est-ce que c'est possible que ça s'arrête comme ça ? » Je ne pouvais pas me résigner. La résignation, c'est la meilleure alliée du crime. Et c'était plus que de la peine, ce que je ressentais. C'était de la rage.

Alors sur sa tombe, avant de lancer ma rose, j'ai fait le serment solennel qu'un jour, les fumiers qui étaient responsables de tout ça, les Jamier et tous les fils de pute d'exploiteurs et d'accapareurs, ils paieraient leur dette. Même si je devais venger Nadège au prix de mon propre sang.

4

Le visage d'Hugues, animé d'un feu sombre pendant tout le récit, venait de se refermer. Légèrement voûté, les poings serrés et le regard perdu dans un nœud du chêne, il paraissait avoir oublié l'existence de ses auditeurs.

Un reniflement se fit entendre. Corinne était émue aux larmes.

Mais le scintillement des yeux, à la lueur des bougies,

n'était pas dû qu'à l'attendrissement. Le regard de Bathilde, en particulier, luisait d'indignation.

«Pathétique, ton histoire, fit-elle enfin. Mais enfin, si je puis me permettre, c'est un peu gros. Un peu misérabiliste.

— Comment ça, *misérabiliste*?

— Misérabiliste, oui! La pauvre petite fille élevée en HLM, qui rencontre un immonde richard impérialiste, un colonisateur d'utérus, et qui se fait chasser comme une malpropre sitôt qu'elle a mis bas, excuse-moi, mais j'ai du mal à y croire.

— C'est pourtant la vérité vraie. Je ne te permets pas de la mettre en doute.

— Bien sûr. Mais c'est la manière dont tu la racontes, la vérité. À t'en croire, tous les riches sont dénués de moralité. Tous sucent la moelle des prolétaires et méritent de terminer la tête au bout d'une pique.

— Je n'ai pas dit ça.

— Mais c'est ce qui ressort de ton histoire. Tu parles sans arrêt de *chacals*. Pire, de *tronches de chacals*. C'est presque du délit de faciès. Pour tout te dire, je n'ai pas apprécié tes accents menaçants et vengeurs.

— C'est peut-être que tu t'es sentie visée.

— Non, certainement pas. Je suppose que tu es assez intelligent pour ne pas vouloir m'envoyer à la lanterne simplement à cause de ma particule. Parce que si tu attends de moi de la mauvaise conscience, tu perds ton temps. Il y en a assez d'avoir à se justifier sans arrêt d'exister. De se sentir dans le camp des ennemis de classe, quoi qu'on fasse ou qu'on pense. Les méchants bourgeois contre les gentils prolétaires. J'en ai par-dessus la tête de ces caricatures.

— Et c'est toi qui me dis ça? C'est toi qui parles de caricature? Toi qui es sans cesse en train d'opposer le Bien et le

Mal ? Les élus et les damnés ? Le moins qu'on puisse dire, c'est que le manichéisme de la lutte des classes n'arrive pas à la cheville de celui de l'Église ! »

Bathilde trouva inutile de lui parler de l'amour christique pour les brebis égarées. Elle préféra manifester son mépris par le silence.

« Moi je trouve au contraire qu'elle est très équilibrée, ton histoire, remarqua Mourad. Pas manichéenne du tout. Si on y prête bien garde, les pauvres n'y sont pas mieux traités que les riches. Eux aussi ils se comportent comme des porcs. Entre les coiffeuses jalouses de tous ceux qui échappent à la médiocrité ambiante, les syndicalistes qui te laissent tomber dès que tu oublies de payer ta cotisation, et même les fantasmes de parvenue de ta Cendrillon, je trouve que ça ne fait pas un ensemble très glorieux. Tes riches sont cyniques, mais au moins, ils sont honnêtes.

— Mais c'est vous qui caricaturez mon discours, tous autant que vous êtes ! Et je vais vous dire à quoi ça tient. Le problème, c'est que la vision que vous avez des hommes est exclusivement morale. Vous faites de la psychologie à deux centimes d'euro. Il y a les gentils d'un côté, et les méchants de l'autre, comme disait Bathilde. Mais c'est n'importe quoi ! C'est une vision bourgeoise ! Vous ne voyez pas que ce sont les conditions de vie matérielles qui fabriquent la psychologie et la morale ! Les circonstances socio-économiques ! Autrement dit, les rapports de production !

— Désolé, Hugues, mais ça devient difficile à suivre pour moi, fit Cédric.

— Je veux dire que si les riches se comportent comme des chacals, ça n'est pas parce qu'ils sont *œnologiquement* des chacals.

— *Œnologiquement* ?

140

— Il veut dire *ontologiquement,* intervint Ludivine.

— T'occupe de ce que je veux dire. Je me comprends. Voilà ce que je dis : les riches, ils défendent leur part du gâteau. Leur intérêt de classe. Leur place dans le système de production. Ce qui est bien normal, après tout. Mais du coup, tout est permis. Si les riches se comportent comme des chacals, c'est qu'ils ont la psychologie de leur classe sociale, point barre. De la même manière, tant que les pauvres seront lésés des moyens de production, tant qu'ils vivront dans l'aliénation, ils seront frustrés, aigris et jaloux. Pour résumer, en termes marxistes, la structure est première. La structure, c'est l'économie. La superstructure, c'est-à-dire les mentalités, la psychologie, ça dépend de la structure. C'est conditionné par la structure. On ne peut pas sortir de là.

— Ce qu'on s'en cogne, murmura Amande en rallumant une cigarette.

— Mais, mon doudou, c'est terrible ce que tu dis là, s'inquiéta Ludivine. Parce qu'au bout du compte, si je te suis bien, même si le riche n'est pas un salaud dans son for intérieur, il se comporte nécessairement comme un salaud, pour assurer ses intérêts de classe, ce qui revient exactement au même. Est-ce que ça veut dire que pour toi, la liberté n'existe pas ? Est-ce que les possédants — dont je suis, je te le rappelle — ne sont pas capables de compatir aux souffrances des aliénés ? Est-ce qu'ils ne sont pas capables de sacrifier leur intérêt de classe ?

— Divine, je t'ai déjà expliqué ça mille fois. Il n'y a pas de révolution sans liberté. Et on a besoin des intelligences libres de tout le monde. Des riches qui sont capables de voir avec les yeux des pauvres, comme des pauvres qui sont capables de briser leurs chaînes.

— Comment peuvent-ils en être capables, s'ils sont aliénés? demanda Cédric.

— Ils en sont capables quand les *conditions sont réunies*! Le but est de forger une culture politique pour aider le prolétariat à s'organiser, à résister, à prendre conscience de son aliénation. Quand le peuple arrive à *maturité*, il n'a plus qu'à se lever comme un seul homme et à reprendre possession des moyens de production.

— Une culture politique du prolétariat? intervint Mourad. Tu racontes n'importe quoi. Il n'y a plus de prolétariat! La société a changé depuis l'époque des mines et de la grande industrie automobile! Il n'y a plus que des pauvres surendettés mais suréquipés en nouvelles technologies! Qui se foutent de la révolution et qui regardent TF1 toute la journée! La télé. C'est *ça* leur culture. Tu ne peux pas lutter contre ça.

— Je ne suis pas si sûr. Regarde ce qui se passe en ce moment. Qui est dans la rue. Qui veut faire la révolution. Ne t'en déplaise, il y a encore des ouvriers. Et parmi les autres, les aliénés du tertiaire, les chômeurs, les immigrés, beaucoup ne sont pas dupes de ce qu'on leur montre à la télé. Les gens en ont marre. Ils veulent tout faire péter. Partager le gâteau.

— Dois-je te rappeler que les étudiants sont en vacances? Sans les étudiants, il n'y a pas de révolution possible. Ils sont la conscience de tout mouvement contestataire.

— Et mon cul, c'est du poulet? Si tout a capoté en 68, c'est à cause des étudiants et de leurs petites revendications bourgeoises à la con. Ils étaient totalement à côté des clous.

— Tu réécris l'histoire, Hugues. Renseigne-toi. Les accords de Grenelle, ça n'était pas la faute des étudiants, tout de même! Si les vacances n'étaient pas arrivées, la chienlit aurait continué de plus belle. Parce que l'idéalisme, même fanatique, il est toujours du côté de la culture et de la bourgeoisie. Et ce depuis toujours, que tu le veuilles ou non. C'est un truc d'éducation. Les pauvres sont prêts à baisser les armes dès qu'on leur donne une petite place au soleil. Un téléphone portable ou un écran plat. Il n'y a que les étudiants, les lettrés, pour s'intéresser encore à Lénine et à Trotski! Alors je te le répète, il est inimaginable de faire la révolution sans eux.

— Eh bien, cette fois, je te le dis, on se passera d'eux. Et puis je t'emmerde, vous n'avez pas le monopole de l'idéalisme. Ni les pauvres celui de la corruption matérielle. C'est scandaleux, ce que tu dis!

— Concrètement, reprit Cédric, en quoi la révolution est-elle censée résoudre tous ces problèmes? En versant du sang? En instaurant la dictature du prolétariat?»

Hugues se remplit un verre de bière, but une grande rasade pour se calmer, et reprit la parole. Tout d'abord, il fallait arrêter de brandir à tout bout de champ les goulags et les grands procès staliniens dès qu'il était question de révolution. Ça suffisait, le spectre rouge, le bolchevik avec un couteau entre les dents. On ne pouvait tout de même pas mettre sur le même plan *théorie marxiste* et *mise en application communiste*! Le problème est que les pays de l'Est avaient dénaturé les idéaux originels, en prolongeant une dictature d'État qui ne devait être que provisoire. Et pourtant! Quand bien même! Ces pays avaient au moins eu le mérite d'essayer quelque chose de neuf. On ne pouvait sans doute pas produire de grands changements sans relever ses manches. La violence était peut-être le prix nécessaire à l'avènement d'un ordre nouveau. Idée que synthétisait une formule aussi fameuse qu'incontestable : « On ne fait pas d'omelette sans casser des œufs. »

« Je ne sais pas si j'ai envie de manger de ton omelette, dit Bathilde. Elle risque d'avoir un goût de sang.

— Moi, ce qui me gêne, ajouta Yvon, c'est cette bureaucratie qui tyrannise les populations au nom de la dictature du prolétariat, justement. Je suis pour la liberté absolue. L'absence de contrôle. L'autogestion.

— Tu veux l'anarchie, en bref.

— J'ai toujours eu un faible pour Bakounine. »

Hugues réagit violemment à ce nom honni. Les anarchistes, en voulant tout foutre par terre avant de donner au prolétariat les moyens de reconstruire, étaient des fous dangereux. Ils faisaient le jeu des partisans de l'État policier, au bout du compte. Car comme tout le monde le sait, trop de bordel tue le bordel. Et dans le passé, chaque tentative révolutionnaire avortée, par manque d'organisation, s'était soldée par un retour à l'ordre le plus dur. C'était flagrant en juin 1848. Idem pour mai 1871, et ainsi de suite. Marx, lui aussi, voulait la suppression de tout État, à terme. C'était ce qui était prévu, à l'origine. Le véritable communisme. Mais il fallait d'abord organiser la dictature du prolétariat. Quand l'État aurait donné au prolétariat les moyens culturels et économiques de tout diriger, alors il disparaîtrait de lui-même, car il n'aurait plus de raison d'être. Il n'y aurait plus de luttes de classes, mais une seule société, aux intérêts communs. Plus de propriété. Plus de hiérarchie. Donc plus d'envie, de jalousie, de frustration, de vol et de crime. Mais, à terme, l'amour universel du genre humain.

« Mais qu'est-ce que c'est que cet idéalisme en toc ? Qu'est-ce que vous nous gonflez avec vos Marx et vos Bakounine ? éclata Mourad, à bout de nerfs. Réveillez-vous, les mecs! Ce sont des dinosaures! Ils n'ont plus rien à nous dire! Et même à leur époque, ils n'avaient rien compris à l'économie! Ce qu'ils voulaient, les uns et les autres, c'était distribuer les parts du gâteau, comme tu dis. Le problème, c'est que distribuer des richesses, ils savaient faire. Mais en créer de nouvelles, des richesses, hein? Une fois le gâteau mangé, qu'est-ce qu'on distribue? Qu'est-ce qui remplit les ventres? Voilà. C'est ça, ce qui me gonfle avec l'extrême gauche. Le côté partageux pousse-au-crime. Le nivellement par le bas. Sans le moindre réalisme économique.

— C'est toi qui débloques, Mourad. Primo, ce que tu dis sur la production des richesses. C'est faux. Archifaux. Le prolétariat sait bien comment les créer, les richesses, puisqu'il incarne à lui tout seul, ou presque, les forces de production. Je dis *presque*, parce que bien sûr il y a les machines. Mais on nous a annoncé cent mille fois le remplacement de l'homme par la machine, et on n'a encore rien trouvé de mieux, *au jour d'aujourd'hui*, que les petits doigts des ouvriers chinois et indiens payés cinq euros par mois. Deuxio, on s'en fout de créer de l'excédent. Ce sont les excès qui génèrent les inégalités. Ce qu'il faut, c'est produire strictement le minimum, pour subvenir aux besoins essentiels, sans épuiser les ressources de la planète. La surproduction est un fléau, à tous niveaux.

— C'est criminel, ce que tu dis. Tout le monde sait que l'absence de croissance, ça n'est pas synonyme de stagnation mais de récession. Inévitablement, mon petit gars! C'est comme ça que toutes les économies planifiées ont conduit à des marasmes. Si on veut s'en sortir, crois-moi, il n'y a que la libre concurrence. La compétitivité. Et ça, ça ne peut se faire que dans le cadre de l'Union européenne.

— C'est toi qui es criminel. Et à côté de la plaque. La

145

mondialisation et le capitalisme sauvage sont responsables des trois quarts des fléaux actuels de la planète. Écarts de richesse. Épuisement des ressources naturelles. Crises alimentaires. Et dans ces conditions, le marxisme effectue son retour en grâce, n'en déplaise à ceux qui croient l'avoir enterré avec la chute du bloc communiste. Jamais les théories du vieux Karl n'ont été plus d'actualité. Elles sont la clef de la crise économique mondiale. Voilà ce qui te gêne.

— Admettons que le diagnostic soit le bon. Qu'est-ce que tu proposes, comme remède ? De faire une petite révolution à la con et de sortir de l'Europe ? De tout nationaliser, comme en 81 ? De produire nous-mêmes notre pétrole imaginaire et nos oranges sans goût ? De faire du rationnement et de distribuer des montres de luxe aux habitants des cités ?

— Tu me caricatures.

— C'est toi qui me caricatures.

— C'est pas parce que t'as une petite licence de merde que t'en sais plus que moi.

— Bravo ! Avec ce genre d'arguments, t'es sûr d'avoir le dernier mot ! Ça me dégoûte. J'ai pas envie de discuter plus longtemps avec un mec aussi borné. Je vous souhaite le bonsoir, citoyens et citoyennes ! »

*

Le départ de Mourad, immédiatement suivi par Karen, qui comptait lui demander l'hospitalité pour la nuit, laissa place à un silence embarrassé. Depuis quelques minutes, le débat s'était transformé en duo, et le duo en duel, à la consternation de tous.

Hugues ne semblait pas mécontent du résultat de la dis-

146

cussion, malgré tout. Une main de Ludivine amoureusement posée sur son avant-bras — en réalité destinée à tempérer son ardeur dangereuse — lui rappelait que sa base le soutenait toujours. Dans les yeux de Corinne, il lisait de l'assentiment passionné. Dans ceux d'Yvon, une admiration curieuse. Les autres faisaient une drôle de tête, mais est-ce qu'on pouvait rallier tout le monde à sa cause dès le premier soir? Il fallait du temps pour préparer une révolution dans les mentalités! Ça ne pouvait pas se faire du jour au lendemain! Ce qui comptait, c'était d'avoir miné le terrain.

Jason, lui, était une fois de plus déçu. La discussion générale n'avait pas pris. Tandis qu'il empilait les assiettes, il observait les petits clans de deux ou trois qui s'étaient formés, comme des grumeaux. Bathilde et Amande, toutes deux imperméables au thème du débat, ressemblaient à deux bulles d'air dans une pâte à crêpe. Leur visage n'exprimait plus rien.

Cédric et Ludivine parlaient des prévisions météo du lendemain.

Yvon et Hugues avaient repris leur conversation sur Bakounine, les Brigades rouges et Action directe. Corinne, fascinée, les écoutait dans un silence religieux.

«Les intentions sont bonnes, répétait Hugues, en tirant sur sa cigarette. Les cœurs sont purs. Tout le problème est celui des stratégies d'action.»

Une nébuleuse jalouse se forma dans le ventre de Jason, tandis qu'il observait cette scène édifiante. Les opinions politiques des uns et des autres, ça n'avait aucune importance. Mais c'était un putsch autrement grave qu'Hugues avait fomenté ce soir. Il ne s'était pas contenté de raconter une histoire. Il avait aussi dirigé le débat. Usurpé son rôle de chef d'orchestre. Et, au bout du compte, créé une intolérable cacophonie.

«Et toi, qu'est-ce que tu penses de tout ça? lui demanda Amande, d'une voix basse et goguenarde. Ça ne t'intéresse pas, la politique?

— Tu peux parler. T'as pas dit un mot.

— J'aurais explosé.

— À ce point?

— Ça m'a ulcérée. Quand il l'ouvre, celui-là, ça ne s'arrête plus. Et puis son histoire! La malheureuse victime du terrible ordre social, infoutue de se battre pour sa dignité! J'arrive pas à avoir pitié de ce genre d'ectoplasmes.

— Je te reconnais bien là.

— Et toi, alors? Ça t'a plu, cette avalanche de bons sentiments?

— Oui, je trouve ça très bien. Formidable, même. Avant-hier, on a eu *Dracula* à la sauce Dostoïevski. Hier, *Les Liaisons dangereuses* façon roman de campus américain. Et ce soir, *Les Malheurs de Cosette*, revus et corrigés par Marx. C'est parfait. Il en faut pour tous les goûts, pas vrai?»

QUATRIÈME JOURNÉE

De nouvelles conversations ne tardèrent pas à se nouer sur ces entrefaites ; ils parlèrent de tout, le plus souvent tous ensemble. [...] Puis vint la politique : il fallait dans l'État la liberté la plus illimitée, la justice la plus absolue, une infinie tolérance. Quiconque y ferait obstacle serait abattu et vaincu. [...] Pendant qu'ils débattaient ainsi de ce qu'ils croyaient être de grandes choses, il s'en passait autour d'eux qui leur semblaient assurément bien petites. Les buissons se couvraient de verdure, la terre couvait et germait, jouant déjà avec les tendres pousses printanières comme autant de pierres précieuses.

ADALBERT STIFTER
L'homme sans postérité

1

Il y avait une certaine heure de la matinée où la maison de Gertrude Cailleteau ressemblait à la tour de Babel. Une tour de Babel musicale.

Par toutes les fenêtres, se mêlant au gazouillement des oiseaux sur les branches, la musique s'élançait. Mais les lignes mélodiques ne parvenaient pas à garder des trajectoires parallèles, et mêlaient leurs motifs de la façon la plus inattendue, et souvent la plus dissonante, composant un monstrueux patchwork de rythmes et d'ambiances sonores. Côté rue, le raggamuffin épais d'Yvon enveloppait encore harmonieusement les trilles claires de Joni Mitchell, surgies de la chambre de Ludivine. La basse offrait un écrin moderne aux douloureuses mélopées de la chanteuse folk, et mettait en relief la palette translucide et raffinée. Mais côté jardin, rien n'allait plus. Le duettino gracieux devenait mille-feuilles de sonorités stridentes, tapisserie délirante de Pénélope daltonienne. Aux jingles de la radio, qui colonisaient tout le rez-de-chaussée, se superposaient les geignardises surproduites d'une nouvelle starlette du *arenbi* (de la salle de bains où Karen prenait sa douche au premier étage), le crincrin faussement country et les voix écorchées de quelque avatar de ladite *nouvelle chanson française* (de la chambre où Amande faisait ses étirements), et, au dernier étage, depuis le balcon où Jason, espérant couvrir toutes les influences parasites, avait installé son poste, les perçantes *canciones españolas* de Teresa Berganza.

Personne, pour rien au monde, n'aurait renoncé à sa musique. Personne n'aurait accepté, autrement que comme une humiliante capitulation, de mettre des écouteurs. Les habitants de la tour de Babel ne toléraient que leur propre musique, ne s'intéressaient qu'à elle, par principe et avec obstination, espérant toutefois l'imposer aux autres, à force de la diffuser à un volume maximal. Ils s'indignaient alors de l'indifférence qu'elle rencontrait, comme on s'offusque d'une évidence mal comprise, incapables d'envisager que l'agression n'est jamais un mode de séduction, ni que ce qui les faisait souffrir eux n'avait aucune chance de porter les autres au septième ciel.

Au fond, chacun d'entre eux aurait donné cher pour obtenir le silence. Mais comme chacun considère ses déjections comme un prolongement de soi et les supporte mieux que celles des autres, chacun préférait s'abîmer les tympans avec sa propre pollution sonore, plutôt que de subir celle du voisin. Alors c'était la guerre par le bruit. L'affirmation chaotique et arrogante de soi par l'exhibition musicale.

«Et toi? T'écoutes quoi? Dis-moi ce que tu écoutes et je te dirai qui tu es. Je te dirais si tu es *in* ou si tu es *out*. Si tu es *lounge* ou si tu es *Do the funk* volume 74. Si tu es esthète casse-bonbons ou rebelle sans cause.»

Voilà ce que se disait Cédric, en franchissant la grille de la poterne, au fond du jardin. Comme tous les jours, il profitait de cette heure maudite pour s'éclipser et jouir tout seul de la plage et du bruit des vagues. Il n'aimait pas se déshabiller en présence des autres. Et l'après-midi, il supportait mal la chaleur du soleil, et préférait rester seul dans sa chambre, avec sa console de jeux ou ses romans noirs. Mais depuis deux jours, il ressentait de manière plus impérieuse le besoin d'être seul. C'est qu'il caressait un tendre rêve, et qu'il avait besoin du calme le plus religieux pour s'en repaître, le laisser prendre forme, s'enrichir de couleurs nouvelles, et délivrer sa plus douce mélodie. Ce rêve, les lecteurs attentifs ne s'en étonneront pas, avait pour nom Karen.

*

Pendant son enfance et la première partie de son adolescence, Cédric, comme la plupart des garçons de son âge, ne s'était pas intéressé aux filles, ces créatures aux mœurs

151

étranges et aux discours ésotériques. Son regard avait commencé à changer à partir du lycée. Cédric ne se rappelait pas avoir été particulièrement torturé par les changements dus à sa propre puberté. Il eût été incapable de dater le moment où il avait enfin mué, ni celui où son pubis et ses aisselles s'étaient couverts de poils. Mais il se rappelait ne pas avoir reconnu plusieurs de ses anciennes camarades de collège à la rentrée des classes en seconde. Leurs cheveux nouvellement permanentés, leur *body* fleuri et aguicheur, leur fond de teint masquant la couleur des boutons, sinon leur relief, lui avaient paru les symptômes inquiétants d'une nouvelle ère. De fait, beaucoup d'entre elles ne parlaient plus de chimériques acteurs, comme autrefois, mais du prof de canoë kayac ou du lointain cousin allemand à qui elles devaient l'heureuse perte de leur plus encombrant trésor. Coïncidence malheureuse, ses camarades masculins avaient à la même époque déserté la console de jeux vidéo ou les après-midi jeux de rôle, pour se lancer dans des flirts plus ou moins poussés avec des Caroline, des Justine et des Marion. Yvon avait ainsi raconté à Cédric ses exploits avec une fille de terminale, de deux ans son aînée.

Depuis lors, Cédric avait compris que le pucelage n'était plus de saison. Ne pas dépasser la fatidique moyenne nationale de dix-sept ans pour le premier rapport avait été érigé dans l'angoisse en impératif catégorique. Mais dans le même temps, Cédric avait confusément senti que, pour lui, les choses risquaient d'être plus difficiles que pour Yvon. Les filles, selon toute vraisemblance, ne s'offriraient pas à sa convoitise avec l'abondance juteuse des fruits de l'été. Et de fait, dès qu'il eut passé la limite fatale, il comprit qu'il lui faudrait toute l'énergie du monde pour ne pas rester puceau jusqu'à son dernier jour.

De dix-sept à dix-huit ans, Cédric fit par conséquent des avances à presque toutes les demoiselles qui croisèrent sa route. La réponse étant invariablement négative, quoique assortie de variantes subtiles («Je veux bien être ton amie si tu veux», «Ce n'est pas toi, le problème, c'est moi», «Je ne fais pas dans le social»), il finit par renoncer à cette méthode offensive. En prépas scientifiques, le pourcentage peu élevé de filles et l'obsession généralisée des concours limitèrent encore ses chances. En deux ans, il n'attira dans son lit qu'une seule jouvencelle, une dénommée Brenda Brown, qu'Yvon, par solidarité avec son camarade, reconnut appartenir à la catégorie «boudin haut du panier, matière corporelle testable». Mais rien ne fonctionna comme prévu. Faute d'alchimie, Brenda et Cédric restèrent toute la nuit en sous-vêtements, collés l'un à l'autre, elle secouée par des tremblements qui annonçaient une crise de catalepsie, lui paralysé par une humiliante absence d'érection. Ils ne se revirent pas.

Après cette période ingrate, Cédric crut entrevoir la libération en obtenant une difficile école d'aéronautique. Malheureusement, les filles y étaient plus rares que les licornes, et Cédric se trouva plus que jamais dans la dépendance d'Yvon.

Ce dernier connaissait en effet tous les viviers de choix. Les foyers de jeunes filles interdits aux hommes, dont on escalade le mur à la nuit tombée. Les soirées d'école de commerce, où *des dizaines de gazelles* attendent désespérément lions et guépards, en tenue de tigresse. Les soirées ciné-club de la fac, où il suffit de reprogrammer *Grease* ou *Quand Harry rencontre Sally* pour se retrouver avec une tête blonde sur son épaule, voire plus bas.

Mais Yvon avait beau entraîner Cédric, lui arranger des

rencontres, celles-ci tournaient toujours au fiasco. Dans les soirées, il fallait briller tout de suite, dégainer l'artillerie lourde. Cédric n'avait pas d'arguments immédiatement sensibles, sinon sa réussite dans les études et ses perspectives d'avenir. Mais, en ce nouveau millénaire, quelle fille de vingt ans était prête à mettre sa libido en veille au profit d'un investissement matrimonial à long terme?

Cédric savait pourtant qu'il était bien autre chose qu'un bon parti. Au fond de lui, il s'estimait à bon droit plus fin, plus sensible, plus généreux que bien des bellâtres à bonne fortune. Il avait d'ailleurs une stratégie avec les filles, mais qui ne pouvait se révéler payante que sur la durée. Une soirée n'y pouvait suffire. Elle consistait en ceci : Cédric feignait d'être un benêt. Il était alors certain de ne pas intimider. Les filles se rapprochaient de lui, appréciaient sa gentillesse, lui confiaient leurs déboires sentimentaux. Peu à peu, elles découvraient son humour, sa délicatesse chevaleresque, sa formidable intelligence des rapports humains. Et alors, elles succombaient. C'était du moins ainsi que les choses étaient censées se terminer. En réalité, les filles en restaient à l'étape de la confidence, et se répandaient inlassablement au sujet de leur amour non payé de retour pour Yvon ou l'un de ses semblables. Cédric était condamné à ramasser les restes, si tant est que les restes en question voulussent bien être ramassés.

Pourtant, quand Yvon lui avait parlé du séjour en Bretagne, il avait senti que les conditions idéales pour appliquer sa stratégie de la guerre lente se trouvaient enfin réunies. À son arrivée, la grisante *odor di femmina* avait certes menacé son sang-froid. Le bouquet délicat de crèmes pour le corps, de gels douche à l'orchidée et de cosmétiques précieux, qui émanait de la salle de bains, l'avait affolé au point de lui

154

donner l'illusion d'être en plein sérail. Heureusement, il avait vite retrouvé son emprise sur lui-même. Et une étude de terrain plus attentive lui avait permis de faire le tri entre les différentes figures qui hantaient le gynécée. Ludivine, beau papillon aux ailes clouées, n'avait d'yeux que pour son Doudou. Amande était officiellement intouchable, et ne l'eût-elle pas été qu'elle eût de toute façon paralysé Cédric, avec son regard de Méduse. En revanche, Cédric aurait volontiers touché Bathilde. Hélas, la roideur de cette dernière mettait entre elle et les autres un halo chaste et polaire. Quant à Corinne, il ne pouvait l'envisager que comme un pis-aller déprimant.

Restait donc Karen. Les premiers jours, il ne s'était intéressé à elle que par déduction. Sa médiocrité intellectuelle autant que l'agréable banalité de sa figure lui avaient simplement paru les gages d'une plus grande accessibilité.

Mais depuis l'après-midi où il lui avait porté secours, son imagination s'était enflammée. Il s'était senti investi d'une mission chevaleresque. Tenir la tête de Karen par les cheveux pendant qu'elle vomissait l'avait violemment troublé. L'expérience tenait à la fois de l'abnégation du preux surmontant son haut-le-cœur, et de l'intimité la plus charnelle. Ah! cette douceur soyeuse des cheveux blonds dans sa main! Il n'était pas près de l'oublier! Quand il lui avait épongé le front, il avait eu envie de boire les petites gouttes de sueur qui perlaient à la limite duveteuse de sa chevelure. Une vision avait achevé de l'étourdir. En dormant, Karen avait dans un mouvement découvert sa cuisse droite jusqu'à la fesse, qu'elle avait bombée et veloutée comme une pêche. Il avait été fortement tenté de porter sa main à l'objet défendu, et avait poussé l'audace jusqu'à prendre la mesure du volume avec sa paume, placée à quelques millimètres de la peau tentatrice.

Depuis, il était convaincu qu'il était tout près du but. Et à cette minute, le mouvement de va-et-vient des vagues s'écrasant contre les rochers, l'humidité visqueuse de l'écume se déposant en flocons légers sur ses pieds faisaient éclater les trompettes de son désir, exacerbaient ses fantasmes tout en les parant des suaves violons de la poésie.

Soudain, il entendit au-dessus de lui le couinement de la grille. Pendant une seconde, il s'imagina qu'il allait voir apparaître Karen, humble et fiévreuse, venant s'excuser pour avoir été un peu dure, l'autre nuit, et comptant peut-être lui déclarer sa flamme. Las! La silhouette épaisse et disgracieuse d'Yvon se découpa bientôt au sommet des rochers.

«Encore tout seul, *brother*? Dis-moi un peu, c'est comme ça que tu t'y prends pour mettre une poulette dans ton pieu?

— Fous-moi la paix, mister l'expert, répondit Cédric avec une sécheresse dépitée.

— Tu m'inquiètes sérieusement, mon petit gars. Tu passes une nuit complète dans la chambre d'une gazelle visiblement assoiffée, et t'es pas fichu de lui donner à boire quand elle réclame?

— Je t'interdis de parler de Karen comme ça! Est-ce que je te demande ce que t'as fabriqué avec Amande, pour qu'elle te fuie comme la peste et le choléra réunis?

— Je te l'ai déjà dit, *man*. Elle arrêtait pas de me demander si j'avais kiffé. Je lui ai répondu que pour le coup du siècle, fallait repasser. Et comme elle est douillette, ça l'a vexée. Putain, c'est vrai qu'elle était ridicule, à secouer ses cheveux dans tous les sens comme une sous-Sharon Stone!

D'ailleurs, je te la refile, si tu veux. Moi, j'en ai eu mon compte.

— Désolé, Yvon, je prends pas tes restes. Tu la voulais, tu l'as eue. Mon affaire à moi, c'est Karen. Et t'as pas intérêt à t'en mêler, si tu vois ce que je veux dire !

— Faut pas me dire ça, *brother*, je vais finir par croire qu'elle a un truc extraordinaire.

— Et alors ?

— Et alors, j'aime bien vérifier par moi-même, dans ces cas-là.

— Fais bien gaffe à toi, Yvon Rétamier. Parce que moi aussi je vais faire ma petite révolution, je te préviens. Et tes privilèges, les impôts de merde que tu m'extorques au nom de je ne sais pas quoi, tu vas bientôt pouvoir te les coller où je pense. »

2

« Vas-y, entre ! » fit Ludivine.

Amande poussa la porte de la chambre. Ludivine avait les yeux rouges et gonflés. Son nez coulait, la morve mettant à vif la peau fine qui s'auréolait sous les narines. Elle était encore en pyjama, les cheveux en broussaille traversés d'un crayon.

« Tout va bien, Ludi ? On commence à s'inquiéter de ne pas te voir.

— Ça va, je te remercie. J'avais besoin d'être seule. »

Amande entra complètement et referma la porte derrière elle. Évitant le lit défait sur lequel Ludivine était vautrée, elle marcha jusqu'à la fenêtre. Elle tira les rideaux et ouvrit les battants. Le vent marin s'engouffra. La lumière jaune du milieu de l'après-midi découvrit une pile de CD, sur un petit guéridon. Amande en prit les boîtiers d'un air sceptique et en examina rapidement les pochettes. Des femmes, uniquement. Avec des bérets sur la tête, des pulls informes, des airs de bonnes sœurs folks arides et moustachues. Elle se demandait à qui appartenaient les miaulements de chat égorgé qui sortaient du poste.

« Allez, je vois bien que t'es pas dans ton assiette. Autrement t'écouterais pas des trucs aussi déprimants !

— C'est pas déprimant, c'est *mélancolique*.

— Ah, fit Amande, renonçant à comprendre la nuance. Et en l'occurrence, c'est qui, cette chanteuse *mélancolique* ?

— Rickie Lee Jones. À l'époque où elle venait de se faire larguer par Tom Waits.

— Super. Tu devrais peut-être éviter...

— Bon, Amande, ça t'arrive souvent de jouer les grandes sœurs attentionnées ? Tu te doutes que si j'avais besoin de parler à quelqu'un, c'est pas vers toi que je me tournerais ! »

Amande ne se décourageait pas facilement quand son intérêt était en jeu. Elle était prête à avaler toutes les couleuvres du monde. Dans sa situation présente, elle n'avait pas le choix. Il lui fallait se rapprocher de Ludi pour garder la face, après l'humiliant échec de ses projets avec Yvon et sa brouille embarrassante avec Karen. Ludivine était encore la plus supportable de toutes, et il fallait à tout prix faire *bisquer* Karen, qui la narguait en jouant la carte du coup de foudre amical pour Bathilde et Corinne (*Bathilde et Corinne*, elle aurait tout vu !) Elle vint s'asseoir sur l'édredon, à côté de Ludivine, et lui prit doucement la main, en arborant un air qu'elle s'imagina *mélancolique*.

« Je sais qu'on ne s'est jamais beaucoup appréciées, toutes les deux. Mais au fond, on ne se connaît pas vraiment.

— Je ne sais pas si j'ai envie de te connaître davantage, Amande.

— Tu sais, j'ai l'air un peu peau de vache, comme ça, mais au fond je suis une tendre. Je n'ai aucune confiance en moi. Les gens m'impressionnent, alors je suis cassante pour me donner une contenance. Mais au fond de moi, je me liquéfie. J'ai envie de dire aux gens à quel point j'ai besoin d'eux, à quel point je les aime. Mais à la place, il n'y a que des horreurs qui sortent.

— Ça, ça doit être terrible. »

Amande se demanda si Ludivine n'était pas en train de se payer le luxe dangereux de l'ironie. En temps normal, elle l'aurait giflée. Mais dans ce contexte de crise, il fallait qu'elle lui donne le bénéfice du doute, et poursuive coûte que coûte.

« Avec les mecs, c'est pareil. Contrairement à ce que les gens s'imaginent, c'est toujours le grand malentendu, et je suis seule à crever. Ou bien je leur fais peur parce que je suis trop belle. Ou bien ils s'imaginent que je suis une fille facile et qu'ils peuvent se jeter sur moi sans me demander mon avis.

— C'est ce qui s'est passé avec Yvon ? Il a essayé de te sauter dessus ? »

Cette fois, Amande sentit qu'elle venait de marquer un point. Elle avait trouvé le talon d'Achille de Ludivine. Sa haine à l'égard du mâle conquérant.

« Oui, on peut dire les choses comme ça. C'est vrai que je n'étais pas indifférente à son charme. Mais je n'aurais jamais fait ça à Karen. J'ai une conception trop élevée de l'amitié, tu comprends ?

— Karen est amoureuse d'Yvon ?

— Merde, tu ne savais pas ? »

Elle lui fit jurer de ne jamais le répéter, ajoutant que Karen la scalperait, si jamais elle apprenait son indiscrétion. Le problème est que ce feu volcanique se voyait si bien, à force d'éruptions incontrôlées, qu'Amande finissait par croire tout le monde au courant. Ludivine lui demanda pourquoi elle s'empêchait de tenter sa chance elle-même, puisque Yvon lui plaisait à elle aussi, et que Karen n'avait apparemment aucune chance. Amande se récria que ça ferait trop de mal à Karen, et qu'elle avait tout de même des principes.

« Figure-toi qu'en plus je ne suis pas du genre à coucher le premier soir. Mais va-t'en expliquer ça à un babouin qui s'imagine que tout est gagné parce que tu dors dans sa chambre ! J'ai été obligée d'en venir aux mains !

— D'en venir aux mains ? Ah ! le salopard !

— Ça n'est pas le pire. Ce petit coq de basse-cour a dû se vanter de sa bonne fortune, pour sauver sa réputation. Résultat, Karen est persuadée que j'ai couché avec lui.

— Alors que tu t'es sacrifiée pour elle ?

— Exactement. »

Ludivine faillit s'étrangler d'indignation. Les mecs étaient vraiment des porcs. Il aurait fallu avoir toujours sur soi un cran d'arrêt ou une bombe lacrymo pour les empêcher de nuire. Elle était absolument désolée pour Amande ! Et, dans sa sincère commisération, elle posa une main sur l'avant-bras de sa camarade, laquelle comprit que sa stratégie avait payé. La glace était brisée. Et la résistance hautaine de Ludivine se mua en abandon lacrymal. Elle lâcha enfin ce qu'elle avait sur le cœur. Elle non plus n'était pas heureuse en amour. Elle ne savait même pas où était Hugues, à cette minute. Une fois encore, elle n'arrivait pas à le joindre.

« Qu'est-ce qui ne va pas, entre vous ?

160

« — Tu vois bien. Il est sans arrêt en train de me reprocher d'être une bourge. Pourtant, c'est pas faute de faire des efforts ! Mais mes croyances, mes convictions, tout ce que j'ai construit toute seule de mes petites mains et avec mes petits neurones, c'est comme si ça n'existait pas. Il me demande sans cesse de rendre des comptes pour les crimes des gens de la haute, ou alors de leur faire la peau pour prouver que je suis bien passée de l'autre côté.

— Je vois.

— Et puis son histoire, hier. Ça m'a achevée. J'ai essayé de faire bonne figure, mais je peux t'assurer que j'en menais pas large. Je n'ai jamais été aussi humiliée. Tu imagines que je n'avais jamais entendu parler de cette Nadège, en deux ans de relation ? Et il attend d'être devant dix personnes pour m'apprendre l'existence de ce grand amour, à l'origine de tout ce qui donne un sens à sa vie ? Mais j'ai eu l'air de quoi, moi ?

— D'une conne, bien sûr.

— Exactement, d'une conne ! »

Et à cette pensée, Ludivine éclata en sanglots. Amande en profita pour la prendre dans ses bras et la bercer doucement. Mais Ludivine refusait de se calmer. Sa douleur débordait en tirades saignantes, s'exaspérait en héroïdes masochistes.

« De toute façon, quoi que je fasse, j'aurai toujours à me faire pardonner de ne pas être née dans une benne à ordures ! Il faudra toujours que je lui coure après, que j'en fasse des caisses pour mériter sa considération, et ça servira à rien, au bout du compte ! Il partira, et si je ne me fais pas trouer la peau sur une barricade, enveloppée dans un drapeau rouge, il m'oubliera !

— Tu veux que je te dise, Ludi ? Ce garçon ne te mérite

161

pas. Et toi tu ne peux pas d'un côté dénoncer la loi des mâles, et de l'autre supporter cette goujaterie dans ton propre couple. D'ailleurs, je vois bien que tu ne le supportes pas, il n'y a qu'à voir ta tête, on dirait que tu t'es collé des oignons sous les yeux. Ménage-toi, ma chérie! Encore six mois de ce régime-là, et c'en est fini de ta beauté! Les peaux de rousses sont fragiles et se fanent plus vite que les autres, tu sais bien! Alors crois-moi, largue ce petit tyran avant qu'il ne te largue — ce qui malheureusement ne saurait tarder. C'est tout ce qui te reste! La dignité de ta vengeance!

— C'est pas pour ma dignité que j'ai envie de me battre. C'est pour mon amour.

— Et t'as une idée pour le conserver? Parce que m'est avis qu'il faut faire fissa. Il est dans le coma, ton amour. D'ailleurs, tu as tort de renoncer à ta dignité. Sans la dignité, l'amour est *toujours* dans le coma.

— Je crois que je vais raconter une histoire, à mon tour. Je vais lui montrer ce qu'il en coûte de rester fidèle à ses idéaux.

— Ça ne marche pas, les histoires. J'ai essayé.

— Peut-être, mais c'est tout ce qui me reste. Je raconterai quelque chose ce soir. »

Amande rongeait son frein. Depuis des jours, elle attendait l'histoire d'Yvon sur Groucha. Elle avait eu beau le harceler de questions l'avant-veille, il n'avait pas voulu céder. Il avait promis qu'il raconterait son histoire devant tout le monde, quand il s'en sentirait la force. Désormais elle attendait des révélations qui viendraient éclairer son étrange comportement avec elle.

« S'il a pris sa décision, c'est trop tard, Ludi! Le seul truc qui peut marcher, c'est de le prendre par surprise. Larguele avant qu'il te largue, je te promets! C'est la seule solution.»

Ludivine s'était arrachée à l'étreinte d'Amande. Elle la regardait avec défiance, de nouveau, le regard rougi mais sec.

«À quoi tu joues?

— À rien. Je te donne un conseil, c'est tout. De copine à copine.

— Écoute-moi bien, Amande. J'apprécie vraiment ce que tu essaies de faire pour moi. Je suis désolée que les gens te prennent pour une chienne enragée, alors que tu as si manifestement bon cœur. Mais pour ce qui est de mon histoire avec Hugues, si tu tiens à tes beaux yeux, ne t'en mêle pas.»

3

Jason relisait la même phrase pour la quatrième ou cinquième fois, sans la comprendre. Il s'était installé dans une chaise longue une demi-heure plus tôt, trop heureux de trouver enfin un moment d'isolement — les autres étaient à la plage — pour terminer un roman d'E.M. Forster entamé dans le train huit jours plus tôt. Il avait déjà tourné sa chaise à plusieurs reprises, jamais satisfait du résultat, gagné par une nervosité grandissante. Face au soleil, dont il avait tout d'abord souhaité la cuisson, il s'était trouvé ébloui, tandis que les pages du livre, à contre-jour, étaient plongées dans l'obscurité. Sa rétine brûlée, humectée par la sueur perlant à ses paupières, n'avait perçu que des caractères rouges sur fond noir, dansant une farandole infernale. Dos au soleil, il avait senti sa nuque le picoter désagréablement, tandis que la lumière se réverbérait de manière trop crue sur les pages du livre. En se mettant de côté, il avait fiché la chaise dans un trou de la pelouse, et glissant sur la partie droite de la toile de jute, avait réveillé de vieilles douleurs lombaires.

«Putain de merde, c'est pas possible de s'emmerder avec des conneries pareilles!»

Quand il avait enfin trouvé une position *ad hoc* et qu'il avait pu, la plante des pieds caressée par la fraîche pelouse, se replonger dans sa troublante lecture — une histoire d'affirmation de soi par le désir, contre les conventions sociales, et facilitée par la lumière des paysages italiens —, il avait vu Bathilde remonter de la plage, depuis le fond du jardin. Elle portait un petit peignoir en coton blanc, ses cheveux dégouttaient encore d'eau de mer, et il se dit qu'elle était décidément bien jolie. Brusquement, il s'imagina qu'ils étaient mariés, seuls dans la maison, et cette idée le frappa avec la force d'une séduisante révélation. Malheureusement, Bathilde paraissait fort loin de ces doux rêves d'intimité conjugale. Elle prit une chaise longue dans la remise et l'installa sur la pelouse — trop près de lui pour lui permettre d'ignorer sa présence, assez loin pour exprimer une froideur ostensible à son égard. Son visage était tellement dur, tellement fermé, qu'il n'osa pas lui adresser la parole. Mais, dès cette minute, il comprit qu'il n'arriverait plus à se concentrer.

«Qu'est-ce que tu lis? finit par lui demander Bathilde, d'un air glacial.

— *Chambre avec vue*, lui répondit-il en lui montrant la couverture.

— Ça parle de quoi?

— Ça t'intéresse vraiment?

— Pas spécialement, mais si j'ai eu la politesse de te poser la question, tu pourrais avoir celle de me répondre.»

164

Jason regarda Bathilde d'un air interloqué. Il savait qu'elle était folle de littérature anglaise, que c'était une des passions qu'ils cultivaient en commun et qui les rapprochait. Depuis quand lui parlait-elle sur ce ton-là ? Il observait avec consternation la distance qui s'était creusée entre elle et lui. Des océans de glace. Pourquoi avait-elle changé comme ça ? Qu'avait-elle à lui reprocher ? Il avait envie de lui poser ces questions, mais il redoutait de nouvelles décharges électriques.

« Eh bien, d'accord, je te raconte. C'est l'histoire d'une jeune femme qui apprend à se défaire de tous ses préjugés à l'égard de l'amour et du désir. Elle est attirée par un homme un peu fruste, ce qui lui pose problème. Pour s'empêcher de vivre cet amour véritable, elle s'enferre dans un projet de mariage avec un autre homme — très correct, celui-là, voire guindé, et pas attirant du tout. Bien sûr, les plus graves obstacles au bonheur ne sont pas dans la société mais à l'intérieur d'elle-même. L'orgueil. La peur de l'inconnu. L'aveuglement sur ses propres sentiments, tout ça.

— Tu lis ça pour te donner du courage ?

— Du courage pour quoi ?

— Du courage pour t'assumer au grand jour.

— De quoi tu parles, Bathilde ? »

Une sueur froide coulait le long du dos de Jason. Il n'en croyait pas ses oreilles.

« Il n'était pas homosexuel, Forster ?

— Quoi ?

— Laisse tomber.

— Non, j'insiste. Qu'est-ce que tu insinues ?

— Il paraît que tu es *comme ça*.

— Qui t'a dit ça ?

— Je l'ai entendu dire.

— Par qui?

— Par Corinne.

— C'est faux! Elle débloque à pleins tubes.

— Elle n'a pas l'air d'être seule à le penser.

— Quoi? Qui d'autre?

— Laisse tomber, je n'ai rien dit.

— Je suis sûr que c'est ce petit salopard de Mourad qui s'est monté le chou! C'est lui?

— Je ne te dirai rien, Jason.

— Je suis sûr que c'est lui. Quoi qu'on t'ait dit, Bathilde, il faut que tu me croies. Tout ça, c'est des calomnies. Jure-moi que tu me crois.

— Je ne demande pas mieux, Jason. Mais j'en ai marre des paroles. Il faudrait que tu le prouves par des actes.

— Ça veut dire quoi?

— J'en sais rien, moi. À toi d'avoir un peu d'imagination. C'est quand même pas à moi de te dire ce que tu devrais faire pour me prouver que tu es un homme. »

Bathilde se leva et se dirigea vers la maison. Elle se retourna quelques mètres plus loin :

« Tu me prêteras ton livre, quand tu l'auras fini? En fait, ça m'intéresse beaucoup! »

Jason ne répondit pas. Il resta de longues minutes prostré dans sa chaise longue, les bras ballants, le front brûlant. Le couinement de la grille l'avertit que quelqu'un remontait de la plage. Il n'avait pas le courage de voir qui que ce soit. Il se redressa précipitamment et se rua à son tour dans la maison. Il monta les escaliers en courant, claqua la porte derrière lui. Il avait l'intention de ne pas bouger de sa chambre jusqu'au dîner. Que les autres se démerdent pour la bouffe. Il avait trop besoin de solitude.

«Cette petite garce de Corinne! Je savais que je ne pouvais pas lui faire confiance! C'est la dernière fois qu'elle s'incruste chez ma grand-mère. Elle passera ses vacances au camping de Palavas, la prochaine fois. Ça lui fera les pieds!»

*

«Allez-y, vous, si vous voulez. Moi, c'est bon. J'en ai marre de me faire parler comme à une merde.»

Mourad sortit dans le jardin pour allumer une cigarette. La rage donnait à ses yeux l'aspect dur et exorbité de boules de jais.

Les autres se regardaient consternés, dans une attitude figée. La place de Jason, au bout de la table rectangulaire, était vide. Au centre, trois grandes quiches encore fumantes trônaient, ainsi qu'un saladier rempli de tomates, d'olives et de feta, et un cendrier déjà débordant de mégots. À la lumière des bougies, le vin prenait dans les verres des couleurs d'escarboucle.

«J'y vais, moi.

— Corinne, je t'assure, ça n'est pas une bonne idée, fit Bathilde en abattant sa main sur l'épaule rondelette de sa camarade.

— Mais pourquoi? Je t'assure que je sais comment lui parler, moi.

— Ce soir, il t'enverra balader, comme il a envoyé balader Mourad. Inutile de t'exposer aux coups. Quand il aura faim, il descendra. En attendant, je propose qu'on commence.

— Bathilde a raison, fit Karen. C'est vrai, merde! On a fait des efforts. On a fait la cuisine, on a mis la table, on l'a

167

laissé se reposer. Maintenant, s'il est pas capable d'apprécier, tant pis pour sa gueule. J'ai la dalle, moi.

— Excuse-moi, Karen, répliqua Corinne, mais ça n'est pas parce que tu as touillé deux œufs avec une fourchette que ça te donne le droit de parler comme ça de Jason. Je te rappelle que tu es chez lui. Moi, je refuse qu'on commence sans lui, c'est tout. Je vais le chercher.

— Corinne, s'écria Bathilde, je t'en supplie, n'y va pas! Tu vas t'en mordre les doigts!»

Corinne se leva, le regard plein de défi. Elle avait soudain l'air d'une petite fille qui joue à l'impératrice douairière ou à la marquise. Elle avait trouvé un vieux châle beige en laine dans l'armoire de la chambre où elle dormait, et depuis elle l'arborait tous les soirs, convaincue qu'il lui donnait de l'allure. À l'ombre des bougies, avec sa mine grave, on aurait dit la gouvernante d'un pensionnat.

«Je n'ai rien à craindre. Je le connais mieux que personne ici. Je suis sa meilleure amie, au cas où vous auriez oublié.»

Amande lança à Ludivine un regard rieur et chuchota à son oreille :

«Sa meilleure amie? Il la considère au mieux comme sa bonniche!

— Je t'aurai prévenue! cria Bathilde. Faudra pas pleurer s'il te parle mal!»

Corinne s'éloigna d'un pas lent mais décidé. Ils écoutèrent les marches de l'escalier qui craquaient sous son poids. À présent, elle ouvrait la porte qui menait au second étage. Puis ce fut le silence. Et au bout de quelques instants, des vociférations.

«Qu'est-ce que j'avais parié? dit Bathilde. Elle prétend qu'elle le connaît mieux que personne, mais moi qui le connais au moins aussi bien et depuis aussi longtemps qu'elle, je sais que quand il est mal luné, c'est un cactus.

— Il est complètement hystérique, tu veux dire ! fit Mourad, qui revenait du potager. Ça ne se fait pas de parler aux gens comme ça ! C'est quand même pas de notre faute s'il est d'une humeur de chiottes ! »

La voix de Mourad se brisait. On sentait, derrière la colère, les larmes toutes prêtes à jaillir. Sa raison lui conseillait de renoncer à cette *petite fiotte refoulée*, mais son cœur trop plein d'amour lui pesait comme une éponge gorgée de sirop. Il était furieux contre Jason, furieux contre lui-même, furieux contre tous les autres, qui le voyaient soupirer en vain, depuis des jours, quémander à Jason une petite miette, un regard, lui qui savait pouvoir briser tous les cœurs, lui dont les yeux de braise et les lèvres à la couleur de raisin muscat affolaient filles et garçons depuis toujours.

« Il doit en avoir marre qu'on squatte la baraque de sa chère grand-mère, remarqua Hugues d'un ton ironique, voilà ce qu'il a. La générosité du propriétaire a des limites.

— Tu racontes vraiment que des conneries, toi, répondit Amande.

— Ben oui, c'est normal, j'ai pas fait d'études. »

Yvon tendit le bras, attrapa une des quiches et en approcha la croûte blonde et gratinée de son visage pour la renifler.

« Miam ! On peut savoir ce qu'il y a dedans ? C'est quoi ces petits bouts orange ?

— Des morceaux de saucisse de Strasbourg, répondit Bathilde. L'épicière n'avait toujours pas de lardons, alors on a fait avec ce qu'on a trouvé.

— Ben ça a l'air super, ma petite Bathilde. Et elles sont toutes à la saucisse sous vide, vos quiches ?

— Non, il y en a une au surimi, et l'autre végétarienne. Maïs et haricots verts.

— Génial! Il manque plus que thon-betteraves et fraises-andouillette, et je serai comblé. Quand est-ce qu'on bouffe?

— Je t'aime bien, Yvon, mais là tu dépasses les bornes. Allez, passe-moi ton assiette, je fais le service. Mais plus de commentaires, ou tu vas te faire cuire un œuf.»

Bathilde était en train de couper la première part, constatant avec dépit, au bruit spongieux que faisait la lame, que la pâte, trempée par les légumes, était encore complètement crue, quand on entendit de nouveau du bruit dans l'escalier. Corinne redescendait, le pas plus pesant que jamais.

«Qu'est-ce qu'elle a? demanda Amande. Elle marche à quatre pattes ou elle s'est enfilée quinze tonnes de Côtes d'Or pour se remonter le moral?»

La porte de la cuisine finit par s'ouvrir. Corinne et Jason firent leur apparition.

Corinne s'assit sans mot dire. Elle avait rabattu des mèches de cheveux sur son front et ses joues, pour se cacher tout en exhibant sa souffrance. Elle tremblait légèrement. Avec son châle refermé couleur peau de pomme de terre, elle ressemblait à une novice, réfugiée dans un cloître après qu'un rustre lui a volé son honneur. Il ne lui manquait plus que le sac de cendres sur la tête. Jason s'installa à sa place habituelle. Il était très pâle, avec seulement deux taches rose vif sur les pommettes, comme les tuberculeux des romans en costumes, quand ils se sont trop agités. Ses yeux étincelaient. Mourad absorba fasciné le spectacle de sa beauté.

«Je vous remercie pour le dîner, déclara Jason d'une voix blanche. Je vous demande de pardonner mon absence. J'étais... indisposé. Je vais immédiatement laisser la parole à

Ludivine. Elle va vous raconter... je ne sais pas. Elle vous dira ça mieux que moi. Je crois que c'est une histoire de politique.»

Amande et Karen eurent le même mouvement de recul. Elles se tournèrent vers Ludivine.

«De politique? s'écria Karen avec un râle. Encore?

— Pourquoi *encore*? répondit Ludivine, sur la défensive.

— Ben je ne sais pas, déjà hier, on n'a fait que ça, parler de politique. Je vais être claire, je commence à en avoir plein le dos.

— "La politique au milieu des intérêts d'imagination, c'est un coup de pistolet au milieu d'un concert", se réveilla Jason. *Dixit* Stendhal.

— Mais ça, vous avez pas fini, mes petits gars! intervint Hugues. *Tout* est politique. Surtout en ce moment. Je vous rappelle qu'il y a une révolution qui se prépare!

— De toute façon, ça ne parle pas que de politique, mon histoire, précisa Ludivine en rougissant légèrement. Ça parle de politique *et d'amour*. Et puis ça parle de fidélité à ses idéaux, en général. De ce qu'on est prêt à faire et à ne pas faire. De tout ça, quoi!

— Bon, ça va, alors. Mais c'est la dernière histoire sur ce genre de sujet, je vous préviens. Moi, je me suis trop fait chier hier. Et je pense que j'étais pas la seule.

— Merci pour tes compliments, Karen, dit Hugues. Tu verras quand tu raconteras ton histoire. Tu es sûre de trouver un auditeur de choix en ma personne.

— De toute façon, on n'a qu'à dire qu'on boucle le dossier politique ce soir, proposa Amande. C'est vrai, on se tape déjà les infos toute la journée, on n'est pas obligés d'en remettre une couche avant d'aller se coucher. Et puis moi, demain, je vous préviens, je veux entendre l'histoire d'Yvon.

— Tiens, c'est vrai, remarqua Karen, les sens en alerte. On avait oublié ça. L'histoire de Groucha.

— On verra ça, on verra ça, je ne promets rien, fit Yvon en fanfaronnant un peu. Servez-moi un verre de pif, les filles. Ça m'aidera à écouter Ludivine. J'aime bien la politique, je trouve que c'est supercool, mais j'ai peur de m'endormir.

— Désolé, jeunes gens, dit Jason d'une voix éteinte. Demain, c'est Corinne qui parle. Elle me l'a demandé. C'est un arrangement entre nous. »

Amande fut sur le point de protester, mais elle se ravisa. Il ne fallait pas qu'elle paraisse à ce point tributaire des caprices de ce petit mâle arrogant d'Yvon. Indifférence. Indépendance. Mépris. C'était la règle d'or, quand elle voulait déstabiliser un babouin trop sûr de lui.

Ludivine s'apprêtait à parler, dans un silence enfin un peu détendu, quand le portable d'Hugues, posé en évidence à côté de son assiette, vibra bruyamment, envoyant un couteau tinter contre son verre à pied. Hugues se leva d'un bond et se réfugia dans le potager pour prendre la communication. Quand il revint, au bout de quelques minutes, il paraissait nerveux.

« On peut savoir qui c'était ? demanda Ludivine d'une voix tremblante.

— Rien d'important.

— Ah bon ? Rien d'important à 10 heures du soir ? Rien d'important, mais tu te sens obligé de décrocher, au moment précis où je vais prendre la parole ?

— Calme-toi, Divine. C'est un truc de boulot. Un pote qui m'avait mis sur un plan, qui m'avait promis de me rappeler. Mais ça ne marche pas, en fin de compte.

— On en reparlera plus tard. Pour le moment, je raconte

mon histoire. Donc, s'il vous plaît, tous autant que vous êtes, ayez l'amabilité d'éteindre vos portables. Je veux entendre les mouches voler. »

Quatrième histoire
L'ART DU COMPROMIS

J'ai été élevée dans les quartiers les plus bourgeois d'Y***. Pour ceux qui ne sont pas du coin, Y*** est une ancienne ville ouvrière de tradition communiste, à la lisière de G***. Et G***, comme chacun sait, vote à droite depuis toujours. Si j'ai pu basculer politiquement, m'affranchir du déterminisme familial, c'est peut-être que géographiquement, j'y étais déjà, du bon côté.

Quand vers quinze ans, encore dans les limbes, j'ai demandé à mon père ce qu'on foutait dans une ville de cocos, il m'a expliqué qu'il y avait plein d'avantages, en termes de charges et d'impôts, à vivre dans une municipalité de pauvres sous perfusion étatique. Je croyais que c'était plutôt le contraire. Beaucoup d'État égale beaucoup d'impôts. Mais je ne sais pas, je suis une tache en économie. Mon paternel devait magouiller des trucs, faire des entourloupes. Doudou pense qu'il avait des ambitions électorales. Selon lui, la droite avait missionné des gens de la finance et de l'entreprise dans les anciens bastions communistes, à charge pour eux de les cueillir les uns après les autres. Mais mon père ne s'est inscrit qu'une seule fois sur une liste de droite pour les municipales. Je crois qu'il avait ses idées, mais pas la passion du pouvoir. Toujours est-il qu'il y trouvait son compte, à vivre à Y***.

« Nous, mes enfants, répétait-il, on n'habite pas vraiment Y***. On n'a rien à voir avec tous ces dinosaures qui ne se remettent pas de la mort de Marchais. »

Ça n'était pas complètement faux. On vivait dans un hameau,

173

annexé administrativement. Trumont, ça s'appelait. Presque la campagne : des prés, des vaches, d'anciennes fermes, quelques entrepôts. Et puis notre école, ça n'était pas le lycée général Eugène-Varlin, à Y***, mais l'Institut catholique Blanche-de-Castille, à G***.

Contre toute attente, c'est là que j'ai rencontré Louise Garchet. Louise, celle à qui je dois ma première prise de conscience politique, avant même ma rencontre avec Hugues. Celle grâce à qui j'ai compris que le monde, ça n'était pas d'un côté les pauvres potentiellement criminels, les immigrés rêvant d'envahir notre territoire, les fonctionnaires payés à se limer les ongles, et, de l'autre, les gens qui travaillent et qui ont des valeurs, tant morales que boursières.

S'il faut tout dire, j'avais bien eu un déclic antérieurement. Vers l'âge de douze ans, j'avais demandé à ma mère de m'expliquer la différence entre la gauche et la droite. Consciente des enjeux de cette question, elle m'avait prudemment expliqué que les gens de gauche, exhibant un cœur gros comme ça, prétendaient partager entre tous des richesses qui ne leur appartenaient pas. Les gens de droite, eux, faisaient confiance aux qualités personnelles de chacun pour créer ces richesses, sur lesquelles, dès lors, ils avaient un droit de propriété inaliénable.

« Mais alors je suis de gauche ! avais-je déclaré à maman.

— Qu'est-ce que tu racontes, ma chérie ? C'est impossible, tu sais bien !

— Mais si ! Partager les richesses ! Renoncer aux biens matériels et donner son manteau à plus pauvre que soi ! C'est ce qu'on nous apprend au caté ! »

Maman, horrifiée, avait recommencé son exposé. Elle avait opposé plus énergiquement l'idéalisme naïf et hypocrite de la gauche caviar, sa bête noire, et le sens des responsabilités et des valeurs de la droite traditionnelle. Peine perdue, la muraille de mes certitudes s'était fissurée.

Bien sûr, l'enduit de mon éducation bourgeoise s'est empressé de boucher la fissure et de lisser proprement la paroi. Il m'a fallu atteindre mes seize ans pour sentir un nouveau coup de bulldozer. Et ce bulldozer, donc, c'était Louise Garchet.

*

Louise a débarqué dans ma classe en première, après avoir redoublé plusieurs fois, et avoir été virée de trois ou quatre lycées publics pour *inconduite notoire*. Au milieu de toutes les perruches amidonnées qui m'entouraient, elle détonnait.

C'était une grande gueule, à la voix forte et éraillée. Rock'n'roll, tant dans le look que l'attitude. Insolente avec les profs, irrespectueuse avec ses parents, moqueuse ou allumeuse rentre-dedans avec les garçons. À dix-huit ans, elle était pleine jusqu'à l'implosion de convictions anticonformistes, de refus indignés et éructants. Elle avait écrit au pape, qu'elle refusait de nommer autrement que Karol Wojtyla, pour lui demander de l'apostasier.

« Je ne veux pas qu'ils puissent me comptabiliser dans leurs contingents d'obscurantistes, disait-elle. Je veux être rayée de leurs listes. »

Elle savait déjà qu'elle était féministe, qu'elle ne se marierait pas, et qu'elle refuserait d'être une *mère pondeuse*, car son utérus *n'était pas à coloniser*.

C'est elle qui m'a fait lire *Le Deuxième Sexe*, Duras et Virginie Despentes. C'est elle qui m'a fait découvrir Joni Mitchell, PJ Harvey et Avril Lavigne. C'est elle enfin qui m'a fait mettre du khôl autour des yeux et acheter mes premières Doc coquées.

Je me disais bien que ça devait exister dans la vraie vie, les gens de gauche. *Ces gens-là*, comme on disait à la maison, avec

175

une moue dégoûtée. À la télévision, lors des soirées électorales, la carte de la France se marbrait copieusement de rouge. Un rouge qui allait parfois jusqu'à menacer l'azur réconfortant des *gens comme nous*. « La lèpre gagne du terrain », disait mon père.

Mais tout ça, c'étaient des abstractions. Alors même qu'on vivait à la périphérie d'un fief communiste, j'aurais jamais imaginé que c'était possible d'en voir en chair, en os, et à visage découvert, des gens de gauche. Quand je pensais à eux, tout ce qui me venait, c'étaient des visions vagues et cliché. Celles des affiches pour les élections, qui envahissaient jusqu'à notre petit coin de verdure. Ou celles, encore plus chimériques, qui me venaient des discours de mes parents. Des silhouettes avec leurs attributs. Petit livre rouge. Marteau et faucille. Vestes en velours côtelé. Trognes d'alcoolique rouge communiste. Champagne, caviar, et chemise sans cravate, à la Jack Lang style. Je n'aurais jamais cru qu'ils puissent ressembler à une fille aussi drôle et vivante que Louise. Ni qu'ils puissent revendiquer leurs convictions aussi sereinement que leur goût pour le chocolat ou leur préférence pour les vacances aux sports d'hiver.

Louise transpirait la révolte. Et ça lui allait bien au teint. Son indignation permanente mettait du rouge à ses joues et à ses yeux un éclat de charbon incandescent.

En terminale, elle a pris sa carte au PC. Elle s'est mise à militer pour de bon.

« Je suis du côté des vaincus de l'histoire, m'expliquait-elle. Le navire sombre. Il ne sera pas dit que je n'aurai pas contribué à le remettre à flot ! »

Pour moi, qui me brûlais déjà l'épiderme au rose socialiste, c'était l'acte le plus transgressif qu'on puisse imaginer. Le communisme, du point de vue de mes parents, c'est-à-dire de mon point de vue, puisque je n'en avais encore aucun propre à l'époque, c'était tout bonnement l'enfer. L'enfer, avec ses marmites

176

bouillonnantes et ses diables cramoisis et priapiques. Même le communisme agonisant période Robert Hue exhalait des odeurs de soufre. J'enviais Louise, je l'admirais, mais j'aurais été incapable de l'imiter. Je n'y pensais d'ailleurs même pas. Louise, c'était une sorte d'horizon en flammes, à l'extrême limite de mon paysage mental. Je mesurais la distance qui nous séparait. Je ne cherchais pas à la franchir.

*

Après le bac, je l'ai perdue de vue pendant un an. Elle m'était sortie de la tête.

Mais quelques semaines après avoir rencontré mon Doudou, j'ai eu envie de la recontacter. Le besoin sans doute de lui montrer que j'avais fait du chemin depuis la terminale. Que je n'étais plus cette cloche qui s'habille en Laura Ashley. Ou la vague intention de la présenter à Hugues, pour lui prouver que j'avais moi aussi des copines de gauche, ce qui lui en aurait bouché un coin, vu l'image qu'il se faisait de moi et de mon milieu. De fait, comme elle était ma seule référence en la matière, je n'arrêtais pas de le bassiner avec Louise.

« Tu vas voir, je lui disais, elle est géniale ! Vous êtes faits pour vous entendre ! »

J'ai donc appelé Louise. Elle habitait toujours à Y***. Après le bac, elle avait passé le concours de l'IEP de G***. Quand elle se bougeait les fesses, Louise avait tout ce qu'elle voulait. « Intelligente, mais paresseuse », ça doit être l'appréciation qu'elle a le plus souvent récupérée sur ses bulletins scolaires.

On s'est retrouvées pour déjeuner au Dromadaire, un petit resto marocain où on avait nos habitudes pendant les révisions du bac. Quand je l'ai vue, j'ai été un peu déçue par sa dégaine. Elle s'était assagie. Elle avait les cheveux attachés, lissés, unifiés dans leur coloris. Un jean banal et une veste, dans les couleurs crème ou pêche, affreuse. Son discours, en revanche, était toujours aussi radical. En surface, du moins. Elle prétendait qu'il n'y avait que des glandus ou des fachos à Sciences-Po, et qu'elle allait plastiquer le campus pour rendre service à l'humanité. Je faisais mine de la croire, bien entendu, mais j'éprouvais comme un malaise.

« Tu t'attendais à autre chose ?

— Eh ben, ouais, figure-toi. Il y a seulement quelques années, ce campus, c'était un vrai bastion d'extrême gauche. Il y avait des révolutionnaires de tout bord, russes et chinois, écolos et altermondialistes, féministes et anarchistes. C'était l'effervescence. Mais ils ont profité de dysfonctionnements dans la trésorerie associative pour boucler le local des AG pendant deux ans. Il y a eu des intimidations. Des menaces de la part du pouvoir poujado-phallocrate. Et alors ça change supervite, ces trucs-là. C'est l'indifférence molle qui a repris le dessus. Tu sais, les jeunes ne pensent plus qu'à leur petit avenir. À leurs petits plans épargne logement.

— Et toi, tu peux pas tracter, remobiliser les esprits ? J'ai du mal à croire que tous ces anciens militants se sont évanouis dans la nature !

— Il doit bien rester des racines qui ne demanderaient qu'à repousser. Mais tant qu'un grand mouvement social ne se produit pas, inutile d'espérer faire bouger les gens. Une grande grève, c'est le truc rêvé, pour rebooster le moral des troupes. Ça te repolitise toute une génération pour cinq ans, voire dix. Les petits, même au lycée, ils sont hyperfiers de refaire ce que leurs aînés ont fait avant eux, à l'époque des Devaquet et des Balladur. Ça devient leur tour de manifester comme des grands, tu comprends ? De se retrouver face aux CRS, de chanter : *Un pas en avant, trois pas en arrière, c'est la politique du gouvernement.* Ils sont tout feu tout flammes. Ils apprennent tout en un temps record. Aussi bien la théorie que la pratique. Qui est Trotski et comment on organise un barrage filtrant. Que dit *Le Capital* et comment on compte les votes à main levée. Mais en attendant ça, on peut toujours rêver, le militantisme, ça leur parle pas. C'est pas assez *concret*.

— Et donc toi, en attendant *ça*, tu te résignes ?

— Moi, j'ai décidé de dynamiter le système *de l'intérieur*. Je termine Sciences-Po. Je passe l'ENA. Et une fois à l'intérieur du monstre, je fais tout péter. »

Je ne savais pas trop ce qu'elle entendait par là. Je hochais la tête, pour ne pas la vexer, mais ça me semblait un brin fallacieux. D'ailleurs, elle-même paraissait s'impatienter. On arrivait au dessert, et je la sentais de plus en plus agitée.

« Sans déconner, a-t-elle déclaré de but en blanc, on peut pas arrêter cinq minutes avec la politique ? Ça commence à me saouler grave, en ce moment. On peut pas parler de trucs de filles, pour une fois ? »

Et comme je lui demandais ce qu'elle entendait par là, elle m'a avoué que, redoutant de finir comme ses poissons rouges, à force de tourner en rond et de faire des bulles en se cognant aux parois, elle cherchait désormais l'amour. Ça a été une nouvelle déception. Louise s'était toujours montrée réfractaire à l'idée de la vie à deux. Je l'avais régulièrement entendue ironiser sur *Tati mariage* et la laideur du mot « ménage ». Elle disait qu'elle n'avait besoin de rien ni de personne. Qu'elle prendrait des amants à sa guise, comme George Sand, sans rendre de comptes à qui que ce soit. Finalement, je découvrais qu'elle était une fille comme moi, comme toutes les autres. Une petite Bovary rêvant au prince charmant.

Malgré tout, j'avais passé un bon moment. Ça faisait du bien de ne plus être complexée par elle, comme au lycée. Elle était tombée de son piédestal, et je me sentais désormais plus à gauche qu'elle. Comme en plus je venais de rencontrer Hugues, et que j'étais dans la position agréable de celle qui peut donner des conseils, je ne demandais pas mieux que de causer mecs et chiffons.

« Je vais voir si Hugues n'a pas un pote. C'est un gars dans son genre qu'il te faudrait. Un vrai gars de gauche. »

*

On a pris l'habitude de se voir régulièrement. À peu près une fois par semaine, toujours au Dromadaire.

J'hésitais de plus en plus à la présenter à Hugues. Je ne lui en parlais plus, d'ailleurs. J'avais peur qu'il la trouve superficielle. On ne parlait plus jamais politique, avec Louise. On épluchait le courrier du cœur, exclusivement. Elle me racontait ses rencontres multiples et foireuses. Et je dois avouer que si son activisme communiste s'était un peu émoussé, en revanche son féminisme était intact. Elle n'avait jamais de mots assez durs pour qualifier les mecs.

« Tous des nases, ma chérie. Que de la gueule, rien dans le froc. Ils savent même pas comment c'est fait, une nénette. Le clito, ils y connaissent que dalle. C'est le dernier gros scandale de la sexualité, d'ailleurs. Le dernier tabou. Les chiffres sont tenus top secret par l'État phallocrate. Mais ça va faire mal quand ça va sortir, *believe me*. Soixante pour cent des femmes n'ont jamais pris leur pied à trente ans. *Soi-xante-pour-cent*. Véridique. Grâce à qui ? Grâce à tous ces connards autosatisfaits, qui font pas la diffé- rence, quand on crie, entre la douleur et le plaisir. Des radins au pieu, en plus. Même les communistes, j'en ai essayé trois ou quatre, ils n'ont pas la moindre idée de ce que ça signifie vrai- ment, le partage. Et tous sont encore persuadés qu'il suffit de

180

nous mordiller comme des tétines pour faire de nous des femmes fontaine!»

J'ai eu droit à ce type de logorrhée pendant six mois à peu près. C'était un peu répétitif à la longue. Surtout, ça masquait mal un besoin obsessionnel de rencontrer celui qui ferait mentir toutes ces théories. J'ai fini par me lasser, et mes rencontres avec Louise se sont espacées. Je crois que, de son côté, elle m'en voulait parce que je ne lui avais présenté personne. Mais Doudou lui-même ne fréquentait plus ses anciens camarades. On vivait en vase clos.

*

Un jour, après trois mois de silence, Louise m'a appelée en me disant qu'elle avait quelque chose à me raconter. Elle me paraissait surexcitée.

On s'est retrouvées au Dromadaire le jour même.

«Il s'appelle Lionel. Il est en dernière année à Sciences-Po. Beau, intelligent, et bon amant. Du jamais-vu!»

Mon visage commençait à s'épanouir en sourire chaleureux, ma bouche à s'ouvrir en joyeuse corolle pour laisser monter des paroles de félicitations. Alors elle m'a attrapé le bras.

«Attends une seconde, chérie. Il y a un *gros* hic. Il est de droite.»

Les bras m'en tombaient. Je me suis contentée d'un «Ah!» pour marquer mon étonnement.

«Je m'en suis pas aperçue immédiatement, figure-toi. Je voyais bien qu'y avait un truc qui clochait. Quelque chose dans son look, genre chemise vichy sous pull bleu ciel. Mais comme je le charriais et qu'il ne le prenait pas mal, j'ai juste pensé qu'il ne savait pas se fringuer. J'ai fini par accepter une invitation au resto. Là, il m'a sorti le grand jeu. Champagne, roses, tout le tralala, mais pas du tout ringard, tu vois? Avec plein de second degré, un humour fou. Il m'a dit qu'il aimait bien la littérature et l'art, mais qu'il avait plein de lacunes, et qu'il avait conscience d'avoir des goûts de chiottes et d'être un peu un beauf. Enfin à la fois curieux et modeste, tu vois? Tout ce que t'as envie d'entendre, quand t'es une nana. Alors je me suis dit qu'il faudrait juste lui acheter un perfecto et l'initier à Sonic Youth, mais que ça, justement, c'était la partie rigolote de l'affaire. »

Malheureusement, après une nuit *merveilleuse*, Louise avait déchanté, en fouillant dans la mallette de Lionel pendant qu'il prenait sa douche. Elle était tombée sur un exemplaire du *Figaro*.

« J'ai décidé de rien dire et de le faire parler sur différents sujets, juste pour voir. Et alors là, malheur! Sur n'importe quoi, il me donnait la mauvaise réponse. Une vraie caricature. Sur les retraites, les trente-cinq heures, les fonctionnaires, le rôle de l'État, les chômeurs, les impôts, les allocations familiales, la délinquance, le droit de grève et les syndicats, tout quoi, sur tout il me disait tout ce que je voulais pas entendre. Tout ça avec une tranquille nonchalance, comme s'il déroulait des évidences bien connues. C'était *Le Figaro* régurgité, sans aucune distance critique.

— Tu vas le laisser tomber, donc?

— Qu'est-ce que t'en penses?

— Je crois franchement que ça n'est pas viable. »

J'avais fait du chemin, depuis que j'étais avec Hugues. J'avais compris qu'être avec quelqu'un de droite, ça n'est pas juste un détail sur lequel on peut poser son cul. C'est un truc beaucoup plus profond. Une question de *Weltanschauung*.

« T'as raison. Je vais le larguer, il est trop con. Mais ça fait chier, putain. Pour une fois que je tombe sur un mec qui me joue pas de la guitare toute la nuit et qui s'occupe vraiment de moi! Y a toujours un truc qui déconne.

— T'en trouveras un autre, Louise. T'inquiète pas. »

182

Mais je voyais bien qu'elle ne m'écoutait pas.

«Tu sais, a-t-elle repris après une minute de silence, je crois quand même que je vais en profiter un petit peu, avant de le larguer. C'est pas tous les jours qu'on tombe sur un bon coup. Et puis tu sais pas quoi? Toute cette haine politique? Sexuellement, ça m'excite grave.»

*

Deux mois plus tard, j'ai revu Louise. Je lui avais laissé plusieurs messages, tous restés sans réponse. Je voulais savoir si elle s'était débarrassée de Lionel. Je me doutais que son silence équivalait à un aveu. Elle était incapable de le quitter.

Elle m'a donné rendez-vous au Chili con carne, le seul bar branché du coin. Le Dromadaire était fermé pour travaux. Ce soir-là, Louise arborait un brushing genre plumeau, comme les présentatrices d'émission de variétés, et une bague supermoche, avec des brillants, qui lui donnait une drôle de touche.

On n'était pas assises qu'elle m'a attrapé le bras.

«Écoute, Ludi. Je vais être claire avec toi. Je suis amoureuse. Et il y a pire encore. Lionel est à l'UMP. Si. Il n'est pas seulement de droite. Il est engagé. Non, tais-toi. Tu ne sais pas le pire du pire. Je ne sais pas comment j'aurai le courage de te raconter ça. Son oncle se présente aux prochaines municipales à Y***. Liste UMP, *of course*. Et Lionel a accepté de figurer sur sa liste. En deuxième position. Ouf, ça y est, je t'ai tout dit.

— Tu me fais marcher?

— J'aimerais bien, mais non.

— Qu'est-ce que tu fous, Louise? Tu ne vas pas trahir le parti quand même? Pas toi?

— T'inquiète. J'ai un plan d'enfer. On va tout dynamiter *de l'intérieur*. Tu m'entends, Ludi? *De l'intérieur.*»

Elle m'a raconté un truc foireux, qui m'a foutue hors de moi. Selon elle, la presse allait forcément savoir que le numéro deux de la liste de droite était fiancé avec une ancienne militante communiste. Ça allait faire du grabuge. Forcément, ça discréditerait la liste UMP, qui promettait le renouvellement. Tout ça, c'était bon pour les cocos.

« T'es *fiancée* à ce type ? Tu te dis *ancienne communiste* ? Qu'est-ce que c'est que ces conneries ? T'es dans quel camp ?

— Dans le camp des bons, ma chérie, je te le jure sur la tête de l'homme de ma vie. Je suis toujours communiste, promis juré croix de bois croix de fer. C'est vrai que je me suis fiancée à Lionel. Mais c'était pour la bonne cause. C'était pour mieux tout faire péter.

— Non, Louise, c'était pas pour tout faire péter. T'es en train de changer de bord, c'est tout. Et tu l'assumes pas. D'abord, dis-toi bien un truc. Si les journalistes découvrent qu'une coco est sur la liste UMP, ils vont s'empresser de montrer que la jeunesse fout le camp et se trouve maintenant du côté des réformateurs, des modernes ultralibéraux. En mettant les choses au mieux, les gens se diront que le PC et l'UMP, c'est bonnet blanc et blanc bonnet. C'est le socialiste qui tirera les marrons du feu, ce qui n'est déjà pas si mal, même si tout le monde sait qu'il est pourri.

— Et si, d'ici que les listes soient publiées, j'arrivais à convaincre Lionel de se mettre avec moi sur la liste coco ? T'imagines le scandale ? La déconfiture pour son oncle ? Ce serait bon, ça, non ? Un vrai western, qu'est-ce que t'en dis ?

— Mais qu'est-ce que tu vas chercher ?

— Rien, je déconne. Je suis désolée, Ludi. Mais t'imagines pas comme c'est dur pour moi. Je suis *vraiment* amoureuse, tu comprends ? Et Lionel est *vraiment* de droite. J'ai essayé de le faire changer de bord, tu t'en doutes. Je l'ai traîné en meeting. Je lui ai présenté tous mes potes de la MJC. Je lui ai fait voir tous les films de Ken Loach. Y a rien à faire. Tu vois, y a un truc que je comprends pas. Il est intelligent, ce mec. On peut pas être de droite *et* intelligent.

— En effet.

— Mais il *est* intelligent. *Donc*, c'est un mec de gauche qui s'ignore. Ça vaut sûrement le coup que j'insiste encore.

— Peut-être, Louise. Mais tu vas surtout t'user la santé. Y a un moment, il faut choisir. Et malheureusement, ce choix, je crois que tu l'as déjà fait. »

*

Louise ne m'a plus rappelée. Peut-être parce qu'elle n'assumait pas. Peut-être parce que je l'avais blessée, en refusant de l'entendre parler de son amour. Je ne sais pas. De mon côté, je ne voulais plus entendre parler d'elle. Je crois que je lui en voulais de m'avoir fait chanter ses louanges auprès de Doudou, alors qu'elle n'était qu'une traîtresse, vendue au pouvoir poujado-phallocrate qu'elle avait prétendu combattre.

Et puis un jour, six mois après environ, je reçois au courrier les listes pour les élections municipales. Et là, sur la liste UMP, qu'est-ce que je vois ? Malheur. En troisième position sur la liste, juste sous son Lionel Obadia de mes deux : « Mme Louise Obadia, 22 ans, étudiante à l'IEP de G***, domiciliée à Y***. »

Mme Obadia. Elle était mariée. Et sur une liste de droite. Si je n'avais pas filé le parfait amour avec Doudou à cette époque-là, je crois que j'en aurais fait une dépression. Ce retournement de veste, cette putain d'inversion des signes, ça me labourait le bide. C'est comme si j'avais appris que Beauvoir faisait sa prière tous les soirs avant de se coucher.

Il y a eu plusieurs papiers dans la presse locale, dans les semaines qui ont suivi. Quelques-uns accusaient Louise de trahison. La plupart vantaient le courage et l'esprit de rupture d'une jeune femme moderne, pragmatique, *en phase avec son époque. Le Figaro* voulait même faire son portrait. C'était atterrant.

*

Le dimanche du second tour, je me suis rendue à l'école à côté de chez nous, pour voter. Dans la cour de récréation, il y avait des journalistes. Quelques flashes crépitaient autour d'une voiture. Quand la portière s'est ouverte, j'ai reconnu Louise, qui votait dans le même bureau que moi. Elle avait les cheveux courts, un tailleur / jupe droite. Elle n'était plus du tout rock'n'roll, mais elle était encore dix fois plus belle. Une femme, quoi. J'en ai eu comme un éblouissement. En sortant de la voiture, elle a porté sa main en visière devant ses yeux, comme pour se protéger. Quand elle m'a aperçue, elle a couru vers moi, échappant aux questions des trois ou quatre journalistes qui la guettaient. Elle m'a prise par la main et m'a entraînée vers la salle des élections. On s'est retrouvées dans un minuscule vestiaire pour les enfants de l'école. Avec des petits portemanteaux en fer forgé, qui me rappelaient mon enfance. J'étais toute retournée.

« Écoute-moi bien, Ludi, m'a-t-elle dit en me broyant la main, et avec des yeux brillants de larmes. Je sais ce que tu penses de moi. Je sais que je suis foutue pour la bonne cause. Je sais. Mais je te demande une dernière chose. Je veux que tu regardes tout ce que je vais faire, tu m'entends, tous mes gestes, tout. Et que tu passes après moi dans l'isoloir. Tu pourras témoigner. Pour je ne sais pas qui, d'ailleurs. La postérité. Saint Lénine. Toi toute seule. Peu importe. Mais c'est vital pour moi. C'est ma dernière performance punk, tu comprends ? J'ai besoin d'un spectateur. Au moins un. Tu me dois bien ça. Après tout, c'est bien grâce à moi que t'es pas restée une petite bourge coincée du cul, pas vrai ? »

186

Elle s'est redressée, sans me laisser le temps de répondre, comme appelée par des voix, et elle a tourné les talons. Après ça, je n'ai rien perdu de son manège.

Elle s'est présentée devant la première table. Elle a ramassé ostensiblement la liste UMP. Elle a fait semblant d'oublier les listes PC et PS, mais le bénévole, derrière la table, lui a demandé d'en prendre une au choix, pour la forme. Elle a fait demi-tour, a pris une moue dédaigneuse, et a attrapé la liste PC. Elle était grandiose, au bout du compte, à jouer les bourgeoises. Une vraie comédienne. Très digne, sur ses talons hauts, elle est entrée dans l'isoloir, dont elle a tiré le rideau d'un coup sec. Trente secondes après, elle en est ressortie. Elle a voté. Elle a quitté la salle à petits pas pressés, sans me jeter un regard. Mais j'ai vu qu'il y avait des larmes dans ses yeux.

Je me suis présentée dans l'isoloir à mon tour. Je n'ai pas eu besoin de chercher longtemps. Il y avait un bulletin roulé en boule, sur la planchette. Je l'ai pris, d'une main moite, et je l'ai déplié. C'était la liste UMP.

À côté de son nom, Louise avait rajouté une ligne en rouge.

« Louise Obadia, qui a trahi son amour pour rester fidèle à ses idées. »

J'ai retourné le bulletin. Il y avait encore quelques lignes, à mon intention.

« Tu vois bien que je suis restée communiste dans l'âme ! Continue la lutte sans moi, *sister*. Fais-le en souvenir de notre amitié. Venge-moi par tes combats futurs de toutes les humiliations que j'ai déjà subies et que je vais encore devoir subir, du fait de ma double aliénation conjugale et politique. Lionel est un indécrottable enfoiré de droite. Mais il me rend heureuse comme personne ne sera jamais capable de le faire ! Quant à toi, n'oublie pas que je suis fière de toi, et que je vivrai désormais par procuration tout ce que tu réaliseras. Je te serre sur mon cœur et attends de te voir sur les barricades à la télé.»

*

Pour ceux qui l'ignorent, à l'issue de ce scrutin, les communistes ont perdu la mairie d'Y***. Ça n'était pas à une voix près, loin de là. C'était juste l'érosion du parti qui continuait, inexorablement, lamentablement, scrutin après scrutin, dans tous les coins de France et de Navarre. Au fond, la défection spectaculaire d'une jeune militante communiste au profit de la liste UMP n'était pas la cause, mais tout au plus l'indice, la médiocre manifestation d'un tournant historique.

Je n'ai jamais revu Louise. Je ne sais donc pas comment elle survit à sa double aliénation. Mais si on en croit les rumeurs de la ville, que mon honnêteté me pousse à rapporter, elle n'a jamais mis les pieds au nouveau conseil municipal.

4

«Je suppose que mon avis sur ton histoire est discrédité par avance?»

Bathilde s'était levée, la bouche affinée par la rage, les yeux lançant des éclairs.

«Pourquoi discrédité?

— Je ne sais pas. La logique. Les gens de droite sont bêtes. *Or*, je suis de droite. *Donc*, je suis bête. Ça s'appelle un syllogisme, non?

— T'exagères, Bathilde. C'est pas ce que j'ai voulu dire.

— Mais si, tu sais très bien que c'est précisément ce que tu as voulu dire. D'ailleurs l'assistance sera peut-être contente d'apprendre que je faisais partie des *perruches ami-données* de l'Institut Blanche-de-Castille.»

Amande et Karen pouffèrent.

«Alors tu connais Louise? demanda Yvon.

— Connaître, c'est un bien grand mot. Disons que j'ai eu le bonheur de l'avoir dans ma classe. Et je suis fort aise d'apprendre ce qu'elle est devenue! C'était bien la peine de jouer les pasionarias et de mépriser ses copines de classe. Tout ça pour faire un mariage bourgeois et candidater sur une liste UMP. C'est à mourir de rire. À *mourir* de rire.

— On peut savoir ce qu'il y a de si drôle? Moi, je trouve ça plutôt tragique.

— Forcément, Ludivine, tu trouves ça tragique. Tu ne veux pas voir que c'est ce qui t'attend. Tu ne peux pas apprécier l'ironie. Mais voilà ce que je te prédis. Quand tu auras bien manifesté en Doc coquées, bien lutté depuis ton petit café enfumé du campus, bien râlé contre tes bourgeois de parents, crois-moi, à l'heure de te poser dans la vie, tu en auras marre de toutes ces parlottes, tu prendras conscience de ta connerie et tu feras comme Louise. Tu troqueras ton ouvrier au chômage pour un beau parti bien présentable, et ton keffieh pour une robe de mariée, qui ne viendra pas de Tati, celle-là, mais de Courrèges ou de Givenchy.

— L'ouvrier au chômage t'emmerde, mademoiselle du Trouducul, intervint Hugues.

— Nous y voilà. Les insultes. Perruche amidonnée. Mademoiselle du Trouducul. Je crois que tout est dit. Je n'aime pas la compagnie des voyous. Je vous salue bien bas, messieurs de l'Internationale.

— C'est toi qui as commencé à nous insulter, Bathilde, fit Ludivine. Pas la peine de te draper dans ta dignité offensée! Personne n'y croit!

— C'est l'hôpital qui se fout de la charité. Qu'est-ce que vous croyez? Que je vais faire mon *mea culpa*, après ce que j'ai entendu?

— Je croyais que les chrétiens pratiquaient l'examen de conscience. Décidément, tu es très forte pour donner des leçons aux autres, mais quand il s'agit de faire ton autocritique, il n'y a plus personne.

— Garde les autocritiques pour tes amis maoïstes. Moi, je me confesse.

— Et qu'est-ce qu'il dit, ton curé, quand il t'entend *confesser* toutes ces choses bien noires que tu gardes en toi?

— Ça ne te regarde pas. Comme dirait la devise familiale, "Dieu seul me voit".

— Tant mieux, va te cacher. Nous, ça suffit pour ce soir on t'a assez vue.»

Bathilde recula d'un pas, comme touchée au cœur, puis gagna la sortie en courant. La porte vitrée de la cuisine claqua, faisant trembler les carreaux fumés.

«Ludivine, t'abuses complètement! s'écria Jason.

— J'abuse? Moi? Tu te fous de ma gueule? C'est elle qui m'a agressée! J'ai à peine eu le temps de terminer mon histoire! Si c'est ça qu'elle appelle débattre, il faut qu'elle se fasse soigner.

— T'étais pas obligée de lui renvoyer sa particule à la gueule. Ni de truffer ton histoire de petites piques sur Blanche de Castille. Tu sais que c'est un sujet sensible.

— Mais c'est elle qui cherche les coups, aussi! Je te rappelle qu'elle a traité Hugues d'*ouvrier au chômage*.

— En même temps c'est la vérité, ma chérie, fit Hugues. Je sais que tu prends toujours ça pour une insulte, mais *ouvrier au chômage*, c'est ce que je suis!»

190

Jason hésita quelques secondes, puis se leva à son tour et se dirigea vers la porte. Bathilde avait exigé de lui qu'il se comporte en homme. Il ne pouvait pas la laisser se faire brutaliser sous ses yeux sans intervenir. Son instinct lui intimait de se précipiter au chevet de sa suzeraine.

«Tu t'en vas, toi aussi? demanda Ludivine. Merci pour le soutien!

— Ça va, vous êtes capables de vous passer de moi cinq minutes! Ce soir, j'en ai ma claque. Je délègue mon rôle d'arbitre à Amande.»

*

Amande vint s'installer en bout de table, à la place de Jason. Elle semblait ravie de la mission qui lui incombait. Elle se fit resservir un verre de vin, alluma une cigarette, et prit la parole.

«Pour commencer, ma chère Ludivine, dis-nous quelles sont les conclusions que tu tires toi-même de ton histoire. Ça pourra donner un point de départ au débat.

— Je ne sais pas. Je crois que mon histoire parle d'elle-même.

— Pas tout à fait, non.

— Mais le but, justement, c'est de vous demander ce que vous en pensez!

— Hum. Comme tu n'es pas très coopérative, je vais essayer de résumer. Bien entendu, tu me coupes si tu n'es pas d'accord. À mon avis, la version *soft* du débat tient dans la question suivante : "Peut-on sortir avec quelqu'un dont on ne partage pas les idées?" Ça vous va, ce thème de débat? Je vous écoute.

— Attends, intervint Cédric. Qu'est-ce que c'est, la version *hard* ?

— Devine.

— Je ne sais pas. "Est-ce qu'on peut sortir avec quelqu'un de droite ?"

— Non, je ne pensais pas à ça. Ça, c'est un débat qui ne peut pas avoir lieu, pour la bonne raison que tout le monde n'est pas de gauche, ici. Mais justement, et c'est pour ça que je demandais à Ludi de clarifier ses intentions, on peut la soupçonner d'être partie du principe puant qu'on était tous de gauche, ici — un grand classique de nos amis de gauche, soit dit en passant. Le débat, dans la tête de Ludi, est-ce que ça n'était pas précisément : "Peut-on sortir avec quelqu'un de droite ?" Si c'est bien ça, je comprends que Bathilde ait été choquée par l'histoire de Ludi. Parce qu'à l'en croire, les mecs de droite sont nécessairement des vieux cons aux goûts pourris, qui te contaminent si t'as le malheur de t'approcher d'eux. Quant aux filles de droite, n'en parlons pas, ce sont des *perruches amidonnées*, avec des vestes crème ou pêche. C'est bien ça, Ludi ?

— Tu forces le trait. Mais ça m'intéresse de savoir où tu te situes, justement, par rapport à tout ça.

— Ah moi, je t'arrête tout de suite, la politique, je m'en fous. Je suis apolitique.

— *Apolitique*, ma chère Amande, fit Yvon, ça veut dire *de droite qui s'ignore*. Je pense qu'Hugues ne me contredira pas. »

Hugues haussa les épaules. Il en avait visiblement assez de jouer les leaders.

« T'es de gauche, toi ? lança Amande à Yvon, d'un air moqueur. Il faudra que tu m'expliques ce que ça veut dire.

Parce que j'ai beau chercher, le sens du partage, c'est pas ce qui m'a le plus frappé à ton sujet. »

Yvon encaissa le coup sans broncher, surpris par la violence de l'attaque.

« Reprenons. Vous êtes d'accord que ce débat n'a aucun intérêt. Les gens de gauche se confortent dans leurs certitudes, l'idée qu'ils incarnent les valeurs humaines, le progrès, etc. Les gens de droite ne peuvent que se braquer — j'en veux pour preuve Bathilde, qui monte sur ses grands chevaux, et Mourad qui fait encore plus la gueule qu'avant le dîner. Et les autres, les apolitiques, qui ne sont pas de droite mais bien apolitiques, ne t'en déplaise Yvon, eh ben ça les fait chier, tout ça. Donc je propose une seconde mi-temps pour nos amis gauchistes, si ça les intéresse, et en attendant, je réoriente le débat.

— Minute, Amande, s'écria Ludivine. Vraiment, pour toi, ce débat est sans intérêt ? On peut sortir avec quelqu'un qui a n'importe quelles opinions politiques ? Qu'est-ce que tu fais si tu sors avec un mec raciste ou, je ne sais pas moi, pour la peine de mort ?

— Tu sais que je t'aime beaucoup, Ludi, je te l'ai dit tout à l'heure. Mais là, avec ton politiquement correct, tu mérites des claques. Pas besoin d'être de gauche pour s'indigner, dans ces cas-là. Et le mec en question n'est pas simplement de droite. Il est facho.

— Et si je te disais que Bathilde est pour la peine de mort ?

— Je m'en fous, je n'ai pas l'intention de sortir avec elle.

— Si elle était là, précisa Mourad, elle ajouterait : "seulement pour les violeurs et les assassins d'enfants." Alors c'est pas gentil, Amande, de me mettre dans le même panier que Bathilde. Moi je suis de droite sur le plan économique, c'est-à-dire libéral, et de gauche sur le plan sociétal, c'est-à-dire libéral aussi. En fait, on peut me définir comme ça. Ni de droite, ni de gauche, mais libéral. Défenseur des libertés.

— Le libéral est de droite, aujourd'hui, lâcha Yvon en se penchant légèrement vers Hugues pour susciter son approbation. Comme l'apolitique. Tout le monde sait ça. »

Mourad lui lança un regard noir.

« Sans blague, Amande, insista Ludivine. Tu sais très bien que parmi les gens de droite — et je ne te mets pas dans le lot, Mourad, c'est promis, tu viens de banlieue après tout —, il y en a plein qui ont des tas d'idées superconservatrices. Notamment en ce qui concerne les femmes. Qui sont contre l'avortement, pour le retour de bobonne au foyer, contre le divorce et l'adultère. Est-ce qu'on peut s'asseoir là-dessus, franchement ?

— Ça dépend du compte en banque du mec. Non, j'arrête de t'embêter, Ludi, je suis d'accord avec toi, complètement d'accord. Mais tu m'excuseras, je peux pas davantage sortir avec un communiste qui m'explique que les kolkhozes, c'est génial, ou qu'il faut renvoyer tous les intellos dans les campagnes. »

Hugues poussa un soupir exaspéré.

Amande n'y prit pas garde et revint au premier débat qu'elle avait lancé. Est-ce qu'il était possible de sortir avec quelqu'un dont les idées étaient aux antipodes des vôtres ? Cédric intervint pour dire que la question ne se posait pas pour lui, qui n'avait aucune idée sur rien.

« C'est exactement mon problème, s'écria Karen avec enthousiasme. Moi non plus, je n'ai aucune opinion sur rien ! Le souci, c'est que si le garçon avec qui je sors n'a pas d'opinions non plus, je risque de me faire suer avec lui. J'attends un homme passionné, justement. Qui m'éclaire sur le monde. Qui m'aide à y voir plus clair. Sinon, on risque bien de ressembler à deux mollusques!

— En même temps, reprit Amande, quand on est deux à avoir les mêmes opinions sur tout, on n'a même plus besoin de discuter avec l'autre, on sait d'avance tout ce qu'il pense. Du coup, on s'emmerde, confortablement assis dans ses petites convictions. C'est la mort du couple assurée. »

Ludivine regarda Amande avec circonspection. Était-ce de la maladresse, ou continuait-elle à lancer ses flèches envenimées, alors même qu'elle prétendait avoir enterré la hache de guerre?

«Je ne me ferais pas chier, avec un mec qui a plein de choses passionnantes à raconter, reprit Karen en jetant une œillade timide dans la direction d'Yvon.

— Mais lui se ferait sans doute chier avec toi, répondit Amande. C'est rasant, quelqu'un qui abonde tout le temps dans ton sens.

— Sans vouloir te brusquer, les hommes n'aiment pas les femmes qui parlent.

— Sans vouloir te vexer, ils n'aiment pas non plus les potiches qui n'ont aucun esprit critique et qui attendent qu'on pense pour elles. »

Corinne, qui avait à plusieurs reprises tenté de prendre la parole, mais qui ne parlait ni assez fort, ni avec assez d'assurance, profita du silence tendu qui venait de s'installer. Elle expliqua, d'une voix emphatique, quoique trouée de tremblements, que pour elle, les idées n'avaient aucune importance. Ce qui comptait, c'était le cœur. On ne sortait pas avec quelqu'un pour des convictions politiques, mais pour des qualités morales. La générosité, la délicatesse, le romantisme. Hugues lança un regard à Corinne qui semblait signifier : «Tu me déçois. Je croyais que tu avais compris la leçon.»

«Mais au bout du compte, demanda Mourad, est-ce qu'on a le temps de se poser toutes ces questions, quand on rencontre quelqu'un? Quand l'attirance physique est là? Évidente, manifeste, palpable? M'est avis que les idées, ça n'intervient pas du tout à ce moment-là. C'est après, à la limite, que ça peut rentrer en ligne de compte. Quand il s'agit de s'installer avec quelqu'un, et plus seulement de coucher.»

Ludivine n'était pas d'accord. La chimie, ça n'était pas qu'un truc physique. Il y avait des intelligences sexy. Des idées qui vous emportent au septième ciel. De l'éloquence qui prend au ventre, provoque des vertiges qu'aucune odeur de mâle ne peut faire soupçonner, qu'aucune étreinte ne peut faire atteindre.

«Je t'accorde que les gens bêtes ne sont pas sexy, reprit Amande, en jetant un coup d'œil méprisant à Hugues et à Yvon. Mais je me sens plutôt en phase avec ce que dit Mourad. La séduction, c'est d'abord un truc hormonal. La preuve, c'est qu'ensuite on se demande ce qu'on a pu trouver à des abrutis qu'on avait d'abord portés aux nues, juste parce qu'ils avaient une belle gueule.»

Yvon se sentit rougir jusqu'aux cheveux. La honte et la colère lui charcutaient le cœur. C'était la deuxième fois qu'Amande s'en prenait à lui. Elle était en grande forme, ce soir. Belle et cruelle à la fois. Il en éprouvait un énorme dépit.

«C'est ça, la version *hard* du débat? hasarda Corinne. Le rôle de l'attirance physique? De la beauté plastique? Je vous préviens tout de suite, je ne veux pas en entendre parler. Moi, je ne crois ni aux idées ni à la beauté, dans l'amour véritable. Je ne crois qu'à la sincérité des sentiments. Je cite toujours *Le Petit Prince* : "On ne voit bien qu'avec le cœur. L'essentiel est invisible pour les yeux."

— C'est mignon, Corinne, concéda Amande du bout des lèvres. Mais la vraie question, à mon avis, ce serait plutôt : "Est-ce que l'amour rend bête ?" »

Chacun y alla de son opinion. Ludivine revint sur Louise Garchet et sur la certitude qu'elle avait que sa camarade avait été lobotomisée par Lionel Obadia. Cédric défendit au contraire l'intégrité intellectuelle de Louise. Elle avait su trouver une forme de compromis entre sa passion et ses convictions. Elle avait osé une belle sortie, pleine de panache. Et puis elle avait fait preuve, dans son ultime missive, d'une tragique lucidité.

Mourad rebondit sur le commentaire de Cédric et affirma qu'il y avait une intelligence propre à la passion. Une logique d'un genre unique, échappant à la sagesse commune, au bon gros sens normatif. La passion était asociale, folle, anarchique. Mais du point de vue de la passion, c'était la société qui était bête, bornée, sclérosante. Il raconta qu'à l'époque où il manifestait assez régulièrement pour la Palestine, il avait eu un coup de foudre pour un Israélien splendide, rencontré dans un bar, et dont le grand-père était à Jérusalem un proche d'Ariel Sharon. Mourad avait cessé de manifester, pour l'amour de Salomon. Ses amis propalestiniens l'avaient rappelé à l'ordre. De leur point de vue, Mourad était nécessairement devenu taré, aveugle, traître, ou les trois à la fois. C'est de ce jour-là qu'il avait pris ses distances avec le militantisme obtus d'une partie de ses camarades. Il les avait trouvés plus bêtes que sa passion. Et même quand celle-ci s'était achevée, au bout de trois semaines, il n'était pas revenu de son dégoût à l'égard du militantisme.

Le silence retomba. Il était très tard. Corinne avait commencé à faire couler un filet d'eau chaude sur les assiettes. Elle regardait les miettes de pâte brisée s'imbiber lentement puis flotter dans l'eau savonneuse, répugnantes et pathétiques petites éponges de farine et de graisse.

«Et toi, Doudou? demanda finalement Ludivine. Tu ne m'as pas dit ce que tu pensais de mon histoire?»

Elle n'avait parlé que pour lui seul. Elle avait voulu lui montrer son intransigeance idéologique. Elle avait voulu lui prouver qu'elle n'était pas, elle, de ces rebelles sans cause, de ces gauchistes de façade qui flanchent à la première occasion, appâtés par l'argent, le confort matériel ou le goût du pouvoir. Elle lui avait rappelé qu'elle n'avait pas hésité à sacrifier son amie aux principes, qu'elle l'avait durement condamnée, écrasant les élans du cœur sous les contraintes de la raison, de l'honneur et de la révolution. Mais elle ignorait que son histoire tournait à son désavantage.

Hugues, au fond, ne pouvait pas s'empêcher de penser, tout comme Bathilde, que le destin de Louise ne faisait, à plus ou moins long terme, que préfigurer celui de Divine. La jeunesse du côté du cœur, la maturité du côté du portefeuille, chanson bien connue. La fatalité héréditaire, qui soumet l'individu au sournois diktat idéologique de la famille et de la classe sociale. Même déguisée en rouge, Ludivine était une bourgeoise. Resterait une indécrottable bourgeoise. Reviendrait aux réflexes de sa caste, comme le chien à son vomi.

Mais par-dessus tout, l'histoire de Louise renvoyait à Hugues ses propres contradictions, en un miroir peu avantageux. Lui-même s'était encroûté, par amour. Avait renié ce qu'il avait de plus cher. Avait cédé au charme hypnotique de la bourgeoisie, formant de louches compromis avec sa conscience. Cette fois, la coupe était pleine.

Il la regarda d'un air ensommeillé, distant et vaguement navré.

«Effectivement, Divine, je te le confirme. L'amour rend bête. L'amour rend affreusement bête.»

CINQUIÈME JOURNÉE

Êtes-vous ce qu'on appelle un heureux? Eh bien,
vous êtes triste tous les jours. [...] À peine un jour sur
cent de pleine joie et de plein soleil. Et vous êtes de
ce petit nombre qui a le bonheur! Quant aux autres
hommes, la nuit stagnante est sur eux.

VICTOR HUGO
Les Misérables

1

Le soleil laissait voir les particules de thé au fond des
bols, à travers un croissant ambré, creusé dans une nappe
d'ombre. À cette heure, la chaleur était encore supportable,
l'ombre fraîche, et la lumière vraiment parfaite. Il était
encore trop tôt pour que le gazouillement des oiseaux soit
écrasé par la stridence des transistors.

Mais chaque fois que Corinne et Bathilde piquaient du
nez dans leur bol, les épaules doucement chauffées, les
orteils chatouillés par l'herbe du jardin et les paupières
agréablement traversées de taches pourpres, noires et
orange, Karen augmentait le volume de sa lecture, multi-

pliait les commentaires explicatifs et les rires forcés, comme pour les rappeler à l'ordre, les empêcher de se laisser aller à la torpeur de cette belle matinée :

« *Je n'ai jamais couché avec Théo, même si j'aurais pu en faire mon quatre heures sans problème.* — Ouh ! la menteuse, tout le monde les a vus, quand ils se sont enfermés dans la salle CSA ! *Je voudrais tellement que Cassandra sache la vérité, et qu'elle cesse de m'en vouloir.* Mais bien sûr, comme si elle avait pas assez gobé de bobards ! Qu'est-ce qu'elle va s'imaginer, cette pétasse ! *J'ai toujours été vraie, et savoir que Cassandra m'accuse de ne pas être vraie me fout beaucoup plus la rage que d'avoir été éliminée.* — Ben voyons, comment garder la face après avoir été accueillie avec des piles et des fruits pourris à la sortie de la Prison ! C'est d'une mauvaise foi ! »

Karen alluma une cigarette et s'absorba dans un nouvel article du dossier « spécial révélations » consacré aux *Prisonniers*, dans Trash TV hebdo.

« Attendez, j'hallucine ! Apparemment William a quitté l'aventure ! Il s'est tiré de la Prison ! Putain, c'est du délire. Je vous lis, écoutez. *William, pourtant chouchou du public, a fait le mur de la Prison il y a deux jours. C'est la première évasion depuis le début de l'aventure. Le jeune homme a invoqué son désir de participer à la grande manifestation nationale prévue à Paris ce vendredi pour exiger la démission du Premier ministre et l'abrogation des deux projets de loi qui ont mis le feu aux poudres il y a dix jours. Rita, qui prétend avoir eu les confidences du jeune Malgache dans la salle CSA, a affirmé que c'était un prétexte destiné à améliorer sa popularité auprès du public, et que William voulait en réalité participer au casting d'une autre émission de télé-réalité, dont le tournage doit commencer dès la semaine prochaine dans les Caraïbes.* Encore un intermittent qui court après les cachetons ! Je le sentais bien qu'il était pas vrai, celui-là. Ça puait le comédien à plein nez. Je suis sûr que j'ai déjà vu sa gueule sur un plateau. *Ses fans ont fait le pied de grue devant la Prison, en accusant la Production d'avoir organisé sa sortie parce que son discours était trop subversif. Ils ont exigé des explications.* »

Bathilde attrapa le carton de jus d'orange et se tourna vers Corinne en levant les yeux au ciel. Elle décida d'engager une conversation parallèle, à voix basse, pour neutraliser le babil de Karen.

« Qu'est-ce qui s'est passé hier, avec Jason ? Il t'a vraiment hurlé dessus ?

— Tu n'as pas entendu ? Il m'a accusée de raconter à tout le monde qu'il était homo.

— Je m'en doutais. C'est pour ça que je ne voulais pas que tu montes.

— Il m'a dit que c'était toi qui lui avais répété ça. C'est vrai ?

— C'est un malentendu. Il n'a pas compris mes explications.

— Ne t'inquiète pas, l'affaire est réglée. J'ai l'habitude, malheureusement. Il y a des jours, Jason est atroce avec moi, alors qu'il sait très bien que je lui suis dévouée. Mais je ne suis pas prête à tout endurer, tu sais ? Je suis fragile. Il ignore certaines choses à mon sujet. Je suis sûr qu'il va tomber de haut, quand il m'aura entendue, ce soir. Il va se sentir mal. Mais tu comprends, j'en ai marre qu'il me traite comme une moins-que-rien dès qu'il est mal luné. Il faut qu'il sache un peu où il met les pieds.

— Il avait ses raisons, Corinne. C'est de ma faute, en plus. J'avais été vraiment dure avec lui. Mais je suis sûre que tout va rentrer dans l'ordre. Maintenant qu'il est rassuré sur ce que je pense de lui, tout va s'apaiser. Tu sais, à présent, j'ai la certitude qu'il ne me ment pas. Jason n'est pas homosexuel.

— Alors ça, détrompe-toi, je suis plus que jamais convaincue du contraire.

— Non, Corinne. Nous nous sommes tous fourré le doigt dans l'œil. Hier soir, après mon accrochage avec Ludivine, Jason m'a prise dans ses bras pour me consoler et m'a serrée fort contre lui. Je peux te dire que je n'ai aucun doute au sujet de ses attirances sexuelles.

— Je ne comprends pas.

— Comment t'expliquer? Les garçons, quand ils tiennent une fille dans leurs bras, ont du mal à réprimer certaines manifestations physiologiques. Je suis claire?

— Oui, très claire. Mais ça, ça ne veut rien dire. Il est peut-être bi.

— Ne recommence pas, Corinne. Tu n'as aucune preuve.

— Eh bien si, figure-toi. Flûte à la fin! Puisque de toute façon il m'accuse, autant que ça ne soit pas à tort! C'est Jason lui-même qui m'a parlé de ses attirances homosexuelles.

— Corinne, arrête de dire des bêtises. Tu ne mens pas bien, tu sais. Je vais finir par croire ce que m'a dit Jason à ton sujet.

— C'est-à-dire?

— Que tu es mythomane.

— Dites-le, si je vous emmerde, les filles, s'écria Karen. Ça fait juste dix minutes que je me casse le cul à vous lire le journal, histoire que vous vous teniez un peu au courant. Vous pourriez avoir la politesse de m'écouter, sans déconner!»

Bathilde allait répliquer quelque chose de désagréable au sujet du statut du journal en question et de l'intérêt des prétendues informations délivrées par Karen, mais les mots se figèrent dans sa gorge. Ludivine dévalait la pelouse en courant dans leur direction, le visage visiblement bouleversé. Pendant une seconde, Bathilde crut qu'elle venait pour la frapper et se protégea instinctivement le crâne. Elle se ravisa en découvrant les larmes qui ruisselaient en grosses perles sur les joues tuméfiées de Ludivine.

« Qu'est-ce qui se passe ?

— Vous n'avez pas vu Hugues ?

— Non, on n'a vu personne.

— Putain, c'est la catastrophe. La catastrophe. »

Des hoquets la secouaient, des spasmes qui l'empêchaient de reprendre sa respiration. Les yeux rouges, les dents claquantes, elle déchirait un Kleenex en petits morceaux qui se répandaient sur la pelouse.

« Calme-toi, Ludi. Calme-toi. Raconte-nous ce qui s'est passé.

— Hugues s'est tiré. Voilà ce qui s'est passé. Il a pris son sac et il s'est tiré.

— Tu veux dire qu'il a quitté la baraque ? demanda Corinne d'un air fin et concerné.

— C'est pas grave, Ludivine, fit Bathilde. Il est sûrement pas loin. Il va revenir.

— Mais non, vous ne comprenez pas ! Il est parti pour rejoindre le mouvement. Il ne va pas revenir. C'est fini ! »

Bathilde et Corinne protestaient, l'entouraient de gestes tendres, affectueux. Il y avait sûrement erreur. Il n'avait tout de même pas pu. C'était un malentendu, un terrible malentendu.

« Un peu de bon sens, les filles, et trêve de dénégation, déclara Karen d'un ton solennel. Ludi est en train de nous expliquer qu'elle vient de se faire larguer comme une merde. C'est le moment d'être solidaires et de serrer les rangs. »

2

Au même moment, alors que Mourad se rasait au premier étage, Jason, qui cherchait Bathilde, fit une brève intrusion dans la salle de bains.

Mourad sursauta et se coupa légèrement. La mousse qui couvrait encore sa lèvre supérieure droite laissa perler un sang carmin.

Pendant une seconde, Jason resta pétrifié. Il songea à la neige qui se teinte de sang, dans le *Conte du Graal*. Son regard alla de la mousse blanche tachée de rouge à la lèvre inférieure délicatement ourlée, d'un brun violet, puis de là aux tétons, rappel du même coloris de raisin mûr sur la poitrine glabre et bombée, et enfin de là au renflement indiscret du boxer de Mourad. Pris de panique, il corrigea aussitôt la direction de son regard, vit que le sang avait fini par creuser un mince ruisseau dans la mousse et commençait à couler sur les lèvres, remonta plus haut, et pendant une seconde, se perdit dans l'or noir de l'iris de Mourad, immobilisé comme un chevreuil aux abois.

Jason baissa la tête, bredouilla quelque chose, et disparut en faisant claquer la porte.

La scène n'avait duré que quelques secondes, mais Mourad, plusieurs minutes après, sentait encore son cœur qui cognait à grands coups.

Il acheva de se raser, tapota délicatement avec son gant la fine blessure. La boule de sang se reformait. Il aurait peut-être une légère cicatrice. Une blessure de guerre. Il maintint un mouchoir en papier appuyé de toutes ses forces sur la lèvre. Le sang finit par coaguler, et ne laissa qu'un liseré brunâtre sous la langue de peau décollée, à peine perceptible.

Il achevait de repasser les angles de sa mâchoire quand la porte s'ouvrit de nouveau. Cette fois-ci, il eut le temps d'écarter le rasoir.

C'était Cédric. Il portait une bassine en plastique remplie de chaussettes raidies par la crasse, et tenait à la main un tube de lessive sans frotter.

« Pardon, je n'avais pas vu que c'était occupé.

— Entre, tu ne me déranges pas. J'ai presque fini.

— Qu'est-ce que tu fais au premier étage ?

— La salle de bains du dessus est squattée par Amande depuis plus d'une heure. Elle a dormi dans ma chambre, cette nuit. Tu sais qu'elles sont à couteaux tirés avec Karen. »

Cédric ne répondit rien et s'approcha du lavabo, appuyant sa bassine contre le rebord. Mourad eut un mouvement de recul.

« Pouah ! Qu'est-ce que c'est que cette horreur ?

— Ne m'accuse pas, les pires, ce sont pas les miennes !

— Tu laves les chaussettes d'Yvon ?

— Faut bien. Il refuse de s'en occuper et la chambre est en train de se transformer en chaussette géante. Il me dit que ça le dérange pas. Mais que, par contre, si j'ai un truc à redire, j'ai qu'à les laver.

— Cédric, tu es trop gentil.

— Détrompe-toi. Je ne sais pas pour combien de temps on est coincés ici, et je préfère prendre mes précautions, c'est tout.

— Moi, je lui balancerais ces horreurs par la fenêtre, point barre. »

Il y eut un silence. Cédric venait d'apercevoir le Kleenex ensanglanté sur la tablette. Il observa Mourad. Sous son enjouement, il devinait une détresse qui lui rappelait sa propre frustration, l'angoisse d'un amour non payé de retour. «Mourad, je voulais te dire. On ne se connaît pas beaucoup, mais enfin, je voulais quand même que tu saches. Je trouve ça dégueulasse la manière dont Jason te traite. C'est vrai, tu ne mérites pas ça. T'es un mec bien.

— Je te remercie.

— Je t'assure, franchement, si j'étais homo — que les choses soient bien claires entre nous, je ne suis pas homo —, tu serais le genre de mec dont je pourrais tomber amoureux. T'es intelligent, t'es marrant, et en plus t'es vachement beau ! C'est à se demander s'il y a une justice !

— Tu es adorable, Cédric. Le problème, c'est qu'apparemment Jason non plus n'est pas homo.

— Tu me permettras d'avoir des doutes. T'as vu comment il est maniéré ? Et puis toutes les filles qui sont aux petits soins avec lui, qui le bichonnent, et lui qu'est même pas capable de s'en choisir une ? Y a un truc qui m'échappe ! »

Mourad sentit son cœur se dilater sous l'effet de l'espérance. Il repensait au regard que Jason lui avait lancé quelques minutes plus tôt. Au trajet de ce regard sur son corps, tellement appuyé qu'il en avait ressenti comme une pression tactile. Il était certain, à présent, d'y avoir lu, mêlée à de la défiance, voire à de la terreur, violemment réprimée par elles mais malgré tout insurmontable, une brûlante curiosité.

« Tu crois que tout n'est pas perdu, mon frère ? Tu crois que j'ai mes chances ?

— Je pense, ouais. Et moi ? Tu crois que j'ai mes chances ?

207

— Tes chances? Avec qui?

— Avec Karen.»

Mourad eut une seconde de perplexité. Son imagination était depuis quelques instants envahie par des fantasmes mettant en scène Jason, images furieuses, sanguines et musclées, libérées en même temps que l'espoir de la conquête, et piaffant dans son cœur comme des chevaux fringants, impatients de galoper. Le nom de Karen introduisit une discordance réfrigérante dans ce songe.

«Karen? Oui, bien sûr. Pourquoi pas?»

Dans cette hésitation, Cédric pressentit l'étendue de son malheur. Son amour était pour les autres une aberration, une monstruosité à peine envisageable. Il observa impuissant Mourad qui se dirigeait vers la sortie, sans autre forme de commentaire. Celui-ci était embarrassé. Il sentait qu'il eût fallu ajouter quelque chose. Il redoutait que son égoïsme ne lui porte malheur, s'il ne rendait à Cédric le bienfait qu'il venait d'en recevoir. Mais l'idée d'une relation entre Karen et Cédric avait quelque chose d'incongru, décidément. De perdu d'avance.

«N'oublie pas ce que je t'ai dit, Cédric, fit-il en se retournant, cédant au besoin de se racheter par un mot chaleureux. Ne te laisse pas faire. Et surtout, balance-moi ces chaussettes pourries aux ordures!»

3

Corinne attendait le moment propice pour prendre la parole.

Tout le monde savait que c'était à elle de parler, ce soir. Mais visiblement, tout le monde s'en moquait. Une seule chose comptait, et qui avait occupé les trois quarts des discussions du dîner : la disparition d'Hugues. Et une seule personne semblait digne de l'attention et des prévenances de tous : Ludivine, la malheureuse abandonnée, encore rouge et suffocante des diverses convulsions qui l'avaient terrassée.

Dans la journée, tout le monde s'était mobilisé pour retrouver la trace du déserteur. Jason, Mourad, Yvon et Cédric avaient accouru dès que la sonnette d'alarme avait été tirée par les filles. Entre deux hoquets, Ludivine leur avait rappelé qu'Hugues passait tous les matins acheter le journal à la supérette. Si la caissière l'avait aperçu, ce matin-là, Hugues lui avait peut-être dit quelque chose. Mourad et Cédric avaient aussitôt pris leurs jambes à leur cou.

Hélas, à la supérette, une pancarte leur avait appris que la caissière s'était rendue elle-même à H*** pour se réapprovisionner auprès de son fournisseur. Son livreur, ayant décidé de participer au blocage des routes, l'avait une fois de plus abandonnée. Elle annonçait à la clientèle qu'elle rouvrirait à partir de 14 heures.

De retour à la maison, vers 11 heures et demie, Mourad et Cédric avaient trouvé les filles rivées au poste de radio.

« Visiblement, le trafic a repris dans certaines villes, leur avait expliqué Amande. Il faut téléphoner à la gare de H*** pour savoir si un train est parti. »

Pendant une demi-heure, ils avaient essayé de joindre la ligne verte. Tantôt ils la trouvaient occupée, tantôt ils étaient confrontés aux dix premières mesures d'un *Nocturne* de Chopin, puis à une voix suave leur demandant de renouveler leur appel ultérieurement.

Face aux cris et aux gémissements de Ludivine, croissants en volume et en intensité, Mourad avait proposé de retourner à la supérette immédiatement après le déjeuner, et de filer ensuite à la gare. Il y en avait pour une grosse heure et demie à pied, sans les bagages. Amande s'était généreusement portée volontaire pour l'accompagner.

« Je ne peux pas venir avec vous, pleurait Ludivine. S'il me voit arriver, il va prendre la fuite ! Mais dites-lui que je l'aime. Dites-lui que Divine attend son Doudou et qu'elle lui pardonne tout. »

À la supérette, la caissière avait formellement identifié Hugues, sur la photo que Ludivine avait prêtée. Elle l'avait emmené le matin même dans sa camionnette.

Elle raconta qu'Hugues lui avait demandé plusieurs jours auparavant de la tenir au courant, si elle faisait un saut sur H***. Quand, la veille, elle avait appris que son livreur ne viendrait pas pour le troisième jour consécutif, elle avait décidé de fermer l'épicerie le matin et de se rendre elle-même en ville. Elle avait passé un coup de fil à Hugues.

« Ce qui l'a décidé, surtout, c'est que j'avais demandé à mon cousin, qui est kiosquier à la gare de H***, de me tenir au courant des rumeurs de reprise de trafic. Il m'a appelée hier soir pour me dire que selon les derniers bruits, un train serait affrété ce matin. J'ai aussitôt prévenu votre ami. Il avait l'air tellement pressé de reprendre le travail. Ça, c'est un bon petit gars, pas du genre à se tourner les pouces comme tous ces fainéants ! »

Mourad et Amande avaient supplié la caissière de les emmener à la gare, mais celle-ci avait décrété qu'elle avait autre chose à faire que le taxi. Elle avait déjà perdu une demi-journée de travail, et ça commençait à bien faire, les navettes. Ils étaient partis à la gare à pied, après avoir transmis par téléphone les dernières informations. Corinne avait pris la communication, et mis sur haut-parleur. Derrière elle, Ludivine, allongée sur le canapé, secouée de quintes lacrymales, et retenue par Karen et Jason, s'égosillait :

«Je le savais! Ce coup de fil hier soir! J'avais un pressentiment!»

Il avait fallu attendre deux heures supplémentaires pour avoir des nouvelles fraîches.

Amande et Mourad avaient trouvé la gare déserte. Le cousin de la caissière les avait renseignés. Un train devait bien partir, ce matin-là. Mais des *énervés* s'étaient allongés et ficelés sur les rails à quelques centaines de mètres du départ, et le train, quoique rempli à craquer de voyageurs ulcérés, avait dû être annulé. La gare venait de se vider de ses derniers passagers, lesquels avaient fini par comprendre qu'il ne servait à rien d'insister, et qu'il valait mieux retenter sa chance un autre jour. Les caméras de la télé régionale n'étaient même pas là pour recueillir la furieuse amertume des voyageurs déboutés, et leurs invectives s'étaient perdues dans la chaude poussière de la place de la gare.

«Ce jeune homme, ça vous dit quelque chose?» avait demandé Amande en brandissant la photographie prêtée par Ludivine.

Le kiosquier hocha la tête. Il avait bien aperçu Hugues, quand sa cousine était venue l'embrasser. Mais il y avait beaucoup de monde à la gare, et il l'avait perdu de vue.

«Il a dû faire du stop, décida Mourad.

— Si c'est le cas, jeune homme, je lui souhaite bien du courage. Il ne doit pas être rendu bien loin. Parce qu'avec la pénurie des carburants, je vais vous dire, les gens évitent de sortir leur voiture. Et puis, les routes sont bloquées dans les deux sens par les camions. M'est avis que votre ami, il doit toujours être dans les parages.»

*

Depuis le retour de Mourad et d'Amande, le récit des maigres informations collectées avait été répété jusqu'à plus soif, de même que la liste des hypothèses concernant la situation géographique d'Hugues et les déplacements qu'il avait pu effectuer depuis le matin.

Ces stériles énumérations étaient scandées de refrains monotones («C'est pas possible!» «Il a pas pu se barrer comme ça sans dire où il allait!» «Il faudrait peut-être appeler la police!»), refrains de moins en moins mélodiques et convaincus à mesure que le temps passait, et que la lassitude et la fatigue faisaient sentir leurs effets.

À l'heure du dîner, Corinne avait commencé à les prendre tous en grippe.

Elle avait voulu commencer son histoire, une première fois, mais Amande l'avait durement remise à sa place :

«Tu crois vraiment que c'est le moment, Corinne?»

Alors, elle les avait observés, s'empressant autour de Ludivine, écœurants dans leur agitation factice, leur fausse sollicitude. Un drame venait enfin de les arracher à leur ennui. Il y avait eu des péripéties, aujourd'hui. Et pour tout un chacun, le plaisir d'assister, aux premières loges, à la cuisante humiliation de Ludivine, larguée au vu et au su de tous, misérable épave qui s'offrait sans retenue à la plus sadique des compassions.

Mais qu'est-ce qu'ils savaient du malheur, les uns et les autres? Est-ce qu'ils étaient seulement capables de se mettre vraiment à la place de Ludivine? Et quand bien même leur cœur ne restait pas aussi sec qu'un vieux cuir racorni, quand bien même leur sympathie était réelle, est-ce qu'on pouvait mettre sur le même plan le petit chagrin d'amour d'une

Ludivine avec le malheur qui la terrassait elle, depuis toujours? Ludivine n'avait-elle pas la beauté, la santé, le soutien moral et familial d'une famille aisée et présente? Et n'était-ce pas un luxe que de pouvoir pleurer un amour perdu, si l'on songeait que ça signifiait qu'il y avait bien eu de l'amour, à un moment donné, dans l'existence? Elle, elle n'avait jamais suscité que l'indifférence, le mépris ou la pitié. On lui donnait de temps à autre une tape sur l'épaule, on lui adressait une parole affectueuse comme on donne un os à un chien dont on vient de se rappeler la présence, après le départ de tous les invités.

« Corinne? Corinne? Qu'est-ce que tu fous? Tu la racontes, ton histoire? »

Corinne s'aperçut soudain qu'ils avaient tous le regard braqué sur elle.

Ludivine était partie se coucher depuis une vingtaine de minutes. Ils avaient remué quelque temps encore les événements de la journée, et avaient surtout profité de l'absence de la principale intéressée pour lâcher quelques horreurs, au sujet d'Hugues (« Ce crétin » / « Ce bolchevique » / « Enfin débarrassés » / « Il n'avait rien à foutre là ») ou de Ludivine elle-même (« Qu'est-ce qu'elle fabriquait avec lui? » / « Complètement lobotomisée » / « Elle est hystérique » / « Elle n'a aucune dignité dans la souffrance »).

Quand la conversation s'était essoufflée et que le désœuvrement avait menacé de s'emparer d'eux de nouveau, ils s'étaient souvenus de Corinne. Ils s'étaient demandé d'un seul coup ce qu'elle pouvait bien avoir à raconter.

« Ce n'est pas parce qu'un salopard nous a pourri l'ambiance qu'il faut nous laisser faire, déclara Jason. Nous devons procéder exactement comme s'il n'était pas là, et reprendre nos petites habitudes. Corinne, nous t'écoutons. »

D'un seul coup, ils lui apparurent de nouveau comme des amis potentiels, pétris de bienveillance à son égard. Elle était au centre de l'attention, miraculeusement. Ils étaient tout disposés à l'écouter, elle, à compatir à son malheur. D'une voix mal assurée, elle s'élança.

Cinquième histoire
LE TIROIR DES MORTS

J'ai toujours su que je n'étais pas une enfant comme les autres.

J'étais assez vilaine, bien sûr, vous n'en serez pas surpris. Grosse et terne, déjà. Mais comme si ça ne suffisait pas, j'étais malade. *Hémophilie sévère*, m'avait-on dit un jour, sans plus de précision.

Les enfants qui ont des problèmes de santé sont paraît-il d'une maturité exceptionnelle. Je ne sais pas trop ce que ça veut dire. Je n'ai jamais été en bonne santé, alors forcément. Mais sans être particulièrement malheureuse, j'avais intégré l'idée que ma maladie portait un nom de mauvais augure. Une barrière me séparait de mes camarades. Je n'avais pas le droit de shooter comme eux dans un ballon, ni de courir comme une folle dans la cour. J'avais des tas d'interdits alimentaires. Je prenais des tonnes de saloperies, comprimés et pilules. À force de faire des prises de sang, j'avais appris depuis longtemps à ne plus avoir peur des piqûres.

À l'école, ça n'était pas ma mère qui venait me chercher, même quand elle était encore en vie, mais ma grand-mère. J'avais honte d'elle quand je l'apercevais devant la grille, avec sa couperose, ses fichus nylon, ses bas couleur chair et son regard tétanisé par l'angoisse. Elle passait son temps à me recommander à mes maîtresses. Elle rapportait mes médicaments si je les avais oubliés à la maison, allant jusqu'à interrompre la classe. J'aurais voulu disparaître sous ma table, dans ces moments-là.

J'avais six ans quand maman est morte.

Depuis toujours, je ne la voyais que de loin en loin. Elle disparaissait de l'appartement de ma grand-mère pendant des semaines. Quand elle nous rendait visite, je ressentais une joie tellement intense que j'avais envie de vomir. Peut-être aussi parce qu'elle me faisait peur. Maman était maigre. Très maigre. Avec de grands yeux verts, qui papillonnaient d'un objet à l'autre, fébriles, et qui ne se fixaient quelque part que pour se perdre dans le vide. Parfois, elle me rapportait quelque chose. Une pomme. Un cahier de coloriages. Des pin's ou une jolie boîte pour ranger mes médicaments. La plupart du temps, elle se contentait de m'observer, furtivement, avec dans son regard un mélange d'étonnement et d'exaspération. Il lui arrivait aussi, mais rarement, de me prendre dans ses bras squelettiques et musculeux, et de me serrer jusqu'à l'étouffement. C'est un des rares souvenirs que je garde d'elle. La force de ses bras si maigres autour de moi.

Je me souviens aussi que maman réclamait de l'argent à ma grand-mère. Elles se disputaient dans la cuisine, et leurs cris me terrifiaient.

Quand maman est morte, ma grand-mère m'a confiée à Mme Cailleteau pour pouvoir se rendre aux obsèques. Elle ne voulait pas que je l'accompagne. Elle avait peur que le malheur *étende son ombre sur moi*.

C'était un mercredi, et Jason était chez lui. Nous étions en train de jouer à la poupée dans sa chambre, quand le téléphone a sonné. La maman de Jason a pris la communication dans le salon, dont la porte était entrouverte. Et là, j'ai entendu :

« Non, je ne peux pas, tu sais bien. Je garde la petite-fille de la bonniche, qui est partie aux obsèques de sa fille à elle. Mais si, je te l'ai dit, une overdose ! C'est affreux, mais en un sens, c'est une bonne nouvelle. On ne croisera plus cette sale junkie dans la cage d'escalier. »

Quand ma grand-mère est rentrée, je lui ai demandé ce que ça voulait dire, « junkie » et « overdose ». Elle m'a regardée d'un air très dur, et m'a dit :

« Ce que ça signifie n'a rien à voir avec nous, ma chérie. Tu m'entends ? Rien à voir. »

*

À quinze ans, j'ai commencé à me révolter contre ma grand-mère et l'atmosphère de secret dans laquelle elle m'avait élevée. J'avais découvert depuis longtemps ce que ça voulait dire, « junkie » et « overdose ». Mais le pouvoir de ces mots sur moi était toujours plus fort. Ils avaient quelque chose de romantique et de violent à la fois. Leurs sonorités américaines leur conféraient un charme ésotérique. Je ne les associais plus seulement à la fin mystérieuse de maman, mais aussi aux destins tragiques et prestigieux de Janis Joplin, Jimmy Hendrix et Jim Morrison. J'avais entendu parler d'eux à la télé, un été. Une émission variétoche sur le retour des hippies, sponsorisée par *Nostalgie*. Depuis, j'avais emprunté leur biographie à la bibliothèque.

Je m'intéressais beaucoup à la mort à l'époque. Jason s'en souvient peut-être. J'étais devenue une sorte de gothique. Gothique version *cheap*, s'entend. Je n'avais pas la panoplie complète. Pas de teinture de cheveux façon vinyle. Pas de voiles, ni de dentelles. J'étais juste habillée en noir. J'avais décroché un jour un crucifix de ma grand-mère pour m'en faire une broche, mais il était trop lourd et avait fait un trou à mon pull.

Je venais de lire pour la première fois *L'Écume des jours*. Mon roman préféré, encore maintenant. Bien sûr, je m'étais identifiée à Chloé, à cause du nénuphar qui lui pousse dans le poumon. Cette image idéalisait ma maladie. Ça lui donnait une sorte d'aura, ça la transformait en œuvre d'art. Pourtant, je n'aimais pas trop l'idée de ne pas avoir de contrôle sur la progression de mon mal. Du coup, j'avais décidé qu'un jour, je me suiciderais. C'était un projet très réfléchi, aussi excitant pour moi que la perspective du mariage pour d'autres ados. Mais avant de le réaliser, je voulais mener une enquête sur mes origines. Savoir d'où je venais, avant d'y retourner.

Je me posais des tas de questions sur ma mère. Dans quelles circonstances elle avait commencé à prendre de la drogue. Quelles substances elle avait consommées. Si elle avait été entraînée par quelqu'un dans cette spirale autodestructrice. Si elle avait cherché à s'en sortir.

Par-dessus tout, je voulais savoir qui était mon père. J'étais convaincue qu'une grande histoire d'amour, noire et torturée, était à l'origine de ma naissance. Je m'en glorifiais toute seule.

Quelques années auparavant, de retour d'une visite à l'hôpital, ma grand-mère m'avait embrassée sur les deux joues en me secouant dans tous les sens. D'habitude, elle me protégeait plutôt comme si j'étais en porcelaine. Ses yeux étaient pleins de larmes :

« Ma chérie, je ne sais pas si tu as bien compris ce qu'a dit le docteur, mais c'est très bon signe. Il y avait des risques de complications très graves, avec ta maladie. Tu pouvais mourir. Je peux te le dire, à présent. Mais grâce à ton nouveau traitement, tu vas pouvoir avoir une vie complètement normale. Tu m'entends, ma chérie ? Complètement normale. »

Ma grand-mère exagérait, bien sûr. Ma vie n'avait jamais été normale, et il n'y avait pas de raisons pour que ça change du tout au tout. Mais c'est vrai que je supportais mieux le traitement. Je tombais moins malade. Psychologiquement aussi je me sentais plus résistante, depuis quelque temps. Résultat, ma maladie m'obsédait moins. Mais par contrecoup, mes interrogations sur mes parents prenaient de plus en plus de place.

J'avais posé à plusieurs reprises des questions à ma grand-mère. Chaque fois, elle m'avait tenu le même discours :

« Laisse l'âme de ta mère en paix, ma pauvre petite chérie. Il ne faut pas aller fouiller dans le tiroir des morts. Ton père était sans doute quelqu'un de très bien. Sinon tu ne serais pas la merveilleuse petite chérie que tu es. Mais ta maman était très secrète. Pour rien au monde elle n'aurait voulu que tu entreprennes des recherches. Il faut respecter son choix. »

Pour un peu, elle m'aurait accusée de susciter des zombies, d'orchestrer une danse macabre dans un cimetière, comme dans les films d'horreur.

Comme elle utilisait toujours cette expression, « le tiroir des morts », ça a fini par me donner des idées. Peut-être que la métaphore méritait d'être prise au sens littéral. Un jour que j'étais seule à la maison, je me suis mise à fouiller tous les tiroirs, ceux du secrétaire du salon, ceux de la commode de sa chambre et ceux de la cuisine. Pour finir, j'ai pris un escabeau et j'ai exploré les boîtes à chaussures, au-dessus des armoires du couloir, où mamie stockait toutes sortes de choses.

Dans un carton Éram, sous une pile de coupures de journaux et de fiches de cuisine, j'ai fini par décrocher le gros lot. Des lettres et des photos, bien sûr.

Sur l'une d'elles, floue et mal cadrée, maman, le regard brillant, appuyait une joue bien pleine sur l'épaule d'un homme. Elle souriait tellement qu'elle en était méconnaissable. On ne voyait que la moitié dodue du visage de l'homme. Une barbe de trois jours. Des cheveux noirs ondulés jusqu'aux épaules, contournant une boucle d'oreille en forme de tête de mort. Son œil était moins rieur que celui de maman. La photo avait été prise en extérieur, un jour de soleil. Ça ressemblait à un autoportrait, réalisé à la va-vite, par un appareil bon marché, tendu à bout de bras pour obtenir la bonne distance.

J'ai ouvert la première lettre. Le ruban de colle avait jauni et était recouvert d'un fin tapis de microparticules de poussière. C'était une lettre très courte de maman, adressée à ma grand-mère, et datée du 5 février 1984, deux ans avant ma naissance. Les caractères partaient dans tous les sens, et j'ai eu du mal à la déchiffrer.

Ma petite maman,

Il ne faut pas que tu t'inquiètes, tout va bien. Dominique enregistre un nouveau 45 tours et a bon espoir de trouver un distributeur. De mon côté, je me suis inscrite au CNED pour repasser ma licence d'arts plastiques. Cette fois, je suis vraiment motivée. Nous vivons dans un grand appartement, avec quelques amis. Je ne t'en donne pas l'adresse, car je sais que tu ne pourrais pas t'empêcher de venir m'y rechercher. Essaie de te convaincre une fois pour toutes que je suis heureuse avec Dominique. Il vaut beaucoup mieux que ce que tout ce que tu pourrais t'imaginer.

La deuxième lettre n'était pas datée.

Madame,

J'ai bien reçu votre lettre. Je comprends votre colère, mais je crois que vous n'avez pas toutes les clefs en main. Clara a cessé de prendre la pilule sans me prévenir. J'ai toujours été clair sur le fait que je ne souhaitais pas avoir d'autre enfant. Mes responsabilités de père de famille sont déjà trop lourdes pour moi. La mère de mes deux enfants est au chômage et en dépression. Dans ces conditions, je n'imagine pas de m'encombrer d'un troisième enfant. J'ai tenté de raisonner votre fille. Elle n'a rien voulu savoir. Ce sont ses trahisons à elle qui sont responsables de notre rupture. Pas les miennes. Si elle souhaite mettre cet enfant au monde, je considère que ça ne me regarde plus. Mais je pense que si

Mon cœur battait dans ma poitrine comme le bourdon d'une cloche énorme, brutalisée par une armada de Quasimodos. J'avais la bouche sèche et les tempes douloureuses. Une goutte de sueur, en allant s'écraser sur le papier et en diluant l'encre, m'a tirée de cet état. J'ai fourragé encore dans la boîte à chaussures. J'ai trouvé une autre photo de maman, derrière un gros gâteau d'anniversaire. J'ai compté dix-huit bougies. J'ai reconnu le papier peint vert et marron de la salle à manger. À côté de maman, j'ai identifié une vieille copine à elle qui nous rendait souvent visite, quand j'étais toute petite. Nous sortions nous balader ensemble, toutes les trois, et je la revois marcher à côté de la poussette, dans un vieux loden. Son prénom a aussitôt refait surface. Mareva.

*

Le soir, l'air de rien, j'ai parlé de Mareva à ma grand-mère. Je lui ai dit que j'avais gardé de bons souvenirs d'elle, et que ça me ferait plaisir de savoir ce qu'elle était devenue. J'ai vu aussitôt son visage se pétrifier, comme chaque fois que j'essayais de remuer dans les eaux vaseuses de mon enfance.

« Mareva ? Qu'est-ce que tu parles de t'en souvenir ? Tu avais cinq ans, la dernière fois que tu l'as vue !

— Et alors ? Si je te dis que je m'en souviens comme si c'était hier !

— Tu t'encombres vraiment de choses sans intérêt. C'était une bonne à rien. Elle avait une influence déplorable sur ta maman.

— Elle s'appelait Mareva comment, déjà ?

— Mareva Trépeaux. Qu'est-ce que ça peut te faire, ma chérie ?
Il faut oublier. OU-BLI-ER. Voilà ce que je dis. Ça n'est pas la peine
de s'encombrer le cerveau avec des gens qui n'en valent pas la
peine. »

Mais moi, avant d'oublier, il fallait que je sache. Oublier, c'était
un luxe que je ne pouvais pas me permettre. D'abord, pour oublier,
il faut avoir quelque chose à oublier. Des visages, des noms. Des
événements, heureux ou malheureux, doux ou violents, et qu'on
peut décider de bazarder, ou de garder dans ses tiroirs. Moi, je ne
savais rien. Mes tiroirs étaient vides, et il ne fallait pas que je
compte sur ma grand-mère pour me les remplir. Alors j'ai pris la
décision de poursuivre mon enquête.

*

La première chose que j'ai faite, ça a été de lancer une recherche sur Dominique Vernon, à la bibliothèque du lycée. Sur Goo-
gle, je l'ai trouvé associé à un groupe de rock, originaire d'Évreux.
Soleil noir. Ça commençait bien.

Le groupe avait une petite notice sur Wikipédia. Il avait officié
de 1978 à 1987. Deux albums. *Garage défonce*, en 1981, et *Les Orchi-
dées du jamais plus*, en 1987, l'année du split. Trois 45 tours, dont
Saigner mes veines, qui avait caracolé jusqu'à la quarante-septième
place du Top 50, en 1985. Il y avait une seule photo des membres
du groupe. Comme ils portaient tous cheveux longs et lunettes
noires, chemises blanches et costumes sombres à épaulettes,
c'était dur de les distinguer. J'ai hésité entre deux possibilités. Ou
bien Dominique était celui qui était au centre et légèrement en
avant par rapport aux autres. Ça semblait logique, vu qu'il était
l'auteur-compositeur-interprète du groupe. Ou bien il était le dernier à droite. Un type un peu rondouillard, qui présentait plus de

ressemblances que l'autre avec le vague morceau d'être humain que j'avais trouvé dans la boîte à chaussures.

Quand j'ai eu fini de faire le tour des maigres informations disponibles, j'ai cherché dans les pages Blanches. J'ai trouvé trois Dominique Vernon. Au deuxième numéro, je suis tombée sur le bon.

J'y suis allée au bluff. Je lui ai fait croire que je travaillais pour un journal lycéen de rock indé. Je lui ai dit qu'on enquêtait sur les groupes les plus influents des années quatre-vingt, et que Soleil noir nous intéressait beaucoup. Je lui ai demandé s'il accepterait de me donner une interview.

Il m'a demandé si on pouvait pas faire ça par téléphone. Je lui ai dit que je voulais prendre des photos. Il a dit non, que c'était hors de question, que je n'avais qu'à lui envoyer une liste de questions par mail. Comme j'insistais, suppliais et pleurnichais, il a fini par me donner un rendez-vous chez lui, le jour même, en fin d'après-midi. Il voulait se débarrasser de moi, j'imagine, et ne voyait plus d'autre solution.

*

Deux heures avant le rendez-vous, j'ai été prise de panique. Je me suis vue dans une glace et je me suis trouvée affreuse. Un vilain petit canard que personne n'aurait jamais envie d'adopter. Le teint grisâtre, la peau déjà flasque. J'ai coupé ma frange dans le lavabo, pour avoir une touche plus rock'n'roll. Je me suis ratée, et du coup, j'ai tout coupé, n'importe comment. Je ressemblais à un mec. Un petit bouledogue habillé en noir.

Heureusement, quand Dominique Vernon m'a ouvert la porte, j'ai été rassurée. Il était presque aussi moche que moi. Énorme. Plein de cheveux blancs et de poils lui sortant des narines et des oreilles. Une chemise à rayures blanches et violettes, un pantalon

222

de toile écrue façon sac à patates, des chaussures Kiabi. Seule concession à sa folle jeunesse : un catogan d'où s'échappaient quelques mèches frisottées.

Dès le début, il m'a regardée avec méfiance. Il m'a dit de m'asseoir, m'a proposé un soda. En face de moi, j'ai aperçu deux cadres avec les photos d'adolescents de mon âge à peu près. Je lui ai demandé si c'étaient ses enfants. Il m'a dit que oui, mais qu'ils étaient morts tous les deux dans un accident de voiture.

Je me suis retrouvée comme une conne. Je venais à peine de me dire que j'avais deux frangins, tout prêts à déverser leur amour sur moi, à me protéger en toutes circonstances, et déjà j'apprenais qu'ils n'étaient plus de ce monde. J'ai senti les larmes me monter aux yeux.

Le silence commençait à devenir embarrassant. C'est lui qui l'a rompu le premier.

« Alors, mademoiselle, comme ça, la nouvelle génération s'intéresse à ces vieilles branches de Soleil noir ? Un groupe dont les disques n'ont pas été réédités en CD ? Et qui n'a même pas eu droit à son petit best of à la con avec ses six ou sept inédits, histoire d'arriver à dix pistes ? Vous me prenez pour un con ou bien c'est du vingt-deuxième degré, votre interview ? »

J'étais prête à tout pour lui faire gober mon histoire. J'ai prétendu qu'une formation originaire de Rennes, les Gambettes latex, faisait un tabac à chaque rappel de ses concerts en reprenant *Saigner mes veines*.

Il me regardait bizarrement, se demandant sans doute si je me payais sa poire.

Je ne voulais pas me laisser déstabiliser. Je lui ai demandé s'il était toujours dans l'industrie du disque.

« Est-ce qu'on peut vraiment dire ça ? Je coordonne des foires en province. Des tours de chant pour starlettes des eighties sur le retour. Ça vous déçoit, hein ? C'est pas très punk, je sais. Désolé, mais c'est comme ça. Je touche plus à la composition, c'est terminé. C'était bon pour les années vinyle, tout ça. Les années où ça coûtait que dalle de produire de la merde. »

La conversation tournait court. Dominique Vernon n'était pas très agréable. Seule sa silhouette était ronde, pour tout dire. Tout le reste était en angles aigus. Je ne lui trouvais rien en commun avec moi, si ce n'est les kilos en trop. Mais j'étais prête à tout lui pardonner. Je sentais que cet homme avait été rendu amer par les coups durs de l'existence. Et j'étais tout émue à l'idée du cadeau inespéré que j'étais sur le point de lui offrir. Une fille. Rien que ça. Moi-même, en l'occurrence. Moyennement mignonne, bien sûr. Mais tellement attendrissante, avec sa frange de travers et ses kilos en trop *made in* mon nouveau papounet. J'étais tellement sûre de mon coup, je n'avais plus envie de tourner autour du pot.

« Est-ce que je peux vous appeler papa ?

— Qu'est-ce que c'est que cette connerie ?

— Clara Geminiani, ça vous dit quelque chose ? »

Il s'est levé d'un coup. M'a demandé de le suivre. Devant la porte d'entrée, il s'est ravisé. Il m'a demandé quel âge j'avais. Il a eu l'air de réfléchir quelques secondes, et il s'est mis à se ronger les ongles, appuyé contre le mur du couloir.

« Écoutez, mademoiselle, je suis désolé, mais je ne suis pas votre papa. Vous êtes née en 86, si je compte bien. Moi, j'ai coupé définitivement les ponts avec Clara à l'été 84. Je ne l'ai jamais revue. C'est la vérité. La pure vérité. »

Comme je le regardais d'un air sans doute aussi navré que soupçonneux, il s'est braqué et a mis la main sur la poignée de la porte. Je me suis mise à bredouiller. En désespoir de cause, j'ai parlé de la lettre que j'avais trouvée, de la grossesse de maman, du besoin que j'avais de connaître la vérité. Il a lâché la poignée.

« Écoute-moi, petite. Je te dis tout ce que je sais. Mais après, il faut plus m'embêter avec ça. Tu comprends, c'est des mauvais souvenirs. J'en ai marre de vivre avec des fantômes. »

J'ai fait oui de la tête.

«Alors voilà. Quand j'ai quitté Clara, en 84, elle était enceinte de moi. C'est vrai. Elle m'avait fait un bébé dans le dos. Moi, j'étais pas prêt pour un troisième lardon. Ni matériellement, ni moralement. Mais y a surtout qu'elle, elle n'aurait pas été fichue d'élever un môme correctement. Tu comprends, ta maman était dans la dope jusqu'au cou. Et contrairement à ce que disait sa daronne, elle s'y était foutue toute seule. J'y étais strictement pour rien. Il faut croire que j'avais le chic pour tomber sur des nanas mal dans leurs santiags, c'est tout. On vivait dans un squat à l'époque. Avec des musiciens nases, des tagueurs pourris, des rappeurs bidon. La bohème, quoi. Il y avait des dealers qui proposaient leurs services, dans le squat. Bien sûr, Clara et moi, à cause du groupe, on avait cette image décadente, très sex, drugs and rock'n'roll. Mais moi, je prenais rien, à part de la Kro. Voilà la vérité vraie. J'ai jamais rien pris. Quand Clara s'est retrouvée enceinte, elle a dit qu'elle voulait ce bébé. Mais c'était du boniment. Elle voulait juste quelque chose pour me retenir. J'en pouvais plus de la voir se détruire, jour après jour, et je lui avais dit que j'allais foutre le camp. Alors elle a essayé ça. Quand elle a vu que ça ne marchait pas, c'est elle qui s'est barrée. J'ai su qu'elle avait fait une fausse couche. En revanche, personne ne m'a dit qu'elle avait eu une fille, après ça. Avec le recul, surtout depuis la mort de mes mioches, je me dis que ça aurait bien arrangé mes affaires, d'en avoir un de réserve. Mais c'était pas le contexte. C'est comme ça, on n'y peut rien. C'est la vie qui est mal faite. »

J'ai dû lui faire pitié. J'imagine que je ressemblais plus à grand-chose. C'était tellement dur d'entendre parler de maman avec ces mots-là. Il a mis sa main sur mon épaule.

« Écoute, ça me remue, de te voir. J'ai vraiment envie de t'aider. Je dois encore avoir les coordonnées de quelqu'un qui pourrait peut-être te rencarder. C'est une ancienne copine de ta maman. Mareva Trépeaux. C'est elle qui m'a dit, pour la fausse couche. Elle est restée longtemps en contact avec Clara. Jusqu'à sa mort, en fait. Je vais te chercher son numéro de téléphone. Appelle-la de ma part. Elle aura sûrement des choses à te raconter. »

*

« Je ne peux t'être d'aucun secours, ma mignonne. »

Ça a été le refrain, chez Mareva, deux jours plus tard.

Je la revois encore, avec son genre Nicoletta. Usée, flétrie. Sous le maquillage épais, on voyait les rides. Sous les mèches blondes, les racines, longues et noires. Elle fumait cigarette après cigarette, se grattant le crâne, manifestement embarrassée. Sa voix était plus grave que dans mon souvenir. Une toux glaireuse interrompait chacune de ses phrases.

« Mais vous devez bien vous rappeler si elle fréquentait quelqu'un, à l'époque. Elle a vous a forcément dit quelque chose. »

J'avais l'impression qu'elle se protégeait derrière la fumée de sa cigarette. De la main gauche, elle remuait le café refroidi dans son bol. Je regardais le vernis écaillé de ses ongles. Elle faisait vraiment vieille pute, dans son peignoir à fleurs. Peut-être était-elle réellement une pute, d'ailleurs. Je n'ai jamais su comment elle gagnait sa vie.

« Tu peux me tutoyer, ma mignonne. Si ta mère t'entendait me vouvoyer, elle se retournerait dans sa tombe. »

Ça faisait une heure que j'étais là, et on en était toujours au même point. En me voyant, elle m'avait serrée dans ses bras, aussi fort que le faisait ma mère, les rares fois où ça lui prenait. M'avait passé la main dans les cheveux, avec beaucoup de tendresse et de tristesse dans le regard. Elle répétait, comme pour elle-même, que si elle n'avait pas donné de nouvelles, c'était à cause de ma grand-mère, qui n'avait jamais pu la voir en peinture. Qu'elle, elle avait toujours pensé à moi. Mais quand elle m'a entendue lui parler de Dominique Vernon, de l'hôpital, de la fausse couche, quand elle a compris que je ne venais pas seulement rendre visite à la vieille copine de ma mère, mais que j'étais là pour savoir la vérité, elle a commencé à paniquer.

« Mareva, ne m'obligez pas à répéter ma question. Le tutoiement, on verra après. J'ai besoin de savoir. C'est une question de vie ou de mort, vous comprenez ? »

Mais elle redisait la même phrase, encore et encore, en remuant son café de plus en plus vite.

« Je ne peux t'être d'aucun secours, ma mignonne. »

Alors j'ai décidé de jouer le grand jeu. J'avais vu ça, dans un film. C'est un truc qui avait l'air de bien marcher. Et puis, après tout, c'était un peu vrai, puisque j'avais décidé de mettre fin à mes jours, même si c'était encore très hypothétique, et que je n'avais pas arrêté la date ni les modalités.

« Mareva, je vais bientôt mourir. J'ai le droit de savoir. »

Elle m'a regardée avec des yeux tout écarquillés. Avec ses orbites creuses, elle ressemblait vraiment à la mort en personne.

« Comment, ma mignonne ? Qu'est-ce que tu racontes ?

— La vérité.

— T'es pas sous trithérapie ?

— Sous quoi ?

— Ta trithérapie ? Pour soigner ton *sida* ? »

C'est comme ça que j'ai su.

Je me suis mordu les lèvres. Si je lui avais montré que je n'étais pas au courant, que je croyais que j'avais seulement une *hémophilie sévère*, elle n'aurait plus rien dit. J'ai donc avalé ce mot atroce. Ce mot qui n'avait jamais été prononcé devant moi, qui n'avait rien à voir avec moi, et qui venait soudain éclairer des années de traitement incompréhensible, des années de discours opaques et de regards chargés d'intentions, de la part des maîtresses et des docteurs. J'ai fait un effort surhumain pour garder la façade présentable, tandis qu'à l'intérieur tout s'effondrait, s'éboulait, dans une coulée de poussière et de gravats.

«Bien sûr que je me soigne. Bien sûr. Mais je ne sais pas. J'ai quand même l'impression que ça peut arriver, la mort. Je la sens en moi. Alors il faut que je sache. Il le faut.»

*

Elle a continué à me regarder, la bouche ouverte, hésitant à se lancer. Les eaux noires du souvenir devaient tourbillonner dans son esprit. Elle s'est mise à hocher la tête, doucement, régulièrement, comme pour aider les mots à sortir de sa vieille bouche usée.

«Pauvre petit cœur. Pauvre petit cœur. Ton père, tu peux toujours chercher, va. Tu ne le retrouveras pas. Personne ne sait qui c'est. Ta mère elle-même n'a jamais su qui c'était. Ou alors c'est qu'elle a rien voulu dire.»

La terre continuait à s'éventrer sous mes pieds. Ça aurait pu s'arrêter là. J'en avais déjà ma dose. Mais elle, elle me regardait plus. Elle continuait, sur sa lancée, à dévider son rosaire de vieux souvenirs funèbres. Monologue en roue libre, en direct du royaume des morts.

«Quand Dominique l'a quittée, Clara a atterri chez moi, pendant quelque temps. Elle a fait croire à Dominique qu'elle avait fait une fausse couche. Mais c'était un bobard. C'était un avortement. Elle l'aimait tellement. Elle ne voulait pas qu'il souffre à cause d'elle, tu comprends? Elle voulait qu'il s'imagine que tout s'arrangeait pour le mieux, au bout du compte. Mais après coup, elle n'a pas supporté. Peut-être qu'elle espérait qu'il la reprenne. Ça n'a pas marché, en tout cas. Alors elle a plongé. Elle a vraiment fait n'importe quoi. L'héroïne, elle n'en sortait plus. Il fallait qu'elle paie sa came. Elle a commencé à faire des passes. Est-ce que c'est comme ça qu'elle a attrapé le virus? Est-ce que c'est avec une seringue contaminée? Va savoir. Elle couchait sans protection. Elle disait que si elle retombait enceinte, elle n'était plus à un avortement près. Forcément, assez vite, c'est arrivé. Et là, elle a définitivement pété les plombs. Elle a commencé à dire qu'elle voulait attendre un peu, avant d'avorter. Que ça lui faisait plaisir, comme des sensations, d'avoir de la vie dans son ventre. Elle a laissé passer les délais légaux. Après ça, elle a regretté, parce qu'elle pouvait plus faire le trottoir. Alors elle a arrêté la dope, pendant toute la fin de sa grossesse. Tu peux au moins te dire qu'elle a fait ça pour toi, ma mignonne. Et puis le reste, tu le sais. Elle a découvert sa séropositivité lors d'un contrôle médical, au cours du quatrième mois. Il était trop tard pour faire machine arrière. Elle est tombée malade en 90. À cette époque, tu sais, ça pouvait aller très vite. Elle, elle a traîné jusqu'en 92, et voilà. Toi, miraculeusement, tu t'es maintenue à peu près en forme, jusqu'à l'invention des trithérapies. C'est tout. Tu connais toute l'histoire.»

Elle est restée les yeux au sol, à dodeliner du chef. Je regardais son crâne, entre deux touffes bicolores. Il avait la blancheur d'un os de seiche.

*

J'ai erré pendant plusieurs heures dans les rues.

Quand je suis rentrée à la maison, j'ai aperçu ma grand-mère qui terminait une prière, agenouillée sur son vieux prie-Dieu, dans un coin du salon. J'ai eu envie de lui faire la peau, sur le coup. La voir dans ses bondieuseries. Me dire que les crucifix lui avaient servi de confesseur pendant des années, qu'ils avaient su tout ce qui me concernait pendant que je marinais dans les mensonges soi-disant destinés à me protéger. C'était trop.

Mamie s'est levée en m'apercevant. Elle avait l'air un peu honteuse d'avoir été surprise dans cette activité. Ma grand-mère, ce n'est pas le genre de femme à s'abandonner publiquement. Vous l'avez compris, c'est une femme à secrets, le genre à garder toutes ses petites affaires dans des tiroirs bien fermés à clef, à veiller sur toutes les portes, à fermer toutes les aérations.

Dès qu'elle a rencontré mon visage, qui se déplâtrait à vue d'œil, elle a compris que je savais. Elle a eu l'air terrorisé. Elle m'a serrée dans ses bras, mais j'étais raide comme un bout de bois. Elle, elle était secouée de sanglots secs. Finalement, je me suis dit que je n'avais plus la force ni l'énergie de la haïr. Et au finish, c'est moi qui ai dû la consoler.

« Pardonne-moi, ma chérie. Il le fallait. »

C'est tout ce qu'elle a dit.

Après ça, on a fait comme si de rien n'était.

Elle a dit qu'elle avait préparé le goûter. Un gâteau aux amandes amères, avec du café au lait.

Je lui ai répondu que j'arrivais, que j'allais d'abord me débarrasser de mes affaires.

Dans ma chambre, les volets étaient fermés. Ça faisait des mois que je n'aérais plus. J'ai ouvert les volets. J'ai regardé le soleil qui éclairait les toitures en zinc, en contrebas. Ça faisait de drôles de reflets dansants. Comme des lettres qui palpitaient sur la tôle. SIDA. Je me suis sentie aspirée par le vide. J'ai inspiré un grand coup, j'ai commencé à escalader le rebord, et puis j'ai senti l'odeur du café, et je suis retombée pesamment sur mon lit.

J'ai su à cette minute que je mettais un point final à ma période gothique. Les vrais fantômes, ça m'avait vaccinée. Il me fallait de la chair et du sang. Du chaud et du compact. Et puisque je n'étais pas encore prête à mourir, il fallait bien que j'apprenne à vivre. En attendant.

4

La première, Bathilde se leva et vint prendre Corinne dans ses bras.

Elle fut presque aussitôt suivie par Amande, Karen et Cédric, qui formèrent une pelote chaude et compacte autour de Corinne. Ils voulaient tous lui tenir qui un bras, qui la tête ou une main. Ils lui agrippaient son châle de laine duveteuse, embrassaient ses paupières, pleuraient sur ses joues, caressaient fiévreusement les mèches qui tombaient sur ses épaules en cascades rêches.

Jason, la gorge serrée, les yeux injectés, observait la scène, paralysé par la tristesse et le remords. Mourad posa une paume sur sa main, et pendant quelques secondes, Jason ne réagit pas. Puis, sentant les larmes prêtes à jaillir à gros bouillons, il s'éclipsa. Yvon reniflait, tirait sur son joint éteint depuis plusieurs minutes, répétait en secouant la tête : « Putain, c'est chaud ! C'est chaud ! »

Accablée de tiède réconfort, asphyxiée par une vague de tendresse dont elle n'avait jamais fait l'expérience avec une telle intensité auparavant, Corinne était une fois de plus en complet décalage avec les émotions de ses camarades. Toujours portée par la note finale de son histoire, cette ouverture vers l'espérance et la vie, confortée dans sa détermination par la chaleur humaine qu'elle avait provoquée, et qui avait su faire fondre comme par enchantement toutes les haines et les rivalités au sein du groupe, elle exultait, au moment précis où tous paraissaient plongés dans la conscience la plus vive du malheur.

« Eh ben, qu'est-ce qui vous arrive ? Pourquoi vous pleurez tous ? Ça va, je vous assure. Tout va bien ! »

Mais Corinne n'avait pas toujours été aussi optimiste. Depuis le début du séjour, elle avait plus souvent traversé les gorges arides du désespoir que les oasis de la sérénité. L'humeur lunatique de Jason, l'aigre sécheresse de Bathilde, l'indifférence moqueuse d'Amande et de Karen l'avaient plongée dans de terribles affres. À l'égard de ses colocataires de fortune, elle avait oscillé entre amour impuissant et haine vengeresse, admiration sans borne et rancœur sans fond. Encore tout à l'heure, l'excès de prévenances à l'égard de Ludivine — dont elle reconnaissait maintenant qu'il était justifié, et qu'il préfigurait la métamorphose d'attitude dont elle bénéficiait — lui avait transpercé le cœur. Comme si on ne pouvait donner à l'une sans prendre à l'autre ce qui lui était exclusivement dû.

Mais il suffisait de très peu de choses à Corinne pour que son cœur soit gonflé de gratitude et que ses pensées les plus noires soient balayées. En règle générale, un compliment sincère, un geste d'affection spontané la faisaient déborder comme une casserole de reconnaissance lactée et moussue. Après les vexations subies ces derniers jours, elle avait sans doute espéré davantage qu'une simple caresse. Mais cette brûlante manifestation la comblait au-delà de tout ce qu'elle avait pu imaginer.

À présent, tout était bien. Elle était au centre de l'attention, portée en triomphe, couvée par l'amour et l'inquiétude de tous. Rien ne serait plus jamais comme avant.

« Mais putain, Corinne, pourquoi tu nous l'as jamais dit ?

demanda Jason de retour dans la cuisine, les yeux encore rouges, la voix enrouée. Pourquoi tu m'as jamais rien dit, à moi au moins? J'étais pas assez à l'écoute, c'est ça? T'avais peur de me faire du mal en m'apprenant que ma mère s'était comportée en connasse pleine de préjugés?

— J'avais pas envie d'en faire un plat, c'est tout.

— Alors pourquoi tu nous dis ça maintenant?» demanda Amande.

Corinne se raidit sous la remarque, coup de tonnerre dans un ciel serein, en dépit du geste affectueux et de la voix enjouée qui l'accompagnaient.

«Je sentais que c'était le moment, c'est tout. J'avais envie de vous dire la vérité, ce soir.

— Putain, on peut dire que t'as le sens du timing! Tu crois qu'on n'avait pas le moral suffisamment dans les chaussettes, après la journée qu'on vient de passer?

— Amande, tais-toi, intima Karen. Je t'en supplie, pas un mot de plus.

— Mais qu'est-ce que j'ai dit?

— Ferme ta gueule, c'est tout.»

Amande se cabra, piaffa, puis se força à ravaler ses mots. Karen l'avait arrêtée au bon moment. Elle se rappela sa conversation de la veille avec Ludivine : les horreurs qui s'écoulaient d'elle sans qu'elle puisse les contrôler, comme les crapauds de la bouche de la princesse, dans le conte de fées. Peut-être avait-elle simplement besoin que quelqu'un lui dise de se taire au moment opportun. Elle éprouva une étrange gratitude à l'égard de Karen, qui la connaissait si bien, et qui lui évitait d'aggraver son cas. C'était la première fois que son ex-meilleure amie lui adressait la parole depuis leur friction de l'avant-veille. Même si la bienveillance n'avait pas irradié son propos, elle décida que c'était tout de même par amitié pour elle qu'elle avait parlé, et voulut y voir le signe d'une reprise des négociations.

*

Pendant une demi-heure, il ne fut pas question de débattre. Il était inenvisageable de se lancer dans cet exercice stérile après les révélations bouleversantes de Corinne. C'eût été gratuit, déplacé, odieux.

On bichonna Corinne, on la cajola comme si elle était enceinte ou agonisante. Bathilde lui fit chauffer une tisane. Yvon lui proposa son poncho, pour l'emmitoufler sous une couche supplémentaire. Ludivine, réveillée par Jason, bouleversée par les nouvelles, venait de faire irruption dans la cuisine. Elle demanda à Corinne si elle voulait qu'elle vienne dormir dans sa chambre. Tous avaient rapproché leur chaise de la sienne, continuaient à l'encercler de leur chaleur compassionnelle.

Puis, insensiblement, comme le silence s'installait, les questions refirent surface. Tout d'abord neutres et hésitantes. Puis plus assurées, plus insistantes, et plus gonflées du sentiment du bon droit. Droit de savoir. Légitimité du journaliste. Faire son travail, tout simplement. Et tous se mettaient de la partie. Chacun y allait de son interrogation plus ou moins ourlée de curiosité, plus ou moins truffée de malveillance.

Corinne ne s'était-elle jamais doutée de rien? Ne s'était-elle pas dit qu'au moins ce dont elle souffrait ne ressemblait pas à une hémophilie sévère? Est-ce qu'elle en voulait à sa grand-mère de lui avoir menti? En avaient-elles reparlé plus tard entre elles? Comment avait-elle pu vivre avec le poids d'un pareil secret sur les épaules? Avait-elle revu Dominique Vernon? Avait-elle songé au suicide?

Corinne répondait, tant bien que mal. Elle essayait d'offrir des propos circonstanciés, nuancés, de ne pas se contenter de monosyllabes. Mais sous le feu croisé des questions, elle eut l'impression d'être soumise à un interrogatoire de police. Elle finit par se paralyser, comme un lapin sous les phares d'une voiture.

Déçus de la voir se tarir et ne plus étancher leur insatiable curiosité, ils se détournèrent d'elle. Rapidement, ils élargirent le débat, les habitudes des soirées précédentes revenant à leur insu, les transformant en chiens de Pavlov.

«Faut-il vraiment chercher à fouiller dans le tiroir des morts? demanda Jason. Les secrets de nos ancêtres nous appartiennent-ils?»

Bathilde estima qu'on était en droit d'exiger de ses aïeux une parfaite transparence, car il fallait vivre selon la vérité, non selon le mensonge. Chez elle, en l'occurrence, il n'y avait pas de secrets honteux. L'histoire familiale s'étalait sans ambiguïté, suivait les branches d'un arbre généalogique puissant, harmonieux, épais de feuillage, et surtout connu de tous. De bons mariages solides, des descendances saines et prospères, de jeunes pousses fragiles mais prometteuses. Pas d'enfant illégitime, ni de maladie cachée, encore moins de mort suspecte. Se savoir l'un des plus jeunes bourgeons de ce chêne multiséculaire, dont les racines vénérables plongeaient dans un terroir aussi riche qu'équilibré, lui donnait une confiance inébranlable dans la vie et l'avenir.

«Mais qu'une seule tare apparaisse, expliqua Bathilde, en grande verve, qu'un seul secret crée des nœuds dans le bois, et c'est toute la sève de l'arbre qui se trouve empoisonnée. Et alors, il vaut mieux savoir. Car si on prend les choses à temps, on peut adoucir les lois de l'hérédité. Il suffit de couper les branches pourries. Regardez Corinne. Elle ne savait rien des secrets de sa mère, elle ignorait même le nom de sa maladie. Mais l'hérédité travaillait en elle, sournoisement, et je ne parle pas seulement de son sang vicié. Une imagination morbide, une pente blasphématoire qui lui faisait prendre les crucifix pour des broches gothiques. La vérité lui a fait mal, mais lui a donné l'envie de s'en sortir. De travailler, de se reconstruire elle-même, de renouer une relation avec sa grand-mère, comme si celle-ci était sa propre mère, la mère que Dieu lui avait donnée pour remplacer sa mauvaise génitrice. C'est Dieu qui t'a sauvée, ma chère Corinne, car Dieu est amour et n'abandonne jamais ceux qui espèrent en Lui! Tu ne peux pas imaginer comme je suis heureuse pour toi, pour toutes ces épreuves que tu as traversées et qui te rapprochent de Lui, que tu le veuilles ou non. Et ce n'est pas fini. Je t'aiderai, tu verras, à te maintenir dans la voie de l'espérance. Nous prierons ensemble. »

L'analyse ne déplut pas à Jason, moins à cause de ces accents mystiques que de son côté préface de roman naturaliste. Mais Ludivine était scandalisée. Elle se tourna pour voir comment Corinne prenait le laïus de Bathilde. Celle-ci restait immobile, le regard vide. Alors elle se fit un devoir de la défendre, et s'insurgea contre cette odieuse lecture chrétienne, hygiéniste et familialiste. Toutes les vérités n'étaient pas bonnes à savoir, non. Et la famille n'était évidemment pas le lieu de la transparence, de l'harmonie ni de l'accomplissement de soi.

« Je ne peux pas croire, ma chère Bathilde, que la tienne fasse exception à la règle. Ne serait-ce que pour transmettre leur cher patrimoine, pour faire prospérer toutes les branches dont tu parles, tes ancêtres ont participé d'une manière ou d'une autre à la grande exploitation du travail par le capital. L'engrais d'une bonne fortune, comme chacun sait, c'est le sang des exploités ! »

Hugues, en quittant la scène, avait quant à lui légué son héritage idéologique à Ludivine. Sans même s'en rendre compte, cette dernière s'était érigée en gardienne du temple marxiste. Elle devait à la fois tenir son rôle et celui du cher disparu, reprendre à son compte toute sa phraséologie, comme s'il s'agissait de remplacer au pied levé un acteur malade. Elle s'en acquittait admirablement, rappelant que la propriété, c'est le vol, et opposant avec énergie exploitants et exploités. Mais elle gardait ses intonations propres. Son expérience de fille à papa révoltée informait son discours. Elle haïssait la famille et toutes les institutions bourgeoises qui opprimaient l'individu, et étaient selon elle à l'origine de son malheur, puisque Hugues l'avait reniée pour ce qui restait en elle de cet héritage-là. Il ne fallait pas chercher à savoir quel crime avait été commis par qui. Il fallait tout envelopper dans la même condamnation, jeter le passé pourrissant au feu et regarder avec confiance un avenir vierge.

Contre toute attente, Mourad la soutint, en affirmant qu'on ne pouvait s'épanouir qu'en dehors de la cellule familiale, et qu'il fallait se forger sa propre morale, ses propres valeurs, sa propre religion ou absence de religion. Mais Yvon fit remarquer à Ludivine qu'elle se contredisait. Si elle condamnait en bloc la bourgeoisie comme pourrie, c'est qu'elle l'avait percée à jour. Pour oublier le passé, il fallait d'abord le connaître. Pour avoir la certitude que les ancêtres ne méritaient aucun culte, il fallait avoir démasqué tous leurs secrets. La sérénité était à ce prix. Sans quoi les morts menaçaient toujours de refaire surface, d'une manière ou d'une autre.

Jason appuya cette thèse, car elle avait pour lui la séduction d'une troisième partie de dissertation.

« L'oubli suppose la maîtrise du passé, énonça-t-il pompeusement. Il faut tout connaître, pour se payer le luxe de la table rase et du recommencement à neuf. »

Corinne se sentait de nouveau à l'abandon. Elle n'était plus le centre des attentions, mais seulement le support d'une argumentation creuse. Quand elle comprit que Ludivine, qui aurait dû être au lit, tirait de nouveau la couverture à elle, s'identifiant à toutes les victimes de la société, à elle-même, à sa mère et à sa grand-mère réunies, aux femmes et aux exclues du monde entier, parlant de la misère, du sida en Afrique et du fléau de la prostitution, quand elle l'entendit éclater en sanglots pour la dixième fois de la journée, reprendre sa crise d'hystérie là où l'épuisement l'avait interrompue, elle sut qu'elle venait une fois de plus de perdre la partie. Alors que tout le monde s'affairait autour de Ludivine et lui proposait de partir à la recherche d'Hugues dès l'aube, elle s'éclipsa. Force est de constater que personne ne s'en aperçut.

SIXIÈME JOURNÉE

Le pessimisme est d'humeur ; l'optimisme est de
volonté. Tout homme qui se laisse aller est triste, mais
c'est trop peu dire, bientôt irrité et furieux.

ALAIN
Propos sur le bonheur

1

Le lendemain matin, la radio resta silencieuse. La plupart
des habitants de la maison ne s'étaient endormis qu'aux
premiers rayons du soleil. Ils accusèrent la pleine lune. Tout
au plus fut-elle le dénominateur commun de leurs insom-
nies.

Ludivine avait rejoint pour la nuit la chambre de Corinne
et de Bathilde. Cette dernière lui avait sacrifié généreusement son lit, et avait installé un duvet à même le sol. À cause
de ses règles douloureuses, Ludivine n'avait pourtant pas
fermé l'œil. Elle avait refusé de prendre du paracétamol.
Elle disait que la douleur physique anesthésiait la douleur
morale, ou du moins la matérialisait. Ces douleurs au ventre, c'est tout ce qui lui restait d'Hugues. Elle y était atta-

chée avec une superstition fétichiste. Le problème est que leur vivacité l'avait fait geindre toute la nuit. Ludivine aurait ainsi empêché Bathilde et Corinne de dormir, si toutefois celles-ci avaient été mieux disposées au sommeil.

Mais Corinne ruminait aigrement l'échec de sa soirée, et Bathilde avait le cœur déchiré en pensant à Jason. Sans doute perturbé par le départ d'Hugues, il lui avait à peine adressé la parole. Alors même qu'elle avait arboré une nouvelle tenue vestimentaire, une petite robe de cotonnade très légère, il l'avait à peine regardée. Elle essayait de se remémorer ses protestations de la veille. Mais elle resongeait aussi avec dépit à la force avec laquelle Corinne avait exprimé des certitudes contraires à ce sujet. Qui mentait? Qui brouillait la claire vision du bien et du mal, avec une perfidie satanique? Elle ne cessait de se tourner, tantôt sur le flanc gauche — et alors elle était persuadée de l'hétérosexualité de Jason — tantôt sur le flanc droit — et l'évidence de sa déviance abjecte lui sautait au visage. Alors, elle se mettait sur le dos, et elle se disait qu'homo ou hétéro Jason n'était peut-être tout simplement pas attiré par elle. Peut-être même était-il attiré par une autre fille? Une Amande ou une Karen? Pour conjurer l'insupportable douleur que cette hypothèse suscitait, elle se mettait sur le ventre. Et alors, achevant de la troubler, une douce chaleur l'envahissait, tandis qu'elle revoyait contre sa volonté les longues mains noueuses d'Yvon en train de rouler son joint.

*

Dans la chambre voisine, Amande suspendait son souffle. Karen était revenue dormir dans leur chambre. Amande savait qu'elle ne dormait pas, mais qu'elle faisait semblant, pour ne pas être la première à rompre le silence. Cela l'empêchait de fermer l'œil. Elle toussa pour montrer qu'elle était réveillée. Soupira pour signaler qu'elle ne trouvait pas le sommeil. Fit grincer le lit dans l'espoir de susciter des protestations ou des questions. Mais cela n'eut aucun effet. Alors à bout de nerfs, elle lança un hameçon plus alléchant :

« Tu crois que c'est vrai, l'histoire de Corinne ? Tu crois vraiment qu'elle a le sida ? »

Karen ne céda pas à une invitation aussi tentante. Elle rêvait de briser la glace, mais elle s'était juré de ne pas se rendre aussi facilement. Dans la pénombre propice aux fantasmes, elle imaginait des scénarios délirants, dans lesquels Amande s'humiliait, la suppliait de lui rendre son amitié. Karen lui posait des conditions exorbitantes. Il fallait qu'Amande accepte de ne coucher avec aucun garçon pendant six mois. Qu'elle lui prête sa carte bleue pendant les prochains soldes, et qu'elle-même se prive de tout achat. Qu'elle prépare un dîner fin pour elle et Yvon, et qu'elle les serve à table, en survêtement informe, sans maquillage et avec les cheveux gras. Son imagination vengeresse aurait pu la tenir éveillée toute la nuit, mais Amande interrompit ses divagations, recommençant, comme pour elle-même, à émettre des doutes sur l'histoire de Corinne.

« Il y a des trucs qui ne collent pas. On ne l'a jamais vue prendre de médocs à table. Je veux bien qu'elle se cache, mais ça me paraît quand même un peu gros. J'ai fouillé sa trousse de toilette, j'ai rien trouvé non plus. Et puis autre chose. Je me rappelle avoir entendu mon oncle toubib raconter que l'hémophilie était une maladie masculine. Comment est-ce qu'on peut être assez con pour faire croire à une gamine qu'elle a une maladie réservée aux garçons ?

Je suis sûre qu'elle a inventé ça pour attirer la pitié sur elle.»

C'en était trop pour Karen. Elle ne s'était pas posé la question de la mythomanie de Corinne, mais elle en avait soupé, des tièdes conversations avec les Bathilde, Corinne et autres Cédric. Le désir de médire la brûlait.

«Moi aussi! lâcha-t-elle presque rageusement. Moi aussi je suis sûre qu'elle a tout inventé!»

En une seconde, elles avaient repris leurs rires et le fil de leurs conversations. Et comme elles avaient beaucoup de retard dans leurs dossiers, elles passèrent leur nuit à les éplucher, en bavassant et en gloussant.

*

Pendant ce temps-là, de l'autre côté du couloir, Cédric évaluait ses chances avec Karen en fixant le plafond. Quant à Yvon, il était aiguillonné par le désir, sans plus en distinguer nettement l'objet. Sur le flanc gauche, il se représentait Karen, convoitée sérieusement depuis que Cédric avait attiré son attention sur elle. Sur le flanc droit, il voyait surgir Amande, rendue de nouveau désirable par l'attitude pleine de mépris qu'elle avait eue envers lui ces deux derniers jours. Et sur le ventre, c'était une créature avec une petite robe blanche et légère, dont il se souvenait à peine qu'elle avait le visage de Bathilde. Mais en songeant à cette petite robe blanche, il aurait fait l'amour avec le matelas.

Alors il se mit sur le dos et se laissa envahir par la pensée inquiétante de son histoire à venir. Il fallait qu'il ait le courage de se lancer à l'eau. Plus il attendait, plus les uns et les autres risquaient de se faire des idées fausses à son sujet. Mais il redoutait de se ridiculiser. Et il se demandait avec rage pourquoi il avait commencé à parler de cette Groucha. Maintenant, il était pris dans un traquenard. Il imaginait déjà le regard moqueur d'Amande. Et pire encore, le regard déçu des autres filles. Ça n'était que ça, le bourreau des cœurs? Voilà sans doute ce qu'elles penseraient toutes. Et alors, elles prendraient la fuite et ruineraient sa réputation, le vouant à une chasteté éternelle.

Il se demanda comment sortir de ce mauvais pas. Est-ce qu'il ne pouvait pas raconter qu'il s'était trompé au sujet de Groucha, la sienne n'étant pas celle de Jason, et son histoire avec une homonyme ne présentant par conséquent aucun intérêt? Est-ce qu'il ne pouvait pas inventer une histoire plus flatteuse pour lui? Il tenta de profiter des heures d'insomnie qui s'étalaient devant lui pour bâtir quelque chose de crédible. Malheureusement, Yvon n'avait pas l'imagination féconde. Dans les dernières années de sa vie, long fleuve insipide de soirées et de coucheries, tout se noyait dans un brouillard de cannabis. Aucun événement ne faisait saillie comme celui-là. Aucun ne correspondait mieux aux exigences posées par Jason, l'authenticité et le caractère à peine croyable. Et chaque fois qu'il cherchait à s'en éloigner, il revenait buter dessus. Il avait redouté pendant des mois que Groucha ne parle. Même quand il avait su qu'elle était repartie à Saint-Pétersbourg, il n'avait pas été tranquille. Et voilà qu'il allait de lui-même réaliser son pire cauchemar, faire connaître les épisodes lamentables de l'unique fiasco de sa vie. Mais c'était plus fort que lui. Cette rencontre le hantait de cauchemars encore aujourd'hui. Il fallait qu'il parle. Il fallait qu'il aille au bout de l'humiliation, en la revivant devant une assistance froide et ironique. Ce serait comme être tout nu devant un parterre de gens en costume. Mais peut-être cela lui permettrait-il de calmer la colère des dieux, qu'il s'imaginait due à sa démesure don-juanesque.

*

Au deuxième étage de la maison, cette nuit-là, il n'y avait plus que deux occupants. Dans la chambre d'Hugues et de Ludi, la fenêtre était restée ouverte. Une brise agitait les voilages. La lumière de la lune tombait sur le lit défait, se réfléchissait dans les draps aux plis dérisoires, rebondissait sur les miroirs affamés de chair nue, s'approfondissait dans les veines boisées des armoires, et ressortait par la fenêtre, déçue de ne pouvoir tenir la chandelle à aucun couple enlacé, quand la nuit était si belle et que tout conviait aux joies de la chair.

Mourad, seul dans sa chambre côté rue, était affolé à l'idée que Ludivine et Hugues n'étaient plus là pour faire tampon entre lui et Jason. Il allait devenir de plus en plus difficile de se contenir. Son front était couvert de sueur, et ses mains se crispaient sur son sexe gorgé de sang tandis qu'il repensait au regard que Jason lui avait lancé dans la salle de bains. Mais Mourad était si ému et frustré qu'il était incapable de se satisfaire. Il renonça, recommença, s'endormit, se réveilla, toujours avec la même sensation de brûlure. Il finit par s'emparer d'un mensuel culturiste acheté à la gare, cacha la tête d'un modèle herculéen et s'efforça de la remplacer imaginairement par celle de Jason. Quand cet exercice laborieux eut enfin atteint ses objectifs, la nuit perdait déjà son empire, laissant poindre une blancheur laiteuse qui annonçait une nouvelle et épuisante journée de soleil.

Pendant ce temps, l'unique objet du désir de Mourad,

assis sur son balcon face à la lune, pleurait à chaudes larmes. Pour la première fois de sa vie, Jason se cognait au réel le plus cru, sans pouvoir se référer pour l'apprivoiser à aucune œuvre d'art. Rien ne pouvait le protéger de ce qu'il avait si cruellement découvert aujourd'hui. Il pleurait à l'idée du sida de Corinne et du destin tragique de Clara Geminiani. Il croyait enfin comprendre la lutte des classes, en repensant à la manière dont sa propre mère avait parlé de celle de son amie. Le monde était affreux. Il ne ressemblait pas à une toile sereine de Corot, ni même à une explosion anarchique de Pollock. Il ne renvoyait qu'à lui-même. Matière grise et inquiétante, opaque et polluée, dépourvue de tout ordre, de toute signification. Il y avait la violence des inégalités sociales, l'injustice de la maladie, l'horreur de la solitude et de la mort. Toutes ces choses qu'il croyait connaître, il reconnaissait maintenant qu'il ne les connaissait que comme des abstractions, et que s'il leur arrivait de prendre une consistance plus humaine, plus sensible, il se dépêchait de s'en protéger en dressant entre elles et lui les murailles de ses livres. À peine moins douloureux, à peine moins déconcertant était le bilan qu'il tirait de ses relations affectives. Ce qui semblait familier devenait étrange. Ce qu'il croyait aimer lui devenait indifférent ou digne de haine, ce qu'il croyait haïr lui procurait une curiosité tendre. Il songeait à sa mère comme à une bourgeoise égoïste et sans cœur. L'opinion que Bathilde pouvait avoir de lui lui était désormais égale. Et il revoyait avec une épouvante émue la blessure de Mourad.

Mais face au spectacle de sa tour d'ivoire en ruine, il n'éprouvait pas que de la douleur. Il ressentait aussi une extase inconnue. Une sorte de soulagement paradoxal, très doux, en même temps qu'enivrant. Le désordre avait aussi ses grâces. L'absurdité portait aussi ses promesses. Jason sentait le sang battre dans ses veines. La nuit chaude se donnait à qui la voulait, belle, nue et gratuite. Inutile pour la goûter de convoquer Chopin ou Musset. Le bruit des vagues ne renvoyait qu'à lui-même, la lumière de la lune se suffisait à elle-même, et les éléments du décor se recomposaient harmonieusement, lui révélant, sans plus de raison ni avec moins d'évidence, que l'horreur du monde a pour revers son inexprimable beauté.

2

Si nos protagonistes avaient eu l'idée d'allumer la radio à l'heure où Hugues l'allumait habituellement, ou même un peu plus tard dans la matinée, qu'ils passèrent à rattraper le sommeil perdu, voici ce qu'ils auraient entendu : la grève générale avait été votée la veille, pour une seule journée, mais menaçait d'être reconduite dès le soir même si le gouvernement restait sourd aux revendications. Les syndicats exigeaient la démission immédiate du Premier ministre et du ministre de l'Économie et des Finances — tous deux toujours bien droits dans leurs bottines de marque inconnue —, l'annulation non moins immédiate des deux projets de loi à l'origine du conflit, et la reprise d'un véritable dialogue social.

«Faisons table rase des dernières semaines, avait décrété la tête pensante de la CFDT. Attablons-nous à la table des négociations, et tablons sur de vraies concertations. Car pour ce qui est du carnet de route du ministre, nous cherchons toujours la table des matières.»

«La France est une poudrière, avait pour sa part déclaré

le secrétaire général de la CGT. Et c'est le gouvernement qui détient la boîte d'allumettes et le bidon d'eau douce. Mais plus pour très longtemps, nous sommes au regret de le dire. »

Les médias contribuèrent immédiatement à populariser la *boîte d'allumettes* et le *bidon d'eau douce*, et les expressions trouvèrent une place de choix dans les slogans écrits pour l'occasion. On inventa même un « Chant du bidon », dans lequel il était question de « mettre en boîte / en boîte / en boîteu d'allumeeetteu » les ministres, et qui faisait alterner dans les refrains, en les rapportant au Président, « T'as le bidon », « T'as du bidon » et « T'es bidon ».

Tous les travailleurs et les travailleuses étaient invités à débrayer, ce jour-là, et à s'assembler en vue de marches pacifiques, unitaires et festives. La grande manifestation prévue pour l'après-midi à Paris et dans toutes les grandes villes du pays promettait d'être la plus importante depuis décembre 95, sinon mai 68 ou juin 36. Dès le milieu de la matinée, à l'approche des différents points de départ de cette journée d'action nationale, on gonflait les ballons, on parachevait les banderoles, on réglait les transistors, on faisait frire les oignons pour les hot-dogs, on répétait les slogans et on sélectionnait les titres les plus stimulants du *meilleur of* Renaud, dans une atmosphère des plus conviviales. Toutefois, l'inquiétude était palpable, non seulement au gouvernement et à l'assemblée, non seulement chez les Durand et les Dupont — qui s'étaient cotisés pour acheter une yourte et camper à proximité de leur lieu de travail — mais dans les rangs mêmes des sympathisants du mouvement social. Certains redoutaient que les syndicats ne se trouvent dépassés par leur base, laquelle réclamait la grève générale illimitée. La belle unité affichée jusque-là par les

247

forces vives du dialogue social présentait déjà quelques vilaines fissures. Les forces de sécurité étaient sur les dents. Les quartiers réputés chauds étaient surveillés. On comptait sur la paralysie des transports en commun pour empêcher l'arrivée de casseurs sur les lieux de manifestation. Mais des envoyés spéciaux montraient que le voiturage de la *racaille* s'organisait, et les maires de certaines communes dénonçaient la complicité de groupuscules d'extrême gauche, repérables à leurs cagoules. Ils invitaient les «honnêtes Français» à ranger leur voiture dans un garage, s'ils en avaient un, et à rester bien sagement chez eux.

Dans le reste de l'actualité, on évoquait également le scandale de l'émission de télé-réalité *Les Prisonniers*. Les audiences, au plus bas depuis plusieurs semaines, dans la mesure où pour une fois le spectacle avait lieu dans la rue plus que devant le poste, avaient connu une éphémère remontée depuis le départ du jeune William, le trublion intermittent du spectacle. La production avait cherché à maquiller la cause de sa défection en invoquant un père mourant. En réalité, l'étudiant d'origine malgache avait appris que son père était licencié par une filiale de la chaîne qui produisait l'émission, et pour laquelle il travaillait depuis trente ans. William avait menacé de saccager les locaux de la Prison et avait tenu des propos d'une virulence révolutionnaire incompatible avec l'image de la chaîne. Ces propos, on le savait, de même que toutes les allusions à l'actualité sociale et politique, étaient censurés avec bien plus de zèle que tout ce qui pouvait se rapporter à la sexualité des candidats. Même le viol de la dénommée Laëtitia par son compagnon de cellule n'avait pas été aussi sévèrement étouffé. Comme les candidats restants ne faisaient plus que parler de William — lequel était devenu l'un des symboles du mouvement social, et devait se trouver dès l'après-midi même en tête du cortège parisien —, il avait fallu couper presque toutes les conversations entre les Prisonniers. Le téléspectateur désœuvré qui tombait sur la diffusion de la *quotidienne* ne voyait plus que des plans insipides et silencieux de la promenade désaffectée des Prisonniers, de la salle de torture blafarde, des douches rouillées ou du réfectoire moisi. Un silence morbide régnait dans les couloirs de la Prison, et les Prisonniers semblaient tous réfugiés dans la salle CSA.

Mais sur Internet circulaient les bandes censurées. Les candidats dénonçaient des conditions de détention proprement abominables. Trois d'entre eux s'étaient mis en grève de la faim, et tous réclamaient leur libération immédiate. Jacky s'était révélé un trotskiste convaincu. Il avait on ne sait comment introduit des tracts dans les locaux de la production, et il appelait tous les prolétaires de la télé-réalité à briser les caméras et à rejoindre les ouvriers et les étudiants dans la rue. Un cordon de CRS avait été mis en place autour de la Prison, afin d'éviter toute nouvelle évasion, comme toute intrusion de l'extérieur. En haut lieu, on commençait à se demander si cela serait suffisant.

3

« C'est clair, je suis pas fou, il en manque. »

Dans la cave voûtée, la fraîcheur était d'autant plus délicieuse que dehors, à 22 heures, il n'y avait pas un brin d'air. Cédric humait doucement l'odeur de pierre humide. Il observait le voilage de toiles d'araignées qui tremblait imperceptiblement, à peine effleuré par son haleine tiède.

Une paix profonde et mystérieuse émanait de ce lieu silencieux, creusé dans les entrailles d'Armor. Quel silence. Quelle sérénité. C'était là, se disait Cédric, qu'il faudrait se réfugier, la prochaine fois que la cacophonie résonnerait à la surface.

« Où ça tu vois qu'il en manque ? demanda Corinne.

— Là, sur la rangée du haut, précisa Jason. Je ne suis pas fou, j'ai visité la cave le jour de notre arrivée. Au moins trois bouteilles de château-margaux. Sinon quatre. »

Corinne regardait médusée les centaines de bouteilles alignées et superposées, recouvertes d'une couche épaisse de poussière, aux étiquettes diversement éclairées par la lampe torche. Elle ne comprenait pas que leur hôte ne leur ait servi jusqu'à présent que du vin ordinaire, acheté à la supérette, ou du cidre, quand il y avait des ressources pareilles. Était-ce l'influence d'Hugues et de Ludivine ? Était-ce sa propre aigreur grandissante ? Elle commençait à comptabiliser les signes extérieurs de richesse des Cailleteau. À évaluer et à convoiter. Depuis deux ou trois jours, elle faisait le tour de la propriété, se demandant sans cesse : « Combien ça vaut, tout ça ? Combien ça peut valoir, tous ces trucs de riches ? » Elle posait des questions, l'air de rien, sur le nombre d'hectares du domaine, sur le prix d'une baraque *comme ça*, à la revente. Elle faisait mine de s'intéresser aux styles du mobilier. Est-ce que ça, c'était bien une console Empire ? Et ce buffet noirâtre, dans le hall d'entrée, ça remontait au moins à Louis XVI ? Non, Louis XIII, c'était si vieux que ça ?

Ce soir, elle ressentait une brutale envie de jouir de tout ce dont elle avait été privée. Elle en avait assez de rester sagement assise à la place qui lui avait été assignée par le hasard de la naissance, assez de se sentir limitée par les disgrâces dont la nature l'avait affublée.

«Dis donc, lança-t-elle, agressivement moqueuse, tu vas pas nous faire chier pour trois ou quatre malheureuses bouteilles de pinard! C'est fait pour être bu, le vin.

— Oui, justement, c'est fait pour être partagé. Pas pour être siroté en douce dans le dos de tout le monde.

— Allez, ta grand-mère t'en voudra pas s'il manque trois bouteilles. De toute façon, c'est pas elle qui se descendra tout ça. On va en prendre quelques-unes en plus, et on boira à sa santé.»

Et ce disant, elle avança carrément les mains vers une rangée de bouteilles, et en saisit deux par le goulot.

«Tu ne te rends pas compte, Corinne, intervint Jason. C'est du vin qui vaut une fortune. Elle avait l'intention d'en revendre aux enchères.

— Eh ben, tant pis, elle a pas besoin de ça. C'est la révolution, après tout. On a bien le droit d'en profiter un peu nous aussi, du bon pinard à mille euros le litre.»

*

En remontant avec le vin, ils furent accueillis par des hourras de victoire. Il n'y avait pas grand-chose à manger. D'abord parce que, à la suite des émotions fortes de la veille, personne n'avait songé à élaborer des menus. Ensuite, parce que Jason avait proposé de commencer un rationnement. Il avait fini par écouter les informations, et il redoutait de trouver les rayons de l'épicerie vides le lendemain matin. Ce soir, donc, c'était artichauts du jardin vinaigrette, avec du pain de mie pour caler tout ça. Il restait un ou deux morceaux de fromage dans le frigo, et deux grands bacs de glace vanille dans le congélateur. Comme la chaleur était de plus en plus étouffante, Jason avait décrété qu'on aurait sûrement plus soif que faim. Yvon et Cédric, sans doute anxieux de savoir le repas léger, avaient presque vidé un sachet de cacahuètes rancies trouvé au fond d'un placard. Dès qu'elle eut posé ses bouteilles sur la table, Corinne y plongea une main avide, et en avala une pleine poignée.

«Yvon, tu ne te dérobes pas? demanda Jason. C'est toi qui racontes ce soir?»

Yvon se contenta d'un hochement de tête. Il ressemblait à un soldat désigné à la courte paille pour une mission de reconnaissance en terrain miné.

Jason n'était guère rassuré par ce qu'il allait entendre. Cédric, plus calme, était convaincu qu'il allait encore s'agir du récit d'une bonne fortune, dont le narrateur serait le héros. Karen et Amande, en revanche, avaient les yeux qui pétillaient d'impatience. Et si Bathilde manifestait plus de réserve, elle ne pouvait s'empêcher d'éprouver la plus vive curiosité. À côté d'elles, Ludivine faisait morne figure. Plus tôt dans la journée, elle avait rappelé aux garçons leur proposition de la veille de partir à la recherche d'Hugues. Mais ils lui avaient tous dit qu'il était sans doute prudent d'attendre encore un peu. Alors elle avait appelé la police pour effectuer un signalement. Puis elle avait fait tout le trajet jusqu'à H***, en passant par le chemin côtier et en revenant par la route. Elle n'avait pas mis de crème, et elle était revenue brûlée. Ses yeux étaient hagards, elle rongeait la peau de ses doigts et marmonnait toute seule. Mais chacun l'évitait soigneusement, redoutant une nouvelle crise de larmes. Ils commençaient à la trouver un peu dérangée, et comprenaient même jusqu'à un certain point le départ d'Hugues. S'ils avaient su qu'elle avait agrandi et photocopié en deux cents exemplaires la photo de son Doudou pour fabriquer un avis de recherche et l'agrafer sur les arbres de la route et les portes de tous les commerces, ils auraient craint pour leur sécurité.

Jason ouvrit la cocotte en fonte et commença à en extraire les artichauts en demandant à chacun de tendre son assiette. Cédric faisait le tour de la table avec une bouteille de rouge, et Corinne distribuait le pain. Les feuilles d'artichaut furent arrachées en silence, trempées méticuleusement dans la sauce rosâtre, sucées consciencieusement. En quelques minutes, les plus affamés parvinrent avec dépit aux feuilles les plus molles et les plus détrempées. Ils arrachèrent le foin blanchâtre pour nettoyer le cœur, qu'ils coupèrent en petits morceaux et mâchèrent avec le plus grand sérieux. Quand cette opération fut terminée, chacun se resservit un verre de rouge, puis se tourna vers Yvon. Celui-ci sentit qu'il ne pouvait plus reculer.

« Bon d'accord, j'y vais. Mais vous vous foutez pas de ma gueule, je vous préviens. Sinon, j'arrête tout de suite ! »

On promit, et Yvon se lança.

Sixième histoire
LA MANDRAGORE

Groucha Ladislova. C'est comme ça qu'elle s'appelle pour de vrai, la Varia de Jason.

Je l'ai connue à une soirée du ciné-club, l'hiver dernier. On passait *Alexandre Nevski*, dans le cadre d'une rétrospective Eisenstein. À la fin de la projection, je vois cette fille qui se raboule vers moi. Waouh. Pour le descriptif, je vous renvoie à ce qu'en a dit Jason, et je valide. Groucha, c'est le genre de gazelle qui t'hypnotise en moins de deux. Qui te fout la gaule et les chocottes en même temps, au premier regard. Mais avec un truc en plus. *Le* truc en plus, pour être exact. Celui qui fait que tu sais tout de suite que ça peut aller très loin, que c'est pas juste «emballez c'est pesé, tirez la chasse d'eau en partant».

J'avais fait une petite présentation, avant de passer le film. J'avais pas bossé mon truc, et j'avais dit une connerie, je me souviens plus quoi. Bref, mam'selle Groucha venait m'engueuler, et ramener sa science. Je faisais oui oui, mais j'écoutais que dalle. Je me disais juste «Putain la bombe! Fonce mon coco, c'est ton jour».

Histoire de faire genre «j'ai envie d'approfondir ma culture cinématographique», je l'invite à prendre un verre dans un rade à l'extérieur du campus. Là, elle me dit qu'elle est de Saint-Pétersbourg. Elle me parle de sa passion pour la littérature russe. Dostoïevski, Tolstoï, tout ce que j'ai pas lu, quoi. Pfff. Mais bon. J'avais l'impression que c'était juste un prétexte, tout ça. Y avait la conversation officielle, blablabla. Et puis le vrai truc, en dessous. Le noyau dur, quoi. Regards de braise, lèvres de feu, manège des doigts sur les verres, vous voyez ce que je veux dire. *Mamma mia*, c'était chaud!

Après quelques verres, je lui propose de monter dans ma chambre pour boire de la vodka frappée. J'en garde toujours dans le compartiment à glace du frigo. Quand on veut passer aux choses sérieuses, rien de tel qu'une petite série de vodkas frappées. Ça fait tout de suite monter la température. Après ça, tu peux serrer sans problème. Même si t'es un handicapé du gland, comme Cédric. Enfin normalement.

Bon, là, je sais pas pourquoi, j'ai un peu paniqué quand je me suis retrouvé avec elle entre quatre murs. Je casse un de mes deux verres. Je fais voler les glaçons en voulant les sortir de leur plastique. Obligé d'aller chercher mon verre à dents. Plus de liquide vaisselle pour le rincer. Bref, ça commence à sentir la *lose*.

Le problème, c'est qu'elle me matait en douce, pendant tout ce temps-là, avec l'air de se foutre gentiment de ma gueule. Ça mettait pas super à l'aise.

Mais bon, on finit par descendre une vodka, cul sec.

«Cette quoi cette merde? qu'elle me fait. T'appelles ça de la vodka? Mais mon pauvre, ça c'est de l'alcool à brûler, ça n'a aucun intérêt.»

J'étais un peu dégoûté qu'elle me casse comme ça. C'est vrai que ma vodka c'était du *Leader Price*. Mais quand même, avec la glace, ça fait du bien par où ça passe. Et puis moi je m'en foutais du goût, l'essentiel c'était d'être *high*, avant de passer aux choses sérieuses. Et là, le problème, c'est qu'en plus elle tenait superbien l'alcool, la salope. Elle a descendu deux ou trois godets bien pleins, et elle était toujours droit sur ses *high heels*, froide et dure comme la banquise.

«Ça, c'est les Russes, j'ai pensé. Ils sont mithridatisés depuis le berceau.»

Finalement, on termine la bouteille, et c'est moi qui m'écroule sur le clic-clac. Elle, elle met les bouts. Enfin, ça, je l'ai déduit après coup, en rouvrant les yeux, parce que sur le moment, j'étais trop défoncé pour me rendre compte.

Le lendemain, évidemment, dur dur. Mal de crâne, la gerboulade toute la journée, et le pire de tout, les souvenirs qui remontent comme des brûlures d'estomac. J'ai pas trop l'habitude de pas conclure, quand je fais monter une meuf chez moi. Là, je me dis : «Putain, c'est la honte. Si je la croise sur le campus, j'suis *dead*.»

Du coup, je sèche pendant trois jours.

Le quatrième, je retombe sur elle. Pas bégueule, elle me fait un grand sourire et vient me taper la bise.

«Est-ce que ça te dit de venir chez moi ce soir, pour boire de la *vraie* vodka?» qu'elle me demande, avec un sourire jusque-là.

J'étais un peu sur mes gardes, bien sûr. Mais pas encore

refroidi. J'avais très envie de prendre ma revanche. En plus, elle avait pas l'air de faire la gueule, rien du tout. Et elle était encore plus mignonne que dans mon souvenir.

*

Le soir, j'arrive chez Groucha. Putain, la déco! Un machin d'allumée, ça aurait dû me mettre en garde! Y avait que des trucs de ouf, genre hypermorbides. Des icônes orthodoxes. Des croix celtes. Des radios de cage thoracique sur les murs. Je lui demande pourquoi elle a mis ça. Elle me dit qu'elle aime bien les squelettes. Je lui demande c'est le squelette de qui. Elle me fait : «C'est mon squelette.» Je lui dis : «Comment ça se fait que t'as ton squelette chez toi?» Elle me fait : «Ma sœur bosse dans un centre de radiologie. On s'est amusées à faire ça un soir, après la fermeture.»

Bizarrement, ça m'a rendu à moitié chaud, en pensant qu'elle avait dû se foutre à oilpé pour faire ces putains de radios, sur des vitres froides, ou dans des machines en ferraille. J'avais dans l'idée qu'elle avait des seins de déesse. J'imaginais les aréoles tièdes s'écraser contre les parois, et ça me montait au cerveau.

Elle me propose de m'asseoir sur un tabouret en ébène, genre africain, la grande classe. Elle, elle va jusqu'à son frigo, et me demande si je veux goûter de la Gold Wasser. Je lui demande ce que c'est.

«De la vodka blanche polonaise. Avec des paillettes d'or.»

Je lui dis : «Tu déconnes.» Elle me fait : «Pas du tout, qu'est-ce que tu crois? C'est des vraies feuilles d'or, du 24 carats, ça coûte au moins trente euros la bouteille.» Je lui réponds que si c'est du vrai or, ça fait pas si cher. Elle me dit : «Te fous pas de ma gueule, c'est au moins quatre fois le prix que t'as foutu pour ta saloperie d'alcool à brûler.»

Je me suis dit : «Bon allez, fais-lui plaisir, goûte son machin. Ça peut bien être de l'argent, du cuivre, même des perles, on s'en fout, du moment que ça nous colle bien et que tu lui fous des vraies paillettes dans les mirettes. »

Faut admettre que c'était superbeau à voir, toutes ces particules jaunes et brillantes en suspension. Mais en plus ça avait un goût incroyable. C'était sucré, épais comme une liqueur. Rien à voir avec la Smirnoff. Je lui demande ce qu'il y a dedans.

«Gentiane. Cumin. Je te ressers ? »

Je descends un deuxième verre. Puis un troisième. Elle buvait aussi, mais ça lui faisait visiblement aucun effet. Je lui demande si elle a de la bison. J'en buvais chez des potes, de temps en temps. Je trouvais ça dégueu mais superclasse, le coup du brin d'herbe qui marine dans le jus. Et puis je voulais l'impressionner.

«Ça, c'est un truc de petit joueur, la bison, qu'elle me fait. Mais j'ai tout, ici. J'ai un fournisseur. Si tu veux, on peut s'en descendre une.»

Elle a sorti une bouteille de Zubrowka du compartiment à glace.

Cette fois, j'ai été carrément vexé. Du coup, pour faire mon malin, je me suis mis à lui raconter toutes mes défonces depuis l'âge de treize ans. Comment j'avais goûté de la vraie absinthe en Espagne, et que c'était dégueulasse, et que ça te foutait un putain de mal de crâne, on comprenait que ça ait été interdit, c'est clair, en deux tournées c'était *delirium tremens* assuré. Comment j'avais mâché des feuilles de coca au Pérou avec des paysans sans savoir ce que c'était, et que ça avait été le trip de ma vie, j'avais cru voir les esprits des morts, une expérience genre chamanisme, un truc de malade. Comment j'avais été *high* pendant trois jours après avoir bouffé un *space cake* au chocolat avec des potes en vacances dans le Lubéron, et je continuais à courir, à faire du tennis, à nager dans la piscine, mais sans jamais redescendre tellement j'étais défoncé. Et puis comment un été avec un pote qu'avait un alambic chez ses parents, on avait essayé de faire bouillir des mirabelles pour fabriquer de l'eau-de-vie, et qu'on avait niqué l'alambic et cramé les mirabelles, et qu'on était allés chez l'épicier du coin pour en acheter, mais qu'il avait que de la poire et de la prune, et pas de mirabelle, et qu'on lui avait dit : « On s'en fout, on a soif ! » et que du coup il s'était bourré la gueule avec nous dans son arrière-boutique.

Je m'arrêtais plus de parler, et puis je faisais les rires aussi, parce que Groucha, elle se contentait de me regarder en fumant, de hocher la tête, assise dans son canapé, très digne. Et plus je parlais, plus elle se taisait. Elle me regardait toujours avec son air genre *cause toujours tu m'intéresses*. Et moi, je voyais la scène comme dédoublée. D'un côté, j'étais à fond dans mon histoire de dingue, je faisais genre je kiffe ta vodka, ça me rappelle mes meilleures défonces, c'est trop de la balle ce qu'on est en train de vivre toi et moi, regarde comme je suis un mec trop cool, faisons de ce moment une nouvelle scène d'anthologie pour la compil de mes meilleures défonces. De l'autre, je me voyais comme par-dessus mon épaule, ou plutôt, à cause du regard de cette salope posé sur moi, comme si j'étais elle. Et ce que je voyais, c'était un gros bouffon, un minable, pas foutu de passer à l'acte, qui s'arrête plus de parler et qui chie dans son froc. Ça te bouffe, un truc pareil. Ça te siphonne le cerveau. Son putain de silence, ça m'arrachait des paroles de la gueule, comme un tuyau d'aspirateur. Et plus j'étais mal, plus je causais. Sauf qu'à un moment y a eu plus rien à aspirer, j'étais à sec.

Alors elle m'a fait : « Qu'est-ce qui t'arrive ? T'es tout vert. »

Je lui ai dit que non, que tout allait bien, mais je savais bien que je me sentais comme on se sent à l'intérieur quand de l'extérieur on est tout vert.

Elle s'est étirée. J'ai eu le temps de voir un piercing sur son nombril. Et puis elle m'a dit qu'elle allait se coucher. Et avant même de comprendre ce qui m'arrivait, je me suis retrouvé dehors, en bas de son immeuble, dans la nuit froide, la sueur au front qui gelait en direct et faisait de petites perles de glace, et je me suis vidé au pied d'un platane, comme un clodo en bout de course.

*

Cette fois, j'ai séché la fac pendant quinze jours. Y a eu un moment, je me suis même dit : «Yvon, faut que tu changes de ville, tu peux plus rester là, mon petit gars.» J'étais grillé. J'allais être la risée du campus. Et quand t'as une réputation de loser, c'est mort pour toi. Cédric en sait quelque chose. Les meufs, au fond, elles veulent bien que tu sois un salaud. Mais elles te pardonnent pas d'être une lopette. Un queutard, un briseur de cœur, ça les excite, même si elles font semblant que non, pour faire croire à leurs copines qu'elles sont féministes, qu'elles ont une dignité et qu'elles se laisseront pas traiter comme ça. En fait, c'est comme un défi pour elles, un putain de challenge. Chacune veut tenter sa chance, se prouver qu'elle, elle est celle qui te fera changer de vie, que c'est parce que t'as jamais connu une vraie femme que tu continues à voler de fleur en fleur à la recherche du miel idéal, mais que si tu la laisses faire, elle, la seule et unique, tu seras comme Ulysse avec Calypso, tu voudras plus jamais repartir tellement tu seras ensorcelé. Et puis même si elles ont pas ou plus l'espoir de te convertir, elles tentent leur chance quand même. Les nanas ont beau dire, elles aiment la souffrance. Il leur suffit pas de savoir que le feu brûle. Il faut qu'elles mettent les doigts dedans, pour pouvoir dire : «Ouille, ça brûle!» et surtout : «Chouette, j'ai des marques de brûlure, ça prouve que j'ai vécu.» Après, à leurs copines qui leur demandent, bouffées par l'envie : «Mais putain qu'est-ce que tu lui trouves à ce connard?», elles peuvent répondre, en se donnant un air intéressant : « Tu peux pas comprendre, je l'ai dans la peau ! » Et alors là, mes amis, croyez-en mon expérience, ta réputation, plus de souci, c'est comme un feu de cheminée qui s'entretiendrait de lui-même, toujours plus ardent, toujours plus chaud, toujours plus attirant pour les petites âmes en peine qui grelottent et se pressent autour du foyer.

Mais par contre, si jamais elles savent que t'es un loser, c'est mort ! Elles vont s'écarter de toi comme on s'écarte d'une méduse échouée sur la plage. T'es plus qu'un tas d'algues. Plus tu laisses du temps s'installer entre deux parties de jambes en l'air, plus ça se creuse. Moins t'es harcelé, plus tu fais le vide autour de toi. C'est une fatalité. Une loi de la physique amoureuse.

J'avais conscience de tout ça. Je me disais : « Faut que je fasse un truc. Faut que je relance la machine, avec n'importe quelle meuf, on s'en fout. » Mais allez savoir pourquoi, j'en avais même plus envie. Un jour, je me suis foutu un coup de pied au cul. J'ai pris mon portable, et j'ai fait défiler les noms du carnet d'adresses, histoire de me donner des idées. Y avait pas mal de choix, en apparence. Des ex appartenant à une époque révolue, relations de trois jours, trois semaines ou trois mois, disparues dans le même maelström sans laisser de traces. Des rencontres plus récentes, dangereuses, car peut-être pas cicatrisées du côté des donzelles en question, genre : « Merde, Cynthia elle était bonne mais je l'ai même pas rappelée pour lui rendre ses cinquante euros prêtés à la caisse de la supérette », ou : « *Fuck*, Déborah, elle voudra jamais, j'ai filtré ses appels pendant une semaine avant de lui dire que je balançais toujours les restes sans avoir le courage de les réchauffer. » Et puis des hypothèses pas encore concrétisées. Copines de cours encore réticentes à franchir le pas, inconnues croisées dans le bus, vagues débuts de plan, numéros échangés dans l'idée que, ou la perspective où. Mais là-dedans, rien d'assez prometteur, rien d'assez exceptionnellement bandant pour me donner envie de bouger mon lard. Finalement, j'ai balancé mon portable sur une pile de linge sale, et je me suis retourné contre le mur, avec la couette remontée par-dessus mes dreads.

J'ai essayé de dormir. Mais y avait rien à faire. Dès que je fermais les yeux, j'avais des paillettes d'or qui me pleuvaient devant les rétines. Et derrière ce rideau, Groucha, dansant une sorte de danse du ventre, avec son piercing au milieu qui faisait comme un œil éblouissant.

Groucha. Ça virait à l'obsession. Il me la fallait. Et à froid, loin d'elle et de son regard moqueur, ça me paraissait pas si hors de portée que ça. Je me disais qu'il fallait juste que je me comporte en conquérant avec elle. Que je la fasse boire, mais que je reste sobre, moi. Et puis, quand elle commencerait à vaciller, que je la renverse sur son tabouret en ébène et que je lui fasse l'amour à la hussarde, en lui égratignant la peau.

Au bout d'une heure passée à tourner et virer dans mon pieu, à faire des plans militaires, je me suis relevé. Je me suis habillé. Et direction campus, comme un bon petit soldat dont la perm vient de s'achever.

J'ai traversé la pelouse centrale, courageusement, comme si de rien n'était. Je m'attendais déjà à voir les gens s'arrêter de parler sur mon passage, sourire en pensant : «Revoilà le nase de service.» Mais visiblement, rien n'était changé. En voyant une rousse sublime marcher dans ma direction pour me demander du feu, je me suis dit que rien n'était encore perdu. J'ai même accepté de jongler un peu avec mes potes musicos, même si j'avais pas la tête à ça et que j'ai niqué une noix de coco en la faisant tomber sur l'arête de la dalle en béton.

Rassuré tout de même par cette première épreuve, je me suis mis à chercher Groucha dans tous les bâtiments. J'ai fini par la trouver assise dans un couloir, avec sa minijupe blanche remontée jusqu'en haut des cuisses, et ses talons aiguilles plantés dans le carrelage. Elle était en train de relire un cours.

Quand elle m'a vu, grand sourire, de nouveau, comme si on s'était quittés la veille, en termes plus qu'amicaux. Elle m'a demandé pourquoi je l'avais pas rappelée. Je lui ai dit que comme un con j'avais même pas pensé à prendre son numéro de portable. Je lui ai proposé une dînette aux chandelles chez moi le samedi soir, genre je mets les petits plats dans les grands, j'ouvre une bouteille de crémant et je sors mes deux assiettes pas ébréchées, on se fume un petit joint en écoutant de la musique malienne, et on termine dans les draps tout frais, changés du matin même.

Mais elle m'a fait non, j'ai un meilleur plan. Elle m'a dit qu'elle avait un truc absolument incroyable à me faire goûter, qu'on allait se faire le trip du siècle, ce soir même si je voulais.

J'ai commencé par tirer un peu la gueule. Je commençais à les connaître, ses plans défonce foireux. Mais en même temps, je sais pas, elle en parlait tellement bien, de sa substance magique, elle me disait que tout ce que j'avais pu goûter à côté, l'absinthe, les feuilles de coca, même les trucs plus *hardcore*, la cocaïne et les acides, à côté c'était du pipi de chat, j'ai pas pu résister, j'ai dit d'accord. Je me suis dit, tu bois une gorgée, histoire de, et puis tu renverses le verre sur le tapis et pour finir tu la renverses elle sur le verre renversé.

*

Quand la porte s'est ouverte, je suis resté planté devant elle comme une grosse merde. Elle portait une robe noire moulante et décolletée, qui faisait ressortir sa peau laiteuse, ses seins pareils à deux blocs de beurre frais. Aux pieds, elle avait des

262

mules en soie noire, avec un liseré genre plumes d'autruche de la même couleur. Elle avait les ongles vernis eux aussi de la même couleur, enfin si on considère que le noir c'est une couleur, aussi bien ceux des mains que ceux des pieds, comme j'ai pu m'en rendre compte quand elle a négligemment fait glisser sa mule gauche pour caresser son mollet droit avec ses orteils. Sa tenue, ça faisait limite pute du quartier rouge à Amsterdam, sauf que sur elle c'était superclasse, je sais pas comment vous dire, elle était superbelle, et superflippante.

Je m'assois sur le tabouret en ébène. Elle m'apporte un verre avec une substance un peu trouble dedans, genre sirop d'orgeat ou de gingembre, vous voyez ce que je veux dire ?

Je lui demande ce que c'est. Elle me dit de deviner. Je goûte. Un machin indescriptible. Amer, mais avec une note de citron, de sucre, et un arrière-goût un peu fade aussi, limite farineux, sauf que la farine ça a pas de goût, alors je dirais limite lacté, mais plus comme du lait en poudre que comme du vrai lait. Je lui dis que je ne devine pas. Et alors là, véridique, elle me fait : « C'est un philtre d'amour. »

Je me mets à chercher la réplique qui tue. Je trouve : « Pas besoin d'un philtre, tu m'as déjà ensorcelé. » Problème, ça ne sort pas, comme si c'était coincé quelque part entre mon cerveau et ma bouche desséchée. Peut-être que je sentais que c'était trop ringard. Peut-être que j'étais déjà tellement ensorcelé que ça s'était figé dans ma gelée encéphalique.

Toujours est-il que silence. Comme j'hésitais à reboire, elle me fait : « T'inquiète, c'est pas du poison. Regarde, moi aussi j'en bois. » Et elle en descend un plein verre.

Je termine ma dose, du coup.

Là, je commence à me sentir tout drôle. Les formes s'allongent, s'étirent, zigzaguent. En face de moi, Groucha a l'air à la fois très loin et très proche. Sa peau m'apparaît dans tous ses détails, plus appétissante que jamais. Le grain serré de l'épiderme, le minuscule duvet blanc sur les avant-bras, la moiteur tendre des aisselles rasées, tout près de la bretelle noire de la robe, les aréoles des seins qui pointent sous le tissu, qui ont l'air de vouloir le transpercer. Je vois tout ça avec une précision hallucinée. J'ai l'impression que je la touche avec les yeux. Et en même temps, on dirait qu'elle est reculée à des dizaines de mètres de mon tabouret, tout là-bas, à l'autre bout d'une pièce plus longue qu'une salle de bal. Elle me paraît minuscule, et comme en hauteur, au sommet d'une montagne, parmi les neiges éternelles. Pour couronner le tout, elle a beau être assise immobile dans le canapé, j'ai l'impression qu'elle remue ses hanches, qu'elle ondule de droite et de gauche, comme si elle faisait la danse du ventre, avec des oscillations de sirène, des variations régulières de courbe sinusoïdale. Vu d'ici, ça fait plein de petites étoiles scintillantes. L'image se décompose, à travers une sorte de filtre brumeux, un diamant taillé ou un kaléidoscope, comme dans les films psychédéliques ou les premiers épisodes de *Columbo*. J'essaie de localiser les étoiles. Il y en a une sur le rebord de son verre, une autre à la commissure de sa bouche. Une autre à son oreille droite.

Tout se met à tanguer.

Mon verre est vide, et j'ai horriblement soif. Ma langue est collée au palais comme avec de la glu extraforte. Je la supplie des yeux.

Elle prend mon verre vide, et me ressert jusqu'à ras bord. Je lampe le breuvage en trois gorgées. J'ai soif encore. Je lui tends de nouveau mon verre. Je sens que j'ai les yeux qui se ferment. J'ai du sable dans la gorge, qui demande à être arrosé, du sable sous les paupières, me grattant jusqu'au sang. Je m'effrite de partout, en paillettes de mica, en granulés sableux.

Je ne peux plus parler.

Elle me demande : « Tu veux que je te montre ce que c'est ? »

Je crois que j'arrive à baisser la tête mais pas à la remonter tout à fait pour terminer mon hochement. Je suis sûr qu'elle se fout de ma gueule. Son sourire. Ça n'augure rien de bon.

Elle revient avec un bocal, qui contient des genres de racines. Elle l'ouvre, elle sort une racine et me la tend. Je fais un effort surhumain pour l'attraper.

Ça ressemble à un petit bonhomme, avec un tronc, deux bras, deux jambes, une tête un peu fibreuse, avec des petits fils comme à la base des poireaux. Là, je m'aperçois que c'est pas juste une illusion, que c'est véritablement un petit bonhomme. Sur ce qui fait office de tête, il y a des yeux dessinés, une petite bouche. Et au milieu du ventre, des aiguilles plantées.

«Tu ne te reconnais pas? qu'elle me fait. C'est toi. C'est une poupée vaudoue. Tu ne vois pas? Les petits fils, sur la tête, ça ressemble à tes cheveux. J'ai même prévu d'accrocher des petites perles pour mieux imiter tes dreadlocks.»

Au moment où je me reconnaissais, j'ai identifié les symptômes d'un *bad trip*. Mains moites, cercle de fer autour du crâne, coulée froide et gélatineuse depuis le milieu des omoplates jusqu'au milieu des reins. J'arrivais plus à la regarder en face. Ses yeux, ils devenaient de plus en plus grands et brillants, comme ceux des méchantes dans les dessins animés japonais, avec trois gros points blancs qui tremblent au milieu des iris.

«Je suis un peu sorcière. Je m'y connais en plantes. C'est ma grand-mère russe, ma babouchka, qui m'a transmis plein de recettes. Ça, c'est pas facile à trouver. Ça s'appelle une mandragore. Tu sais ce que c'est qu'une mandragore?»

J'ai réussi à faire pivoter ma tête sur la droite d'environ dix degrés, à la faire revenir au centre, mais ça s'est arrêté là. La prochaine fois, je me contenterais de tourner mes yeux dans mes orbites, d'ouest en est et d'est en ouest, de leur faire racler mes paupières, comme des essuie-glaces sur un pare-brise couvert de poussière.

« Une mandragore, c'est une plante extraordinaire. Ça poussait autrefois, tu sais où ? Au pied des potences. Les condamnés avaient au moment de la strangulation une érection si forte que certains éjaculaient. Le foutre du pendu ensemençait la terre au pied de la potence. Et ça donnait ça, tu vois ? Cette magnifique petite racine de forme humaine. Tu veux connaître ses propriétés ? »

J'avais déjà les yeux fermés. Pourtant, je l'écoutais encore, du fond de ma geôle de chair.

« La mandragore est un narcotique puissant. D'ici quelques minutes, tu dormiras d'un sommeil noir et profond. Pas un beau sommeil de bébé. Un sommeil affreux, envahi de cauchemars, visqueux. Au sens figuré, comme au sens propre, mon cher. »

Elle a fait une pause, attendant sans doute de moi une demande de précision. Comme je ne pouvais plus remuer les lèvres, elle a continué toute seule.

« En effet, deuxième propriété, la mandragore est un purgatif fatal. »

Nouveau silence, pour me laisser savourer.

« Et puis la mandragore a aussi des vertus hallucinogènes. Les cauchemars, il faut t'attendre à en souffrir jusqu'à la fin de ta vie. »

Là, j'ai réussi à soulever les paupières, et à exprimer une interrogation, qu'elle a tout de suite comprise.

« Parce que tu crois que j'ai bu de cette saloperie ? Pas si bête, la belette ! Je me suis fait une mauresque. Orgeat-pastis-eau-fraîche. Délicieux. T'en veux une ? »

Je devais avoir une névralgie faciale. Toute ma gueule avait une rigidité de béton.

En revanche, le monde extérieur continuait à bouger. Et j'avais beau refermer mes mirettes, ça se foutait entre les paupières et le blanc de l'œil. J'ai vu les radios de cage thoracique accrochées au mur s'agrandir, puis s'ouvrir, comme des barreaux de prison, m'encercler et se refermer sur moi. Pendant ce temps-là, cette sorcière continuait à pérorer, comme un oiseau sur son perchoir, très haut, tout en haut de sa cage, tandis que j'étais vautré au fond, au milieu des chiures de volatile.

« Mais je garde le meilleur pour la fin, mon petit Yvon. Le produit de la dernière salve du pendu marque aussi la fin de ta propre carrière de don Juan. Grâce à ce cocktail à base de mandragore pilée, tu ne pourras plus nuire à la gent féminine. Je t'ai coupé le sifflet. C'est fini, les prouesses libertines. Tu resteras impuissant jusqu'à la fin de ta vie. Ça t'apprendra à préférer les fillettes remplies de vin aux vraies femmes de chair et de sang. »

*

Quand je me suis réveillé, j'étais allongé sur un banc du parc, en face du lac. Pour la faire courte, je dirai que je n'avais pas la moindre idée de la manière dont j'étais arrivé là, et que j'étais collé au banc par le fond de mon pantalon.

Il y avait au moins trois prédictions sur quatre qui s'étaient réalisées, concernant les propriétés de la foutue mandragore. J'avais dormi comme un mort qui fait encore des cauchemars. J'avais eu comme point commun avec les mouflets non pas leur sommeil mais leurs couches après une étape critique de la digestion. J'avais fait les pires cauchemars de mon existence, et à côté de ça les expériences chamaniques du Pérou me semblaient effectivement dignes de Walt Disney.

Comme il n'était pas question de donner raison sur toute la ligne à cette Lilith de mes deux, je me suis dépêché de rentrer chez moi, de prendre une douche, et d'appeler la première fille qui apparaissait sur le répertoire de mon portable. Elle s'appelait Aurore, et ça m'a semblé bon signe.

4

Incapable d'affronter directement le regard et les commentaires de ses camarades, Yvon se leva, sitôt son histoire finie, et quitta la pièce.

«Je vais faire un petit tour dans le jardin. Ce serait cool de pas dire des saloperies pendant que j'ai le dos tourné.»

Il était tout pâle, comme s'il venait de revivre les effets de la mandragore en racontant son histoire. Il se leva, en appuyant prudemment ses deux mains sur la table, puis quitta la pièce d'un pas lourd et mal assuré.

La porte-fenêtre donnant sur le potager tremblait encore, que les premières remarques fusaient déjà. Tout le monde parlait en même temps. À cause de la chaleur étouffante, à cause de la frugalité forcée du repas, on avait beaucoup bu pendant qu'Yvon racontait son histoire. À présent, les commentaires s'échappaient anarchiquement, les haleines envinées se mêlaient.

Karen manifestait la plus bruyante commisération pour son Adonis, en même temps que l'indignation la plus scandalisée à l'égard de la dénommée Groucha : «Quel monstre, cette meuf! C'est dommage que les goulags n'existent plus!»

Bathilde renchérissait. «Cette histoire est un tissu d'horreurs. Drogue, violence, et scatologie! N'en jetez plus, la coupe est pleine!» Mais si ses oreilles avaient été mises à rude épreuve par cette avalanche de détails sordides et de mots vulgaires, elle se surprenait aussi, au fond d'elle-même, à envier les créatures sataniques capables de mettre à leurs pieds des garçons raisonnables comme Jason aussi bien que des gaillards de la solidité d'Yvon. Elle aurait presque désiré se mesurer à elles, glisser dans la fange du stupre et des paradis artificiels, pour en ramener des brebis égarées, et pour jouir du sacrifice vertueux de sa vertu. Elle étouffa cette pulsion mauvaise et ferma les yeux pour se livrer à une consolante prière. La rédemption n'était-elle pas au bout du voyage en enfer d'Yvon? Le royaume de Dieu n'était-il pas prioritairement ouvert au pécheur? Yvon semblait éprouvé, et cette souffrance était sans doute la première étape d'un repentir sincère. Bathilde n'aurait-elle pas intérêt à le guider dans la voie de sa conversion plutôt qu'à le suivre sur une route de perdition?

Hélas, sa méditation était perturbée par les criailleries de Ludivine.

«Mais c'est pas possible, quel misogyne, cet Yvon! Putain, les garçons, quelle image vous avez des femmes, je vous le demande, quelle image? Et vous les filles, qu'est-ce que vous pouvez continuer à trouver à des mecs qui vous traitent comme de la viande avariée?»

Un bref échange s'ensuivit sur le fonctionnement paradoxal de l'érotisme. Yvon avait raison, selon Mourad. Les filles n'aimaient pas les gentils garçons. Quand elles ne trouvaient aucune résistance face à elles, elles avaient l'impression de s'enfoncer dans de fades sables mouvants. Mais Amande affirma qu'on pouvait retourner la remarque. Les garçons aussi s'accrochaient aux filles qui leur tenaient la dragée haute. Au fond, personne n'aimait les serpillières.

«Eh bien, moi, reprit Ludivine, si ce que vous appelez

une serpillière c'est un garçon gentil, attentionné et respectueux, je déclare que j'aime les serpillières !»

Cédric restait silencieux, un demi-sourire sur son visage, tandis qu'il balayait le fond du bol à vinaigrette avec une feuille d'artichaut rongée. Il savait bien que Ludivine mentait, au moment même où elle se croyait la plus sincère. Elle ne réclamait de la gentillesse que de l'homme qui lui avait fait du mal en l'abandonnant brutalement. Celui qu'elle imaginait rampant et dégoulinant, c'était Hugues. Elle oubliait qu'en amour le bourreau ne peut jamais être en même temps celui qui panse les plaies. Et si Cédric lui avait offert sa gentillesse, son respect et sa délicatesse de serpillière, elle l'aurait regardé avec horreur. Ces réflexions auraient pu rendre Cédric amer. Mais pour l'heure, il jubilait surtout de l'image désastreuse qu'Yvon venait de donner de lui-même. Il n'avait jamais entendu parler de cette Groucha, et il n'en revenait pas de voir Yvon donner lui-même le bâton pour se faire battre.

«Tu ne te réjouis pas au moins de la morale de l'histoire ? demanda-t-il à Ludivine.

— Quelle morale ? Celle qui veut qu'un petit coq blessé dans son amour-propre se rassure en jetant son dévolu sur la première victime consentante ?

— Non, celle qui veut que don Juan soit impuissant parce qu'il a consommé trop de saloperies !

— Si c'est pour faire un procès aux fumeurs de shit, je ne marche pas. En même temps, c'est quand même bien fait pour sa gueule.

— C'est une morale qu'il faut prendre au propre comme au figuré, remarqua Amande. Bien sûr, notre don Juan national a tellement fumé qu'il ne peut plus lever son appendice, et croyez-moi j'en sais quelque chose. Mais si Groucha le punit, c'est pour avoir préféré la dope au sexe. Et c'est précisément là que réside son impuissance. Chaque fois, il a le choix entre une beauté fatale et une substance inconnue. Et chaque fois, il fait le mauvais choix, cet imbécile! Pas étonnant qu'elle le ridiculise comme un enfant de deux ans.

— Tiens, ça c'est un truc que j'aimerais bien savoir, intervint Corinne, qui venait de se resservir un troisième verre de vin. Au bout du compte, les substances illicites, c'est aphrodisiaque ou pas? Ça vaut le coup de prendre des drogues quand on fait l'amour?

— Ma pauvre Corinne, fit Bathilde. Ça ne vaut jamais le coup de prendre des drogues! Tu en es le meilleur exemple!

— Fous-moi la paix avec ça. Si ma mère a perdu toute dignité pour se procurer sa dope, c'est sans doute que ça en valait le détour! Je crois que j'aimerais bien essayer, pour voir.

— Malheureuse, qu'est-ce que tu dis? répliqua Bathilde, songeant avec consternation que l'hérédité opérait peut-être déjà sur Corinne son travail sournois. Promets-moi de ne jamais essayer, promets-moi!»

Mais Corinne ne se laissa pas faire. Elle vida cul sec son troisième verre, et tourna le dos à Bathilde, tandis que Mourad lui expliquait les effets des différentes substances qu'il avait essayées en boîte de nuit, comparant leurs mérites pour ce qui était du sexe. Jason les écoutait l'air de rien, en sauçant frénétiquement son assiette graisseuse, plein d'une rage où se mêlaient des visions de Groucha en pourvoyeuse de plaisirs et de stupéfiants, et de Mourad en accro du sexe et des drogues.

«Tu n'as rien avec toi? demanda Corinne à Mourad. J'ai vraiment envie de me mettre la tête à l'envers!

— Non, hélas! J'avais un exta dans ma trousse de toilette mais il a pris l'eau et il est complètement foutu.

— Et si on allait demander à Yvon?

— Demander quoi à Yvon, Corinne?»

Yvon venait de rentrer dans la cuisine. Il avait retrouvé son aplomb. Un peu d'air avait suffi, car pour l'heure, il était le seul à ne pas avoir bu. Dès qu'il sut de quoi il s'agissait, il reprit toute sa confiance en lui. Il ne tenait pas à savoir sur quoi les débats avaient porté exactement, même s'il avait sa petite idée. En revanche, le naturel reprenant le dessus, il était tout disposé à faire des travaux pratiques pour tester le pouvoir des drogues et de l'alcool. Et son enthousiasme était d'autant plus fort qu'à voir la figure rouge et les yeux brillants de ses congénères il avait du retard à rattraper.

«Je vous proposerai pas de la mandragore, *of course*, mais j'ai une beuh fantastique qui vient tout droit d'Amsterdam. Ça vous le fait?»

Tandis qu'Yvon, dans sa chambre, fouillait sa valise pour retrouver la petite pochette contenant l'herbe précieuse, le silence retomba dans la cuisine. Cédric s'était réfugié à la cave pour y respirer l'odeur de la pierre, autrement plus enivrante pour lui que celle du cannabis. Ludivine était remontée dans sa chambre pour tenter d'appeler Hugues, écouter la radio et pleurer dans son édredon. Autour de la table, Mourad et Jason restaient silencieux, tout préoccupés l'un de l'autre mais n'en montrant rien. Corinne, qui sentait flotter dans son ventre de petits morceaux de pain, noyés dans le vin rouge, espérait un long voyage multicolore qui la détacherait de son corps et ressemblerait aux auréoles bariolées et magiques qui ornaient la couverture de *L'Herbe bleue*, l'un de ses livres préférés. Bathilde s'accrochait au rebord de la table tandis qu'un combat se faisait en elle. Depuis quelques minutes, elle se demandait si elle n'allait pas sauter le pas et fumer un joint. Elle se disait qu'il fallait connaître son ennemi de l'intérieur, et que sans doute elle ramènerait mieux Corinne et Yvon sur la voie de la sagesse si elle savait de quoi elle parlait. Dans le même temps, elle ne se reconnaissait plus elle-même, et en éprouvait le plus grand trouble. Elle craignait que ce discours de la rédemption par le péché ne lui soit soufflé par le démon. Ne fallait-il pas continuer à s'en tenir à la pureté la plus stricte ? Dieu lui saurait-il vraiment gré d'avoir voulu se rapprocher de la sainteté par des moyens aussi vils ?

Sur le même banc, Amande et Karen jouaient aux habituées, à qui il faut plus qu'un petit pétard pour connaître le grand frisson. Elles mimaient les clientes averties, voire blasées, attendant patiemment leur dose, fumant cigarette sur cigarette et se resservant un verre de vin pour passer le temps. De nouveau collées l'une à l'autre, elles méritaient bien leur surnom de sœurs siamoises. Pourtant Karen restait perturbée par la phrase d'Amande concernant l'appendice d'Yvon dont elle avait dit « savoir quelque chose ». Elle se promettait de demander à Amande à la première occasion ce qu'elle avait voulu dire. Mais pour l'heure, il n'était pas question d'altérer une amitié si fraîchement restaurée, qui lui permettait de se sentir tellement moins seule, et tellement plus forte.

*

273

Quelques heures plus tard, Bathilde, les yeux mi-clos et un sourire extatique aux lèvres, arrachait pour la énième fois le joint des mains de Karen, et se laissait aller jusqu'à faire rouler sa tête sur l'épaule d'Yvon. Karen l'observait avec une rage stupéfaite. Corinne était enfermée aux toilettes. Son excitation était retombée. Elle n'avait pas expérimenté la moindre sensation de plaisir ou d'évasion. La bouche asséchée, la sueur au front et le ventre en plein tumulte, elle était persuadée d'avoir fumé de la mandragore. Assis sur le rebord de la porte-fenêtre, Mourad et Amande se disaient des choses à l'oreille et riaient à n'en plus finir d'un rire gras et stupide, la bouche ouverte et le regard vide.

Jason observait ce spectacle avec horreur, et faisait un bilan amer de la soirée. On avait volé le vin de sa grand-mère. L'histoire d'Yvon avait achevé de discréditer sa romance pour cette poupée russe, et de l'en dégoûter définitivement. Le débat avait été plus médiocre que jamais. On était d'ailleurs passé trop vite de la théorie à la pratique. Bathilde se compromettait sous ses yeux avec un orang-outan drogué. Ce petit vicieux de Mourad l'ignorait ou ne le regardait plus que pour se moquer de lui avec Amande, en lui jetant des regards qui lui transperçaient le cœur. Et pour couronner le tout, il n'était pas lui-même dans son état normal, les quelques bouffées de cannabis qu'il avait aspirées l'ayant rendu paranoïaque. Il se leva et quitta la cuisine sans même souhaiter le bonsoir à ses convives. Il grimpa les escaliers en poussant de gros soupirs, comme s'il lui fallait porter son cœur. Arrivé au premier palier, une impulsion subite le fit s'arrêter et entrer dans la chambre d'Yvon et de Cédric. Les volets en étaient toujours fermés, et une odeur épaisse et acide le prit à la gorge. Mais il persévéra. Il inspecta les étagères en désordre, nota que les livres étaient renversés, qu'un chewing-gum mâché avait été posé sur le rebord de la fenêtre, et qu'une petite aiguière en porcelaine avait servi de cendrier. Il s'accroupit et regarda sous le lit. Là, parmi les moutons de poussière et les chaussettes sales, il reconnut quatre cadavres de bouteilles de château-margaux.

SEPTIÈME JOURNÉE

Sans vouloir critiquer ton histoire, dit Trimalchion, croyez-moi, j'en ai le poil hérissé, parce que je sais que Nicéros ne raconte pas de sornettes : c'est un homme sérieux, et pas hâbleur du tout. Mais, moi aussi je vais vous raconter une histoire effroyable.

PÉTRONE
Satiricon

1

Jason reprit une cuillerée de sucre en poudre, et la répandit sur les petites mares de jus de fraise qui s'étaient formées dans son assiette. Il observa la manière dont le sucre buvait avidement le liquide rougeâtre, et se colorait lui-même d'une teinte plus claire. Là où il n'avait pas mis assez de sucre, il se formait une sorte de sirop visqueux. Là où le sucre avait absorbé tout le jus apparaissaient de petites banquises roses d'aspect croûteux. Il avait beau scruter son assiette, il ne se dégageait aucune signification de ce spectacle. Il y avait là du sucre et du jus de fraise. Du jus de fraise et du sucre. Il poussa un grand soupir.

« C'est ce temps lourd qui te fait faire du mauvais sang,

mon chéri, lui dit Colette. On dirait qu'il va y avoir de l'orage.»

Le matin, alors que les rideaux étaient encore tirés, Jason avait en effet deviné que le temps avait changé. Les meubles d'acajou ne présentaient pas leurs reflets jaunes habituels. Il faisait clair, mais d'une clarté qui décolore, qui écrase au lieu de sculpter les reliefs des objets. L'humidité était suffocante. Les draps collaient aux cuisses. Au pied du lit, les pages du roman de Forster, achevé au cours de la nuit, gondolaient. Jason s'était levé d'un pas traînant. Il avait un mauvais goût dans la bouche et le creux des bras douloureux. Le sang battait dans ses tempes, comme à l'étroit dans les veines.

L'accablement l'avait saisi quand il avait ouvert les volets. La mer se confondait avec le ciel. L'herbe était grillée par plaques. Dans la lumière uniforme, d'une blancheur métallique, ces taches rousses avaient la tristesse d'une terre pelée.

Jason avait pris sa douche et était descendu dans la cuisine. Il avait constaté qu'il était le premier levé. Le ventre vide, il s'était rendu à l'épicerie pour racheter du pain, de la confiture et des conserves. Sur le chemin, il était tombé sur les affichettes placardées par Ludivine. Il y en avait une autre sur la porte de l'épicerie.

«Vous l'avez pas retrouvé, votre ami?» avait demandé la caissière en le voyant entrer.

Jason avait secoué la tête, contemplant avec dépit les rayons à moitié vides.

«On se croirait dans les pays de l'Est, avait continué l'épicière. Et c'est pas près de s'arrêter. Les camions bloquent toujours la route et la grève générale a été reconduite. Si ça continue, je vais mettre la clef sous la porte.»

Comme Jason ne répondait rien, elle avait encore insisté, faisant allusion aux débordements de la manifestation de la veille.

«Vous avez vu comme ça a dégénéré hier? Mon cousin dit que c'est la faute des Noirs et des Arabes. Moi je ne sais pas, ils sont tous cagoulés. Mais enfin, le jeune qu'est tombé à la Seine, c'était un Arabe, ça c'est sûr. Et qu'est-ce qu'il foutait là au lieu rester tranquillement à la maison pour faire ses devoirs?»

Jason avait eu la gorge serrée en imaginant Mourad tomber dans la Seine. Incapable de rentrer directement, il était passé chez Colette.

Il ne l'avait pas vue depuis plusieurs jours, et elle lui manquait. Déjà dans son enfance, quand l'atmosphère guindée des dîners de famille lui pesait trop, il se réfugiait chez elle. Il y venait chercher une liberté de parole et une joie de vivre qu'il ne trouvait pas chez ses grands-parents. Colette avait toujours quelque chose de bon à lui faire manger. Des fruits, une part de tarte, la mousse de la gelée de groseilles qu'elle venait de terminer. Et elle était une oreille attentive autant qu'une grande conteuse d'histoires. En ces heures amères et torturées, il avait plus que jamais besoin de son rude bon sens et de son optimisme galvanisant. Mais aujourd'hui, il avait dû sonner à plusieurs reprises. Il savait que la vieille commençait à se faire sourde. Et comme il était certain d'avoir entendu un bruit de vaisselle en s'approchant de la porte, il avait insisté, maintenant son index appuyé sur la sonnette pendant près d'une minute. Il s'était assis sur un banc du jardin, son sac de commissions aux pieds, se demandant si Colette n'avait pas eu un malaise à cause des fortes chaleurs. Il s'apprêtait à aller chercher un voisin quand elle lui avait ouvert la porte.

«J'essayais de récupérer mon chaudron de confitures, je ne t'ai pas entendu. Viens m'aider à manger mes fraises, sinon elles vont pourrir.»

À peine assis devant son bol de chicorée, avec ses deux tartines et son assiette de fraises, Jason s'était mis à pleurer.

*

Jason ne pouvait tout de même pas raconter à Colette les rêves qu'il avait faits cette nuit-là, et qui lui étaient revenus à la mémoire dès qu'il s'était retrouvé dehors, dans la crudité laiteuse du jour. Et pourtant, c'étaient eux qu'il eût voulu avoir le courage de soumettre à son jugement. Il se sentait accablé, miné par leur souvenir. La douche n'avait pas suffi à le réveiller, et si les figures monstrueuses nées de son imagination avaient perdu de leur consistance, elles laissaient une empreinte douloureusement sensible.

Jason avait d'abord rêvé de Mourad, debout dans un paysage enneigé. De ses lèvres coulaient avec abondance un sang très rouge, et de ses yeux des larmes qui se mêlaient au ruisseau rubis. Jason voulait s'approcher de Mourad pour le consoler, mais ce dernier éclatait soudain d'un rire moqueur, puis disparaissait en quelques instants, fondant avec la neige.

Jason se retrouvait alors dans une chambre blanche aux murs nus, assis sur un lit près d'une fille qu'il ne pouvait pas identifier avec certitude. Il se rappelait seulement qu'elle avait la blondeur de Groucha et les yeux noirs de Bathilde. Il commençait à l'embrasser, mais n'en ressentait aucun plaisir. Elle-même se contentait de le picorer froidement, déclarant entre deux baisers qu'elle ne l'embrasserait avec la langue qu'après leur mariage.

Le rêve se poursuivait au tribunal de l'Inquisition. Jason ne savait pas de quoi il était accusé. Il était coiffé d'une mitre en papier, couverte d'inscriptions que tout le monde dans l'assistance pouvait lire, sauf lui. À la barre, les témoins à charge se succédaient. Jason les reconnaissait, observait les postillons qui sortaient de leur bouche, leur doigt pointé dans sa direction ; mais il était devenu sourd, et essayait vainement de lire sur les lèvres de ses accusateurs. Il voyait défiler Hugues, tenant par la main une jeune beauté dont il se disait qu'elle devait être Nadège Rouget. Puis Corinne, avec sa mère famélique et sa grand-mère, vêtues de haillons, le regard chargé de ressentiment. Groucha apparaissait ensuite, brandissant une petite racine accrochée à une potence miniature. Enfin, Bathilde et Mourad, de nouveau, se moquant ouvertement de lui.

« Je ne sais pas où j'en suis, Colette », finit-il pas avouer, après avoir massacré les petites banquises de sucre avec sa cuiller, et touillé rageusement ce qui ressemblait maintenant à de la neige fondue et salie.

Mais Colette semblait elle-même avoir l'esprit ailleurs. Elle répondait mécaniquement, tout en essuyant et en empilant dans un placard des assiettes de verre bleu, usées et rayées à l'infini par les couteaux et les fourchettes.

« Tu n'es pas le seul. La France tout entière ne sait pas où elle en est.

— J'ai envie de me débarrasser d'eux comme jamais. Je ne les supporte plus. Et en même temps, je m'en veux de mon manque d'hospitalité.

— Il faut retrouver le sens du partage, Jason. Le manque de solidarité est responsable de tous les malheurs de l'humanité, si tu veux mon avis. »

Il ne répondit pas. Les réponses vagues et moralisatrices

de Colette l'agaçaient. La situation de la France ne l'intéressait pas, surtout ce matin. Il sentait que ce n'était pas de ça qu'il voulait parler. Les phrases échangées ressemblaient à des aiguilles malhabiles à extraire une écharde, grattant trop en surface, tout en irritant la zone enflammée.

«Je crois que je suis amoureux, finit-il par dire, sans s'adresser véritablement à Colette. Mais je ne sais pas de qui.

— Laisse parler ton cœur, mon bonhomme, fit Colette après un silence. Il n'y a que ça de vrai.»

Mais là encore, elle paraissait avoir parlé simplement pour dire quelque chose. Jason en fut plutôt surpris que vexé. Colette n'était décidément pas dans son état normal. Il savait que les personnes âgées supportent mal la chaleur, et il se mit à l'observer avec une sollicitude inquiète. À l'étage, une fenêtre claqua.

«Tu as des courants d'air. Fais attention.

— J'ai voulu aérer les chambres. Il va falloir que je te laisse pour aller refermer les volets. Le vent va se lever, je le sens. D'ici ce soir, il y aura une tempête.

— Tu veux que je t'aide?

— Laisse faire, c'est toute une technique. Va plutôt t'occuper de tes hôtes. Et de tes amours.»

2

De fait, les hôtes et les amours laissés à l'abandon dans la demeure de Gertrude Cailleteau n'étaient pas au mieux de leur forme. Jason n'était pas le seul à faire des cauchemars. Les histoires commençaient à avoir un impact de plus en plus fort sur leur vie à tous. Elles ne se contentaient pas d'occuper, plusieurs heures à l'avance, l'esprit de celui qui devait prendre la parole le soir, ou de mobiliser l'attention des auditeurs pendant le seul moment où elles étaient racontées. Elles ne faisaient plus seulement l'objet de supputations conscientes et de tractations volontaires, de stratégies concertées et de commentaires élaborés. Les histoires travaillaient jour et nuit le corps et l'esprit de tous les habitants de la maison. Souterrainement. Malicieusement. Elles déconcertaient leurs certitudes, paralysaient leurs réflexes, ouvraient des perspectives inattendues sur eux-mêmes et sur le monde. Certaines avaient des allures de tempêtes, emportant tout sur leur passage et ne laissant place qu'à des paysages nus et désolés. D'autres ressemblaient à des cours d'eau, ruisseaux anodins d'abord, puis nappes lacustres faussement tranquilles débordant goutte à goutte et fissurant leurs convictions, avant de devenir des torrents déferlant en cataractes sur leur esprit. D'autres encore progressaient en eux à la manière d'un jardin à la française laissé à l'abandon, dont les fleurs de rhétorique deviennent ronces menaçantes, végétation proliférante et cancéreuse, sous-bois vénéneux et moisissures toxiques.

Au fond, les histoires semblaient plus dangereuses encore que des stupéfiants. L'excès de vin et de cannabis de la veille, ajouté à la fatigue et à l'exaspération d'être ainsi parqués tous ensemble, n'avait au pire que favorisé la multiplication des monstres. Mais le plus inquiétant de tout cela était que l'addiction commençait à se faire sentir. Toute la journée, les hôtes de Jason ne semblaient vivre que pour l'heure où ils entendraient l'histoire quotidienne. Ils se jetaient sur elle comme des chiens affamés sur un os à moelle. Elle les calmait d'abord, en remplissant un vide, puis devenait le support d'un grand besoin d'activité. Ils la rongeaient alors, la disséquaient dans tous les sens, affamés de découvertes, à la fois curieux et inquiets. Ensuite, ils digéraient à grand-peine cette vision renouvelée du monde que l'histoire charriait, s'arc-boutant pour certains sur leurs convictions anciennes comme sur des planchers qui ne seraient plus soutenus par aucune fondation, glissant pour les autres avec ivresse au fond du gouffre. C'est alors que les mauvais rêves venaient. Au matin, ils se sentaient épuisés, rassasiés, écœurés, éprouvant le besoin d'un grand silence. Mais rapidement, le désœuvrement les prenait, et ils ressentaient les effets du manque. Ils commençaient à se demander avec appréhension ce qu'il adviendrait d'eux quand ils auraient tous pris la parole. Recommenceraient-ils chacun à son tour, cherchant à gagner du temps, à faire perdurer ce climat factice, comme des Schéhérazade désireuses d'échapper au châtiment? Quitteraient-ils la scène de peur de finir par s'entredévorer? Mais alors ne leur faudrait-il pas sortir du cocon protecteur de la fiction, se confronter à la réalité rugueuse, comme Hugues seul avait eu le courage de le faire? C'était là une perspective trop effrayante pour être envisagée, et qui, dans les circonstances présentes, semblait ne pouvoir porter qu'un seul nom, à peine supportable : Révolution.

*

À son réveil, Yvon fut pris d'un grand désir de purification. La marée était haute, et il voulait se baigner. Il descendit sur le promontoire rocheux par l'escalier au fond du jardin. Il ôta son tee-shirt. Immédiatement, mouches et moustiques vinrent se poser sur ses épaules. Il plongea dans l'eau pour leur échapper. Un courant frais glissa le long de son torse et de ses jambes. Il nagea en apnée, les yeux ouverts. En remontant à la surface, il aperçut Bathilde qui descendait l'escalier, en maillot une pièce de couleur noire. Il fut frappé par l'élégance fluide de sa silhouette. Ses seins lui parurent deux balles de tennis, rondes et élastiques, et il essaya d'en imaginer la texture, tout en nageant à sa rencontre.

Bathilde était restée interdite au milieu de l'escalier en voyant Yvon émerger à la surface mousseuse de l'eau. Elle aussi s'était réveillée tardivement, après une nuit agitée de cauchemars. Elle aussi avait rêvé une grande purification de son sang et de ses idées. Elle avait bu au robinet deux verres d'eau froide, puis avait prié, pour conjurer le souvenir horrifiant de ses excès de la veille — la fumée âcre, sa tête sur l'épaule d'Yvon, cette ébauche d'infidélité à Jason, qu'elle avait toujours considéré comme son futur mari, l'homme avec lequel elle prévoyait secrètement de construire son existence. Le trouble ne se dissipant pas, elle avait décidé de se plonger tout entière dans l'eau froide. Mais la présence d'Yvon contrariait ses plans, et ce d'autant plus qu'elle en éprouvait une joie incontrôlable, qui l'épouvantait.

Elle termina de descendre l'escalier, installa son drap de bain sur le grand rocher qui servait de plongeoir, et resta accroupie tout près du bord, en attendant qu'Yvon refasse surface. En le voyant surgir de l'eau miroitante à quelques centimètres d'elle, avec des gouttes perlant le long de ses dreadlocks et au bout de ses cils noirs, elle ne put s'empêcher de lui trouver un air de Narcisse fragile, plus que de don Juan endurci.

«Je voulais m'excuser pour hier soir, dit-il, légèrement

essoufflé, les deux mains posées à plat sur le rocher, tout près des pieds de Bathilde.

— T'excuser?

— Oui, pour les conneries que j'ai pu raconter.

— Hier, personne n'était dans son état normal. Moi non plus je ne suis pas fière de moi. Ça n'était pas une bonne idée de fumer ces trucs.

— Tu dois avoir une piètre image de moi.

— Et toi tu dois penser que je suis une sale bourgeoise coincée.

— Non, pas du tout. Je trouve que tu as souvent raison. Tu sais, j'en ai marre de jouer les tombeurs de service. J'aspire à autre chose. »

Et ce disant, il sortit de l'eau en s'appuyant sur ses avantbras, inondant la serviette de Bathilde. Il pivota et s'assit à côté d'elle, ruisselant, les jambes dans le vide, frôlant l'eau de ses pieds. Elle gardait la tête baissée, et il ne percevait d'elle que ses longues mèches châtain, ses bras blancs et fins, son odeur fraîche et rassurante de savon. Elle l'intimidait et le troublait tout à la fois.

« Si je te disais à quoi j'aspire, fit-elle, après s'être reculée de quelques centimètres, tu te ficherais de moi.

— Dis toujours. Je te jure que je ne me foutrai pas de ta gueule.

— Je rêve d'une retraite dans un monastère.

— Pour te faire religieuse? fit Yvon avec une pointe d'inquiétude dans la voix.

— Non. Pour me couper du monde. Provisoirement. »

Yvon opina fortement du chef, constellant Bathilde de gouttelettes salées. Il éprouvait lui aussi le désir de lâcher prise. Dans des éclairs de lucidité, il percevait, sinon sa terrible pingrerie, du moins son attachement disproportionné aux choses matérielles. Il devinait ce qu'un tel attachement avait d'incompatible avec certains idéaux vagues, mêlant rêveries beatnik opiacées et portraits du Che, hymnes jamaïcains et méditations orientales, et auxquels il était d'autant plus attaché qu'ils étaient plus vagues.

« Je te comprends. Moi aussi j'ai ce désir de spiritualité. Je crois que ce qui m'attirerait, ce serait plutôt un truc qui m'élève, genre bouddhiste ou hindouiste. Le nirvana, le feng shui, tous ces trucs-là. Tu vois ce que je veux dire ? »

Elle le regarda droit dans les yeux, cette fois. Oui, elle voyait tout à fait ce qu'il voulait dire.

*

Karen et Amande continuaient à rattraper le temps perdu. Mais passé les premières heures de commérage, elles commençaient à toucher le fond. Sans oser se l'avouer, elles sentaient que cette activité les rongeait plus qu'elle ne les sustentait. Installées dans le jardin sur une balancelle rouillée qu'elles avaient supplié Jason de sortir du cellier la veille, un cocktail à la main à base de cidre éventé et de liqueur de cassis retrouvée dans un placard poussiéreux, elles ressassaient les mêmes médisances. En particulier, elles n'en terminaient plus de se dire les souffrances liées à leur captivité en territoire étranger. Amande se plaignait de la fadeur et de la bêtise de Ludivine. Karen ne tarissait pas sur la mythomanie geignarde de Corinne et la raideur acariâtre de Bathilde. Aujourd'hui, elle était particulièrement remontée contre cette dernière. Mais ne voulant pas remettre Yvon sur le tapis, elle se contentait d'attaques gratuites et vides de contenu.

286

«Non mais franchement, quelle idée aussi de s'appeler Bathilde !

— À mon avis, enchaîna Amande, ça devait être Mathilde, à l'origine. Mais sa mère avait un gros rhume quand elle a déclaré sa naissance à la mairie. Ou alors elle a eu affaire à un employé dur de la feuille.

— Tu ne sais pas que pendant notre grande amitié, elle m'a dit que si je voulais, je pouvais l'appeler Baba ? »

Amande se recula sur la banquette, pour mieux marquer son effarement.

«Baba ? Et pourquoi pas Babar ? »

Karen éclata de rire, se contorsionnant au point de faire grincer dangereusement la poulie rouillée.

«C'est sûr, avec ses oreilles décollées, Babar ça lui irait parfaitement !

— Et Baba au rhum ?

— Oh, avec ce qu'elle boit, elle a encore de la marge ! Mais qui sait, depuis qu'elle fume des pétards... Baba cool peut-être ?

— Baba-pas-cool, plutôt !

— Ah, excellent, ça. Baba-pas-cool ! »

Elles se jurèrent de ne plus appeler Bathilde que Baba-pas-cool, à partir de cette minute. Puis, après quelques ricanements forcés, elles laissèrent le silence s'installer. Tandis qu'elles se balançaient en rythme, dans la chaleur lourde, on n'entendit plus que le couinement de la poulie.

«Il n'y a que toi que j'aime, ici, déclara Karen, en mettant sa tête sur l'épaule d'Amande.

— Il n'y a qu'avec toi que je ne m'ennuie pas.

— J'ai été si jalouse de te voir traîner avec Ludivine.

— Et moi tellement navrée de te voir passer du temps avec Baba-pas-cool !

— T'avais raison. On ne peut pas se passer l'une de l'autre.

— Je sais. Tu ne peux pas te passer de moi. »

Karen regarda Amande, interloquée, et sentit toute sa méfiance remonter à la surface. Elle donna une impulsion assez forte avec ses pieds, et la balancelle s'élança plus haut. Amande s'était roulée en boule sur la banquette. Elle se redressa, rendue malade par le grincement de la poulie et l'élévation excessive de la balancelle. Le fond de son verre vola et retomba sur son tee-shirt.

« Karen, qu'est-ce que tu fais ?

— Rien. Je te balance.

— T'es malade ou quoi, regarde mon tee-shirt !

— Dis-moi un truc, Amande. Tu faisais allusion à quoi quand tu disais que tu savais quelque chose de l'appendice d'Yvon ?

— Arrête cette balancelle, Karen, ça va finir par craquer !

— Réponds-moi d'abord. Qu'est-ce que tu voulais dire ?

— Mais rien, idiote ! C'était une manière de parler ! Arrête cette balancelle ! Ça devient dangereux !

— Tu me jures que c'est tout ?

— Mais oui, c'est tout ! Qu'est-ce que tu vas t'imaginer ? Arrête cette balancelle ou je saute ! »

À cet instant, la barre en fer qui retenait la balancelle se plia dans un craquement et elles atterrirent brutalement sur les fesses, tandis que le petit dôme de toile fleurie s'écroulait sur elles.

« T'es tarée ou quoi ? hurla Amande, à moitié étouffée. T'as failli nous tuer ! »

Karen éclata en sanglots. Alors Amande retrouva son calme. Elle demanda à Karen si elle n'avait rien de cassé et la prit dans ses bras.

«Chut, chut, tout doux. Ça va aller.»

À cet instant, tandis qu'Amande dégageait la tête de la toile de la balancelle, elle aperçut Bathilde et Yvon qui remontaient de la plage par l'escalier en colimaçon.

«Tiens, regarde. Ce n'est pas de moi que tu devrais te méfier.»

Karen se dégagea à son tour de l'amas de tissus et de ferraille.

«Cette petite garce, lâcha-t-elle. Si elle le touche je la dégomme.»

3

Dans la cuisine, il faisait un noir de suie. Le bleu du ciel avait viré à l'indigo puis à l'ardoise. Les arbres du jardin avaient pris des teintes fluorescentes, surnaturelles. Le rouge des géraniums jetait sur la verdure des taches de sang frais. Un silence de mort régnait. Seules les mouches, de plus en plus nombreuses, vrombissaient.

Ils s'étaient tous retrouvés vers 21 heures dans la cuisine, attirés par la faim, la peur ou le désir. Ils éprouvaient le besoin d'être ensemble et de former une communauté, malgré les lassitudes exaspérées et les incompatibilités devenues invivables. Mais à présent, devant les visages fatigués et cernés qui leur renvoyaient leur propre harassement, ils se demandaient s'il n'était pas encore préférable de souffrir chacun dans son coin, uniquement asticoté par les mouches.

Seuls Corinne, Cédric et Mourad paraissaient de bonne humeur. Ils avaient fait la cuisine tous les trois, soucieux de ne pas rester de nouveau sur leur faim et de remettre de l'ordre dans leur digestion. Ils étaient en train de terminer des gratins dauphinois, sans œufs, sans crème ni gruyère. Dans le cellier, ils avaient trouvé du parmesan, du lait périmé depuis seulement un mois et une préparation en poudre pour béchamel qui devait épaissir le lait et lui donner la couleur voulue. Ils venaient d'engouffrer deux grands plats dans le four, sur deux grilles superposées.

« Ça sera prêt dans longtemps ? demanda Yvon.

— Dans quarante minutes, normalement, fit Cédric. Mais ce serait déjà prêt si tu nous avais filé un coup de main. »

Jason proposa d'allumer la radio en attendant. Ils acquiescèrent avidement. Les uns redoutaient une pénurie alimentaire croissante, les autres des violences irréparables pour leur famille et leurs amis restés en ville. Tous espéraient qu'une solution leur parvienne de l'extérieur. Aucun n'avait encore pris la mesure de la gravité des événements.

Les manifestations de la veille avaient dégénéré dans plusieurs villes. À Paris, les affrontements avec les forces de police s'étaient prolongés jusque tard dans la nuit. Le syndicat majoritaire de la police parlait de plusieurs blessés graves dans ses rangs, et de deux CRS dans le coma. Les associations dénonçaient des bavures policières, des manifestants pris en étau entre deux barrages à Bastille, obligés de refluer vers la Seine où ils auraient été poursuivis et pour certains lynchés. On évoquait la chute d'un certain Ahmed dans les eaux noires du fleuve, celui-là même que la caissière avait décrit le matin à Jason. Des témoins juraient la chute accidentelle, d'autres dénonçaient un acharnement policier, d'autres encore la présence de milices d'extrême droite sur les lieux. Les invités du journal, sociologues, politologues et historiens, expliquaient qu'il fallait prendre la mesure de cet état insurrectionnel. Ce n'était plus l'habituel recensement des interpellations, vitrines brisées et autres voitures brûlées. Les chiffres étaient tellement effrayants, expliquait un philosophe, qu'il s'opérait une différence non plus de degré mais de nature. Ce n'était plus une révolte. C'était une révolution.

«Hugues avait raison, commenta Ludivine. C'est la révolution!»

Dans un communiqué, la ministre de l'Intérieur appelait à un retour au calme. D'une voix polaire et nettement articulée, elle assurait que toute la lumière serait faite sur les événements de la dernière nuit, et que la justice suivrait son cours avec la plus grande rigueur.

«Les innocents seront innocentés. Les voyous à casquettes et à cagoules devront assumer leurs responsabilités devant la justice.»

On s'apprêtait à entendre la déclaration du Premier ministre, qui n'avait plus rien dit depuis quarante-huit heures et était accusé par l'opposition de jouer le jeu criminel du pourrissement, quand les plombs sautèrent.

Au même moment, des éclairs zébrèrent le ciel. Quelques secondes plus tard, la foudre s'abattit, à peu de distance de la maison. Karen poussa un cri.

La pluie commença à tomber à grosses gouttes.

«Est-ce que vous avez tous fermé vos fenêtres?» cria Jason.

Cédric et Amande se ruèrent dans les escaliers pour vérifier les chambres.

«Tu sais où est le disjoncteur, Jason? demanda Corinne. Il faut se dépêcher de rallumer le four, sinon on n'aura rien à manger.»

*

291

L'orage dura une heure environ. La pluie noya le jardin, dégringola en rigoles sans désaltérer la terre, formant un ruisseau boueux au pied du muret du fond. Depuis la fenêtre du salon, Karen observait sans pouvoir bouger la balancelle effondrée, ruisselante d'eau. Quand un peu plus tôt elle avait demandé à Jason si elle devait la remiser au cellier, il avait haussé les épaules sans lui répondre.

Une fois la pluie arrêtée, la soirée devint proprement lugubre. Il faisait toujours une obscurité de caveau, seulement interrompue de temps à autre par des éclairs plus lointains. Accompagné de Mourad et d'une lampe torche, Jason chercha le disjoncteur dans le cellier, puis à l'entrée de la cave, avant de se rappeler qu'il était situé dans un coffret près de l'entrée. Mourad l'aida à décoller la boîte en bois qui dissimulait les fusibles, puis lui montra le disjoncteur. Jason appuya sur le bouton rouge. Rien ne se produisit. Ensuite, ils cherchèrent en vain à changer quelques fusibles.

«La foudre a dû tomber tout près, dit Jason. Il faudra peut-être attendre jusqu'à demain.

— Ça a sauté *avant* la foudre, observa Mourad. Je suis sûr qu'il s'agit d'une coupure volontaire du courant. C'est la nouvelle mode pour empêcher les gens de vivre et de bosser ! »

Ils partirent à la recherche de bougies. Dans l'armoire de la chambre de sa grand-mère, Jason trouva des cierges, au milieu de branches de buis desséché et de souvenirs religieux, couronnes de fleurs et livres de prières. Pendant une seconde, il resta pétrifié devant l'armoire, se rappelant sa communion, aspirant l'odeur de l'armoire, ce mélange d'encens, de linge blanc ancien et de bois pourri. Derrière lui, Mourad se tenait respectueusement, l'éclairant de sa lampe torche. Jason sentait également son odeur. Il pivota sur lui-même, se retrouvant tout près de la bouche de Mourad :

«On va leur dire qu'il n'y a plus d'électricité?»

*

La catastrophe les avait rapprochés. Ils se tenaient serrés autour de la table, éclairés par des bougies. Bathilde demanda si elle pouvait dire le bénédicité. Ils la laissèrent faire, éprouvant pour la plupart un besoin de réconfort, de recueillement.

«Merci, mon Dieu, de nous offrir ce repas, alors que la nourriture se fait si rare en ces jours difficiles. Merci d'apaiser nos âmes tourmentées comme tu contentes nos corps affamés et les mets à l'abri des convulsions révolutionnaires.

— Merci de nous offrir des patates crues dans du lait tourné», commenta Amande à voix basse mais distincte.

Mais cela ne fit rire personne. Le plus grand sérieux était dans le cœur de chacun. Un mélange de gravité, lié aux événements récents, et de terreur, en raison de la nuit orageuse et du tonnerre qui continuait à se faire entendre dans le lointain.

Après quelques instants de silence, Bathilde se rassit et déclara qu'elle allait prendre la parole. Elle était très solennelle. La lumière des cierges éclairait son beau visage longiligne et la faisait paraître quelque sculpture médiévale en ivoire ou en marbre.

«C'est une histoire étrange, pour ne pas dire effrayante, que je vais vous raconter. Mais je vous garantis qu'elle est entièrement vraie. Il faut seulement accepter de suspendre votre scepticisme, et vous concentrer sur les forces naturelles

293

qui nous entourent. Je crois que les circonstances se prêtent assez bien à un tel effort. »

LES BRUMES DE BLOOMSFIELD

Dans mes cauchemars, il m'arrive encore de rêver des brumes de Bloomsfield. Je revois les ruines de l'abbaye. La petite chapelle à moitié enfouie sous les ronces, au fond du parc. Et dans les allées, les rubans ivoire de la jeune femme enterrée vive, flottant dans l'air moite et disparaissant derrière les massifs de fleurs.

*

C'était en terminale. Papa m'avait demandé au printemps ce que je comptais faire après le bac. Il voulait me payer un voyage aux States ou une cure de thalassothérapie à La Baule. Mais je lui avais dit que je voulais partir en Angleterre.

England ! Pays de tous mes rêves d'adolescente. J'étais prête à tout pour y passer mon été. Même à graisser mes beaux cheveux dans un McDonald's de l'East End londonien pour me payer une chambre.

Surpris par ma détermination, papa écrivit à l'une de ses connaissances londoniennes, un collaborateur dans lequel il avait la plus grande confiance, pour lui demander conseil et m'éviter l'infamie d'un travail aussi grossier. Quelque temps après, il entra dans ma chambre avec une lettre à la main.

« Mon ami Jack Swanson me fait une proposition intéressante. Sa maman est propriétaire d'un domaine magnifique, en plein Yorkshire. Elle se remet d'une opération ratée de la cataracte et cherche quelqu'un pour lui faire la lecture. Swanson lui a suggéré de t'embaucher pour l'été. Tu serais logée, nourrie, blanchie. Le matin, tu lui lirais le journal pendant une heure environ. Le soir, il faudrait que tu lui consacres encore deux heures. Le reste du temps, tu serais parfaitement libre. Tu aurais même un chauffeur à disposition pour t'emmener en ville ou te faire découvrir la région. Bien sûr, je comprendrais que tu refuses. Je t'avoue que je comptais plutôt sur Jack pour te trouver un job dans une boîte de la City. Et puis deux mois à la campagne avec une vieille femme ne sont peut-être pas des vacances très marrantes pour une bachelière. Mais je pense que ça mérite réflexion.»

J'acceptai sans une hésitation. Je ne m'intéressais pas aux gens de mon âge ni à leurs distractions. J'avais confiance dans mes capacités de lectrice. Et l'idée du Yorkshire, la patrie de mes chères sœurs Brontë, me donnait des ailes.

*

Au début du mois de juillet, le chauffeur de lady Swanson vint me chercher à l'aéroport de York.

James était un homme assez âgé, jaune et vêtu de noir. Il avait un air distingué et un peu sinistre. Il parlait à peine, dans la voiture. Si je n'avais pas eu le cœur si rempli de joie et d'excitation, je crois que j'en aurais frissonné.

Après trois quarts d'heure de petites routes dans une campagne anglaise plus verte qu'une assiette de petits pois, nous arrivâmes à bon port. Nous entrâmes dans la propriété par une grande grille en fer forgé sur laquelle je lus *Bloomsfield's mists*, en lettres gothiques. Les brumes de Bloomsfield, ou mieux encore Les Brumes de Champs en fleur, pour ceux qui ne parlent pas anglais. Nous prîmes une allée de gravier, sillonnant à travers un bosquet jusqu'au château. La propriété elle-même était un adorable manoir en briques rouges couvert de vigne vierge, avec une toiture en ardoise et deux tourelles de chaque côté. J'ouvris la portière. Je respirai l'odeur de terre humide et de végétation. Une pluie fine tombait. Il devait faire dans les quinze degrés.

Sur le perron, je fus accueillie par une dame d'un certain âge, habillée de mauve, comme de bien entendu, quoique le bleu pervenche et le noir jais eussent aussi bien fait l'affaire. C'était la gouvernante. Miss Grundge. Digne du nom qu'elle portait, elle était revêche et renfrognée. Après m'avoir serré la main en se présentant, elle me conduisit jusqu'à ma chambre, tandis que les domestiques portaient mes valises.

Ma chambre était située en haut d'une des tourelles. Elle donnait sur le parc. J'aperçus, de l'autre côté de la haie qui délimitait la propriété, de superbes ruines d'édifice religieux. Et dans l'enceinte de la propriété, à demi dissimulée par des ronces, une petite chapelle de style gothique, aux vitraux brisés.

Miss Grundge me proposa une tasse de thé. Je n'osais pas demander quand je verrais la propriétaire des lieux, mais elle devança ma question.

« Vous rencontrerez lady Swanson à l'heure du dîner, que vous prendrez avec elle. Pour l'heure, elle se repose dans sa chambre. Elle dort beaucoup car elle est très affaiblie par son opération. Je vais vous laisser, mais si vous avez besoin de moi, n'hésitez pas à sonner. »

Quand je me retrouvai seule, après avoir bu le thé qu'une femme de service m'avait apporté, j'eus un moment de panique. Je me mis à regretter d'être venue m'enterrer là, me demandant ce que j'allais bien pouvoir faire pour m'occuper pendant deux mois. Je me jetai sur mon couvre-lit en crochet, l'inondant de mes larmes et y étouffant mes soupirs de désespoir. Puis, je me calmai, en m'interdisant de jouer à l'héroïne d'un roman anglais. J'ouvris mes valises et me mis à ranger mes chandails dans des armoires qui sentaient la naphtaline et les pots-pourris. Je brossai mes cheveux et choisis un ruban de velours pour me les attacher. J'avais très envie de visiter le parc, mais je n'osais pas sonner. Alors je restai dans un fauteuil avec un roman, terminai les caramels *Werther's original* que j'avais commencés pendant le voyage, et finis par m'endormir.

*

Ma première impression de lady Swanson fut tout à fait réconfortante. Seuls ses yeux vitreux, d'un bleu opaque, pouvaient indisposer. Mais elle les dissimulait la plupart du temps derrière des verres fumés. Lady Swanson avait des cheveux immaculés et gonflés comme des meringues, une voix grave d'ancienne fumeuse, et un camée sur son corsage de dentelle. Elle me posa des questions sur mon éducation, mes études et mes précédents voyages en Angleterre. Avant la fin du dîner — composé de tout ce dont je pouvais rêver de plus anglais, depuis le rosbif sauce *gravy* jusqu'aux petits pois d'un vert électrique, en passant par les *dumplings* moelleux et le confit d'airelles —, nous étions presque complices, et elle me demandait de l'appeler Eleanor.

Après le *fudge cake* le plus anglais du monde, nous passâmes au salon. Un bon feu bien anglais brûlait dans l'âtre. Lady Swanson me dit qu'elle préférait remettre au lendemain le début des lectures, de façon que je sois bien reposée. Nous poursuivîmes notre conversation, et je lui demandai des informations sur les ruines que j'avais aperçues depuis ma fenêtre.

« Ce sont les restes d'une abbaye qui a été détruite au moment des troubles religieux, sous le règne de Marie la Sanglante. Par les soirs de pleine lune, ces ruines sont du plus bel effet. Malheureusement, vous ne pouvez y accéder par le jardin. Il y avait une porte autrefois, mais le mur s'est éboulé et a été recouvert par le lierre. »

Je lui parlai ensuite de l'adorable chapelle du fond du parc. Lady Swanson se redressa, comme piquée par un basilic, et me dit sèchement :

« Cette chapelle appartenait à l'ancien château fort, qui se tenait à la place du manoir actuel. Les ronces en rendent l'accès fort dangereux. Il vaut mieux éviter d'aller y accrocher vos robes ou d'y glisser sur un nid de couleuvres. À vrai dire, je vous le recommande expressément. »

*

Cette nuit-là, je dormis d'un sommeil agité de cauchemars. Je voyais le parc de Bloomsfield envahi par les ronces, et ces ronces se transformer elles-mêmes en serpents aux yeux froids et vitreux. Les craquements du parquet se mêlaient au bruit du vent dans les arbres, dont les branches venaient battre les vitres et me réveillaient par intermittences.

Mais on s'habitue à tout. Mon angoisse disparut, remplacée par de nouvelles et charmantes habitudes. Je me levais à 9 heures. La femme de chambre m'apportait mon petit déjeuner. En semaine, c'était du porridge anglais, avec du café noir et des toasts brûlés très anglais. Le week-end, j'avais droit au *full breakfast* dont la seule pensée me pousserait encore à me ruiner en billets d'Eurostar : *scrambled eggs* ou œufs brouillés — permettez-moi de traduire, même si la traduction n'offre qu'un grossier équivalent de ces merveilles —, *sausages* ou saucisses ; *mushrooms* ou champignons ; *tomatoes* ou tomates ; *bacon and toasts*, que je traduirai faute de mieux *lard grillé et tartines*, mais que vous pouvez aussi laisser en anglais dans le texte, quoique ce que nous appelons *bacon* n'ait rien à voir avec le véritable *bacon* anglais, permettez-moi de vous le dire.

Je faisais ensuite ma toilette, non dans un tub ou un bassin de faïence à l'eau froide et parfumée à la rose, malheureusement — car le progrès a contaminé même la campagne anglaise —, mais dans une douche tout confort, tout de même équipée de petits savons *vintage*, parfumés au thé darjeeling.

À 10 heures, j'étais introduite dans la chambre de lady Swanson. Elle était encore couchée, mais parfaitement pomponnée, les cheveux dressés sur la tête comme blancs d'œufs montés en neige, et les joues aussi roses que la liseuse en laine du Yorkshire qui lui couvrait les épaules. Je m'asseyais et pendant une heure, je lisais le journal pour elle, en me concentrant sur les faits divers, dont elle semblait raffoler.

Ensuite, je la laissais se reposer et vaquais à mes propres occupations : lecture sur un banc du parc, marches dans la campagne alentour, ou visites des sites de la région en compagnie de James. J'avais eu scrupule dans un premier temps à utiliser ses services, mais miss Grundge avait si bien insisté, que j'avais fini par me concocter un programme de visites, à l'aide de mon guide Michelin, me rendant sur tous les lieux de pèlerinage d'une bonne lectrice des sœurs Brontë.

Lorsque je restais à Bloomsfield l'après-midi, je prenais le thé dans l'office, avec la gouvernante, ou dans ma chambre. Il était généralement accompagné de scones au raisin et de crème, parfois de *muffins* et de *crumpets*, et j'avais l'incomparable sensation de vivre dans un téléfilm de la BBC.

Le soir, je reprenais mes lectures et mes conversations avec lady Swanson, puis je remontais dans ma tourelle, la tête remplie de sonnets de Shakespeare et de Donne, avant de m'endormir toute frémissante de la joie que donnent le confort à l'anglaise et un cadre de vie suranné et suavement mystérieux.

*

Une nuit, je fus tirée de mon sommeil par une telle lumière que je crus avoir laissé la lampe allumée dans mon cabinet de toilette. C'était la pleine lune. Elle inondait ma chambre d'une clarté que je qualifierai d'argentine. J'allai à la fenêtre. Le spectacle des ruines de l'abbaye était d'une splendeur magnétique. Les ogives se découpaient de la plus belle manière sur la campagne d'un gris bleuté. Soudain, alors que j'étais absorbée dans cette contemplation poétique, je crus entendre quelqu'un marcher dans le parc en contrebas, ainsi que des gémissements ou des pleurs. En me penchant, je fus certaine d'apercevoir une robe blanche, suivie de longs rubans, qui disparaissait dans l'allée menant à la chapelle. Je guettai, guettai, brûlant de voir reparaître la silhouette au fond du parc. Au moment où je croyais apercevoir de nouveau les froufrous immaculés, de grands nuages venus de l'Ouest recouvrirent la lune et plongèrent le parc dans l'obscurité. Quelques minutes plus tard, le vent se leva en mugissant et la pluie se mit à tomber avec une incroyable férocité, me faisant passer une nuit aussi blanche que le ciel était désormais noir.

Le lendemain matin, je n'osai pas toucher un mot à lady Swanson de ce que j'avais vu dans le parc. En revanche, j'en parlai à miss Grundge.

« Eh bien, voilà qui recommence, apparemment. Comme à chaque pleine lune.

— Quoi donc, miss Grundge ?

— Vous avez dû apercevoir le fantôme de lady Philippa. »

Je vous passerai les inintéressants détails de l'épuisant questionnaire auquel je dus me livrer pour arracher des renseignements à la renfrognée et superstitieuse gouvernante, et vous donnerai directement les résultats de mon enquête.

J'appris qu'au début du règne d'Élisabeth Ire, la fille aînée de lord Swanson, prénommée Philippa, avait refusé d'épouser le prétendant auquel son père voulait la marier de force, parce que le prétendant en question avait embrassé la religion anglicane. Fidèle au catholicisme qui avait marqué le règne de la précédente reine, la grande Marie Tudor, la tendre Philippa s'enferma dans son obstiné refus et finit par défier son père. Celui-ci, fou de rage, décida de profaner la chapelle du château dans laquelle la jeune femme s'était enfermée pour se dérober à cette colère aussi folle qu'insensée. Il viola cet asile sacré ainsi que sa propre fille, sur le propre tombeau de la mère de cette dernière. Puis, toujours en proie à son funeste courroux, que même l'assouvissement de ses bestiales fureurs n'avait pu apaiser, ce monstre arracha une dalle de la chapelle, creusa une fosse avec ses propres ongles de chacal, y jeta sa fille évanouie mais néanmoins encore vivante, et la recouvrit de terre et pour finir de ce lourd et froid couvercle en hurlant : «Maudite et putrescente catin, je te renie.» En représailles de cet atroce viol doublé d'un non moins atroce infanticide, finalement découvert par les domestiques du château, lord Swanson fut condamné à être dans un premier temps pendu par les pieds au-dessus d'un feu de bruyère, jusqu'à ce que son cuir chevelu soit calciné, et ensuite pour moitié écorché vif et pour moitié écartelé. Son château devait être rasé et reconstruit par le nouveau lord, le jeune Joseph Swanson.

Quant à la tendre Philippa enterrée vivante, elle devait errer pour les siècles des siècles comme une âme en peine dans les allées du parc. Miss Grundge prétendait que cette âme malheureuse pouvait être délivrée et rendue à la paix éternelle, mais que le secret de cette délivrance résidait dans un grimoire soigneusement conservé par la maîtresse des lieux, en une cachette connue d'elle seule.

Encore toute frissonnante de ces révélations, je descendis dans le jardin pour tenter de retrouver mes esprits. Le destin de cette jeune et fervente catholique martyrisée par son propre père m'émouvait au plus haut point. Pourtant, la partie cartésienne de ma personnalité se méfiait de ces fariboles. Je décidai donc de continuer mon enquête sur le terrain, en me rendant dans la partie du parc où j'avais cru apercevoir la robe de lady Philippa. Je découvris alors de grandes bâches blanches qui avaient été jetées par le jardinier sur les rosiers pour les protéger du givre. À cause du vent, une des bâches s'était en partie déclouée. Telle était sans doute la cause de mon hallucination.

J'étais satisfaite des résultats de mon investigation, mais avec la tombée de la nuit, mon angoisse me reprit. Le soir, je décidai en dernier recours de demander à lady Swanson ce qu'elle pensait de ces histoires concernant ses ancêtres.

«Légendes triviales, ma chère enfant, me répondit-elle. Il ne faut pas croire les domestiques. Si je me réfère aux documents en notre possession, lady Philippa est morte des suites d'une angine de poitrine. Cette histoire de viol dans une chapelle ne tient pas debout. On pense qu'elle a été forgée des années plus tard par une de nos aïeules, laquelle souhaitait rompre avec la religion anglicane, et n'a pas hésité pour cela à laisser libre cours à sa mythomanie.

— Et la démolition du vieux château? Est-ce que ça n'est pas une preuve que la justice a sévi à Bloomsfield?

— Mais enfin, *darling*! Un peu de bon sens! Vous savez bien qu'à la Renaissance les vieilles pierres ne convenaient plus aux exigences de confort et de lumière! C'est pour cette raison que Bloomsfield a été détruit et remplacé, comme mille autres demeures insalubres du pays!»

Cette fois, si ma raison était calmée, mon goût du romanesque se trouvait fort frustré. Je demandai à lady Swanson si elle avait entendu parler d'un certain grimoire contenant des recettes d'exorcisme. Cette fois, elle se crispa et me parla avec une dureté inhabituelle.

«Écoutez, mon enfant. Mon fils arrive demain à Bloomsfield.

J'ai besoin d'un bon sommeil pour superviser la remise en ordre de ses appartements. Je n'ai pas la moindre envie de me farcir la tête de ces vieilles histoires de fantômes et d'âmes en peine. Je vous demande donc instamment de ne plus m'incommoder de la sorte jusqu'à nouvel ordre. »

*

Cette nuit-là, je me réveillai en sursaut, baignée de sueur, mes longues nattes défaites et se répandant en boucles éparses sur mes épaules, ma chemise de nuit collée par la sueur. Il était 2 heures. J'avais rêvé que j'observais le viol de lady Philippa par les vitraux brisés de la chapelle. En même temps, j'étais lady Philippa moi-même, contemplant terrorisée mon propre visage dans l'ouverture en forme d'ogive, depuis la pierre tombale où je subissais ce terrible attentat. En revanche, mon agresseur lui-même n'était dans mon rêve qu'une masse sombre et sans visage.

Incapable de retrouver le sommeil, je marchai jusqu'à la fenêtre pour respirer l'air de la nuit. C'est alors que j'aperçus de la lumière au sommet de la seconde tour. Elle était occupée au dernier étage par un appartement apparemment semblable au mien, et que miss Grundge m'avait dit être habité par lord Jack Swanson, lors de ses rares séjours à Bloomsfield. Pourtant, sa mère m'avait dit que lord Swanson ne serait là que le lendemain soir. Qui pouvait bien avoir laissé les lumières dans cet appartement ?

Soudain, la lumière s'éteignit. Sans doute une femme de chambre était-elle montée elle-même réparer cet oubli, à moins qu'elle n'ait utilisé ses heures de sommeil pour avancer la remise en ordre de l'appartement. Mais bientôt, mon cœur se serra de nouveau : la lumière s'était rallumée. Puis elle s'éteignit, avant de se rallumer encore et de s'éteindre, clignotant de manière irrégulière, comme si quelqu'un cherchait à envoyer un message. Jamais je n'ai autant regretté de ne pas avoir eu le courage d'apprendre le morse, du temps où je participais à des feux de camp ! Je me demandai brusquement si le message en question — s'il y avait message — ne m'était pas destiné à moi. Je scrutais depuis un moment la campagne et les ruines de l'abbaye, tentant d'apercevoir une silhouette dissimulée derrière un fourré. Mais il m'apparut alors que le meilleur récepteur d'un message envoyé depuis la tour Nord était l'habitant de la tour Sud. En l'occurrence, Bathilde de Ganze, *alias* moi-même !

J'enfilai un pull et quittai ma chambre sur la pointe des pieds. Le parquet craquait à chacun de mes pas. Le hall d'entrée était traversé de courants d'air glacés et le dallage à damier noir et blanc était d'un froid de sépulcre. Quand j'arrivai dans le dernier couloir menant à la tour Nord, j'eus la certitude d'apercevoir de nouveau un morceau de robe blanche et les rubans d'une robe de mariée flotter un instant à l'autre bout du lugubre corridor, avant de disparaître dans l'ombre. Mon cœur était sur le point de lâcher. Je rejoignis le pied de l'escalier en colimaçon de la tour Nord. Je me mis à grimper les marches d'un pas ferme, mais avec la lividité intérieure d'une condamnée à l'échafaud.

La porte de l'appartement du dernier étage était entrebâillée et la lumière était toujours allumée. Je retins mon souffle et frappai. Il n'y avait personne. Mais en entrant dans la pièce, je faillis pousser un cri. Face à moi, au-dessus de la cheminée, je venais de découvrir mon portrait en pied.

Après quelques minutes dont je vous épargnerai la description (tremblements convulsifs et sueurs froides, grelottements et halètements, sensation d'égarement et de colère impuissante), je me rapprochai du tableau et me calmai en l'observant plus attentivement. Il ne s'agissait pas de moi, même si la ressemblance entre la jeune fille représentée et moi-même était troublante, mais d'une jeune femme en costume élisabéthain. De toute évidence, le tableau était d'époque, quoique non signé. La robe de brocart blanc damasquiné semblait plus rigide qu'une armure, et la peau parcheminée des mains et du visage était d'une pâleur presque aussi mortelle que l'étoffe de la toilette. La tête de la jeune femme, livide, était posée sur une grande fraise comme sur un plateau. Un tel air d'effroi se peignait sur ce visage que je sentis la pitié m'envahir.

Le besoin de contempler le tableau d'encore plus près, pour en examiner la facture, me donna l'idée de le décrocher. Et c'est alors que j'aperçus la cachette qu'il dissimulait. Une petite porte en fer, entrouverte sur un coffre creusé dans le mur. Ce coffre contenait une cassette en étain sertie d'émaux scintillants. Imaginez mon épouvante, imaginez ma terreur, et dites-vous bien qu'en dépit de leur intensité elles ne surpassaient ni ma curiosité ni ma détermination !

Dans la cassette se trouvait un manuscrit, aussi jaune et craquant que possible, et qui disait à peu près, en un anglais d'époque élisabéthaine que ma récente pratique de Shakespeare me permit sans mal de déchiffrer :

Ce soir, mon père souhaite me marier contre mon gré avec un infâme mécréant. Je suis enfermée dans la chapelle et je sens déjà ses coups de bélier en défoncer irréparablement la porte. S'il va au bout de son noir dessein, j'en mourrai et mon âme errera sans fin dans les landes, pour les siècles des siècles, ne trouvant asile que dans les ruines de l'abbaye de Bloomsfield, à moins qu'une jeune vierge catholique, pure de toute cruauté et de tout attouchement, n'accepte de s'enfermer dans la chapelle par une nuit sans lune. Elle devra prier pour le salut de mon âme pendant une heure, agenouillée sur le tombeau de ma mère, de minuit à une heure du matin, en gardant ses yeux fermés. Alors, seulement alors (en anglais Then, only then, je m'en souviens encore), je serai rendue à la paix méritée par toutes les âmes innocentes.

*

Le lendemain, après une nuit blanche et enfiévrée, je sonnai Grundge, et lui dis que j'étais hors d'état de faire la lecture à lady Swanson. Comme celle-ci avait fort à faire avec la venue de son fils, elle ne m'en tint pas grief. Elle ordonna même de téléphoner à un médecin pour qu'il m'ausculte.

«Rien de grave, miss, me rassura ce dernier. Seulement un peu de surmenage. Vous avez besoin de repos.»

Pendant toute la journée, je demeurai enfermée dans ma chambre. La femme de chambre monta mon lunch, mon thé puis mon dîner sur un plateau. Dans l'après-midi, James me rendit visite, accompagné de Grundge. Mais lorsque je vis son faciès oli-vâtre et ses petits yeux noirs se pencher au-dessus de mon lit, alors que je m'éveillais tout juste d'une sieste, je faillis me trouver mal.

À la nuit tombée, je n'avais plus sommeil et j'avais à peu près recouvré mes forces. Cependant, les détails de la lettre de lady Philippa revinrent me hanter. J'ouvris la fenêtre et je vis qu'une épaisse chape de nuages masquait entièrement la voûte céleste. Je me recouchai avec un livre. Mais quelques minutes avant minuit, je me levai, comme mue par le sentiment impérieux d'un devoir. Je revins près de la fenêtre. Et là, quelle ne fut pas ma ter-reur d'apercevoir de la lumière par les vitraux de la chapelle au fond du parc!

Je descendis en nuisette et en mules. Je traversai le jardin. Les herbes folles me caressaient les jambes et me faisaient frissonner atrocement. Mais ce n'était rien à côté des ronces cruelles dévor-ant la chapelle, ronces dans lesquelles, telle Cendrillon, je perdis une mule, et aussi quelques gouttes de sang. La porte de la cha-pelle était entrouverte. Je me jetai à genoux contre le tombeau de la mère de lady Philippa, après avoir posé ma montre sur le tibia du gisant pour surveiller l'heure, et je me mis à multiplier frénétiquement les « Notre-Père » et les « Je vous salue, Marie ». Je devais être là depuis une demi-heure environ, quand j'entendis la porte grincer sur ses gonds.

Je me retournai et je vis, en ombre chinoise, un homme vêtu de noir, à la silhouette imposante. Cette fois je ne pus retenir mon cri — ou bien il s'étrangla dans ma gorge, que j'avais fort découverte —, à la vérité je ne me souviens plus. Je me relevai d'un bond et courus jusqu'à la porte. Mais comme l'homme me barrait le passage, je me jetai involontairement contre sa masse sombre et affolante. Il me mit la main sur la bouche pour m'empêcher de crier, me retint dans ses bras puissants pour m'empêcher de bouger, tout en me répétant d'une voix sourde et animale que je ne devais surtout pas avoir peur, que je n'avais rien à craindre.

Finalement, mes nerfs lâchèrent et je cessai de me débattre. Je levai les yeux vers mon agresseur. Son regard était plus noir que le jais, ses cheveux bouclés étaient parsemés de superbes fils blancs, sa mâchoire carrée dénotait la plus grande virilité. Il me dit qu'il était le fils de lady Swanson. Il était arrivé dans la soirée. Ayant vu de la lumière dans la chapelle, il était simplement venu éteindre l'interrupteur.

Lord Jack Swanson me raccompagna jusqu'au pied de la tourelle Sud et me dit bonne nuit avec de vraies manières de gentleman.

*

Hélas, je ne le revis jamais.

Le lendemain, à mon réveil, il était parti à la chasse.

Lady Swanson me convoqua et me réprima durement pour

avoir enfreint son interdiction de me rendre jamais à la chapelle.
«A-t-on idée d'errer dans la propriété de ses hôtes, en pleine nuit,
et à peine vêtue? C'est un scandale!» répétait-elle.

Elle ne voulut rien entendre de mes explications, déclara que
ma désobéissance entraînait rupture de contrat et qu'elle allait
être obligée de se priver de mes services, lesquels laissaient
d'ailleurs à désirer, depuis quelque temps. Ainsi, j'étais renvoyée,
comme une vulgaire domestique! Lady Swanson avait fait téléphoner à mon père pour lui expliquer la situation. James devait
me conduire à l'aéroport sitôt ma valise bouclée.

Quelques heures plus tard, en me retournant sur les marches
du perron pour jeter un dernier coup d'œil à la demeure, je fus
certaine de voir Grundge me lancer un regard narquois depuis la
fenêtre.

*

À mon retour, mon père entra dans une terrible fureur contre
les Swanson et exigea des explications. Il apprit alors par Jack que
la gouvernante de lady Swanson avait pris ma place en tant que
lectrice sitôt après mon départ. Grundge était selon le fils de mon
hôtesse fort jalouse de son autorité sur sa maîtresse. Elle n'avait
pu supporter l'idée qu'une vulgaire petite *froggy* vienne lui
prendre une place qui, croyait-elle, lui revenait de droit. Nous
supposâmes dès lors avec papa qu'elle avait manigancé une ingé-
nieuse machinerie pour obtenir ma disgrâce. Elle avait sûrement
décloué les bâches protégeant les rosiers, allumé les lumières
dans la tour Nord, enjolivé à dessein les légendes locales concernant lady Philippa pour m'en laver le cerveau, et dissimulé de
faux parchemins derrière le tableau. Pour finir, elle m'avait attirée
vers la chapelle dont, pour des raisons de sécurité, lady Swanson
m'avait interdit l'accès.

C'est ainsi que j'eus le fin mot de l'énigme de Bloomsfield. Toutefois, certains éléments m'en demeurèrent à jamais mystérieux. Le rôle joué par le chauffeur dans toute cette affaire restait opaque. J'avais l'intuition, depuis le jour qu'il m'avait rendu visite dans ma chambre, que l'affreux James était lié à Grundge par un mariage secret, et je me dis que si j'étais restée plus longtemps dans la demeure, ils auraient sans doute cherché à empoisonner mon thé ou mon porridge.

Ma troublante ressemblance avec l'infortunée Philippa me resta également inexpliquée, de même que les raisons véritables pour lesquelles le sanctuaire du fond du jardin m'était si formellement interdit. Mais je décidai de classer cette étrange affaire, qui m'avait valu de si fortes terreurs et de si cruelles humiliations, et de ne plus jamais y repenser.

Pourtant, il m'arrive encore de rêver au funeste destin de cette jeune vierge dont l'âme n'est peut-être toujours pas en paix. Et aussi, certains soirs d'automne, quand l'air est humide et que le brouillard me rend encline à la mélancolie, à la noire silhouette et à la chaleur rassurante du magnétique lord Jack Swanson.

4

Pendant le récit de Bathilde, l'orage avait repris. La foudre avait rythmé chaque coup de théâtre, accompagné chaque description d'un fracas étourdissant, précédé d'une illumination livide. Corinne, pelotonnée contre Ludivine, était tremblante de peur. Mais cette peur la faisait jubiler. Rassasiée de patates, elle buvait à petites gorgées son tilleul, remontait le col de son pull, heureuse de frémir de la sorte. Elle sentait un grand bien-être à être ainsi entourée de ses camarades, bien à l'abri dans une demeure solide, tandis qu'au-dehors la tempête faisait rage et que les rafales battaient les carreaux.

«Bouh! lâcha-t-elle. Ça fait frissonner, ton histoire! J'en ai la chair de poule!

— Cette histoire ne respecte pas les règles que j'ai édictées, déclara sèchement Jason.

— Pourquoi tu dis ça, Jason? demanda Bathilde. Mon histoire est vraie.

— Elle est peut-être vraie mais elle n'est pas du tout vraisemblable.

— Tu te fiches de moi? Tu réclamais toi-même des histoires qui sortent de l'ordinaire!

— J'ai dit incroyables. Je n'ai pas dit invraisemblables.

— Je suis d'accord avec toi, Jason, dit Amande, qui ne se remettait pas du tissu d'inepties qu'elle venait d'entendre. Le moins qu'on puisse dire, c'est que l'histoire de Bathilde est bourrée d'invraisemblances, de clichés et de passés simples! Tu as lu trop de *Fantômette*, ma pauvre Bathilde.

— Ce n'est pas le côté trop élaboré littérairement de l'histoire de Bathilde qui me gêne, fit Jason d'un ton sentencieux. Ce qui ne me satisfait pas, c'est que Bathilde sorte des bornes de la réalité. Il y a trop de fantômes, dans son histoire.

— Moi, j'aime bien les fantômes, hasarda Cédric. En plus, j'y crois.

— Mais enfin, vous me faites encore un procès pour rien! s'insurgea Bathilde. Est-ce que tout ne s'explique pas rationnellement, dans mon dénouement?

— Mais on dirait que tu le regrettes, insista Jason. On dirait que tu cherches à nous persuader de l'existence d'autre chose. »

Bathilde protesta quelques instants, demandant à Jason

310

depuis quand il avait besoin d'être persuadé de l'existence d'autre chose, lui qui était autrefois catholique si fervent, lui qui d'ailleurs paraissait croire à l'existence des vampires, goules et autres stryges. Puis elle reconnut que c'était vrai, que pour sa part elle ne pouvait s'empêcher de croire au surnaturel. Elle expliqua qu'il y avait en elle un conflit entre son cartésianisme et sa croyance en une réalité supérieure, mystérieuse et intangible. Elle avait toujours été excellente scientifique. La remontée d'un phénomène à ses causes par enchaînements successifs l'avait toujours passionnée. Mais on ne pouvait remonter ainsi éternellement. Et on se trouvait toujours confronté à des mystères insolubles : celui des origines, celui de la mort et du sens de l'existence humaine, celui de l'amour entre deux êtres.

«Et puis la vie est bien plate, si tout est expliqué. C'est la fin du romanesque. Et de la poésie.»

Jason réfléchit quelques instants, puis acquiesça, vaincu par l'argument.

«C'est tout le problème du réalisme, énonça-t-il en replaçant sur le bout de son nez les lunettes qui lui servaient habituellement de serre-tête. Le réalisme veut embrasser toute la réalité humaine. Mais quelles sont les frontières de cette réalité? Et faut-il prendre en charge ces frontières ou bien se cantonner dans l'espace clos des phénomènes positifs? Au bout du compte, le réalisme n'implique-t-il pas son dépassement vers le fantastique?

— Tu peux parler de sorte que tout le monde te comprenne, Jason? demanda Cédric.

— Je crois que je vois ce qu'il veut dire, fit Yvon. C'est la question de savoir si la frontière entre la France et la Belgique fait partie de la France ou de la Belgique. Le paranormal, d'une certaine manière, fait partie de la nature. Ça n'est pas ce que tu voulais dire, Jason?»

Jason hocha la tête, résigné à cette vulgaire approximation.

«Vous y croyez, vous, au paranormal? demanda Corinne.

— Qu'est-ce que vous appelez *paranormal*? fit Mourad. Si c'est pour nous parler des soucoupes volantes et des Martiens, je vous préviens tout de suite que je ne marche pas. Moi, je suis un positiviste.

— Tu ne crois pas en Dieu, Mourad? demanda Bathilde, interloquée.

— Quel rapport entre Dieu et les soucoupes volantes? Tu m'expliques comment tu accommodes tes préceptes chrétiens et tout ce folklore à base d'âmes errantes et de réincarnation?

— De quelle réincarnation est-ce que tu me parles?

— Je te parle de la jeune fille du tableau. Ce n'est pas ce que tu suggérais, que tu es la réincarnation de lady Philippa Swanson?

— Mais non. C'est juste une coïncidence troublante. Elle me ressemblait, c'était frappant. Mais miss Grundge avait peut-être des talents de peintre en plus de ses talents de poétesse. Je n'en aurai jamais le cœur net. Cela dit, il ne me paraît pas impossible que l'esprit de cette jeune femme ayant vécu au XVIe siècle se soit servi de moi comme d'un médium pour parvenir à une forme d'apaisement.»

Amande éclata de rire et fit du coude à Mourad. Vexée, Bathilde expliqua que ce type de croyances n'était pas du tout incompatible avec le dogme chrétien. On savait qu'après la mort, pour un petit nombre d'élus qui partaient directement au paradis, et un nombre plus hypothétique encore de damnés destinés à rôtir éternellement en enfer, il

y avait une grande majorité d'êtres condamnés au purgatoire. Cet entre-deux à visée purificatrice pouvait durer
pendant plusieurs siècles. On pouvait expliquer toutes les
légendes sur les esprits des morts tourmentés comme une
réappropriation populaire du dogme du purgatoire.

« Oui, très bien, concéda Amande. Mais tu y crois, toi, que
les esprits des morts sont parmi nous ?

— Je crois que certains morts nous protègent. Et que
d'autres nous tourmentent, pour les souffrances qu'ils ont
reçues dans cette vie, ou que nous leur avons nous-mêmes
infligées.

— Je crois surtout que les morts vivent en nous, fit remarquer Corinne. Le jour où nous sommes morts nous-mêmes,
s'ils ne sont plus dans la mémoire d'aucun être vivant, ils
sont morts définitivement.

— Si on voit le fantôme de quelqu'un qu'on connaît, ça
signifie forcément que ce quelqu'un est mort ? »

Tous se retournèrent stupéfaits vers Ludivine. Elle n'avait
pas ouvert la bouche de la soirée. Mourad l'avait attendue
au tournant quand il avait attaqué les soucoupes volantes.
Il était convaincu qu'elle allait le soutenir, qu'elle allait
s'insurger contre ces superstitions obscurantistes, cet opium
du peuple incompatible avec la lutte des classes. Mais elle
n'avait pas bronché, manifestement perdue dans ses rêveries, le regard plus bleu que jamais, mal coiffée, la peau du
front et du nez pelant.

« Qu'est-ce que tu dis, Ludi ? demanda Jason.

— Si on voit le fantôme de quelqu'un, ce quelqu'un est
forcément mort ?

— Par définition, dit Cédric. Le fantôme est toujours la
manifestation d'un être disparu.

— Je crois que j'ai vu le fantôme d'Hugues aujourd'hui.

313

— Qu'est-ce que tu racontes, Ludi ?

— Je vous dis que je crois avoir vu le fantôme d'Hugues, aujourd'hui. »

Elle expliqua qu'elle avait passé une grande partie de la journée à errer sur le chemin côtier, pensant très fort à Hugues, se demandant s'il n'avait pas été arrêté la veille par la police, ou lynché au cours de la manifestation. C'est alors qu'à contre-jour elle avait aperçu sur la plage une silhouette familière. Elle avait immédiatement reconnu Hugues. Elle l'avait appelé et avait voulu marcher à sa rencontre, mais le temps qu'elle trouve un escalier dans le rocher pour le rejoindre, il avait disparu.

Yvon expliqua que les fantômes se manifestaient toujours quand on pensait très fort à eux. Mais Jason l'interrompit pour poser des questions serrées à Ludivine sur les circonstances de cette rencontre. À quelle distance se trouvait le fantôme d'Hugues ? Avait-elle pu voir son visage ou ses vêtements ? Y avait-il des empreintes de pas sur la plage ? Comme les réponses de Ludivine restaient d'une grande confusion, il en conclut, avec les autres, que Ludivine avait eu une hallucination. Il vint derrière elle, mit la main sur son front, et la trouva brûlante. Avec Corinne et Cédric, il l'accompagna dans sa chambre. Mais elle poussa un cri en disant qu'elle ne voulait pas dormir là, pas là où elle avait eu ses derniers moments avec Hugues. Il fallut la coucher de nouveau dans la chambre de Corinne et de Bathilde, lui prendre de force sa température et lui faire avaler une aspirine en lui tenant la bouche ouverte. Ils la recouvrirent de couvertures pour la faire suer, et redescendirent, après lui avoir demandé d'appeler sur leurs portables si elle avait besoin de quoi que ce soit.

*

Dans la cuisine, Yvon était en train de raconter des histoires insolites. Il disait avec passion sa foi dans les énergies secrètes qui dirigent le monde, citant en exemple la pleine lune, les grandes marées, le magnétisme. Il multipliait les anecdotes censées convaincre ses interlocuteurs. Il évoqua ainsi son premier logement d'étudiant, magnifique studio situé en plein centre-ville, avec parquet, cheminées, poutres apparentes. Il l'avait surtout choisi à cause de son tout petit loyer. Il y était resté trois mois, ne dormant que d'un sommeil agité, entendant des bruits étranges de cintres remués dans la penderie et de pas sur la toiture, découvrant au matin que certains objets avaient été déplacés. En questionnant le concierge, il avait appris qu'une jeune femme avait été assassinée deux ans plus tôt dans ce logement. L'assassin était passé par le vasistas, l'avait poursuivie dans le studio et avait fini par l'étrangler dans la penderie. Le logement était hanté, ce qui expliquait son loyer dérisoire, et la fuite de ses locataires successifs.

Bathilde, pour soutenir Yvon, critiquait avec véhémence le nihilisme destructeur qui caractérisait notre époque, et qui n'avait plus rien à voir avec le profond scepticisme des anciens philosophes. Ce scepticisme moderne avait toutes les allures de la certitude. Il se drapait dans une posture de supériorité exaspérante, et répondait toujours aux faits les plus déroutants par le même type d'affirmations niaisement confiantes dans les pouvoirs de la science : «On ne sait pas expliquer *pour l'instant* (la télépathie, les rêves prémonitoires, la vérification des prophéties de Nostradamus et d'Elizabeth Teissier). Mais d'ici à quelques années, ce sera parfaitement clair!» Et de citer en guise d'argument les feux follets, les aurores boréales, et autres manifestations curieuses désormais identifiées.

Yvon renchérit en rapportant une étonnante séance de spiritisme à laquelle il avait assisté deux ans auparavant, et au cours de laquelle l'esprit d'Elvis Presley s'était manifesté. Selon lui, le scientifique le plus borné ne pouvait qu'être ébranlé par ce à quoi il avait assisté. Il se disait prêt à réitérer l'expérience tout de suite, si cela pouvait contribuer à nourrir le débat.

«Ah non! protesta Mourad. Tu ne vas tout de même pas nous faire le coup archi-usé de la séance de spiritisme?

— Et pourquoi pas? demanda Yvon. Les circonstances sont parfaitement réunies! Il va être minuit. On est dans une maison ancienne, encore habitée de souvenirs de ses anciens habitants. Et comme j'ai déjà assisté à une séance, je peux vous dire comment ça se passe, pour qu'on fasse ça dans les règles de l'art.»

La curiosité l'emporta finalement sur les protestations. On souffla toutes les bougies sauf une, on rapprocha sa chaise de la table et on fit cercle. Corinne tremblait beaucoup, mais elle était avide d'émotions fortes. L'idée de tenir les mains de ses camarades la rassurait d'ailleurs. Karen ne cessait de ricaner, et de dire qu'elle *avait les chtouilles*. Amande se moquait d'elle mais n'en éprouvait pas moins une petite nervosité. Cédric se prêtait à l'exercice sans broncher. Il avait réussi à se placer à côté de Karen, et attendait avec émotion le moment où elle allait poser sa main sur la sienne. Jason, furieux de voir Yvon s'arroger le rôle de maître de la séance, critiquait tout à voix haute, s'appuyant sur les comptes rendus des tables tournantes de Guernesey, qu'il avait lus intégralement. Il affirmait qu'il fallait suivre un protocole très précis, poser un guéridon sur la table, une table circulaire, soit dit entre parenthèses, et non rectangulaire, pour favoriser la circulation des esprits. Yvon finit par lui demander brutalement de cesser de se prendre pour Victor Hugo, et de faire silence comme les autres.

Quand les rires se furent calmés, il demanda à chacun de fermer les yeux, de prendre la main qui se présentait à gauche, et de poser son autre main dans celle du voisin de droite. Après quelques secondes de silence, il posa la question rituelle d'une voix sourde.

Amande et Mourad essayèrent tant bien que mal de ravaler leurs gloussements. Karen avait cessé de rire en voyant qu'elle avait manqué la place à côté d'Yvon. Elle gardait les yeux ouverts, scrutant avec haine à la lumière du cierge le petit visage fin de Bathilde, pieusement recueilli, et ses doigts fuselés délicatement posés dans la large paume d'Yvon.

« Esprit, es-tu là ? » recommença Yvon.

Cette fois-ci, Mourad éclata franchement de rire. Yvon le torpilla du regard et lui demanda de sortir. Il protesta, mais dut finalement s'exécuter. Le cercle se reforma. Mais ce fut ensuite Amande qui fut éliminée pour incitation à la déconcentration ; puis Jason, pour son scepticisme trop marqué, Karen, pour avoir enfreint les règles du jeu en gardant les yeux ouverts, et enfin Cédric, pour avoir protesté contre l'élimination de Karen.

Tous se réfugièrent à l'étage, ne laissant dans la cuisine que le cercle des déjà convertis. Retirés dans la chambre d'Amande et de Karen, avec du vin, des cigarettes et un cierge, ils critiquèrent avidement le nouveau guide spirituel et la tyrannie du pouvoir religieux. Ils blasphémèrent tant qu'ils purent, ne pouvant se résigner à leur excommunication. Au bout d'un moment, intrigués par le silence qui s'était fait en bas, ils se turent et tâchèrent d'écouter. La pluie avait cessé de tomber, mais un vent lugubre soufflait encore. L'attente commençait à leur peser. Soudain il y eut un hurlement rauque et un fracas de chaises. Ils n'osèrent plus bouger. Ils tremblaient de peur.

Au bout de quelques instants, ils entendirent des pas dans l'escalier, et Bathilde passa sa tête dans l'encadrement de la porte :

« C'est Corinne. Venez vite, elle a fait un malaise. »

Ils descendirent l'escalier tous ensemble, aussi vite que le permettait l'obscurité.

« Qu'est-ce qui s'est passé ? » demanda Jason en marchant sur du verre brisé. Il venait de distinguer Corinne, inanimée, allongée sur un banc, recouverte du poncho d'Yvon.

Bathilde raconta. Perdant patience face à la mauvaise volonté des esprits, Yvon avait eu l'idée d'invoquer la mère de Corinne, dont il devinait qu'elle devait encore errer entre deux horizons, portant le poids d'éternelles souffrances. La table s'était mise à bouger affreusement, à se secouer, les verres s'étaient entrechoqués si violemment que plusieurs s'étaient cassés. Et soudain, Corinne avait été prise de convulsions. Ses yeux s'étaient révulsés, et elle avait parlé d'une voix d'outre-tombe, méconnaissable. Yvon expliquait que Clara Geminiani avait parlé à travers le corps de Corinne. Elle avait demandé à sa fille de lui pardonner. Corinne avait alors crié : « Jamais ! », d'une voie suraiguë de gamine de huit ans, avant de s'effondrer.

Bathilde venait à peine de terminer son récit que la lumière revint, éclairant crûment le désordre de la cuisine. Ils furent soulagés, mais se trouvèrent aussi vaguement ridicules, avec leurs cierges à la main et leurs cheveux emmêlés. Corinne, comprenant que la représentation était finie pour ce soir, se releva en se frottant la tête et en demandant ce qui s'était passé. Comme personne ne prenait la peine de le lui raconter, elle annonça qu'elle allait se mettre au lit. Les autres s'activèrent, sans émettre un commentaire. D'un accord tacite, ils commencèrent à ranger la cuisine en silence, puis partirent se coucher avec des mines défaites, en se disant bonsoir du bout des lèvres.

HUITIÈME JOURNÉE

N'étant nourri ni par le Ciel, ni par la Terre, il continuait tout de même à avancer, lampe qui se serait éteinte si le matérialisme avait incarné la vérité.

E.M. FORSTER
Maurice

1

C'était le jour du Seigneur. Une lumière crépusculaire éclairait le jardin dévasté. Des rayons blanchâtres filtraient à travers un puits cotonneux de nuages noirs, et faisaient scintiller une mince bande de mer, à l'extrême limite de l'horizon. L'atmosphère était à peine rafraîchie. Des particules d'eau flottaient, s'évaporant déjà sous la chaleur couvée du soleil.

Jason faisait un tour de jardin avec Cédric et Corinne. Ils portaient des gants de jardinage et, de temps à autre, se baissaient pour ramasser un rameau d'arbre fruitier ou une fleur d'hortensia décapitée et la plonger dans un grand sac-poubelle.

Dans la cuisine, Amande et Karen les observaient en prenant leur café. Karen ne cachait pas son angoisse. En se levant, elle avait découvert qu'Yvon et Bathilde n'étaient plus dans la maison. Cédric était en train de prendre sa douche. Il avait laissé ouverts les volets de sa chambre. Elle était entrée et avait vu que le lit d'Yvon était refait — à moins qu'il n'ait pas été défait. Quant à Bathilde, elle n'était pas non plus dans sa chambre. Ludivine occupait toujours son lit, faible encore, mais apaisée et profondément endormie.

« Ils n'ont pas pu coucher ensemble, Karen, répétait Amande.

— Pourquoi ? Tu crois que cette sainte-nitouche veut arriver vierge à son mariage ?

— Oh ça, non, je parierais pas dessus. Mais où veux-tu qu'ils aient fait ça ?

— Dans la chambre de Ludivine et d'Hugues. Elle était vide cette nuit.

— Tu es allée voir ?

— Oui, j'ai même touché les draps. Ils étaient froids, mais ça ne veut rien dire. Ils se sont peut-être levés à 6 heures. Maintenant qu'Yvon est devenu un garçon bien, sous l'influence de Baba-pas-cool, il a peut-être pris la décision d'arrêter de faire la grasse matinée.

— Là où tu as merdé, remarqua Amande, c'est en les laissant trop longtemps ensemble, hier. Cette garce en a profité pour gagner du terrain.

— Comment tu voulais que je fasse ? Tu as bien vu, j'ai été virée de la séance de spiritisme !

— On a *tous* été virés ! Sauf Corinne, qui tenait la chandelle. Quand j'y repense ! Essayer de nous faire gober ce truc de spiritisme, juste pour se peloter tranquillement dans le noir ! C'était un vulgaire coup monté !

« — Moi je ne savais pas que Corinne était ventriloque. Quelle comédienne! Sa mère qui parle à travers son corps! C'est digne de *L'Exorciste*! »

Elles grattaient leurs croûtes haineuses avec rage et volupté. Puis Karen en revint à son obsession première, à son idée fixe.

« Si Bathilde sort avec Yvon, je l'étrangle.

— S'il est assez bête pour sortir avec une conne pareille, c'est qu'il n'en vaut vraiment pas la peine. »

Elles se répandirent alors de nouveau sur Bathilde, et sur l'invraisemblable histoire qu'elle avait racontée. Amande avait sa théorie, à ce sujet. Pour elle, Bathilde était une petite prude qui rêvait du grand méchant loup. Se balader en nuisette et mules au milieu des ronces et en pleine nuit, c'était d'ailleurs un appel au viol.

« Je ne sais pas si le surnaturel fait partie de la nature. Mais y a un truc de sûr, c'est que dans fantastique, y a fantasme. Cette grue ne s'est même pas rendu compte qu'elle se présentait à nous comme une obsédée sexuelle. Je suis sûre qu'elle aurait donné n'importe quoi pour se faire sauter dans le caveau par son lord à la mâchoire carrée. »

À ce moment, la porte d'entrée s'ouvrit. C'étaient Bathilde et Yvon. Bathilde jeta un coup d'œil dans la cuisine, et se retira aussitôt, sans même dire bonjour. Karen resta interdite, terrorisée à l'idée que leurs dernières paroles aient pu être entendues. Mais Amande ne se laissa pas démonter, et voyant qu'Yvon s'apprêtait à suivre Bathilde à l'étage, elle l'interpella.

« Vous venez d'où?

— Ça te regarde?

— Pourquoi tu es sur la défensive comme ça?

— Je viens de la messe, figure-toi. Ça te va maintenant? Tu me fous la paix?

— De la messe? s'esclaffa Amande. De la messe?

— Mais où ça? demanda Karen. Y a pas d'église ici!

— Tiens, ils ont dû marcher jusqu'à H***! expliqua Amande. Ils se sont levés à 6 heures pour être sûrs d'arriver à l'heure! C'est pas vrai, Yvon? C'est pas vrai que tu la suivrais au bout du monde, ta petite dinde catho?»

Yvon courut plus qu'il ne marcha jusqu'à la table du petit déjeuner où Amande achevait son bol de café. Il se pencha sur elle, d'un air si menaçant qu'elle crut qu'il allait la frapper. Mais il lui prit seulement la nuque d'une main et lui parla d'un ton dur, à quelques centimètres du visage.

«Toi, si tu dis du mal de Bathilde, je te promets que tu vas le regretter.

— C'est la messe qui te rend violent comme ça? Dommage, parce qu'il va falloir te confesser de nouveau.

— Tu vas passer à la caisse, si tu ne t'arrêtes pas tout de suite.

— Des paroles, comme d'habitude, articula Amande sans perdre son sang-froid ni son ironie, en le regardant droit dans les yeux. Mais à quand l'action?

— Ferme-la, ou je t'éclate.

— C'est ça. Quand t'es pas capable de coucher avec une fille, tu la frappes!»

Comme Yvon quittait la pièce, après avoir relâché sèchement Amande, celle-ci se mit à glapir, perdant toute conscience de la situation.

«Eh bien, vas-y! Fiance-toi à cette petite pucelle! Comme ça, tu auras trois ans devant toi pour retrouver ta forme physique! Je te rappelle qu'il n'est pas question de sexe avant le mariage, avec Bathilde! Mais un conseil, Yvon, arrête le shit tout de suite! Parce que sinon, la nuit de noces, ça risque encore d'être Waterloo!»

Yvon claqua la porte de la cuisine et disparut. Karen resta sonnée, comprenant enfin ce qui s'était passé entre Amande et Yvon dans la nuit de lundi à mardi. Elle se leva, raide comme un automate, et gagna la porte du potager.

«Karen, laisse-moi t'expliquer! supplia Amande, soudain lucide sur les conséquences de sa sortie. Ne commence pas à t'imaginer des trucs!»

Mais Karen était déjà loin, courant follement dans le jardin, comme si elle s'était cogné le genou contre l'angle d'un meuble et cherchait à arracher la douleur en la secouant.

2

Toute la journée, ils ruminèrent leur amertume, chacun dans son coin. Le lien social paraissait définitivement défait. Il ne s'agissait plus seulement de quelques grumeaux dans la pâte à crêpes, de duos et de trios préférés à l'harmonie du chœur. Il s'agissait maintenant de soliloques douloureux, de monologues monotones, d'arias dans le désert.

Chacun avait renoncé à ses tâches habituelles, ménage, courses ou habillage sonore des soirées. Chacun avait fui ses responsabilités, espérant se laisser mourir incognito, de faim ou de désespoir, dans une allée déserte du jardin ou une pièce moisissante de la maison.

La météo semblait encore accentuer cette impression de déliquescence. Il faisait toujours chaud, mais d'une chaleur humide et triste de mousson. Dans le jardin volaient des feuilles d'arbres arrachées, auxquelles se mêlaient de temps à autre un morceau d'avis de recherche d'Hugues, décollé d'un tronc, mis en pièces par la tempête. Le frémissement du vent dans les feuillages grelottants rappelait plutôt l'automne que le printemps des peuples.

Ludivine n'avait plus de fièvre, mais elle gardait la chambre et un silence de tombe. Corinne s'était également alitée, épuisée par les excès des derniers jours, courbaturée et remplie de pensées funestes. Elles ne s'adressaient pas la parole et se contentaient de regarder le plafond, toutes deux écrasées par le sentiment de leur malheur, de leur inutilité, et de l'absurdité de leur existence. À l'heure du déjeuner, Corinne était descendue faire chauffer un bol de poule au pot en poudre. Elle était remontée avec un plateau, et n'avait pas proposé de partager sa soupe avec Ludivine, laquelle n'avait pourtant rien mangé depuis la veille.

Cédric s'était une fois de plus réfugié à la cave. C'était là qu'il se sentait le mieux, dans les profondeurs secrètes de la terre, au milieu des odeurs de bouchon et de tanin. Il cachait son chagrin d'amour à la moquerie de ses camarades. Un peu plus tôt dans la journée, alors qu'il était encore tout rempli d'espoir en repensant à la soirée de la veille, à la main de Karen posée sur la sienne pendant la séance de spiritisme, il avait tenté le tout pour le tout. Voyant Karen débouler comme une furie derrière un bosquet où il ramassait des feuilles avec un râteau, et s'écroulant en larmes dans ses bras, bouleversé de la sentir ainsi abandonnée sur son épaule, il lui avait déclaré sa flamme — sans doute de manière un peu trop lyrique. Elle s'était reculée, l'avait regardé d'un air incrédule et méprisant, et s'était enfuie de nouveau, sans même prendre la peine de répondre. La honte lui cuisait encore les oreilles. Il n'oserait jamais remonter à la surface. Mais ça lui était égal de mourir ici, dans les entrailles calcaires du monde, loin du regard des méchants.

Bathilde et Yvon avaient eu une dispute à l'heure du déjeuner et se boudaient. La première, pleine encore des beautés du sermon et de la joie qu'elle avait eue à ramener au bercail une brebis galeuse, avait eu un choc, plus tard dans la journée, en apprenant de la bouche d'Yvon qu'il avait volé des bouteilles de château-margaux dans la cave de Gertrude Cailleteau. Yvon avait alors cherché à lui expliquer que la propriété, c'était le vol. Pour couronner le tout, alors qu'ils étaient assis sur un rocher du chemin côtier, parmi les herbes folles et les coquelicots, il avait brusquement tenté de l'embrasser. Elle s'était dégagée et avait couru seule jusqu'à la maison, les joues en feu et le crâne en fusion. Ce garçon était un voleur, doublé d'un alcoolique et d'une brute. Il ne respectait rien, ni la propriété ni les femmes. Bathilde avait alors senti un grand retour d'affection pour Jason, si beau, si pur, si bien éduqué. Elle l'avait trouvé dans sa chambre, face à son balcon. Mais il lui avait demandé ce qu'elle lui voulait avec une telle froideur qu'elle en avait perdu ses moyens. Elle avait fini par lui dire, en apercevant le livre de Forster au pied de son lit, qu'elle venait le lui emprunter. Depuis, enfermée dans sa chambre, elle dévorait le roman, s'identifiant passionnément à Lucy Honeychurch, et lisant dans le combat entre raison et sentiments qui déchirait cette dernière la plus splendide des épopées.

*

Mourad courait sur la plage pour épuiser sa colère. Il était décidé, si la situation n'évoluait pas, à marcher de nouveau jusqu'à H*** et à faire du stop pour rentrer chez lui. Il s'en savait la force physique. Ce qui l'inquiétait — et le poussait plus encore à se fixer un ultimatum — était son manque d'énergie morale. Il avait l'impression que Jason était plus doux et plus patient avec lui, ces derniers jours. Il repensait avec émoi à la soirée de la veille, quand ils avaient tous les deux cherché le disjoncteur et les bougies. Mais de nouveau, Jason semblait le fuir, reculer comme pour conjurer son timide pas en avant. Et Mourad enrageait, se rappelant qu'il s'était toujours juré de ne pas souffrir en amour, de ne jamais rien attendre de la fortune et de ne jamais compter que sur lui-même.

D'aussi loin qu'il remontât dans ses souvenirs, il avait toujours eu à se battre. En tant qu'Arabe, en tant que musulman laïc, en tant qu'homosexuel, il avait cumulé les handicaps, ne trouvant pas chez ses parents le soutien que la frileuse société française lui refusait. Il s'était battu pour affirmer sa singularité à la fois contre sa famille et contre les préjugés des Français dits de souche. Il s'était battu pour poursuivre des études. Il s'était battu pour ses papiers, puis pour obtenir la nationalité française. Il s'était battu pour trouver un logement, quand tant de propriétaires refusaient son dossier, sous les prétextes les plus fumeux, sitôt qu'ils lisaient son nom ou apercevaient son minois dans la cage d'escalier. Il s'était battu pour trouver des stages en entreprise, battu pour obtenir des prêts de la banque, battu pour convaincre ses amants qu'il était autre chose qu'un *bad boy*, une racaille excitante par qui se faire séquestrer dans une cave des cités.

Il se disait qu'il avait réussi. Qu'il était en train de réussir, du moins. Pour toutes ces raisons, il ne croyait qu'en lui-même. Il avait développé un individualisme passionné, radical et convaincu. «Ni Dieu ni maître, hormis moi-même», c'était là son orgueilleux credo. Il ne se croyait pas ingrat pour autant. Il se souvenait de ceux qui l'avaient aidé. Non pas tant selon lui l'école en tant qu'institution, que tel ou tel prof qui avait cru en lui. Non pas tant les services sociaux ou la préfecture de police, que telle secrétaire qui l'avait bien reçu et avait mis son dossier sur la bonne pile. Non pas tant sa famille tout entière que sa sœur aînée, lors d'un passage difficile, ou son grand-père qu'il n'avait jamais connu, pour le modèle de réussite sociale qu'il avait incarné en Tunisie. Il avait conscience qu'il était exagéré de dire qu'il ne devait rien aux autres. Mais il restait malgré tout persuadé que s'il ne s'était pas donné lui-même des coups de pied dans les fesses, il n'aurait rien obtenu.

En allongeant rageusement ses foulées sur le sable dur, il se répétait qu'il était hors de question que ce bon bourgeois catholique, ce descendant direct de *leurs ancêtres les Gaulois*, ce suave dandy nanti qui incarnait par son éducation tout ce qui lui avait été refusé à lui, Mourad El Amrani, il était hors de question donc que ce schtroumpf à lunettes vienne mettre en péril ce que lui avait si laborieusement construit de ses mains.

Mais les nuages se déchiraient à l'horizon, balayés par un grand vent d'Ouest. Le soleil dans sa gloire de fin d'après-midi se refléta immédiatement dans l'eau, et ce déferlement d'or évoqua tout aussitôt un Jason idéalisé dans l'imagination de Mourad. Un Jason libéré de sa culture, de sa classe sociale comme de ses postures d'intellectuel salonnard, rendu à sa beauté primitive et sensuelle de héros antique. Mourad s'arrêta face au rivage, en sueur, le front crispé, sentant exploser une fois de plus sous l'effet de sa tendresse sa cuirasse de *self-made man* endurci.

«Putain, je l'aime! s'écria-t-il à la face de la mer, des mouettes et des goélands. Je l'aime!»

Il tomba à genoux dans le sable. Mais ce n'était pas avec l'intention de prier. Tout juste s'inclinait-il devant cet amour qu'il sentait en lui, qui pouvait être une faiblesse, et qu'il ne reconnaissait que pour éviter de se laisser anéantir par lui. Il devait en prendre toute la mesure pour vaincre. Cet amour était un combat de plus. Et il fallait impérativement que ce combat se solde par une victoire.

Il se mit à penser à certains épisodes douloureux de sa jeune existence. Il ne se retournait pas souvent sur eux, car il n'était pas du genre à s'apitoyer sur lui-même, et préférait aller de l'avant. Mais à cet instant, il comprit qu'il y avait là matière à une histoire. Son histoire. Et s'il savait trouver les mots justes pour la raconter, sans rien enjoliver, elle pouvait constituer la meilleure des bottes secrètes pour toucher Jason au cœur. Car il fallait fléchir ou rompre. C'était désormais la seule alternative.

3

«Venez tous! cria Jason depuis la cuisine. Venez vite! On va bientôt pouvoir rentrer chez nous!»

Comme des prisonniers innocents et enfin libérés, affaiblis, incrédules, mais gagnés par un fol espoir, ils quittèrent l'endroit où ils gisaient et se traînèrent jusqu'à la cuisine. Jason brandissait le petit poste de radio rendu graisseux par les éclats d'huile bouillante. Il le tenait près de son oreille pour mieux entendre les nouvelles à travers les grésillements, intimant du doigt à ses camarades de se taire, rejouant à son insu des scènes de guerre.

«Je le dis solennellement, disait la ministre de l'Intérieur, avec des intonations de directrice d'école. Si dans les vingt-quatre heures les acteurs des services publics concernés n'ont pas remis nos transports en état de fonctionnement, si les blocages des voies de toute nature ne sont pas levés, c'est l'armée elle-même qui interviendra pour rendre nos routes et nos autoroutes à la circulation. J'en prends dès à présent la pleine et entière responsabilité. »

Ils se mirent à regarder Jason d'un air perplexe.

«C'est ça que t'appelles une bonne nouvelle, Jason? demanda Karen.

— Ça va être la guerre civile, commenta Yvon.

— Les voyageurs seront pris en otage par les révolutionnaires, et peut-être massacrés, ajouta Bathilde.

— Ou bien il y aura des bavures militaires, et ce sera nous qui en ferons les frais», remarqua Corinne.

De fait, la suite des nouvelles allait plutôt dans le sens d'une aggravation que d'une pacification du conflit social. Les pires rumeurs couraient, entretenant un climat électrique. L'union syndicale trouvait dans les *provocations* du gouvernement une nouvelle force. Les principaux leaders appelaient à une énième manifestation fraternelle et pacifique. Mais des trublions exigeaient déjà des modes d'actions plus radicaux. Certains dirigeants de groupuscules d'extrême gauche réclamaient une grève générale illimitée, la prise de contrôle des radios et des chaînes de télévision, prophétisaient le grand soir et appelaient aux armes. D'autres déclaraient que si l'armée intervenait, le gouvernement serait immédiatement décrété hors la loi pour usage abusif de la force. Des députés de la majorité interrogés disaient redouter une invasion de l'Assemblée nationale. Ils avaient en conséquence proposé une suspension de leurs séances et un ajournement de leurs travaux jusqu'à la session prochaine. Ce faisant, ils avaient suscité la joie féroce des insurgés et des sympathisants du mouvement, qui en avaient profité pour exiger de nouvelles élections, la vindicte des électeurs conservateurs, qui les traitaient de démissionnaires seulement soucieux de partir en vacances anticipées, et le courroux du Parlement européen, qui les rappelait à leurs responsabilités et leur intimait de ne pas jouer la carte du pourrissement. Par ailleurs, les reportages sur les rayons déserts des supermarchés et sur les potagers des particuliers les plus avisés se multipliaient, la question de la subsistance obsédant tout un chacun. On rappelait des souvenirs de guerre. Le topinambour revenait à la mode, et on se demandait si le commerce à la sauvette par les gamins de Paris des pigeons et des rats n'allait pas recommencer. Les Dupont venaient d'ouvrir un compte en Suisse pour y placer tous leurs avoirs. Les Durand préparaient leur déménagement aux *States*. Ils ne voulaient pas être traînés à l'échafaud à la première occasion, sous prétexte qu'ils payaient l'impôt sur la fortune, en raison d'un petit héritage qu'ils venaient de faire, un misérable pavillon sur l'île de Ré.

« S'il y a des débordements de violence, conclut Jason, je vous rappelle que nous sommes à l'abri, ici.

— Tu parles, nous sommes à l'abri ! s'écria Bathilde, qui cédait à la panique. S'ils cherchent les baraques des riches, ils nous trouveront, tôt ou tard !

— Ça nous laisse de la marge. La presqu'île est coupée du monde.

— Mais quand ils arriveront, fit observer Karen, on sera coincés ! Il ne nous restera plus qu'à nous échapper par la mer en bateau gonflable.

— Ou à sauter depuis les rochers, et à tenter de gagner l'Angleterre à la nage ! renchérit Bathilde.

— Je vous en supplie, arrêtez d'être négatifs ! »

Mais Jason ne parvint à endiguer la panique que pendant un court instant. Après un bref silence, une nouvelle salve de remarques angoissées se dirigea vers lui, comme s'il était le seul responsable de la situation.

« Le problème, c'est surtout qu'on va crever de faim ! fit Yvon, ouvrant le champ libre à un nouveau domaine d'interrogations.

— C'est vrai ça, il n'y a plus rien à becqueter dans ce trou ! gémit Corinne.

— Ça m'arrange de faire un régime forcé, concéda Karen, mais je ne veux pas non plus virer anorexique !

— Demain, on fait une razzia à l'épicerie, proposa Jason. On dévalise ce qui reste dans les rayons.

— Avec quel argent ? demanda Yvon. C'est fini, moi je n'ai plus de cash !

— On s'en passera, au pire ! On a tout ce qu'il faut dans le potager. Demain ou mardi j'irai chercher de la farine chez Colette, qui en stocke des sacs entiers.

— Qu'est-ce que tu veux qu'on fasse avec ça ? demanda Amande, narquoise.

— Du pain. Des galettes. Va te faire foutre si ça ne te convient pas.

— Et ce soir, on mange quoi ? demanda Cédric, qui venait de remonter de la cave, avec quelques bouteilles de vin.

— Des restes.

— Des restes de quoi ? Tu déconnes ?

— Non. Il reste un plat entier de gratin de patates. Il faut juste terminer de le faire cuire. Vous verrez, ce sera meilleur ce soir. Il reste quelques parts de quiche, aussi. Du thon en boîte et des œufs. Avec ça, on fait de la laitue du jardin et des carottes râpées. Allez ouste! Tout le monde au travail. Et demain j'établis un tableau des tâches. »

Mourad venait d'entrer dans la cuisine. Il souriait de joie en entendant son petit Jason si plein d'énergie pris d'un nouvel accès d'autoritarisme. Sous son influence, tous commençaient à s'activer sans mot dire, ouvrant les portes des placards, sortant des assiettes du frigo. Il fit le tour de la table et vint le trouver près du four, où, accroupi, Jason enfournait le gratin.

« Bravo, mon bonhomme, lui dit-il à l'oreille. Tu as vraiment l'art de souder une communauté et de lui remonter le moral.

— Je te remercie. Il faut ce qu'il faut.

— Est-ce que tu veux que je raconte mon histoire, ce soir?

— Si tu veux, oui. Ça donnera l'illusion que tout continue comme avant. »

*

Tous éprouvaient le sentiment d'une trêve. La hache de guerre était provisoirement enterrée. Conscients des heures tragiques que la France traversait, ils prenaient mieux la mesure de leurs privilèges. Ce soir, ils avaient tenté d'appeler leurs parents pour les rassurer, ne leur disant que quelques mots, en raison du caractère défectueux du réseau. Ils avaient tous rapporté de leur conversation une anecdote effrayante sur la situation du « continent » : des coupures d'électricité à répétition, des magasins vides, des quartiers quadrillés par la police, des voitures brûlées. Par ricochet, ils étaient reconnaissants d'avoir un plat chaud et un verre de bon vin devant eux, et ils ne bronchèrent pas quand Bathilde proposa un nouveau bénédicité. Après la journée affreuse qu'ils avaient passée, cette solitude qui les avait étreints chacun dans son trou et qui avait manqué les faire crever, ils aspiraient à plus de chaleur humaine. Un désir de partage, de reconstruction, de solidarité active se lisait sur leur visage. Le besoin d'entendre une nouvelle histoire n'était pas émoussé. Mais ce soir, cette activité leur paraissait procéder moins de l'absorption douteuse d'une drogue que d'un rassurant rituel. Il s'agissait presque d'une tradition, inscrivant l'histoire de leur petite communauté dans un passé déjà riche en événements, en légendes, et en fêtes commémoratives.

« On va en revenir à des trucs plus terre à terre, ce soir, annonça Mourad. C'est mon histoire, que je vais vous raconter. Sans fioritures ni falbalas. Mon histoire, ou plutôt, l'histoire de ma conversion. »

Huitième histoire
THÉORIE DE LA CONVERSION

La France, c'est ma patrie d'accueil depuis 1994. Mais il m'a fallu dix ans pour me faire complètement à cette idée. Pour m'*intégrer*, comme ils disent. Sans renier mes racines ni mettre en doute le fait que ma place se trouvait bien quelque part dans l'Hexagone.

Mon père était caricaturiste pour un grand quotidien tunisien. Il avait reçu des menaces officieuses de la part des sphères du pouvoir. Avant notre arrivée en France, c'était un musulman modéré. Il appartenait à une bourgeoisie aisée et cosmopolite. On vivait à l'occidentale, à Mutuelleville, près de Tunis. Le week-end, on le passait chez des oncles et des tantes, à Sidi Bou Saïd ou à La Marsa, dans des villas immenses donnant sur la mer, parmi les touristes et les résidents étrangers.

Mon père se méfiait des fondamentalistes religieux. Mais le fameux *despotisme éclairé* de Ben Ali, ça ne lui inspirait pas davantage confiance. Tout le monde savait que sous couvert d'une lutte contre le terrorisme islamiste, on enfermait les opposants au régime. On les torturait, on les passait à tabac, on les mettait au secret. Enfin, je parle au passé, mais ça n'a pas beaucoup changé depuis, malheureusement. La communauté internationale a fini par *s'émouvoir*, selon l'expression consacrée, vers la fin des années 90, quand un journaliste a fait une grève de la faim et que les rapports accablants des ONG se sont multipliés. Mais à l'époque, les journalistes qui dénonçaient les conditions de détention et la violation des droits de l'homme n'étaient pas si nombreux. Mon père était de ceux-là. Il a d'abord reçu des conseils, de la part de certains amis bien placés. Puis des intimidations anonymes. Pour finir, des menaces de mort. Un matin, il a trouvé ses deux chats égorgés sur le paillasson. Il a préféré quitter la Tunisie.

En France, on s'est installés dans une banlieue ni chaude ni froide, mais moche et sans charme, entassés à huit dans un petit pavillon pour couple sans enfants. Mon père n'a pas retrouvé de travail dans le milieu journalistique. Un grand hebdomadaire auquel il avait proposé ses services s'est contenté d'exploiter ses connaissances pour réaliser un des premiers dossiers sur la dictature laïque en Tunisie. Mon père est devenu routier. Il disait qu'à part écrire des articles et faire des dessins, la seule chose qu'il savait faire, c'était conduire.

Il a commencé à changer. Il ne rigolait plus jamais. Il ne sortait de son silence que pour pousser des gueulantes contre nous. Son aigreur contre le régime de Ben Ali et contre la France a fini par le ramener à un islam pur et dur. Ma mère s'est mise à porter le foulard. Mon père a laissé pousser sa barbe et s'est mis à étudier le Coran à ses heures perdues. Mes grandes sœurs, qui passaient leur temps dehors le week-end en Tunisie, qui s'amusaient avec les garçons dans les rues blanches et bleues de Sidi Bou Saïd, avec des brins de jasmin parfumé dans leurs cheveux teints au henné, sont restées à la maison pour aider ma mère aux tâches ménagères. Seule ma sœur aînée, qui avait déjà quinze ans au moment de notre arrivée en France, s'est rebellée contre le nouvel ordre des choses. À dix-neuf ans elle est tombée amoureuse d'un Français. Elle est partie s'installer chez lui quand mon père l'a traitée de sale putain d'Occident et l'a officiellement reniée pour sa fille, devant toute la famille rassemblée.

*

Quand, à l'âge de treize ou quatorze ans, j'ai compris que j'étais pédé, j'ai commencé à me faire du souci pour mon avenir.

Pédé, ça a d'abord été un mot de l'extérieur. Une insulte quotidienne, jetée dans ma gueule comme un ballon de foot. Je ne connaissais pas dans le détail le sens du mot, mais je voyais bien que pour le moins, c'était pas superpositif. *Pédé*, c'est un truc qui fait que t'es pas un mec comme les autres. Pas un mec du tout, d'ailleurs. Et en même temps, je sentais que c'était bien moi, *pédé*. J'écrivais sur un cahier *Mourad pédé. Pédé Mourad.* Puis je rayais ce que j'avais écrit jusqu'à faire tout disparaître.

Les garçons me balançaient des pommes de pin ou m'arrachaient mon sac pour le vider par terre, quand je traversais la cour. Même certaines filles, celles qui jouaient aux gros bras pour pas se faire traiter de putes, elles rigolaient sur mon passage, me traitaient de *sale théière*, en mettant une main sur la taille et l'autre à côté du visage, en forme de bec verseur. J'étais bon élève. Ça n'arrangeait pas mon cas. Heureusement, j'étais assez intelligent pour comprendre que c'était mon seul atout pour me sortir un jour de cette putain de merde.

Ça n'était pas à la maison que j'aurais pu trouver du réconfort. Mes sœurs se renfermaient de plus en plus ; mes petits frères me regardaient déjà comme un étranger, parce que je voulais pas faire de sport en club avec eux et que je préférais rester dans mon monde.

Un jour ma mère m'a surpris en train de pleurer. Elle m'a demandé ce qui n'allait pas au collège, en me passant la main dans les cheveux. Je lui ai dit que je me faisais traiter de sale pédé. Elle a levé les bras au ciel, m'a pris par les épaules et m'a dit : « In cha' Allah, mon fils ! Ne dis jamais ça à ton père, il te tuerait. »

*

L'arrivée au lycée m'a fait reprendre espoir. Mes persécuteurs étaient partis dans le technique, pour la plupart. Ceux qui restaient avaient un peu mûri. L'atmosphère était plus détendue. Je me suis fait de bonnes copines, et même un ou deux potes, des gars mauvais en sport comme moi. Pourtant, j'aurais pas avoué mes penchants sexuels à qui que ce soit. Même à moi-même, en fait. J'avais la tête qui me tournait de plus en plus quand les garçons se mettaient torse nu dans les vestiaires. Je matais en douce, pour apercevoir un début de pilosité ou un beau morceau de barbaque. J'essayais de sniffer sans me faire repérer. L'odeur d'homme, de déodorant bon marché et d'hormones, ça me rendait dingue. J'essayais de mémoriser, pour quand je me taperais une branlette. Et puis je refoulais tout ça dans un coin de mon cerveau, une strate enfouie sous cinq autres. Pas vu pas pris, comme à l'armée.

Mais arrivé en première, j'ai fait deux rencontres qui ont changé ma vie. Ça a fait remonter à la surface tous les morceaux enfouis et éparpillés, et ça m'a obligé à faire du recollage. Je sentais que ça commençait à devenir vital, si je ne voulais pas finir schizo.

Premier choc, donc, mon prof d'éco, M. Dambrières. Un blond aux yeux marron, âgé d'environ trente-cinq ans. Les blonds aux yeux marron, quand ils sont beaux, ils sont beaux comme des dieux. Ils ne craignent pas le soleil, et aux premiers rayons, ils deviennent tout dorés, comme les petits pains au lait passés au four. M. Dambrières, en plus d'être beau comme un dieu, s'habillait comme un prince. Il portait des costumes bien taillés, des cravates rayées et des chaussures aussi brillantes que ses explications sur la Bourse et l'ascension sociale. Je sentais qu'il m'aimait bien. Pour ne pas le décevoir, je travaillais comme un fou et j'avais presque toujours les meilleures notes.

Deuxième choc, mon voisin de table, Esteban. Un redoublant. Un cancre. Le bon élève tombe amoureux du cancre, c'est bien connu. Esteban était grand et brun. Pas sportif, mais viril. Il ne parlait pas beaucoup. Il sentait bon la sueur fraîche et le savon de Marseille. Le tabac froid et l'eau de Cologne. J'étais fasciné par la taille de ses mains, l'épaisseur de ses doigts, le moelleux de ses paumes, où j'aurais voulu enfouir mon visage.

Un soir, il est sorti de son silence habituel pour me remercier de l'avoir laissé copier sur moi en contrôle de maths. J'ai compris que j'étais fou de lui. Je suis rentré chez moi sous une pluie battante. Mon cœur allait crever dans ma poitrine, et je répétais à voix haute, la tête levée vers le ciel liquide : « Je suis foutu ! Je suis foutu ! »

J'avais perdu l'appétit et le sommeil depuis plusieurs semaines. Mais ce soir-là, je sentais ma gorge, douloureuse comme un furoncle, sèche comme le désert, qui était prête à éclater. J'avais envie de pleurer et de rire en même temps. J'absorbais les grosses gouttes qui tombaient du ciel ; je sais pas pourquoi, je prenais mon pied à sentir mes cheveux dégoulinants et mes vêtements collés à ma peau. J'avais l'impression que j'étais en train de mourir. Mais vue comme ça, la mort, c'était ce que j'avais connu de meilleur dans toute ma vie.

Quand je suis rentré, j'ai prié Allah toute la nuit pour qu'il ne me fasse pas glisser au fond de l'enfer et qu'il me transforme en mec *normal*. J'ai raclé courageusement ce qui restait de ma foi. Pas grand-chose, en fait, depuis qu'on avait traité ma sœur de pute au nom des volontés du Très Haut. Mais enfin, j'ai joué le tout pour le tout et j'ai tout misé sur Dieu. Évidemment, j'ai perdu.

Le lendemain, j'avais quarante de fièvre. Pendant trois jours, j'ai déliré. Je cramais de désir et de culpabilité, le ventre attaqué par les crampes, incapable d'avaler autre chose que de l'eau fraîche. Une partie de moi voulait crever. L'autre, elle espérait se réveiller guérie de la pneumonie et de la maladie d'amour, que je finissais par mélanger. J'avais une vision de paix à travers les flammes, pure et lumineuse comme un matin d'été.

Finalement, la seule chose qui a définitivement crevé en moi, au cours de cette crise, ça a été ma foi. Je me suis réveillé affamé d'une bonne faim, assoiffé d'une bonne soif, et réconcilié avec la vie. Je ne croyais plus en Dieu. Je ne croyais plus qu'à la force de mon amour.

J'ai proposé à Esteban de l'aider à travailler. Il a accepté. Je le retrouvais une heure avant le début des cours, vers 7 heures, dans le café du coin. Il faisait encore nuit noire. On commandait deux cafés allongés. Il fumait ses cigarettes roulées. Je regardais ses doigts jaunis pendant que je mangeais mon croissant. Je lui montrais comment faire une explication pour le bac de français. On avait un groupement de textes tiré des *Fleurs du mal*. Quand je relisais avec lui « Parfum exotique », j'avais des frissons des pieds à la tête. J'avais l'impression que ça parlait de lui, de nous. Les mariniers, les tamariniers, tout ça. J'allais jusqu'à m'imaginer qu'en respirant l'odeur du café, en effleurant les volutes du tabac et en salivant sur la couleur de sa bouche, je revivais avec lui le cours de la prof sur la théorie des correspondances.

Je crois que j'attendais quelque chose. Qu'il me touche. Que je trouve le courage de glisser ma main par le trou déchiré de son jean, au niveau du genou. Mais j'étais sans expérience, timide comme une fille, et j'avais trop peur de briser un truc. La magie de ces petits matins d'hiver, je suppose.

*

Un jour, le prof d'EPS a décidé de nous mélanger avec les Sport études pour équilibrer les équipes de volley. Il avait déclaré qu'on progresserait jamais si on restait *entre mauvais*. Je me suis retrouvé avec des grosses brutes. Dans mon équipe, malheureusement, il y avait Esteban. Jusque-là, j'avais évité de m'humilier sous ses yeux. Il se retrouvait dans les équipes d'athlétisme quand je faisais du sport de ballon, et vice versa. Mais le prof a dit que cette fois, c'était volley pour tout le monde, et qu'il voulait rien entendre.

Au premier match, notre équipe s'est fait rétamer la gueule. En grande partie à cause de moi, faut bien le dire. Je tremblais tellement, je ratais mes services encore plus que d'habitude. Au début du deuxième match, un gars un peu excité qui s'appelait Richard s'est retourné vers moi et m'a gueulé dessus :

«Toi, la pédale, t'as pas intérêt à rater tes services. Si on se prend la pâtée à cause de toi, on te détruit la tronche dans les vestiaires.»

Je me suis retenu de chialer. Ils avaient tous le regard braqué sur moi. À travers l'écran qui m'embuait les yeux, j'ai aperçu Esteban. Il se tenait de profil, la tête baissée, près du filet. Il avait l'air sourd et aveugle.

Le match s'est déroulé aussi mal que prévu. J'ai loupé tous mes services. Au premier coup de sifflet, j'ai couru dans les vestiaires. J'ai attrapé mes affaires avant de regagner la sortie. Mais Richard m'a barré la porte, m'a soulevé de terre et m'a rassis sur un banc. Ensuite, il a demandé à tous les membres de l'équipe de venir me foutre une raclée et de lâcher ce qu'ils avaient sur le cœur. Le prof était déjà parti. J'ai eu le temps d'apercevoir Esteban se diriger vers la sortie. Momo, un des pires salauds de l'équipe, un connard qui m'avait dit au cours du dernier match que je déshonorais sa race, l'a attrapé par le revers de la veste et lui a dit : «Toi, l'autre pédé, t'exécutes les ordres, sinon on te fout aussi ta raclée.» C'était un géant. Il faisait une tête de plus qu'Esteban. Je crois que ce qui m'a permis de tenir, ça a été d'entendre Esteban se faire traiter de pédé. S'il se faisait traiter comme moi, est-ce que ça voulait pas dire qu'on était liés par quelque chose, lui et moi?

Ils ont défilé devant le banc. Deux me tenaient par les épaules et les pieds. De toute façon j'aurais été incapable de bouger. Je les regardais bien en face. Ils ont commencé à se passer les nerfs, un à un. Certains me donnaient seulement une petite claque et poussaient des cris de folle pour se payer ma tronche. D'autres tapaient plus dur et me traitaient de lopette ou de tarlouze. Seul Mohammed m'a traité de sale Arabe. J'ai senti le sang qui coulait dans ma bouche. Mais je ne sentais pas la douleur. J'ai vu arriver Esteban. Il ne me regardait pas en face. Momo le tenait, le poussait devant moi. Il tremblait un peu. Momo lui a foutu la main autour du cou, comme pour l'étrangler, en lui disant : «Traite-le.» Esteban a fini par me traiter de pédé. Momo lui a dit : «Plus fort.» Il a recommencé. Momo lui a dit : «Tape-le.» Il m'a foutu une claque. Une petite claque de rien du tout, mais qui m'a brûlé la joue. Momo a recommencé à gueuler : «Plus fort.» Esteban a essayé de se dégager. L'autre a dit : «Plus fort» en lui foutant des coups de pied et en menaçant de lui éclater les couilles. Esteban a fini par taper à l'aveugle, un bras après l'autre, pesamment, de plus en plus vite, et puis les autres aussi s'y sont remis en m'insultant, et puis après ça a été le trou noir.

*

J'ai fait ma terminale au lycée français de La Marsa.

C'est moi qui ai demandé à quitter la France. J'ai pas voulu porter plainte. C'était pas mon genre de faire des histoires. J'ai raconté à mes parents que je m'étais battu. C'était un truc d'homme, ça les choquait pas plus que ça. Mais ils voyaient bien que quelque chose ne tournait pas rond. Mon père paraissait presque content de se débarrasser de moi pour un temps. Ça lui semblait bon signe, que je veuille rentrer au bled. Il pensait qu'on avait tous perdu la tête depuis qu'on était loin de nos racines.

On m'a envoyé chez mon oncle. J'avais insisté, parce que je savais que chez lui, j'aurais une paix royale. Mon oncle passait sa vie au café. Et mon cousin Jamil en avait toujours fait à sa tête.

J'ai perdu mon pucelage pendant cette année-là. Un jour de février, j'étais allongé sur la plage humide de La Marsa, après mon footing. Je me suis fait aborder par un touriste allemand. Il m'a demandé combien c'était. Sur le coup, j'ai pas compris. On a fait ça sur la plage déserte, à la nuit tombée, près du casino désaffecté.

Après, je suis souvent retourné sur la plage. Mais elle était déserte en hiver, la plupart du temps. Parfois, il y avait un ou deux types allongés, un peu louches, qui avaient l'air d'attendre le client. Des hommes de trente ans, qui en paraissaient moins vus de loin, avec leurs bouclettes, leurs chemises blanches et leur bouquet de jasmin derrière l'oreille. Mais quand on s'approchait pour faire causette, on voyait les cernes et les dents pourries. Certains étaient des pères de famille qui venaient arrondir leurs fins de mois. Ils cherchaient en priorité les touristes.

Par l'intermédiaire de l'un d'eux, j'ai fait connaissance avec le milieu homosexuel local. À La Marsa, il y avait un couple célèbre. Donald, un Libano-Américain richissime d'au moins soixante-dix ans, et Sami, un Tunisien trente ans plus jeune que lui. Ils organisaient des fêtes privées, plus ou moins clandestines. On disait que la police fermait les yeux, mais qu'il fallait quand même rester sur le qui-vive. Dans ces soirées, il y avait beaucoup de touristes. Des résidents étrangers, des huiles des milieux culturels et diplomatiques. Des intouchables, en bref. Beaucoup de fric, et même de l'alcool. Malheureusement, pas beaucoup de jeunes, ou alors des tapins.

J'ai couché avec pas mal de mecs, cette année-là. Des vieux, des moins vieux. À deux, à trois, à plus encore. Je prenais du plaisir, mais le cœur était comme en veilleuse. En fait, dès que j'y pensais un peu trop, ça se remettait à saigner.

Un soir, j'entre dans une des chambres de la villa pour me payer un bon quart d'heure avec un Américain. Et là je tombe sur mon cousin Jamil. En joyeuse compagnie et dans une posture, disons, explicite. J'ai pris la fuite, mais il m'a retrouvé au moment où je mettais la main sur la porte.

« Fais pas cette tête, cousin. On n'a rien fait de mal. Viens plutôt boire une bière. »

Sur la terrasse, il m'a ouvert les yeux sur un tas de choses.

« Je suis pas plus une tapette que toi, cousin. Mais ici, si tu touches une femme avant le mariage, tu risques cher. Et puis bien sûr, toi comme moi, on veut tous une vraie vierge pour le jour du mariage. Et pas une de ces petites salopes des quartiers riches qui se font refaire l'hymen après avoir avorté. Alors quoi faire? Tu peux voir des putes, bien sûr. Mais pourquoi risquer de t'attraper une saloperie quand tu peux te soulager avec un pote un peu compréhensif?»

Je lui ai demandé s'il ne risquait pas autant de saloperies en couchant avec un mec sans capote.

«Si tu baises avec un bon Arabe, mon frère, t'as rien à craindre. Toutes les saloperies viennent d'Occident. C'est pour ça que je couche pas avec les touristes. C'est vrai, les Blanches sont des salopes phénoménales. Mais laisse-les te toucher, et c'est la chaude-pisse assurée.»

Je hochais la tête, ahuri. Il a terminé son exposé.

«De toute façon, mon gars, tout le monde fait pareil, ici. C'est toléré. La seule chose qui compte, c'est que ce soit pas toi qui te retrouves dessous, si tu vois ce que je veux dire. Tant que t'es dessus, in cha' Allah, t'es toujours un homme, mon frère. Et peu importe alors la nature du conduit où tu remues ce que la nature t'a donné et qui fait de toi un homme.»

*

Au départ, je m'étais fait avoir par l'apparence ɑe liberté qui régnait en Tunisie. Dans les cafés de la médina, à Tunis, même sur les terrasses, on pouvait voir des garçons enlacés, partageant leur thé aux pignons. Dans les rues, des ados marchaient la main dans la main, se sautaient dessus pour se faire des bisous et se décoiffer les uns les autres. Avec leurs cheveux tout brillants de gel, leur khôl sur les yeux et leurs bouches beurrées, brillantes comme des ventres de sardine, beaucoup avaient l'air d'assumer leur féminité. En France, tous ces mecs se seraient fait traiter de pédales en moins de deux, et même casser la gueule. Il m'a fallu quelques semaines pour décrypter les codes et les mentalités. La proximité physique entre les garçons, c'était complètement inno-cent. Et si ça ne l'était pas, on fermait les yeux. On pensait que ça pouvait servir à calmer les hormones et à mieux protéger les vierges.

Il y avait très peu de filles dans les cafés, et elles restaient entre elles. Une fille qui tenait son copain par la main pouvait se faire traiter de pute, même si elle était mariée. En fait, il n'y avait aucune tolérance. Le sexe était toujours la marque du diable.

Les premiers temps, j'avais été fou de joie de retrouver la lumière de la Tunisie, de me sentir accueilli par la famille. Je n'avais vu que la surface des choses. Le week-end, j'étais retourné voir des cousins, à Bizerte, à Sousse, à Kairouan. J'avais pris le bus, le train, le TGM dans tous les sens. J'avais fait le ramadan, bien sûr, pour éviter les explications, et profiter des bons moments tous ensemble. C'était bon à vivre, tout ça. La rupture du jeûne. Les pâtisseries de l'aïd, à la fleur d'oranger et à la pâte d'amande. Les virées dans les cafés entre cousins, à la nuit tombée. J'avais écumé les rues de Tunis, à la recherche de spectacles, d'odeurs, de rencontres.

Mais en parlant avec les jeunes, d'anciens voisins ou copains d'école, j'avais découvert le malaise. Y avait rien à faire dans ce pays. Rien de ce qui fait bander la jeunesse : la politique, le sexe, l'art. Le cinéma était censuré, comme la presse, la littérature et Internet. Il n'était pas question de parler librement du monde, du terrorisme ou de la religion. La plupart des jeunes lorgnaient vers l'Occident. Coca-Cola et McDonald's. Madonna et Jennifer Lopez. Les boîtes de nuit où les filles se mélangent aux garçons, où les néons électriques remplacent le portrait présidentiel sur les murs.

À l'inverse, surtout dans les milieux populaires, certains se convertissaient en secret à un islam plus dur. Ils observaient avec intérêt ce qui se passait ailleurs dans le monde arabe, là où ça castagnait. Ils voulaient bien admettre que les mecs qui se font sauter avec une ceinture d'explosifs, c'étaient des fous. Mais au moins, m'expliquaient-ils, ils cherchaient à donner un sens à leur vie, et ils n'étaient pas à la botte de l'Occident. La Tunisie, c'était le musée du Maghreb propre. On vendait de belles photos des ruines de Carthage, des céramiques jaunes et vertes et des petits chameaux. Les touristes s'extasiaient sur la sécurité qui régnait, le calme du souk de Tunis, tellement plus policé que ceux de Marrakech ou du Caire, la propreté des rues et de la politesse des taxis. Mais personne ne voulait voir que ça sentait le cercueil.

*

Après ma discussion avec Jamil, j'ai décidé d'arrêter mes conneries et d'assurer mes arrières pour rentrer en France. Je me suis concentré sur le bac. Il m'arrivait encore de faire un tour chez Donald et Sami. Il y avait toujours des gens ouverts d'esprit chez eux. Des intellectuels, des journalistes, qui étaient prêts à parler des problèmes, qui juraient que les choses bougeaient en Tunisie, que de petites révolutions s'opéraient, pas à pas. Il fallait être patient, et ne surtout pas les abandonner ici, avec les résidents français qui savaient faire la fête et leur apportaient un peu d'air frais, mais qui avaient encore parfois des mentalités de colons, et qui préféraient comparer les mérites de leurs femmes de ménage plutôt que ceux des différents régimes politiques.

Au printemps, j'ai écrit à mon père pour lui dire que j'étais homosexuel et lui demander si j'étais le bienvenu à la maison. Il m'a fait répondre par ma mère qu'il ne me considérait plus comme son fils.

Alors, j'ai écrit à M. Dambrières. Après l'histoire du vestiaire, il m'avait convoqué à plusieurs reprises à la fin du cours. Je lui avais toujours juré que tout allait bien. Cette fois, je me suis un peu ouvert. Je lui ai dit que je souhaitais revenir en France après le bac. J'avais besoin qu'il me conseille sur mon orientation, sur les

346

bourses et les logements étudiants. J'ai ajouté que je ne pouvais plus revenir chez mes parents et que je n'avais pas de revenus.

À mon retour, il est venu me chercher lui-même à l'aéroport. Il m'a accueilli chez lui pendant quelque temps. En tout bien tout honneur, soit dit en passant et un peu à regret. M. Dambrières m'a aidé dans mes démarches administratives. J'ai pu contracter un emprunt à la banque pour financer mes études et mon logement. Je n'avais plus de famille, plus de religion, et c'était très bien comme ça. Je me disais que je reviendrais en Tunisie un jour ou l'autre, mais uniquement pour passer des vacances. En attendant, je voulais réussir ma vie.

*

Un jour, j'ai reçu un appel de mon petit frère, Karim. Je ne sais pas comment il s'était procuré mon numéro de téléphone. Il voulait absolument me voir. J'avais envie de pleurer de joie, mais je me méfiais. J'avais tellement souffert pour faire mon deuil et me reconstruire mon petit monde, je ne voulais pas être déçu. Quand je l'ai revu, dans un bistro en bas de chez moi, j'ai été ému de le voir si changé. Il avait seize ans. Il faisait un mètre quatre-vingts et il était beau comme un mannequin. Il avait pris le train tout seul, pour me voir, en cachette des parents. Dans la foulée, il allait passer un casting pour une comédie musicale, et rendre visite à Nadia, ma sœur aînée, qu'il voyait régulièrement. C'est grâce à lui que j'ai recommencé à la voir. Comme quoi la famille, c'est jamais aussi terminé qu'on veut bien le croire. Pour le pire, la plupart du temps, mais parfois aussi pour le meilleur.

Tous les trois, on s'est fabriqué une petite fratrie recomposée. On passe les fêtes ensemble, on espère encore gagner les autres frères et sœurs, et qui sait un jour délobotomiser les parents et réunir tout le monde d'un coup. Mais ça, ce sera pour plus tard.

Quand les conditions objectives seront réunies, comme dirait Hugues.

Le jour où je l'ai revu pour la première fois, Karim m'a apporté du courrier. Il y avait une lettre d'Esteban. Elle avait plus de six mois. Quand je l'ai ouverte, je tremblais tellement, j'ai compris que je n'avais jamais cessé de l'aimer. Esteban me présentait ses excuses pour ce qu'il avait fait le jour du vestiaire. Il disait que ça le hanterait jusqu'à son dernier jour, si je ne lui pardonnais pas. Il me remerciait pour sa note d'oral du bac. Il était tombé sur «Parfum exotique» de Baudelaire. Il s'était démerdé comme un chef sur les synesthésies et avait eu 14. Pour finir, il me disait qu'il s'était converti. Je me suis demandé de quoi il voulait parler. Mais j'ai eu comme un pressentiment qu'il ne parlait pas de l'islam, ni d'aucune religion au monde.

4

Les derniers mots de Mourad laissèrent place à un silence presque religieux. Chacun resta immobile, agitant ses méninges ou se laissant aller à son émotion. Corinne se moucha. Ludivine se leva discrètement pour mettre en marche la bouilloire. En faisant le moins de bruit possible, elle sortit du placard des bols et un pot de verveine, recueillant les demandes de tisane par de simples regards.

Amande rompit le silence la première, au moment où l'eau, arrivée à ébullition, brisait la magie de cette minute solennelle.

«Mon cher petit Mourad, j'ouvre les hostilités, puisque personne ne se lance. Tu sais déjà ce que je vais te demander, bien sûr. Est-ce que tu as revu le dénommé Esteban?»

Jason eut un frémissement. Il avait cette question en tête

depuis le départ, mais n'aurait jamais osé la poser. Il se découvrait avec stupeur jaloux — et d'autant plus jaloux que cet Esteban ne lui ressemblait en rien, d'après ce qui en avait été dit. Il se demandait ce que Mourad avait bien pu lui trouver. Cependant il était encore trop tôt pour que sa jalousie lui apprenne clairement son amour. Il se contentait de la vivre comme une nouvelle preuve du harcèlement moral que Mourad lui faisait subir.

Mourad, quant à lui, s'attendait à cette question. Il regrettait seulement qu'elle arrive si tôt, car il avait l'espoir plus ou moins prémédité de faire souffrir Jason. Il répondit qu'il avait revu Esteban dans la semaine qui avait suivi la lecture de sa lettre, mais que cette rencontre avait été des plus décevantes et ne valait pas la peine d'être racontée. Comme Amande, Karen et Corinne le suppliaient, d'un air passionné, il finit par livrer quelques détails.

Il avait appelé Esteban et lui avait donné rendez-vous dans le café où ils se retrouvaient autrefois à l'aube pour travailler. Il l'avait à peine reconnu. L'ancien bernard-l'hermite était sorti de sa coquille. Esteban avait désormais les cheveux décolorés en blond Monroe, trois piercings sous la lèvre inférieure et une énorme doudoune argentée. Il parlait avec des gestes outranciers et une volubilité indiscrète, se vantant de sortir beaucoup en club, de consommer des drogues «récréatives» et d'être incollable sur la différence entre *deep house* et *transe goa*. Tout cela n'eût pas gêné Mourad, passé la première surprise. Mais il y avait une autosatisfaction pénible chez Esteban, une ostentation qui sentait le parvenu.

«Tu ne peux pas lui reprocher de s'assumer!» remarqua Corinne.

Mais Mourad expliqua qu'il avait justement été attiré par

le côté mal dégrossi d'Esteban. En exhibant les couleurs de l'arc-en-ciel, étrangement, Esteban avait perdu toutes les siennes propres. Ainsi son discours était à présent surchargé des concepts creux mis à la mode par les *gender studies*. Il ne cessait de répéter que le *consensus mou hétérosexuel* opprimait la société entière, et que la France devait devenir *queer* au plus vite *pour libérer la chienne qui sommeillait en elle*. D'ailleurs, Mourad, pour en avoir le cœur net, avait revu Esteban deux ou trois fois, allant jusqu'à couchailler avec lui. La déception n'en avait été que plus forte.

« Mais comment tu peux expliquer ça, Mourad ? demanda Corinne, désespérée par ce dénouement. Vous vous aimiez ! Vous étiez peut-être faits l'un pour l'autre ! Et si la société ne vous avait pas empêchés de vivre au grand jour, vous auriez peut-être vécu le grand amour tous les deux !

— Tu es mignonne, Corinne, mais ça n'est pas aussi simple que ça. Quand j'ai été prêt pour Esteban, il n'était pas prêt pour moi. Et quand il a été prêt pour moi — car je suis sûr qu'il l'a été rapidement après mon départ pour la Tunisie — c'est moi qui n'étais plus là pour lui. Alors quand on s'est revus, on a senti tous les deux qu'on avait laissé passer le coche. C'est comme ça en amour. Il y a un moment où les fruits sont mûrs, et où il faut les cueillir. Sinon, ils pourrissent, et c'est fini. »

Et ce disant, Mourad fixa si intensément Jason que celui-ci baissa les yeux.

Mais tous pensaient à leurs décalages sentimentaux, et opinaient silencieusement à cette dure loi de la synchronisation amoureuse. Karen se disait que son heure n'était pas encore venue. Amande savait que la sienne était passée. Cédric et Corinne se demandaient si la leur viendrait un jour.

«Dis-moi, Mourad, fit Bathilde. Tu sais que ce n'est pas parce que je suis contre le mariage pour *les gens comme toi* que je suis homophobe. Je respecte parfaitement ton choix de vie. Cela dit, il y a un truc qui me choque un peu, dans ton histoire : tu parles de ta *conversion*. C'est une religion, pour toi, l'homosexualité ?

— Mais non, Bathilde ! Putain ! C'est une manière de parler ! En plus, je t'ai déjà dit cinquante fois qu'on ne *choisit* pas d'être homo.

— Pourquoi tu dis ça ? » demanda Corinne, déçue à l'idée qu'on ne puisse pas changer de vie sur un simple coup de tête. Elle avait trouvé particulièrement romantique l'histoire de Mourad, et venait de se dire que si elle devenait lesbienne, elle vivrait peut-être enfin des choses intenses et romanesques.

«Parce que la seule chose qu'on puisse choisir, répondit Mourad d'un ton catégorique, c'est d'accepter de vivre en conformité avec ce que l'on est profondément. Ou de ne pas l'accepter, en l'occurrence.

— Mais comment savoir ce qu'on est *profondément*? insista Corinne.

— On le sait. Dans son for intérieur, on le sait.

— Mais si on ne le sait pas ? Si on est attiré par les deux sexes ? Freud dit qu'on est tous bisexuels pendant notre enfance ! »

La remarque de Corinne entraîna quelques considérations générales et usées sur les bisexuels. Yvon les enviait parce qu'ils avaient plus de choix. Karen les plaignait parce qu'il devait leur être impossible de choisir, et qu'ils faisaient ainsi le malheur de leurs partenaires des deux sexes. Mais Mourad déclara abruptement que les propos de Freud sur la question étaient dépassés et que la bisexualité n'existait pas en tant qu'identité. Tout au plus existait-elle en tant que pratique, selon lui. Il était ainsi probable que chacun, moyennant quelques circonstances favorables, soit capable d'expérimenter une relation sexuelle autre que celle qui correspondait à sa nature profonde. Mais il avait toujours constaté pour sa part que la bisexualité n'était qu'une posture provisoire, empruntée par des garçons n'assumant pas encore pleinement leur homosexualité, et cherchant une échappatoire.

Sur ces entrefaites, Ludivine lui demanda si, à son avis, l'orientation sexuelle venait vraiment de la nature. Mourad expliqua qu'il avait parlé de « nature profonde » par facilité de langage, mais qu'il n'avait aucune opinion arrêtée sur la question. Il n'aimait pas les explications. Elles ressemblaient trop à des justifications. D'ailleurs, dire que c'était dans la nature, ça pouvait entraîner des dérives eugénistes. Et dire que c'était culturel, c'était une manière de sous-entendre que l'homosexualité provenait d'une éducation ratée.

« Tu comprends, j'en ai ras le bol d'entendre parler de *mère abusive* ou de *référent paternel absent*. Les psys commencent à nous faire chier avec leurs explications à la noix. »

Corinne, prenant la mouche, lui dit que vouloir comprendre et condamner, c'étaient deux choses différentes. Mais Mourad répondit que ça suffisait comme ça, d'être une bête curieuse, un objet d'étude ou de pitié. Il n'y avait rien à expliquer. La seule chose qu'on pouvait faire, c'était constater le phénomène, et l'accepter en tant que tel.

Jason, depuis un moment, désirait intervenir dans le débat. Mais il était paralysé, redoutant d'être mis en cause, de révéler une transparence qui ne lui apparaissait pas à lui-même. Il était choqué par les certitudes qui émanaient de Mourad. Comme si elle lisait dans ses pensées et désirait le réconforter, Ludivine manifesta à son tour son scepticisme. Autant dans le domaine politique, les étiquettes avaient pour elle du sens, autant, dans celui de l'amour, elles lui paraissaient aussi dépassées qu'idéologiquement douteuses.

«Merde, s'il y a des gens qui se disent bisexuels, qui s'éprouvent comme ça, c'est leur droit, Mourad! C'est tellement compliqué, l'attirance, l'amour! Si tout est ghettoïsé comme ça, on n'est pas près de faire la révolution dans ce domaine, bordel!

— Exactement, fit Corinne, qui venait de se rappeler une déclaration qu'elle avait entendue à la télévision. Moi je dis qu'on tombe amoureux d'une personne, non d'un sexe!

— Mais je suis tout à fait capable de tomber amoureux d'un sexe, repartit Mourad d'un air goguenard. Bon, sans déconner, les filles, moi, je suis un pragmatique. Pas un idéaliste. Je ne crois que ce que je vois. Et je n'ai jamais vu, par exemple, qu'un hétéro soit capable sur un coup de tête de coucher avec un garçon. Demandez à Yvon ce qu'il en pense.»

Celui-ci réagit immédiatement, déclarant qu'il avait beau respecter parfaitement les gays, que c'était cool, que c'était OK, lui ne se voyait pas une seconde au lit avec quelqu'un de son sexe. En revanche, ajouta-t-il en agitant les grelots terminant ses dreadlocks d'un air malin, deux filles ensemble, ça ne le dérangeait pas du tout.

Le débat se dilua alors en sous-conversations triviales, ponctuées de rires gras ou pudibonds, sur le triolisme, l'échangisme, la liberté sexuelle et les expériences taboues. Jason en souffrait. Décidément, les débats le décevaient. Ils n'épuisaient pas le sens de ce qui était raconté. Ils caricaturaient, dénaturaient, ou passaient sous silence l'essence même des histoires. Ils appauvrissaient l'expérience vécue au lieu de l'enrichir.

Bathilde, toujours rivée à ses fantasmes de purification dominicale, souhaitait quant à elle en revenir à ses premières idées.

«Excuse-moi de recommencer avec ça, Mourad, mais je voudrais bien qu'on reparle un peu de religion. Tu ne crois plus en rien? Tu as définitivement laissé tomber la religion de *ton pays*?»

Mourad poussa un soupir agacé. Bathilde recommençait à lui parler de *son* pays, inlassablement. Le considérer comme français était décidément au-dessus de ses forces. Un jour, au RU, elle lui avait raconté qu'elle avait vu un reportage sur la Tunisie à la télévision. Elle s'était dite extrêmement surprise de voir ces rues si propres, ces maisons si blanches et si pimpantes avec leurs volets bleus. Comme il ne comprenait pas son étonnement, elle lui avait avoué que jusqu'ici, elle croyait que les habitants du Maghreb vivaient dans des maisons en torchis d'éléphant, *comme en Afrique*. Une autre fois, le voyant arriver avec des baskets de marque, elle avait poussé un cri de surprise, déclarant qu'elle ne s'imaginait pas qu'ils en vendaient de pareilles *dans son pays*. Il avait fallu qu'il lui rappelle qu'il avait la double nationalité, qu'il n'avait pas mis les pieds en Tunisie depuis la terminale, et que sa bourse d'études lui permettait de s'acheter de temps à autre de telles baskets, sans qu'il ait besoin de les voler.

«Je ne me définis pas vraiment comme athée, répondit-il après avoir retrouvé son calme. Je dirais que je suis un musulman laïc. Je me sens complètement intégré à la République française, laïque, tout ça tout ça. Mais la religion, c'est un truc trop profondément ancré dans l'histoire de notre civilisation. C'est plus culturel que religieux, en fait.

Je pense que je ne crois plus du tout en Dieu, pour tout te dire. En même temps, j'ai gardé comme une nostalgie de ça. Les rites. Les fêtes. La rupture du jeûne, par exemple, quand on fait le ramadan en famille. C'est un moment tellement convivial. Ça me manque vraiment.

— Mais tu ne crois plus du tout en Dieu. C'est bien ça qui m'inquiète.

— Pourquoi est-ce que ça t'inquiète? demanda sèchement Ludivine. Tu penses qu'on n'est pas capable de distinguer le bien et le mal sans la religion?

— Non, ce n'est pas ça. Je crois juste qu'on a besoin d'espérance. Sans espérance, on n'est plus que des animaux. À cette différence près que nous, nous savons que nous allons mourir. Comment est-ce qu'on peut supporter un truc pareil?»

Ludivine retrouvait sa fureur guerrière des premiers soirs. Elle se ressentait déjà comme la veuve d'un grand chef, celle qui doit poursuivre le travail commencé, transmettre la bonne parole, assurer la pérennité du discours. Elle décréta que tant que le matérialisme serait ainsi dévalué, tant que l'existence terrestre serait minorée au profit d'une hypothétique vie éternelle, la superstition et l'obscurantisme continueraient à nourrir les inégalités et l'intolérance. Est-ce qu'il était si difficile que ça d'admettre une bonne fois que l'homme n'était qu'un agrégat d'atomes, comme toutes les parties de l'univers, et qu'après notre mort nos atomes se désagrégeraient de nouveau pour retourner à la terre, et au mieux recomposer de nouveaux organismes vivants?

«Il faut admettre que toute notre vie se joue ici et maintenant, dit-elle en brandissant sa cuiller. C'est le seul moyen de respecter vraiment l'être humain, et de tout mettre en œuvre pour qu'il vive dans des conditions décentes, dès à présent, dès ce monde-ci ! On ne peut pas se rassurer et fermer les yeux sur la misère du monde, en faisant simplement le pari que les choses seront moins atroces dans un autre monde, dont rien ne nous garantit l'existence ! »

Jason, beaucoup plus à l'aise sur ces sujets que sur ceux qui avaient précédé, crut retrouver son aplomb en rentrant dans la bataille. On s'éloignait des discussions marécageuses. Au milieu des abstractions, des concepts et des paradoxes, il respirait un air plus sain, tout en gardant l'impression d'arpenter un sol bien ferme. Seules les discussions trop concrètes mettaient en péril son équilibre et le faisaient glisser dans des sables mouvants. Il fit remarquer à Ludivine que son matérialisme procédait en réalité d'un idéalisme profond — puisque les inégalités ne disparaîtraient jamais complètement de la surface de la terre, et que le progrès était tout au plus une direction, aussi hypothétique d'ailleurs que celle que proposaient les religions.

« On a tous besoin de croire en quelque chose, argumentait-il. Bathilde a raison sur ce point : on a tous besoin d'affirmer l'existence d'une transcendance. Simplement, cette transcendance n'est pas forcément religieuse, comme elle le croit, ou comme Yvon le revendique, en expliquant systématiquement la laideur du monde par une carence de spiritualité. Corinne croit au romantisme, au changement, à la fin du malheur, par optimisme incurable. Toi, Ludivine, tu crois à la révolution et à ses bienfaits. C'est une autre manière de te dégager du poids gluant du réel. Mourad, lui, il croit à la liberté individuelle. À la capacité qu'a l'homme de définir sa propre morale. Je ne me trompe pas, Mourad ? C'est bien ça que tu évoquais en parlant de l'histoire de ta conversion ? Pas la conversion à telle ou telle sexualité, mais la conversion à la vie, la réconciliation avec soi-même ? »

Mourad le regardait avec des yeux brillants, fous d'admiration et d'amour.

«C'est toi qui m'as le mieux compris, Jason.»

Jason reçut le compliment en plein cœur, mais ne flancha pas.

«Et toi, Jason? demanda Corinne. Toi, tu crois à quoi?»

Jason s'apprêtait à répondre, mais sa gorge s'étrangla. Mourad venait de lui porter l'estocade en lui disant «Je t'aime» avec les lèvres. Tout vacillait autour de lui. Il allait réciter son credo mécaniquement. Dire qu'il ne croyait qu'à l'art. Affirmer avec un lyrisme faux que seules la peinture, la musique et la poésie permettent de supporter l'existence, de magnifier la pauvreté insignifiante du quotidien, de consoler les hommes de leur triste condition de mortels, en les mettant en contact avec le génie des chers disparus, en leur révélant des vérités éternelles. Mais à cet instant précis, il n'y croyait plus lui-même. Ses théories sur la rédemption par l'art lui semblaient de plus en plus étriquées, de plus en plus inadaptées à la complexité de la vie, autant qu'à son inattendue, vivante et irrégulière sensualité.

«Je ne sais pas, fit Jason, en acceptant de croiser le regard de Mourad et de le soutenir. Je crois que je ne crois plus en rien. Et en même temps, je crois que j'ai envie de croire.

— Envie de croire à quoi?» insista Bathilde.

Jason gardait son regard fixé sur Mourad. Des larmes embourbaient ses yeux, formant un écran partiel entre leurs deux visages qui lui rendait plus facile ce geste courageux.

«J'ai envie de croire à l'amour, fit-il enfin, en essuyant ses joues d'un revers de main.

— À l'amour, alors! s'écria Corinne en levant son verre. Moi aussi, c'est ma seule religion!»

NEUVIÈME JOURNÉE

> Il [...] savait fort bien qu'il n'existe aucun accom-
> modement durable entre ceux qui cherchent, pèsent,
> dissèquent, et s'honorent d'être capables de penser
> demain autrement qu'aujourd'hui, et ceux qui croient
> ou affirment croire, et obligent sous peine de mort
> leurs semblables à en faire autant.

MARGUERITE YOURCENAR
L'Œuvre au noir

1

Allongée sur son lit, les volets encore fermés, Karen essayait de chasser ses idées noires en répondant aux tests d'un magazine acheté le jour du départ. Elle venait de terminer «Êtes-vous une véritable reine?», et découvrait le verdict avec dépit :

Vous êtes la reine des pommes. Commander vous intimide, diriger vous paralyse, et vous aimez encore mieux servir qu'être servie. Votre manque de confiance en vous et votre discrétion vous retirent toute capacité à subjuguer vos chevaliers servants. En ce sens, vous vous montrez plutôt bonne politique, car vous avez compris qu'en amour, ce qui compte, c'est la réciprocité des droits et des devoirs. Vous pré-

358

férez donc l'ombre anonyme à la lumière de la gloire, car vous n'oubliez pas que Marie-Antoinette et Marie Stuart ont terminé sur l'échafaud.

Karen poussa un soupir irrité, et se rabattit sur la question métaphysique suivante : «Quelle genre de princesse êtes-vous?» Décidément, la rédactrice manquait d'imagination. Karen s'apprêtait toutefois à résoudre cette énigme envoûtante en cochant sa première réponse, quand elle s'aperçut que les cases du test étaient déjà noircies. Elle faillit s'étouffer de rage. C'était encore cette carne d'Amande qui s'était approprié son magazine sans lui demander la permission, l'obligeant à présent à prendre un stylo rouge, pour être en mesure de distinguer ses propres réponses. Elle s'efforça de retrouver son calme en se concentrant sur les questions et le comptage de ses points. Mais la lecture de la sentence la replongea dans les marmites de l'aigreur.

Entre 17 et 22. Vous êtes la Belle au bois dormant. De tempérament lymphatique, vous pouvez séduire par vos airs de belle endormie. Mais prenez garde à ne pas glisser de la nonchalance à l'avachissement. Si votre endormissement se prolonge trop, vous risquez de laisser passer le coche, et de vous faire voler la vedette auprès du Prince charmant par une princesse plus vitaminée que vous !

Karen injuria la créatrice haineuse de ce test stupide et se dépêcha de compter les points correspondant aux réponses d'Amande.

Entre 9 et 12. Vous êtes la Princesse sur un pois. D'une sensibilité rare, vous êtes capable de percevoir un grain de sable à travers quinze matelas superposés. Il vous faut le meilleur de tout, ce qui est bien normal quand on a la peau la plus fine du royaume. Continuez donc à exiger la perfection et à faire vos quatre volontés : vous le valez bien !

Karen envoya valser le magazine contre le mur de la chambre.

Amande continuait à l'obséder, à l'écraser, même quand elle n'était pas dans la même pièce qu'elle. Elle laissait son poison flotter dans l'atmosphère, exposait de manière stratégique les signes extérieurs de sa domination. Et quand Karen arrivait enfin à la chasser de son esprit, c'était sainte Bathilde qui revenait au galop pour la narguer. Bathilde la tête sur l'épaule d'Yvon. Bathilde la main dans la main d'Yvon. Bathilde rentrant de la messe avec Yvon, l'air rassasié de nourritures spirituelles.

Karen se leva pour aller prendre sa douche. En traversant le couloir, elle aperçut la porte entrouverte de la chambre d'Yvon. Elle s'approcha sur la pointe des pieds et passa la tête. Cédric était seul dans la pièce, allongé sur son lit, lisant un roman de la série noire. Elle repartit avec la même discrétion, puis se ravisa, fit demi-tour et toqua à la porte.

*

Cédric ne parvenait pas à lire ce foutu roman. D'abord, il trouvait l'intrigue mal fichue. On devinait dès les trente premières pages que l'assassin était le grand-père gâteau qui disait adorer les enfants, et qui était présenté sans subtilité aucune comme un homme seul et sexuellement frustré. Bien sûr, étant donné la psychologie grossièrement prévisible du roman, c'était lui le pédophile serial killer. Pour autant, on ne comprenait rien à la conduite du récit. Ça partait dans tous les sens, avec des digressions à n'en plus finir pour égarer le lecteur sur des voies de traverse et lui faire oublier ce qui avait été mis si carrément sous ses yeux. Ensuite, le roman exhalait des relents idéologiques pour le moins douteux : les généralités niaises et inquiétantes sur les assassins d'enfants, sur les fous et sur l'enfance comme refuge de la pureté se multipliaient, tantôt dans la bouche des personnages, tantôt sous la plume d'un narrateur envahissant. Pour finir, l'inspecteur lui semblait un véritable crétin. Avec ses séances de footing pour rester en forme, ses réflexions sur les femmes au volant et ses déclarations intempestives sur la vie, le monde, le bien et le mal, il incarnait tout ce que Cédric détestait : l'hygiénisme maniaque, l'attitude beauf et surtout le culte de la vérité.

Cédric avait de plus en plus horreur des certitudes. Lors des derniers débats, il s'était contenté d'écouter, se promettant de prendre la balle au bond si l'occasion s'en présentait, mais se réfugiant finalement dans un silence prudent. Les uns lui paraissaient parfois avoir raison. Mais les autres ne lui semblaient pas avoir complètement tort pour autant. Ainsi, à force de se laisser persuader par le dernier avis émis, puis de changer immédiatement de camp, il s'était découvert sans consistance, mou, médiocre.

Il n'avait jamais réfléchi jusqu'ici à ces questions visiblement cruciales, sur lesquelles tout le monde semblait avoir un point de vue — la politique, la religion, le sexe. Ce n'était pas qu'il les trouvât inintéressantes, mais plutôt que son expérience limitée du monde rendait à ses yeux toute position tranchée illégitime. Les problèmes qui se posaient à lui étaient en comparaison sans envergure, quoique bien mieux définis. D'ailleurs, quand son esprit critique se réveillait, à propos de l'un de ses camarades ou de telle ou telle théorie, il commençait toujours par se demander s'il était capable de faire mieux. Il en était de même pour le roman noir qu'il lisait. Il le trouvait minable, mais il avait une certaine indulgence pour cette rassurante nullité, se sachant pour sa part incapable d'écrire un bon polar, et alors même que le désir secret l'en démangeait.

La seule certitude qui demeurait, au bout du compte, c'était la haine des certitudes. À quoi il fallait ajouter la haine de celui qui incarnait cette passion de la certitude à ses yeux : Yvon. Ce macaque toujours si leste à satisfaire ses bas instincts, convaincu d'être fin et élevé parce qu'il aspirait à un séjour à Katmandou, mais incapable du moindre acte généreux, du moindre geste délicat, du moindre instant de grâce, lui paraissait une véritable nuisance. Cédric, qui ne voyait pas que c'était surtout la jalousie qui était à l'origine d'une telle sévérité, eût été prêt à le déclarer avec ses semblables responsable de tous les maux de la planète, de la pollution à la domination masculine, des inégalités écrasantes au mépris de l'art et de la culture.

Il en était là de ses réflexions quand l'impensable se produisit : Karen venait de faire irruption dans sa chambre, seulement vêtue d'une nuisette.

*

Le malentendu fut vite dissipé. Karen était seulement venue présenter ses excuses à Cédric pour sa brutalité de la veille. Il tâcha de s'en consoler par l'intouchable mais ravissant spectacle de son déshabillé. Karen lui avoua sans détours qu'elle était amoureuse d'Yvon, et que celui-ci lui ayant brisé le cœur, elle n'avait pas du tout l'esprit libre pour un autre garçon. Mais elle avait apprécié depuis le début du séjour la gentillesse de Cédric, ses attentions et sa générosité. Cet infléchissement annonçait assez clairement une demande intéressée. Cédric, quoique encore amoureux, n'était plus suffisamment étourdi par l'espérance pour perdre à ce point le sens des réalités. La suite de la conversation le conforta d'ailleurs dans son soupçon.

«Tu te rends compte que nous sommes les deux derniers à ne pas avoir raconté d'histoire? demanda Karen après un silence, tout en lissant avec les doigts les plis du drap sur lequel elle s'était assise.

— Bien sûr que je m'en rends compte.

— Et ça ne te panique pas? Tu sais déjà ce que tu vas raconter?

— Bof. Il ne m'est pas arrivé grand-chose d'intéressant depuis que j'ai été expulsé du ventre de ma mère.

— Tu pourrais nous faire le récit du drame déchirant de ton adoption! Nous parler de ta nostalgie pour la Chine!

— La Corée, tu veux dire. Mouais. Je me considère comme français, figure-toi. Et puis je n'ai pas le souvenir d'avoir été traumatisé. Je devais être trop petit. C'est une chance, je sais. Mes vieux font du bénévolat dans une cellule de soutien aux parents qui ont foiré leur adoption. Ça s'appelle "SOS ados adoptés". Il y a des situations vraiment horribles, on ne s'imagine pas. Des jeunes qui se rebellent, qui se prostituent, qui cherchent à assassiner leurs parents adoptifs. Mais je suis incapable de raconter ça de manière intéressante. Et puis, c'est pas mon histoire. Ce serait trop dire que l'amour filial coule à flots dans mes veines! Mais ça va. Rien qui vaille la peine d'être mentionné.

— Et une histoire d'amour?

— Ne te fous pas de ma gueule, Karen. Je ne vais pas faire la liste des vestes que je me suis prises dans la vie, rien que pour vous faire rire, Amande et toi. Et puis d'ailleurs, ça ne fait pas une histoire.

— Donc tu vas déclarer forfait?

— Non. Je vais essayer d'inventer un truc

— Inventer? Mais Jason ne voudra jamais de ton histoire !

— Si tu crois que j'en ai quelque chose à foutre ! Plus j'y pense, plus je suis convaincu que je suis mieux capable de dire ce que j'ai à dire à travers une histoire inventée. Et puis ça commence à faire du chemin dans ma tête. J'ai une idée qui me paraît pas mal. De toute façon, ce sera ça ou rien. »

Karen baissait les yeux, continuant à lisser les plis du lit d'Yvon, constatant avec émotion qu'elle était dans sa chambre, dans ses draps, presque dans son odeur et sa chaleur. Mais pour l'heure, elle était trop préoccupée pour profiter vraiment de ce privilège. Prenant une moue boudeuse, elle demanda à Cédric s'il pensait que son histoire pourrait être prête pour ce soir. Elle lui dit qu'elle l'espérait de toutes ses forces, car pour sa part, si elle devait parler dès aujourd'hui, ce serait un zéro pointé. Cédric répondit qu'au nom de la galanterie il était prêt à lui céder sa place, mais que si elle préférait passer la dernière, il ne voulait surtout pas la mettre dans l'embarras.

« Cédric, aide-moi ! éclata-t-elle enfin, en se tordant les mains comme la Du Barry réclamant au bourreau une minute de vie supplémentaire. Je n'ai rien à raconter. Rien ! Ça fait des jours que j'essaie de réfléchir. Je n'ai pas d'idées. Si je passe ce soir, ce sera l'humiliation.

— On dirait que tu parles d'un examen.

— Mais *c'est* un examen ! Pour moi, c'est encore plus terrorisant que l'oral du bac.

— Est-ce que tu penses que tu seras vraiment meilleure si tu passes demain ?

— Bien sûr que non ! Je cherche à gagner du temps, c'est tout.

« — Qu'est-ce que je peux faire pour toi ? Donne-moi des idées, si tu veux. On essaiera de les mettre en forme. »

Mais ça ne suffisait pas à Karen. Elle avait besoin qu'il lui fournisse tout : l'histoire elle-même, l'organisation du récit, et le texte lui-même, intégralement rédigé. En effet, elle se sentait incapable de prendre la parole en public. Elle était dévorée de complexes à l'égard d'Amande, de Bathilde et de Jason, qui parlaient comme des livres.

« Eh bien, écris-la, ton histoire ! Tu expliqueras que tu avais peur de ne pas bien savoir improviser à l'oral. Si tu l'avoues franchement, tu désamorceras les critiques.

— Mais je ne suis pas non plus foutue de l'écrire, cette putain d'histoire ! D'abord, elle n'existe pas ! Et puis, même si elle existait, j'ai un style de merde. Il faudrait que tu me passes ton histoire à toi. Que tu me l'écrives complètement, que tu me l'expliques, et puis qu'on fasse comme si c'était la mienne.

— Et moi, il me resterait quoi ?

— Toi, tu en inventerais une autre. Puisque de toute façon, ça vient de ton imagination, pas de la vie réelle. Si tu peux inventer une histoire, tu peux bien en inventer deux ! »

Cédric pestait. Elle le prenait vraiment pour son larbin. Et puis, même s'il voulait bien lui filer un coup de main, il n'était pas faussaire pour autant. Cependant, elle continuait à le harceler. Intentionnellement ou non, une bretelle avait glissé de son épaule. Lassé, il finit par lui expliquer que pour sa part, il allait raconter une histoire policière avec un règlement de comptes à la clef. Cette expression de « règlement de comptes » fut comme un déclic pour Karen. Elle aussi voulait justement se venger. Elle décréta immédiatement que ça lui convenait tout à fait. Cédric la tempéra en lui rappelant que selon toute probabilité, ils ne souhaitaient pas se venger de la même personne. Lui voulait se venger d'Yvon. Et il ne doutait pas que la cible de sa vengeance à elle ne fût Amande. Karen insista en disant qu'on pouvait changer le sexe des protagonistes, mais Cédric ne voulut rien entendre. Il commençait à en avoir assez de la voir tourner comme un rapace autour de ses productions artistiques, et alors même qu'elles n'en étaient encore qu'au stade de la gestation.

« Moi, tu comprends, j'ai envie de faire un truc policier, parce que c'est mon truc à moi, les polars. Et j'ai pas envie qu'on me pique mon univers, tu saisis ? »

Karen prit un air tellement dépité qu'il regretta immédiatement sa rudesse.

« Tu n'as pas un genre de prédilection ? demanda-t-il d'un ton radouci. Y a pas au moins une ambiance, un personnage que t'aurais envie de mettre en scène ? Ça ferait déjà un début ! »

Karen se mordit la lèvre. Elle n'avait rien, à part Amande, qu'elle désirait mettre en pièces. Dès qu'elle croyait avoir trouvé quelque chose, elle se rendait compte que c'était banal, ou insignifiant, ou que ça avait déjà été raconté. Ainsi, l'autre nuit, elle s'était réveillée en sursaut, tenant une histoire magnifique de château hanté et de caveau, avant de se rendre compte qu'il s'agissait d'un pur plagiat du récit de Bathilde. D'ailleurs, le temps qu'elle prenne des notes à la lueur de sa lampe torche, toutes les idées s'étaient évanouies, ne laissant plus dans son esprit qu'une vague bouillie d'images. Elle n'avait décidément aucune personnalité. Lire la faisait suer. Elle se rendait compte qu'elle faisait des études de lettres par pur conformisme. Les grands romans, avec leurs analyses sociales et politiques complexes, lui semblaient aussi loin d'elle que les débats de société, le problème du quart monde ou la situation géopolitique du Moyen-Orient. La seule chose qu'elle ait jamais lue passionnément, pendant son enfance, ç'avait été un gros livre de contes.

«Moi, j'aime les contes de fées, fit-elle avec une moue enfantine, achevant de penser à voix haute.

— Eh ben, c'est déjà un début, ça, reconnut Cédric, soulagé de la voir lâcher son os. Reviens me voir cet après-midi. Tu vas voir, on va faire quelque chose. On va te concocter un joli petit conte de fées, plein de gentilles princesses et de méchantes sorcières. »

2

Le rideau de la supérette était baissé. Sur une affiche scotchée au beau milieu, on pouvait lire : «Fermeture jusqu'à nouvel ordre pour cause de chienlit. »

Jason décida aussitôt de se rendre chez Colette. Elle avait encore des tomates en conserves maison, et il croyait se souvenir qu'elle avait de la menthe fraîche dans son jardin. Avec la semoule achetée la semaine précédente, on pourrait faire des taboulés géants.

Le ciel était de nouveau immaculé. Mais les températures avaient un peu baissé. D'habitude, à cette heure-là, et quand le soleil ne tapait pas trop dur, Colette était assise sur son banc contre le mur en granit de sa maison, à l'ombre de son massif d'hortensias, buvant son bol de chicorée en faisant des mots croisés. Cette fois, elle n'était pas là, non plus que dans son jardin ou son potager. Après avoir fait le tour de la maison, Jason s'approcha de la porte d'entrée. Un drôle de pressentiment l'étreignait. Il poussa la porte, se dirigea vers

367

la cuisine. Colette n'était pas là non plus. Elle avait laissé son bol sur la toile cirée. Un mélange de miettes et de jus noir au fond. Ça n'était pas son genre de laisser ainsi sa maison à l'abandon. Qu'est-ce qui lui était arrivé ? Est-ce qu'elle avait dû partir précipitamment, sans même donner un tour de clef à sa porte ?

Il l'appela, d'abord d'une voix timide, puis de plus en plus forte. Soudain, il entendit un craquement à l'étage. Il chercha alors autour de lui une arme de défense, et s'empara finalement du lourd rouleau à pâtisserie qui séchait sur l'égouttoir. Il monta prudemment l'escalier, la sueur roulant en grosses gouttes le long de son dos. Il poussa la porte qui donnait sur le couloir. Elle grinça sur ses gonds.

« Il y a quelqu'un ? » demanda-t-il en avançant tout doucement dans le couloir obscur et humide, précédé de son rouleau, pointé au bout de son bras tendu comme un revolver gros calibre.

« Colette, tu es là ? »

À ce moment-là, la lumière se fit dans une chambre située au fond du couloir, et dont la porte était entrouverte. Jason vit s'avancer vers lui une silhouette en ombre chinoise, et recula si brutalement qu'il faillit tomber à la renverse dans l'escalier.

« Calme-toi, Jason, c'est moi. »

Jason releva la tête, qu'il protégeait instinctivement avec son rouleau, tremblant de tous ses membres parce qu'il venait de reconnaître une voix familière. Devant lui, la silhouette musculeuse et dégingandée, les traits coupants éclairés à contre-jour, se tenait Hugues.

*

368

Dans une chambre de l'étage, face à un Jason incrédule et qui décolérait à grand-peine, Hugues répétait son histoire. Jason n'avait rien voulu entendre avant de savoir ce qui était arrivé à Colette. En apprenant qu'elle était seulement partie proposer gratuitement les fruits et légumes surnuméraires de son potager aux habitants de la presqu'île, et qu'elle avait elle-même demandé à Hugues de garder la maison, Jason avait partiellement relâché prise.

«Je te jure qu'elle est en pleine forme, répétait Hugues. Elle a dû prendre un petit verre chez des voisins. Elle va revenir d'un moment à l'autre.»

Jason avait alors accepté de recevoir la déposition d'Hugues, dans la chambre où celui-ci dormait. Mais il gardait toujours son rouleau à pâtisserie à la main, prêt à s'en servir à la première alerte. C'est seulement en découvrant le visage meurtri d'Hugues que Jason avait retrouvé sa capacité d'écoute. Hugues s'était alors lancé dans un récit circonstancié des événements à partir du moment où ses camarades avaient perdu sa trace, près du kiosque à journaux de la gare de H***.

Ce jour-là, comprenant que le train annoncé ne partirait pas, Hugues avait erré dans les rues avec son sac à dos, s'arrêtant dans un café pour manger un sec beurre et boire un petit noir. Il s'était ensuite dirigé vers l'entrée de l'autoroute pour faire du stop. Mais il avait été arrêté par une patrouille de flics qui l'avaient emmené au poste, où il avait passé vingt-quatre heures en garde à vue. Dans la fourgonnette, au moment où il montait, l'un des policiers, un jeune qui faisait du zèle, lui avait fait un croche-pattes. Il s'était étalé de tout son long, et ses dents du bas avaient traversé la chair sous la lèvre inférieure. Deux des flics s'étaient alors assis sur lui pendant tout le trajet. Ils lui avaient juré qu'il allait payer pour ses petits camarades d'extrême gauche qui étaient en train de tout foutre par terre. Pendant la garde à vue, ils avaient confisqué son portable et l'avaient empêché de passer un coup de fil. Ils lui avaient également refusé la visite d'un médecin, ce qui l'avait grandement inquiété, car il avait la lèvre tuméfiée et une forte douleur dans les incisives. Ils avaient cherché à lui faire avouer qu'il faisait partie des militants qui avaient gêné le départ du train en s'allongeant sur les voies. Ils prétendaient qu'il correspondait exactement à un signalement qu'ils avaient reçu. D'ailleurs, ils avaient trouvé un exemplaire de *Charlie Hebdo* dans son sac, ainsi qu'une canette de bière et un couteau suisse, ce qui suffisait à le rendre suspect. Comme des menaces anonymes de sabotage du matériel en cas de départ forcé des trains avaient été diffusées, l'atmosphère virait à la psychose antiterrorisme d'extrême gauche.

Après vingt-quatre heures, ils l'avaient relâché, faute de preuves, en se contentant de lui filer un bon avertissement. Le jeune zélé qui lui avait fait le croche-pattes lui avait donné une grande bourrade dans le dos en le reconduisant vers la sortie.

«T'inquiète pas, petit rouge de mes deux, lui avait-il glissé à l'oreille. La prochaine fois qu'on te voit traîner là où y a du grabuge, on te coffre pour de bon.»

Hugues s'était retrouvé sur la bretelle d'autoroute vers 17 heures, dans l'odeur du bitume fumant et des champs grillés. Il avait attendu en vain une voiture qui accepte de le prendre en stop. La circulation était au point mort. Une chape de plomb paraissait être tombée sur la ville. Les rares voitures qui passaient, limitées sans doute à de petits circuits dans le centre et sa périphérie, ralentissaient en le voyant sur le bord de la route, puis donnaient un coup d'accélérateur en découvrant son visage tuméfié. C'est à ce moment-là qu'il avait commencé à pleurer, de douleur et de tristesse mêlées. Le paracétamol qu'il avait acheté à la pharmacie ne lui avait fait aucun effet. Mais surtout, il se disait qu'il était incapable de continuer comme ça sans reprendre des forces. Il avait besoin de manger, de dormir dans un vrai lit. Au fond de lui, il se sentait déjà brisé dans ses envies de révolution. La police, expliqua-t-il à Jason, avait l'art d'arracher les velléités militantes à la racine. Vingt-quatre heures de garde à vue avaient refroidi ses ardeurs belliqueuses, alors même que sa colère était plus aiguë que jamais. Il avait commencé à rebrousser chemin vers la maison de Gertrude Cailleteau. Mais il marchait à tout petits pas, taraudé par la mauvaise conscience, se demandant ce qu'il pourrait bien raconter à Ludivine en arrivant. Il sentait au fond de lui qu'elle lui manquait, mais il avait trop d'orgueil pour avouer aussi crûment sa défaite. Il réécoutait les messages qu'elle lui avait laissés. La voix de Ludivine passait par toutes les couleurs de l'arc-en-ciel, de l'inquiétude à la colère, de l'amertume au désespoir. Après réflexion, il avait renoncé à l'appeler, se disant qu'il valait mieux l'avoir en face de lui et lui expliquer de vive voix ce qui s'était passé. Peut-être prendrait-elle pitié, peut-être le croirait-elle davantage en voyant sa plaie ouverte sous la bouche.

Mais à l'entrée du bourg, son courage avait encore fléchi d'un cran. Il avait changé d'avis, incapable de revenir à ce point sur ses positions, paralysé en imaginant la désapprobation sur le visage des uns, la colère et la moquerie sur celui des autres.

En rasant les murs des maisons, dans un état d'épuisement aggravé par une douleur qui le rendait sujet aux hallucinations, il avait aperçu, par le portail toujours ouvert, l'allée de gravier menant à la baraque de Colette. Il avait vu le banc, dans la fraîcheur du soir, et bientôt, il n'avait plus eu qu'une seule idée en tête : aller s'allonger sur ce banc et dormir.

Colette l'avait trouvé en allant arroser ses fleurs avant la tombée de la nuit. Elle l'avait réveillé, lui avait demandé ce qu'il fabriquait là. Mais dès qu'il avait ouvert les yeux, il avait compris qu'il était tombé sur la bonne personne. Il ne la connaissait pas, il ignorait ses liens avec Jason, mais il avait tout de suite vu que c'était une pure. Elle l'avait fait entrer chez lui, lui avait donné un bol de soupe, puis avait préparé une mixture cicatrisante à base de simples pour soigner sa blessure. Elle lui avait touché l'intérieur de la bouche avec le bout de ses doigts terreux, et la douleur aux gencives avait miraculeusement disparu.

Quand elle avait compris qu'il était celui que Jason et sa bande avaient cherché partout deux jours plus tôt, elle lui avait proposé de l'héberger gratis, pour lui permettre de retrouver des forces. Elle lui avait aussi promis le secret.

« Alors il y a deux jours, demanda Jason, c'est bien toi qui as fait claquer une fenêtre pendant que je rendais visite à Colette ? »

Hugues acquiesça. Il avait espéré avoir des nouvelles de Divine en se penchant sur la balustrade de l'escalier. Malheureusement, il avait créé un courant d'air entre la porte du palier et la fenêtre de sa chambre.

« Attends une minute ! reprit Jason, après un instant de réflexion. Tu ne te serais pas baladé sur la plage l'après-midi du même jour, par hasard ? Ludivine dit avoir vu ton fantôme, et on était déjà tous en train de penser qu'elle était folle. »

Hugues avoua qu'il avait bien aperçu Ludivine assise sur

un rocher du chemin côtier, mais qu'il s'était dépêché de se cacher pour éviter la confrontation. En sortant s'aérer, il avait découvert les avis de recherche, et avait pris conscience qu'il valait mieux ne pas trop exhiber sa trogne.

« T'es vraiment qu'un lâche, siffla Jason. Je croyais que tu voulais t'expliquer avec elle de visu.

— Entretemps j'avais changé d'avis. Comme je reprenais des forces, je me disais qu'il fallait que je retourne là-bas, coûte que coûte.

— Est-ce que tu as une idée de ce qu'elle a pu souffrir par ta faute ? Elle est à peine reconnaissable. Elle ne mange plus, elle ne dort plus, elle brûle au soleil, comme si elle voulait se punir de quelque chose. Ça fait partie de ta manière de changer le monde, de traiter comme de la merde la femme avec qui tu t'étais engagé à faire ta vie ? »

Hugues baissa la tête, honteux.

« Il est hors de question que tu repartes avant de t'être expliqué avec Ludivine. Si tu ne promets pas que tu viendras la voir, je te préviens, j'ameute le quartier tout de suite. Et j'appelle les flics, pour qu'ils te refoutent en garde à vue.

— Je te promets. Pas aujourd'hui, mais demain. Demain, avant de repartir.

— Jure-le-moi. Jure-le-moi sur la tête de Marx, et sur l'avenir de ta putain de révolution.

— Je te le jure, Jason. Demain, j'irai voir Ludivine, et je m'expliquerai avec elle.

— Je prendrai Colette à témoin. Pour qu'elle garde tes affaires pendant que tu vois Ludivine, et que tu ne te casses pas avant d'avoir tenu ta promesse. »

À ce moment, ils entendirent du bruit dans la cuisine. Colette venait de rentrer. Ils dévalèrent les escaliers et se trouvèrent face à face avec elle.

«Ah, Jason! lança-t-elle d'un air contrit. Laisse-moi t'expliquer.

— On s'expliquera plus tard, Colette. Je dois filer. Je reviendrai demain raccompagner Hugues pour qu'il prenne ses bagages. Il ne doit pas les prendre autrement. Il t'expliquera ça. Est-ce qu'il te reste des tomates en boîte? Et de la farine? On n'a plus rien à manger.»

Colette se dépêcha de sortir les provisions et de les poser sur la toile cirée, pendant que Jason allait couper d'autorité de la menthe dans le jardin. Elle voyait bien qu'il était furieux. Elle le connaissait assez pour savoir qu'il avait dû faire une terrible crise de jalousie, en découvrant qu'elle s'était occupée d'un autre garçon que lui. L'explication serait malaisée le moment venu. Jason était sans doute trop égoïste pour la comprendre. Mais elle considérait tous les enfants de la terre comme les siens. Et celui qui était tombé par miracle dans son jardin l'autre soir, si beau et si blessé dans l'ardeur rouge de ses vingt ans, avait peut-être besoin d'elle plus qu'un autre.

3

De grandes espérances avaient commencé à germer dans le cœur de nos protagonistes.

Corinne et Ludivine espéraient le grand soir. Tout laissait entendre que le dénouement de la crise était proche. On disait que le Premier ministre allait sauter avec toute son équipe, et qu'un gouvernement de crise allait être nommé, chargé lui-même de créer en urgence une cellule de concertation sur les principales revendications des salariés. Les syndicats avaient déjà prévu que s'ils n'obtenaient pas satisfaction, ils poursuivraient la grève générale. Les manifestations avaient repris de plus belle un peu partout, et les bloqueurs défiaient l'armée en entonnant *La Carmagnole*, *L'Internationale*, et le désormais fort populaire *Chant du bidon*.

Si Karen et Cédric n'espéraient que se venger de leurs frustrations personnelles, Bathilde, Yvon, Mourad et Jason se berçaient pour leur part d'enchanteresses espérances amoureuses. Elles suffisaient à leur donner une énergie dont ils ne se croyaient plus dotés depuis longtemps. Aussi étaient-ils pleins d'ardeur, ce soir-là, en mettant la table et en préparant les taboulés. L'huile d'olive colorée par la macération des tomates giclait joyeusement sur la semoule, le jus de citron éclaboussait les saladiers, et la menthe fraîche coupée en petits morceaux exhalait son odeur tonique.

Dans la journée, Bathilde avait achevé la lecture de Forster. Après avoir livré un rude combat avec elle-même, elle avait pris de grandes résolutions. Elle renonçait à Jason, tout d'abord. Contre toute attente, cela avait encore été la tâche la moins difficile à réaliser. La veille, elle avait écouté avec un mélange de stupéfaction, de dégoût et d'indifférence l'aveu à peine voilé que Jason avait fait devant tous de son attirance pour Mourad. Quarante-huit heures plus tôt, cette humiliation aurait suffi à l'anéantir. Mais les choses avaient changé depuis. Elle commençait à s'avouer, par expérience du contraste, qu'elle ne ressentait pour Jason qu'une faible attirance.

Et de fait, sa deuxième résolution concernait Yvon. Le moins qu'on puisse dire est qu'elle avait été plus difficile à prendre. Bathilde s'était avouée à elle-même qu'elle était amoureuse, stupéfiante et bouleversante découverte en soi. Mais, se rappelant ce qu'avait expliqué Mourad à propos de l'homosexualité, elle s'était rassurée en se disant qu'elle avait encore le choix d'accepter ou de refuser cet amour qu'elle sentait en elle, pour une brute et un voleur. Le dilemme se formulait donc de manière simple. D'un côté, le renoncement. De l'autre, le don de soi. La question était avant tout de savoir où se situaient les meilleures perspectives de salut. Car Bathilde plaçait encore la religion au-dessus de l'amour, et ne pouvait en tout cas se résoudre à un conflit ouvert entre ces deux aspects de son existence. Elle pouvait considérer le renoncement à Yvon comme un sacrifice qui agréerait à Dieu. Mais ce sacrifice lui paraissait d'une austérité bien cruelle. Elle pouvait aussi tenter de ménager la chèvre et le chou. En se donnant à Yvon, elle continuerait à travailler à la conversion morale de ce dernier, et ce dévouement constituerait sans doute un sacrifice suffisant, pour ne pas dire exorbitant. Car ce qui compliquait encore les choses, c'est qu'Yvon était d'un milieu social tout juste moyen — maman institutrice en ZEP, papa employé des PTT. Elle imaginait déjà les hurlements de sa mère en découvrant son futur gendre. Il faudrait pour le moins qu'il accepte de se faire couper les dreads — Bathilde lui en avait déjà touché un mot en plaisantant. Mais elle frémissait en se rappelant qu'il avait encore une forte accoutumance aux substances nocives — même si pour lui faire plaisir il n'avait pas fumé un seul joint le jour du Seigneur !

De son côté, Yvon brûlait d'un feu inédit pour Bathilde. Il se sentait fou de désir pour elle, mais en même temps plein d'un religieux respect, qui lui permettait d'envisager sans trop d'effroi une cour peut-être longuette. La douceur angélique de ses traits, la distinction de son élocution, son sens moral élevé le dépaysaient entièrement. Et chacun sait le rôle crucial que joue le dépaysement dans la naissance de l'amour !

Jason avait été déchiré par des combats analogues à ceux de Bathilde. À lui aussi, le pas à franchir paraissait immense. Comme il n'était pas du genre à faire les choses à moitié, et comme dans son obsession du contrôle il avait besoin de prévoir l'imprévisible jusque dans ses moindres détails, il avait tenté d'imaginer, au-delà du goût des lèvres de Mourad, les réactions de ses parents quand il leur annoncerait non seulement qu'il était amoureux d'un garçon, mais que ce garçon était arabe. Il était persuadé que ce dernier point, plus qu'une circonstance aggravante, constituerait à leurs yeux un crime en soi, une preuve de l'alarmante islamisation de la société française. Jason n'était pas du genre à trouver des jouissances nouvelles dans la transgression. Il aimait ses parents, souffrait à l'idée de leur faire de la peine, s'en labourait le cœur par anticipation. Mais il se disait aussi qu'il est des maux nécessaires. Il ne pouvait tout de même pas, pour leur permettre de continuer à vivre dans la routine de leurs préjugés et le confort tranquille de leurs certitudes, s'empêcher lui de *commencer* à vivre. Il se persuadait qu'il préférait être rejeté pour ce qu'il était qu'aimé pour ce qu'il n'était pas. Et il pensait que, parfois, il faut inverser la vapeur, aider nos parents à comprendre le monde tel qu'il est et non tel qu'il devrait être à leurs yeux, autrement dit leur rendre, dans notre faible mesure, ce que nous avons reçu d'eux : l'éducation.

Mourad, pendant ce temps, se demandait s'il devait attendre une permission plus explicite que celle qu'il croyait avoir reçue la veille de Jason, et qui l'avait absolument empêché de dormir. Après la déclaration de ce dernier, Corinne et Cédric s'étaient levés pour débarrasser la table, et la magie avait été brisée. Mourad s'était un instant retrouvé près de Jason pour ranger des casseroles. Il lui avait serré le bras, mais Jason n'avait visiblement plus eu le courage de l'affronter davantage ce soir-là et était monté se coucher sans autre forme de commentaire. Dans la journée, sans lui battre froid, il avait paru s'efforcer de se tenir à distance. Mourad recommençait à douter. Dans sa tête, il fredonnait : «Un pas en avant, trois pas en arrière, c'est la politique de Jason Cailleteau.» Jason attendait-il que les décisions soient prises à sa place? Espérait-il secrètement une mutinerie qui ne lui laisserait plus le choix? Mourad décida que la Bastille serait prise ce soir, quoi qu'il arrive.

*

Avant de laisser la parole à Cédric, Jason montra à ses camarades le planning des tâches prévues pour le lendemain. Il en avait excepté Ludivine, encore trop fragile, et dont il voulait surtout, sans rien en dire aux autres, ménager la rencontre avec Hugues.

La fabrication du pain et des galettes revenait à l'équipe cuisine, constituée de Corinne, Mourad et lui-même. Pendant ce temps, Amande et Karen se coltineraient le nettoyage des W-C et des salles de bains, étant entendu qu'elles n'avaient pas encore touché à une éponge depuis le début du séjour, et Cédric passerait l'aspirateur et la tondeuse. Enfin, Bathilde et Yvon devaient profiter de la marée basse pour partir à la pêche, avec obligation de ne pas revenir bredouilles, quitte à racheter de la poiscaille à faire frire aux pêcheurs amateurs qu'ils risquaient de rencontrer sur la plage.

Chacun acquiesça, heureux de se laisser aller à cet énergique collectivisme révolutionnaire.

Seule Amande, restée dans son coin, haussait les épaules,

indifférente à tout. Aucun espoir de quoi que ce soit ne la remplissait. Elle n'éprouvait pas de grand chagrin. Pas de remords ni de regrets non plus. Mais elle s'ennuyait mortellement. Quand Cédric annonça qu'il s'était désigné pour raconter son histoire, c'est à peine si elle eut un frémissement, tant elle attendait peu de cet ectoplasme.

«C'est une histoire, commença-t-il quand ils furent tous attablés, qui m'a été rapportée par un vieux pote d'un cousin de mon arrière-grand-oncle. Il la tenait lui-même d'une petite-nièce, dont l'ancien fiancé avait été à l'école avec le petit-fils de l'inspecteur de police qui joue le rôle principal de mon histoire. Vous voyez que je ne peux pas faire mieux pour authentifier mes sources. Tout est véridique, et ça s'est passé près de chez vous.»

Neuvième histoire
UN MEURTRE, S'IL VOUS PLAÎT

Un soir de mars dernier, vers 22 heures, la police reçoit l'appel d'un jeune homme qui prétend qu'on vient de tenter de l'assassiner. La police refuse de prendre l'affaire trop au sérieux. Par acquit de conscience, elle se contente d'une petite vérification d'identité.

Adrien Rosset, vingt ans, est étudiant en arts du spectacle. Son casier judiciaire est vierge, mais au ministère de l'Intérieur on retrouve sa trace dans différents fichiers. Adrien est jeune, ce qui pourrait suffire à le rendre suspect. Par ailleurs, il a manifesté à plusieurs occasions dans les rues du centre-ville, en tant que sympathisant gauchiste, mais sans affiliation politique particulière. Son style douteux — cheveux longs et gras, boucle d'oreille, jeans *baggy* — est également soigneusement consigné.

Enfin, on découvre qu'il a habité pendant deux ans dans le même immeuble qu'un trafiquant de cannabis d'origine maghrébine, lequel a avoué pendant sa garde à vue que sa clientèle comptait plusieurs voisins.

La police ajoute aux fichiers existants les données concernant l'appel d'Adrien, mais n'envoie personne sur place, croyant à une farce de petit con.

Une demi-heure plus tard, vers 22 h 30, nouveau coup de fil. Il s'agit de Richard Copernic, dix-neuf ans, et colocataire d'Adrien Rosset. En rentrant chez lui, il a trouvé son pote Adrien allongé près du téléphone, dans une flaque de sang.

Cette fois, branle-bas de combat. SAMU, inspecteur de police délégué sur place, relevés d'empreintes, interrogatoire poussé du jeune Copernic. Adrien Rosset est conduit aux urgences. Il souffre d'une grave lésion à l'arrière de la tête et se trouve dans le coma.

L'inspecteur Moineau demande à Richard un compte rendu circonstancié de son emploi du temps de la soirée.

« J'étais à la cinémathèque. Je peux même vous montrer mon ticket. C'était un film noir d'un réalisateur tombé dans les oubliettes. John Grimes ou Grines, je ne sais plus. *Un meurtre, s'il vous plaît*, ça s'appelle. *Murder for dinner*, en anglais. Une histoire de vengeance, apparemment pompée sur un truc d'Hitchcock pour la télé. J'avais demandé à Adrien s'il ne voulait pas venir avec moi. Il avait déjà vu le film. Il faut dire qu'il est très cinéphile. Et puis je crois qu'il attendait de la visite. Je suis sorti du cinéma vers 22 heures. Je suis rentré à pied, car je n'avais pas compris la fin. Souvent, je réfléchis en marchant. Là, le trajet était trop court, ou mes idées trop embrouillées, car ça m'a pas suffi. Du coup, j'étais impatient de discuter du dénouement avec Adrien. Je suis arrivé vers 22 h 20 dans l'appartement. Et c'est là que je l'ai trouvé. »

Richard Copernic a l'air visiblement effondré. Il explique à l'inspecteur qu'Adrien est son meilleur ami. Il le connaît depuis le CM2. Adrien n'a pas d'ennemis, à sa connaissance. Seulement des potes. Il est très populaire. Toutes les filles sont folles de lui, et il a souvent trois ou quatre petites amies en même temps.

Il n'en faut pas plus à l'inspecteur, pour imaginer un crime passionnel. Il a déjà abandonné la piste politique — Adrien lui paraît à vue de nez trop mou et trop consensuel pour s'embarrasser de militantisme —, ainsi que la piste du trafic de stupéfiants — la fouille de l'appartement n'a rien donné, et Adrien n'est sans doute qu'un vulgaire consommateur de shit, ne méritant qu'une bonne fessée de la part de ses parents.

On écoute les messages du téléphone portable d'Adrien. On découvre que le jeune homme entretient ces derniers temps des relations poussées, équivoques ou sans équivoque, comme vous préférez, avec deux personnes du sexe. Au moment de la tentative de meurtre, la première jeune fille, une certaine Tatiana Debon, semble sur le point de détrôner sa rivale, laquelle répond au nom de Clotilde Amaury.

Richard est interrogé au sujet de ces deux demoiselles. Il connaît assez bien Clotilde. Adrien l'a fréquentée pendant au moins trois mois. Autant dire un record. C'est une fille au physique avantageux, comme toutes les conquêtes de l'irrésistible Adrien. Et par ailleurs, d'un tempérament volcanique. Dans ses colères comme dans ses étreintes, si l'inspecteur Moineau voit ce qu'il veut dire. Non, effectivement, il n'est pas toujours facile de cohabiter avec un tel séducteur, surtout quand les cloisons sont fines et qu'on a cours tous les jours à 8 heures du mat'. Enfin, il faut que jeunesse se passe. Quant à Tatiana, il ne l'a vue que deux fois. Il sait que c'est une amie de Clotilde. Peut-être même sa meilleure amie, mais il ne pourrait pas en jurer. La première fois qu'il l'a vue, c'était à une soirée organisée par Adrien à l'appartement. Il ne l'a pas vraiment approchée car il y avait beaucoup de monde. La deuxième fois, c'était le week-end dernier, à un dîner où ils étaient présents tous les quatre. Maintenant qu'il y repense, Richard se souvient qu'il y avait de l'électricité dans l'air. À un moment donné, Tatiana a fait allusion au petit tatouage en forme de dauphin ornant sa fesse gauche, et Clotilde lui a vertement demandé de cesser d'allumer son homme — c'est l'expression qu'elle a employée.

*

Le lendemain, l'inspecteur Moineau interroge successivement les deux dulcinées.

Il demande à chacune de décrire la personnalité de la victime, ses relations avec elle, et l'emploi du temps de sa soirée le jour de l'agression.

Clotilde Amaury, une brune piquante et pleine de ressentiment, explique qu'Adrien est un garçon bourré de défauts, contrairement à ce qu'on pourrait croire. Il est lâche, incapable de réfléchir autrement qu'avec son pénis, opportuniste et surtout extraordinairement radin. L'inspecteur lui demande de s'expliquer.

Clotilde raconte alors toutes sortes d'anecdotes aigres. Adrien n'a jamais un centime sur lui. Dans les moments critiques, au restaurant ou au cinéma, il feint toujours d'avoir oublié son portefeuille chez lui ou de l'avoir perdu. Quand il organise des soirées, il demande à ses invités de venir vers 21 h 30, le ventre plein, et avec une bouteille à la main, pour ne pas dépenser un kopeck. Il a même une technique infaillible pour se refaire un buffet en dix minutes, et il s'en explique sans vergogne à qui veut l'entendre. Il invite beaucoup de monde chez lui, disons une cinquantaine de personnes. Chacun arrive avec sa bouteille, donc. Il déclare alors qu'on est à l'étroit, et propose à l'assemblée de descendre boire un verre au PMU en bas de chez lui.

« Inutile de préciser que personne n'ose reprendre sa bouteille, et que chacun paie son verre une fois au bistro. Cinquante bouteilles d'un coup, l'affaire est dans le sac. »

Clotilde poursuit. Adrien achète beaucoup en gros, parce que c'est moins cher, et il met tout au congélateur. Il prend des côtelettes premier prix, par lot de quinze. Un jour, il lui a fait une crise parce qu'il n'arrivait pas à décoller deux côtelettes d'une rangée de dix.

« Je lui ai conseillé de les passer sous l'eau chaude, mais il a déclaré qu'il perdrait huit côtelettes pour en manger seulement deux, et qu'il préférait se priver de viande — et m'en priver aussi, par la même occasion. »

L'obsession des économies ne s'arrête pas là.

« Il congèle même le reste des viennoiseries que je lui apporte le samedi matin. Son congélateur est rempli de moitiés de pains au chocolat, de petits bouts de croissants et de morceaux de pain qu'il vole au RU et qu'il serre dans des sacs plastiques. Il vole aussi les morceaux de sucre à la cafétéria, les sachets de Ketchup et de moutarde, enfin tout, quoi. »

L'inspecteur Moineau lui demande tout à trac si elle a tué Adrien Rosset.

« Je le méprise trop pour ça. D'ailleurs, le mépris, ça tue mieux que la haine. »

Il l'interroge ensuite sur ses relations avec Tatiana Debon.

« Une copine de cours. Enfin, une ex-copine. Elle est amoureuse d'Adrien depuis des lustres. Je pense qu'elle s'est rapprochée de moi pour essayer de me le piquer. Mais honnêtement, si elle en veut, et s'il en réchappe, bien sûr, je le lui laisse sans regrets. J'aime pas les radins. Alors vous voyez, inspecteur, vous feriez fausse route en allant vous imaginer une histoire de jalousie entre Tatiana et moi. Enfin plutôt, elle, elle est sûrement jalouse de moi. Mais moi jalouse d'elle, faut pas déconner.

— Et Richard Copernic?

— Oh, Richard... un gentil garçon. Trop gentil, même. Du genre toutou, vous voyez? Je me demande pourquoi il acceptait de se faire traiter comme un larbin par Adrien.

— Comment ça, comme un larbin?

— Et ben, oui, comme un larbin. C'est lui qui descendait les ordures. Qui faisait la vaisselle. Qui nettoyait l'appartement une fois par semaine, et par la même occasion achetait les éponges et les produits d'entretien. L'autre lui disait que ça le dérangeait pas de vivre dans la crasse. Donc, que s'il voulait que ça soit plus propre, ben ça le regardait et qu'il avait qu'à s'y coller. »

L'inspecteur lui demande ensuite ce qu'elle a fait le soir de la tentative de meurtre. Et c'est là que les choses se corsent pour la malheureuse Clotilde. Elle est bien passée chez Adrien, ce soir-là. Vers 20 h 30, dit-elle. Ils se sont donné rendez-vous. Rien de romantique, non. Ils étaient déjà séparés depuis le début de la semaine. Mais ce salopard ne faisait aucun effort pour lui rendre des affaires qu'elle avait laissées chez lui. Du gel douche. Du shampooing. Et surtout un grille-pain qu'elle avait apporté chez lui parce qu'il n'en avait pas et qu'elle, elle n'aime que les tartines carbonisées. Il lui avait dit que si elle voulait récupérer ses affaires, il fallait qu'elle fasse fissa, parce qu'il avait déjà un plan pour tout revendre sur eBay. Oui, même le shampooing. S'il faut tout dire, Adrien n'était pas plus soigneux de sa personne que de son appartement, et il préférait se faire deux centimes d'euro sur eBay qu'un seul shampooing.

La visite a été de courte durée. À 20 h 45 au plus tard, Clotilde était dans l'ascenseur, tenant d'une main son grille-pain, de l'autre son gel douche et son shampooing. «Il n'a même pas voulu me donner un sac plastique. Il voulait bien m'en *prêter* un, mais il aurait fallu que je le voie ensuite pour le lui rendre, et j'ai préféré m'en passer. »

Clotilde, pour finir, exprime ses soupçons à l'égard de Tatiana. Elle est convaincue que si l'entrevue a été si courte, c'est qu'Adrien n'était pas seul. Elle a même cru entendre du bruit dans sa chambre. Pour elle, ça ne fait pas de doute. Tatiana avait déjà pris sa place dans le lit encore chaud d'Adrien, et c'est elle qui l'a tué.

« Mais quel aurait été son mobile ? demande l'inspecteur.

— Hum ! Elle a dû comprendre qu'Adrien s'était simplement passé une envie avec elle, et qu'il n'avait pas le moins du monde l'intention de s'engager. De là une dispute, et la tentative de meurtre. C'est clair comme de l'eau de roche. »

*

Tatiana Debon, une blonde tout en rondeurs, mais couverte d'épines comme un de ces cactus rebondis qu'on voit sur les bouteilles de tequila, fait un portrait élogieux d'Adrien. Elle reconnaît qu'elle a noué avec lui des relations amoureuses, et qu'elle est désespérée de le savoir entre la vie et la mort. L'inspecteur Moineau en déduit qu'elle en est encore au stade de la cristallisation. Non, elle n'a pas remarqué qu'il était radin. Une hygiène douteuse ? Peut-être, mais c'est sans doute parce qu'il n'avait pas près de lui une femme attentionnée. « Les choses auraient pu changer ! dit-elle en étouffant un sanglot. J'étais celle qu'il lui fallait ! »

Elle confirme que Richard Copernic est plutôt un brave garçon. Mais exploité par Adrien, certainement pas !

« Richard n'a aucun ami. C'est presque la charité que lui fait Adrien. Sans lui, il ne verrait personne. Le fait d'être en coloc avec Adrien lui permet de voir passer du monde. Personne ne ferait attention à un mec aussi insipide, autrement. Quand il se tait, personne ne le remarque. Le problème, c'est que quand il l'ouvre, il est d'une telle bêtise, on en vient à regretter ses silences. »

L'inspecteur lui demande si elle le croit capable de meurtre.

« Vous voulez rire ? Quel intérêt aurait-il eu à supprimer son bienfaiteur ? Non. Et puis, avec son QI de poisson rouge, je ne le vois pas faire du mal à une mouche. »

Tatiana a une opinion très arrêtée sur la question. Pour elle, il ne fait aucun doute que la meurtrière d'Adrien est Clotilde. Clotilde était absolument folle de jalousie. Voyant qu'elle était en train de perdre Adrien, elle a préféré le supprimer que le céder à une autre.

Mais Tatiana perd de sa belle assurance quand l'inspecteur lui demande de détailler son emploi du temps le soir de la tentative de meurtre. Elle commence par nier avoir été présente chez Adrien. L'inspecteur lui fait remarquer qu'elle n'a pas d'alibi. Un coup de fil à ses parents permet en outre de vérifier qu'elle était bien de sortie, ce soir-là, et qu'elle est rentrée chez elle vers 22 heures. Sachant que l'agression a eu lieu entre 21 h 30 et 22 heures, on pourrait fort bien la soupçonner d'en être l'auteur. Quand elle comprend la délicatesse de sa situation, Tatiana finit par craquer. Elle avoue. Elle a bien passé une partie de la soirée chez Adrien. Elle a fait croire à ses vieux qu'elle était chez une amie à elle. Ils sont hyperconservateurs, et s'ils apprennent qu'elle leur a menti, ils l'enverront chez une tante très méchante, à l'autre bout de la France. L'inspecteur ne relève pas cette tentative pour l'amadouer, et lui demande pourquoi elle a décidé de rentrer à 21 h 30.

« Ma copine m'avait dit qu'elle ne me couvrirait pas, cette fois. Je ne pouvais pas passer toute la nuit chez Adrien. Et puis je dois avouer que ses draps ne sentaient pas très bon. J'avais hâte de rentrer chez moi et de retrouver ma couette. Oh, inspecteur ! Est-ce que c'est grave, de ne pas avoir d'alibi ? Est-ce que vous croyez que je vais aller en prison ?»

*

L'inspecteur Moineau est un véritable inspecteur de roman noir. Il a tout ce qu'il faut où il faut. Il est petit, maigrichon, tassé dans son imperméable élimé, menacé par un cancer généralisé. Il a des yeux un peu bridés, le teint jaunâtre parce qu'il fume et qu'il picole trop, et on l'appelle «Le Chinois». C'est un vieux sage. Il ne lit que des bandes dessinées, des livres de science-fiction et de la philosophie.

Il a le sentiment que l'assassin du petit con est son colocataire, parce qu'il a lu Hegel, et qu'il se souvient de la dialectique du maître et de l'esclave. Il imagine que Richard Copernic est une victime qui en a marre de son bourreau, et qui veut renverser la vapeur. Moineau ajoute même à ce scénario une histoire de dépit amoureux. Richard a le béguin pour Tatiana Debon. Quand il l'a vue, la première fois, il s'est dit que celle-là, elle était pour lui. Mais voilà que ce malotru d'Adrien Rosset a décidé de faire un caprice de plus, et de changer sa vieille carrosserie — en réalité flambant neuve — pour une nouvelle voiture de sport. Pour Richard, ça a été la goutte d'eau qui fait déborder le vase. Oui. Voilà ce que se dit l'inspecteur Moineau. Voilà ce que lui suggèrent ses petites cellules grises. Il a bien senti le mobile, dans la manière faussement neutre dont Richard parlait de Tatiana. Et il en a eu la confirmation, quand Tatiana lui a parlé de Richard. Tout à fait le genre de propos que peut tenir une fille persuadée d'être harcelée par un homme qu'elle ne désire pas.

Le problème est que l'inspecteur Moineau n'a rien de décisif contre Richard Copernic. Le jeune homme était bien au cinéma ce soir-là, comme le prouvent son ticket, et le témoignage du caissier, qui a reconnu Richard sur une photo. L'examen de la lésion du crâne d'Adrien n'a rien révélé de concluant. Le coup a été porté par un objet assez lourd et contondant, mais on n'a pas retrouvé l'arme.

Il ne reste plus qu'à espérer qu'Adrien Rosset sorte du coma et donne sa propre version des faits. Pourtant, Moineau n'est pas vraiment sûr qu'il souhaite que cela arrive. À la fois parce que le bellâtre crasseux ne lui est décidément pas sympathique, et parce que symétriquement, le jeune Richard ne lui paraît pas mériter d'être puni pour avoir fait justice lui-même.

L'inspecteur Moineau rentre chez lui. Évidemment, sa femme, qui est une excellente ménagère mais aussi une commère invétérée, veut tout savoir. Et quand il lui rapporte les propos des différents suspects, elle se met immédiatement à accuser Tatiana Debon :

«Son emploi du temps parle de lui-même. Et puis, je m'y connais en psychologie féminine. Si cette jeune fille a compris qu'elle n'était qu'un morceau de barbaque, ou au mieux la prochaine pourvoyeuse en pains au chocolat à congeler, il est très vraisemblable qu'elle a voulu se venger ! »

L'inspecteur Moineau se laisse persuader, comme d'habitude, par lassitude, mais aussi par tactique. Sa longue expérience lui a en effet appris que souvent, il faut commettre une erreur d'inculpation pour que la vérité se fasse jour, même si cela doit coûter la vie à une victime supplémentaire !

Le lendemain, Tatiana Debon, celle qu'une certaine presse excessive appelle déjà la «Veuve rouge», est inculpée pour tentative de meurtre et incarcérée.

Une semaine plus tard, l'inspecteur passe un coup de fil au CHU pour prendre des nouvelles d'Adrien Rosset. Stupeur et consternation ! Il apprend que celui-ci est sorti du coma depuis déjà deux jours, et qu'après quelques examens de contrôle il est rentré chez lui. Après avoir grommelé de vertes insultes à l'intention du chef de service qui n'a pas coopéré avec la police comme il l'aurait dû, Moineau saute dans un taxi pour se rendre chez Adrien et Richard. Alors qu'il est en train de payer le chauffeur, son téléphone portable vibre dans la poche de son imperméable. C'est Richard Copernic :

« Inspecteur, il est arrivé une catastrophe. Je viens de rentrer chez moi et j'ai trouvé... quelle horreur ! J'ai de nouveau trouvé Adrien dans une flaque de sang. »

*

Quelques heures après ce tragique événement, l'inspecteur Moineau est attablé devant deux grandes côtes de porc nageant dans un jus aqueux, et un verre de cuisine rempli de gros rouge. Chez Adrien et Richard.

« C'est pas bon, inspecteur ? lui demande Richard. Je suis désolé, ça a dû rester trop longtemps dans le congélateur ! »

Entretemps, Moineau a donné les instructions nécessaires pour que la petite Debon ne passe pas la nuit en prison. Elle a déjà retrouvé ses parents, qui lui ont foutu une sacrée raclée dès qu'ils l'ont vue, et qui lui ont déjà pris ses billets de train pour Triffouillis-les-Oies, le bled habité par sa tante. Ça n'est pas juste, pense Moineau. Mais elle n'avait qu'à céder au petit Copernic. Il était tout de même beaucoup plus intéressant que le ménestrel crassouillard.

Moineau a également fait un tour au CHU, pour prendre des nouvelles dudit ménestrel. Adrien Rosset est de nouveau dans le coma. Cette fois, il n'est pas dit qu'il en sortira.

Pour finir, l'inspecteur a songé à faire arrêter Clotilde Amaury, sur le conseil de son épouse. Cette dernière, au téléphone, lui a juré qu'un coup dans le dos, et deux fois de suite, ne pouvait être que l'œuvre d'une femme. Mais Moineau ne veut pas prendre le risque de voir la demoiselle devenir aux yeux d'une certaine presse la « Corneille flingueuse », ou aux yeux de ses parents une dévergondée bonne pour le cloître. Le sort de Tatiana Debon l'a suffisamment édifié. Il ne souhaite pas davantage que, dans le cas miraculeux où le ménestrel reviendrait chez lui, il soit pour la troisième fois attaqué dans le dos. Or, il est intimement persuadé que c'est ce qui se produirait immanquablement, dans la mesure où la demoiselle Amaury n'a rien à voir là-dedans, et que l'assassin véritable — à savoir Richard Copernic, une conviction première ne l'a jamais trahi — va narguer tout le monde sur l'air de « jamais deux sans trois ».

Mais Moineau n'ignore pas que, dans son métier, l'intime conviction ne constitue jamais une preuve. Or, si son expérience et son sens de l'humain lui ont souvent permis de désigner d'emblée le bon coupable — et parfois d'obtenir de lui des aveux —, sa médiocrité est grande dès qu'il s'agit d'opérer une démonstration qui tienne la route devant la justice. Notre inspecteur moitié génie, moitié raté, est donc revenu chez Richard dans l'espoir de lui faire cracher le morceau.

Quand il lui ouvre la porte, Richard n'a pas l'air étonné le moins du monde. Il paraît serein, pour ne pas dire content. Peut-être parce que cette fois, il pense qu'il n'a pas raté son coup. Dans sa joie, il oublie de jouer la scène de l'amitié en deuil.

« Inspecteur, est-ce que ça vous dirait que je cuisine pour vous pendant que vous me cuisinez ? »

*

Il est 21 h 30 quand Moineau quitte l'appartement de Richard. Il a le moral dans les chaussettes. Richard n'a rien voulu lâcher, et il n'a pas réussi à le décontenancer. Richard n'a pas d'alibi, cette fois, aucune explication précise de son emploi du temps de la soirée, et il semble s'en moquer éperdument. Quand l'inspecteur lui a sorti sa vieille botte archi-usée : « Je vous déclare coupable d'avoir essayé de tuer Adrien Rosset à deux reprises », Richard lui a répondu calmement, presque avec de la tendresse dans la voix, la réplique tout aussi usée : « Vous n'avez aucune preuve. »

Moineau erre dans les rues du centre-ville. Sur l'asphalte humide et rugueux se reflètent les réverbères jaune pisseux, les enseignes électriques rouges et vertes des pizzerias et des restaurants asiatiques. Il se tape un vrai blues d'inspecteur en préretraite. Il n'a pas envie de rentrer directement chez lui, et traîne les pattes en regardant ses chaussures au cuir gondolé. Le Shamrock lui tend les bras : la porte est ouverte, le néon du hall d'entrée illumine une vieille moquette rase aux arabesques araboandalouses, autrefois multicolores mais désormais passées. Un bon vieux saxo monte depuis le sous-sol où un *band* minable joue des standards. Il s'apprête à entrer, et à commander son double scotch, quand il aperçoit l'affiche du cinéma d'art et d'essai, juste à côté : *Un meurtre, s'il vous plaît.*

Il y a une séance dans cinq minutes. Il prend un ticket, et il entre. Il n'y a pas plus de trois ou quatre pèlerins dans la salle.

Le film doit dater de la fin des années cinquante. Il n'a pas été restauré. Les petites griffures blanches de la pellicule et le grésillement nasillard de la bande-son le bercent et lui donnent envie de dormir. D'autant que l'histoire, au départ, n'est pas palpitante. Une femme se dispute avec son mari. Elle lui explique qu'elle veut changer de vie. Elle en a marre de faire la bonniche, et elle veut travailler comme une vraie femme moderne. Lui est une brute épaisse. Moineau se dit qu'il a déjà vu sa sale gueule dans d'autres films, mais il n'arrive pas à se rappeler lesquels. L'homme s'approche de sa femme en lui crachant sa fumée de

391

cigare à la gueule. Il lui fout une raclée qui la renverse sur le lit, puis la relève, la secoue dans tous les sens, et pour finir lui demande de préparer à manger. Gros plan sur le visage de la femme battue, en pleine lumière. Elle est décoiffée, les larmes font couler son Rimmel, et elle a une marque sur la pommette droite. Elle tourne le dos à son mari, et lui répond d'une voix docile. Oui, elle va faire à manger. Mais dans son regard passe une lueur assassine, directement héritée du cinéma expressionniste. Et on comprend que ça va barder. L'inspecteur se cale dans le fauteuil, sa curiosité maintenant tout à fait réveillée.

*

« Quand est-ce que vous avez compris, inspecteur ?
— Quoi ? Que c'était toi qui avais tenté d'assommer ton pote ?
— Non. Avec quoi j'avais essayé de le faire ?
— Ben, dès que j'ai vu le visage de la femme en gros plan, avec la haine dans ses yeux, bien sûr, au moment où elle s'apprête à faire à manger. Je me suis dit que forcément, si elle descendait son mari, ce serait avec un ustensile de cuisine. Le plan d'après, on la voit sortir de la glace son gros gigot d'agneau et le brandir comme une massue. Et là, je sais pas, tout m'est remonté à la surface : les histoires de pains au chocolat et de côtelettes premier prix. J'ai bien failli sortir tout de suite pour venir te coffrer.
— Vous auriez eu tort, inspecteur. Parce que c'est ce que j'ai fait la première fois, me casser au milieu du film, et ça m'a empêché de dormir plusieurs nuits d'affilée. Et puis quoi, venir me coffrer ? Vous avez toujours pas de preuve ! Heureusement que j'en ai marre, et que je suis là pour tout vous raconter. »
De fait, trêve de suspense. Richard en a sa claque, et il est si fier de son coup, il raconte tout par le menu. Oui, il a souvent parlé avec Clotilde de la radinerie légendaire d'Adrien. Tout comme

elle, il en avait ras le bol de tous ses machins congelés, décongelés et recongelés depuis des mois. Il avait souvent menacé de tout foutre à la poubelle, ne serait-ce que par mesure d'hygiène. Mais effectivement, c'est un motif d'agacement, voire de mépris, pas un mobile de meurtre. Ce qui a précipité les choses, Moineau a vu juste, ça a été le coup de foudre de Richard pour Tatiana. Au début, Adrien l'a encouragé. Et puis un beau jour, il lui a dit de se dégrouiller, parce que sinon, lui, il avait l'intention d'en faire son quatre-heures, de la Tatiana. Le soir du meurtre, Adrien lui a dit de dégager de l'appartement, d'aller au cinoche ou au bowling, parce qu'il allait avoir de la visite et qu'il avait pas l'intention d'être dérangé. Richard est allé mater le film. Quand il a vu qu'on pouvait assommer quelqu'un avec un gigot congelé — entre parenthèses, c'est le premier truc qui a été pompé à Hitchcock par Grimes ou Grines, mais ce dernier a toujours prétendu que c'était Hitch qui lui avait volé son idée — ça a fait ni une ni deux dans sa tête. Il a quitté la séance en plein milieu, en passant par la fenêtre des chiottes, tout simplement, et il a couru jusqu'à l'appartement.

Richard avait prévu de les étourdir tous les deux, au pieu, en pleine action. Mais quand il est arrivé Tatiana avait déjà foutu le camp. Il s'est pas débiné pour autant. Il a marché jusqu'au congélo, d'un pas de justicier. Le problème, c'est qu'Adrien était pas assez riche, ou trop radin, pour acheter du gigot. Le plus lourd que Richard a trouvé, ça a été un lot en promo spécial familles nombreuses de vingt côtes de porc, sur deux rangées. Il s'est dit que s'il tapait bien, avec les os, il pourrait quand même faire du bon boulot. Il a assommé Adrien, qui était en train de se rouler un pétard, puis, croyant l'avoir expédié pour de bon, il a couru jusqu'au cinoche. Il est rentré par la fenêtre des chiottes, et il a vu les deux dernières minutes du film. Du coup, il a rien compris : la femme buvait un coup et riait avec ce qui ressemblait bien à un inspecteur de police. Problème de raccord, sans doute, la marque sur sa pommette avait disparu.

Quand il est rentré pour la seconde fois à l'appartement, Richard a trouvé Adrien près du téléphone. Il a eu peur que celui-ci ait déjà appelé la police, et il a préféré appeler les flics à son tour.

« Et qu'est-ce que tu as fait des côtes de porc ?

— Je les ai remises dans le congélo. Personne a songé à regarder de ce côté-là. Mais j'étais pas rassuré. Mardi dernier, comme ça me démangeait, je suis retourné voir le film. Et c'est là que j'ai vu le deuxième truc que Grimes ou Grines a piqué à Hitchcock, ou, à en croire Grimes ou Grines, qu'Hitchcock lui a piqué. La police sonne à la porte, alors que le cadavre est encore tout chaud. La femme est en panique. Mais elle a une idée de génie. Enfin, l'idée de génie, c'est celle de Grimes, ou de Grines. Ou encore celle d'Hitchcock, est-ce qu'on saura jamais ? Faire bouffer l'arme du crime aux policiers en leur cuisinant un supergigot aux petits oignons. Quelle trouvaille ! Ça a été mon idée fixe, après, quand j'ai su que l'autre connard allait revenir tranquillement au bercail, après avoir envoyé ma sylphide à l'autre bout de la France. L'assommer une deuxième fois, et faire bouffer la pièce à conviction aux flics. Je vous aimais bien, depuis le début, inspecteur, et je sais qu'elles étaient dégueulasses, ces côtes de porc. Mais j'avais vraiment besoin de quelqu'un pour m'aider à les terminer. Moi, j'en pouvais plus. Et puis je trouvais ça vraiment malin de vous les faire manger pour vous faire tourner en bourrique.

— Le problème, c'est que les côtes de porc, c'est pas du gigot. Et que Grimes ou Grines, c'est pas Hitchcock.

— Qu'est-ce que vous voulez dire ?

— Ben, que tu seras jamais qu'un assassin minable, cherchant à refaire ce qui a déjà été fait, et foirant ton coup par la même occasion.

— Tout comme vous serez jamais qu'un flic raté, réduit à coffrer les innocents et à supplier les coupables de vous rédiger des aveux signés. Mais c'est pour ça que je vous aime bien, inspecteur. J'aime les losers.

— Toi aussi, petit, je t'aime bien. Je vais partir à la retraite, et on va classer cette affaire. Après tout, j'ai fait ce métier au nom d'une certaine idée de la justice, et je crois que si j'avais été à ta place, moi aussi j'aurais assommé ton pote avec du surgelé. »

Et pour fêter la naissance de cette belle amitié, l'inspecteur Moineau et le jeune et fringant Richard Copernic s'ouvrent une nouvelle bouteille de vin de table, et décident de boire à la santé des flics ratés, des assassins imprévoyants, des femmes battues et humiliées, d'Alfred Hitchcock, et de tous les losers qui lui arriveront jamais à la cheville.

4

On aurait pu partager les auditeurs de Cédric, à l'issue de son histoire, en trois équipes. Dans la première se trouvaient ceux qui avaient parfaitement saisi l'enjeu du récit. Yvon, bien sûr, dont le visage s'était fermé et durci, et qui aspirait de profondes bouffées de cannabis pour tenter de calmer l'ébullition de son cerveau. Karen, qui ne comprenait pas en quoi consistait la vengeance, qui restait perturbée par les personnages féminins du récit, mais qui, ayant été mise au fait préalablement par Cédric, savait du moins que l'histoire n'avait pas dû faire plaisir à Yvon. Elle en éprouvait un mélange curieux de pitié et de jouissance sadique. Amande, enfin, dont l'intérêt s'était tout à fait éveillé, dès le premier portrait d'Adrien Rosset. Dès l'instant qu'il était question de médisances et de règlements de comptes, elle n'était pas du genre à laisser échapper les intentions secrètes d'un récit. Elle jubilait de voir que, contre toute attente, le récit en question assouvissait ses propres désirs de vengeance.

Dans la deuxième équipe, on pouvait compter Corinne, Ludivine et Mourad. Ils avaient pris l'histoire au premier degré, et ils en cherchaient la signification avec d'autant plus d'application que, pour plaisante à certains égards qu'elle leur ait semblé, elle leur paraissait surtout ambiguë et étrangement bâtie, avec sa fin en queue de poisson.

Enfin, Bathilde et Jason pouvaient être situés dans une sphère intermédiaire, dans la mesure où, sans avoir saisi la nature exacte du règlement de comptes, ils avaient ressenti dès les premières phrases prononcées par Cédric un intense malaise. Bathilde avait réagi à l'instinct en constatant que le garçon dont elle se souciait désormais se décomposait à vue d'œil. Jason avait été mis en alerte par l'introduction provocatrice de Cédric. Il avait senti un ton d'ironie et de révolte dans la voix de ce dernier, qui ne lui avait pas plu du tout. La transgression à l'égard des règles lui fournit un bon prétexte pour attaquer une histoire qui, une fois de plus, et sans qu'il pût dire exactement pourquoi, mettait à mal la communauté.

« Cédric, commença-t-il d'une voix tendue, avant qu'on commence à débattre du contenu de ton roman policier, tu peux nous expliquer pourquoi tu refuses de suivre les règles du jeu?

— Qu'est-ce qui te fait dire que je refuse de les suivre?

— Tu as tout inventé, de A à Z. Et en plus, tu ne t'en caches même pas.

— D'accord, j'avoue. Mais en quoi est-ce que mon histoire est moins vraisemblable que celle de Bathilde, par exemple?

« — Ce n'est pas le même problème, intervint Bathilde, volant au secours de Jason. Mon histoire pouvait paraître incroyable, voire invraisemblable. Mais elle était vraie. Je n'avais rien inventé.

— Quant à ça, y a rien qui le prouve.

— Non, il n'y a rien qui le prouve, si ce n'est l'engagement que j'ai pris de raconter toute la vérité. Alors que toi, tu ne cherches même pas à faire semblant.

— Effectivement. Ça ne m'intéresse pas, les histoires vraies. Je préfère un mensonge bien revendiqué à une pseudo-tranche de vie. »

Cédric, qu'on n'avait jamais entendu se rebeller de cette manière-là, ni manifester une telle agressivité, continua à s'insurger contre cette dictature de l'authenticité. Il rappela d'abord qu'on était en période révolutionnaire, et que les règles étaient faites pour être transgressées. Surtout quand elles étaient stupides. Ensuite, son histoire était en partie inspirée par des faits réels. Mais il avait fait l'effort de les déformer, de les recomposer, de les mélanger avec d'autres faits, qui ceux-là étaient inventés. À son avis, c'était en ça que consistait l'art de raconter des histoires. Et c'était ce qui faisait que la fiction était également capable de dire la vérité, peut-être même une vérité plus grande, parce qu'en s'inspirant du monde sans le recopier, elle donnait à en voir une image plus nette, et plus riche de sens. Et il se mit à défendre les sous-genres méprisés selon lui par les intellos : la science-fiction, la *fantasy*, le polar.

Jason fulminait. Il n'aurait jamais cru qu'un futur ingénieur, un matheux, fût capable de s'exprimer aussi bien sur ce qu'il considérait comme son terrain à lui. Cet abruti jusque-là muet comme une carpe ou n'ouvrant la bouche que pour dire des âneries n'était-il pas en train de chercher à rivaliser avec lui sur le terrain de l'art du récit? N'allait-il pas bientôt annoncer qu'il voulait devenir écrivain? C'était le monde à l'envers.

« En l'occurrence, intervint Ludivine, qui comprenait mal pourquoi l'atmosphère était si électrique, quel message as-tu voulu transmettre à travers ton récit?

— Moi, je ne travaille pas dans la pub. Je ne transmets pas de message. Tu sais qui est l'assassin, et comment ça s'est passé. Qu'est-ce que tu veux savoir de plus?

— Pour commencer, intervint Mourad, j'aimerais bien savoir ce qu'est devenu le pauvre Adrien. Est-ce qu'il est mort, au bout du compte?

— Je ne sais pas. À ma connaissance, il est toujours dans le coma.

— Mais ça n'est pas la question! s'écria Bathilde, le rouge aux joues. À partir du moment où il y a eu tentative de meurtre, que la victime soit morte ou non, il faut considérer qu'il y a eu meurtre. Le dénommé Richard Copernic doit être condamné! Et je dirais même plus! L'inspecteur Moineau doit être radié et mis lui aussi en prison. Est-ce qu'on a déjà vu un truc aussi invraisemblable, un inspecteur qui pactise avec le meurtrier sous prétexte que la victime — qu'il n'a même pas rencontrée! — lui est *a priori* antipathique?

— Le fait est, ma chère Bathilde, riposta Ludivine, que le caractère insupportable de la victime constitue une circonstance atténuante! Tu es très forte pour foutre les gens en taule en moins de deux, mais avant ça, il y a d'abord un procès.

— Pour une fois, Ludi, je suis d'accord avec toi, dit Amande. Cet Adrien est un radin, doublé d'un brigand. Il exploite son meilleur ami, traite mal ses copines, vole tout le monde. Il est donc normal qu'il meure par là où il a péché : le goût excessif du surgelé premier prix.

— Il a été radin, donc il mérite la mort? s'indigna Bathilde. C'est pire que la loi du talion! Et c'est vous qui m'accusez de pratiquer une justice expéditive? Accablons la victime, et laissons l'assassin en liberté?

— Mais si c'est un crime passionnel! s'enflamma Corinne. La souffrance de l'exploité, plus la douleur de la jalousie, ça fait beaucoup! Il faut absolument en tenir compte lors du procès de Richard!

— Corinne, arrête de raconter n'importe quoi! Ça n'est pas un crime passionnel, c'est un crime prémédité! Et pire encore, un crime de récidiviste! De l'acharnement à la côte de porc!»

Ludivine contesta cette analyse. En ce qui concernait la première tentative, du moins, il s'agissait d'un entre-deux entre la préméditation et le crime passionnel. Il aurait d'ailleurs fallu inventer une nouvelle dénomination pour qualifier un tel crime. Et dans tous les cas de figure, même le meurtre prémédité d'un récidiviste avait le droit à la clémence des jurés.

«Tiens, tu m'intéresses, reprit Bathilde. Si tu veux, je communiquerai à mes profs de droit tes propositions innovantes en matière de justice.

— Très drôle.

— Je suis sérieuse. Je t'accorde que la justice des hommes n'est pas parfaite. Mais en attendant une rétribution moins inique des fautes, par exemple au moment du jugement dernier, il faut bien empêcher les hommes de nuire. Et pour ça, on est bien forcé d'utiliser l'appareil judiciaire tel qu'il existe. Dans l'état du droit pénal actuel, les pires crimes qui peuvent être commis, ceux qui réclament la plus grande sévérité de la part des jurés, sont le crime prémédité et la récidive. Maintenant, est-ce que tu aurais la bonté de m'expliquer pourquoi les jurés devraient faire preuve d'indulgence quand la qualification du crime, supposons-le au moins momentanément, ne fait aucun doute?

— Pour ma part, repartit Ludivine, je n'aurai pas le courage d'attendre le jugement dernier, puisque comme tu le sais, tout en continuant de faire semblant de l'ignorer, je ne crois pas en Dieu. Ma conviction, c'est qu'en attendant une justice plus juste, plus égalitaire, une justice du peuple, la seule chose qui puisse contrebalancer la sévérité des lois, c'est l'intelligence avec laquelle on les applique. C'est-à-dire l'intelligence du cœur.

— C'est très beau, tout ça. Mais concrètement, ça consiste en quoi?

— Ça consiste à être bien convaincu, pour commencer, que les assassins sont des êtres humains comme les autres, qui méritent une peine proportionnée à leurs actes, mais sans plus. Ça consiste à se rappeler qu'on est tous des assassins en puissance. Que quand les circonstances sont réunies, on peut tous péter un câble et passer à l'acte.

— Merci, Ludivine, mais je ne m'identifie pas encore aux violeurs ni aux assassins d'enfants.

— Alors c'est que tu n'as rien compris aux Évangiles. "Que le premier qui n'a jamais fauté lui jette la première pierre."

— Il s'agit justement de la justice de Dieu, pas de la justice des hommes.

— Erreur, ma chère. Il s'agit de la sagesse du Christ. Elle appartient à tout le monde, et elle est à destination immédiatement pratique. À quoi sert ta putain de Bible si ce n'est à améliorer la vie ici-bas? »

400

Bathilde se tut, vaincue. Ça lui était bien égal, après tout. Elle ne comprenait pas elle-même pourquoi elle s'était engagée si agressivement dans une polémique pareille, alors que l'assassin dont le sort se décidait dans leur cour de justice improvisée n'était qu'un personnage de fiction. Yvon lui donna la réponse, en offrant un contour bien plus précis à l'impression de malaise qu'elle avait ressentie depuis le début.

«Moi je suis au moins d'accord avec Ludi sur un point, affirma-t-il, après avoir projeté sa fumée et repris son souffle, tout en dirigeant sur Cédric des yeux plissés par la haine. On est tous des meurtriers en puissance. Mais là où vous vous trompez tous, c'est en portant un jugement sur le dénommé Richard Copernic. L'assassin véritable, il s'appelle Cédric Orvet. Et en plus d'avoir prémédité son crime, il l'a commis lâchement, sous un prête-nom. C'est minable, Cédric. Quand je pense que c'est moi, le radin légendaire, qui t'ai invité ici pour que tu puisses enfin t'éclater un peu. Et t'as rien trouvé d'autre!»

Cédric et Yvon étaient situés chacun à un bout de la table. Les regards de leurs camarades passaient de l'un à l'autre, sentant que l'affrontement décisif se préparait.

«De quoi tu m'accuses? demanda Cédric, devenu blême en devinant que la répression serait à la mesure de la mutinerie.

— En tout cas, en ce qui me concerne, pas d'avoir inventé un truc trop loin de la réalité. Car je vois très bien ce que tu as cherché à transposer, dans ta petite histoire à la con. Et la réalité de tes sentiments est transparente. Tu as cherché à m'assassiner, avec ton sous-polar de raté. C'est un truc d'impuissant. La preuve, mon gars! je bouge encore.

— Explique-toi, qu'on en finisse.

— Non, ça te ferait trop plaisir. Je m'abaisserai pas à répondre à tes insinuations de fouille-merde. Je te méprise trop pour ça. Ton dispositif est grossier, et tout le monde a compris de quoi il retourne. Et puis j'ai pas envie de me gâcher la digestion.»

Il se leva, s'étira longuement, bâilla, puis regarda l'heure. Ignorant alors superbement Cédric, qui se décomposait à l'idée que sa vengeance était en train de lui glisser entre les doigts, il se mit à sourire de toutes ses dents, et s'adressa au reste de l'assistance :

«Eh, les jeunes! La soirée est chaude. Ça vous dirait pas un petit bain de minuit?»

*

Ils se retrouvèrent sur les rochers, en bas du jardin, éclairés par la lune.

Seuls Cédric et Karen n'étaient pas de la partie. Celle-ci aurait voulu se joindre au reste de la bande, mais Cédric lui avait rappelé qu'ils avaient trop peu avancé sur l'élaboration de son histoire, et qu'il était hors de question qu'il y travaille tout seul. Karen avait résisté un moment, à la fois parce qu'elle redoutait de manquer quelque chose, une sorte de partouze naturiste où toutes les visions et tous les contacts eussent été possibles, et parce qu'elle ne souhaitait pas se retrouver seule avec Cédric. Elle sentait la rapide chute de popularité qu'il avait connue ce soir, ne souhaitait pas y être associée, et le craignait comme un porte-malheur. Elle commençait d'ailleurs, fondant ses craintes sur la réaction d'Yvon à l'histoire de Cédric, à redouter une colère comparable de la part d'Amande. Elle se sentait haineuse, mais pas au point de payer l'assouvissement de sa haine au prix de sa propre mort sociale. Enfin, l'idée que l'on puisse insinuer qu'elle avait cherché la compagnie intime de Cédric la faisait frémir. Mais elle n'avait pas le choix, et se rappelant qu'elle n'avait décidément plus aucune chance auprès d'Yvon, elle se résigna à une veillée de labeur.

Sur les rochers et dans l'eau, on était loin de l'orgie hippie fantasmée par Karen.

Ludivine et Bathilde barbotaient auprès du bord, déclarant l'eau froide.

«Dites donc, c'est ça que vous appelez un bain de minuit? s'écria Amande en retirant tous ses vêtements. Il faut se mettre à poil! À poil tout le monde!»

Mais personne ne s'exécutait. Yvon aurait bien tenté l'expérience, mais il ne souhaitait pas choquer Bathilde. Amande exhibait fièrement, dans une lumière qui la magnifiait encore, son corps de déesse païenne. La lune mettait des reflets bleus sur sa chute de reins, ses seins dressés semblaient sourire aux étoiles. Elle n'était pas pressée de se jeter à l'eau, visiblement, et Bathilde observait son manège avec la fixité pétrifiée de la jalousie. Amande s'approcha d'Yvon et commença à le taquiner, à le chatouiller, avant de tenter carrément de faire glisser son short sur ses cuisses. Le seul moyen qu'il trouva pour lui échapper fut de sauter à l'eau.

«Espèce de lâche!» cria-t-elle dans un grand rire qui cachait mal sa déception.

Elle se retourna vers Corinne, et décida de se passer les nerfs sur elle. La malheureuse venait sur un coup de tête de défaire son soutien-gorge et de baisser sa culotte. Elle avait une brusque envie de nature, de sensations fortes et d'émancipation. Elle avait en tête une photo de Joni Mitchell, sur un CD que Ludi lui avait prêté, et qui la montrait nue comme au premier jour, dans les rochers face à la mer. Elle aussi voulait jouer à la naïade *seventies*. Mais Amande lui en coupa l'envie en lui pinçant le gras des fesses de manière peu obligeante.

«Eh bien, ma cocotte! Tu peux aller à l'eau sans problème! T'auras jamais froid avec une couche pareille!»

Corinne en fut si mortifiée qu'elle s'enroula immédiatement dans sa serviette. Mais Amande ne la laissa pas faire, la lui arracha et l'entraîna de force jusqu'au bord de l'eau, où elles basculèrent ensemble dans un énorme plouf.

«Ils sont où, les autres?» demanda Amande en refaisant surface.

Ludivine ne répondit pas. Corinne avait bu la tasse. Elle sortit de l'eau sans même chercher à profiter un peu de son bain, crachant, peinant à s'extraire du bouillon. Elle fut immédiatement suivie par Ludivine, qui avait la chair de poule et les lèvres violettes. Elles se frictionnèrent mutuellement et se rhabillèrent.

«J'ai entendu ce qu'elle t'a dit, murmura Ludivine à l'oreille de Corinne tandis qu'elles reprenaient toutes deux l'escalier. C'est une vraie salope. Je te promets qu'elle ne perd rien pour attendre.»

Amande, restée seule dans l'eau noire, en fut réduite à quelques brasses pour garder contenance, et ne pas avoir l'air de ressortir immédiatement. Elle tenta en vain de scruter les ténèbres, appela à une ou deux reprises, puis comprit qu'elle était de trop et regagna le rivage.

*

Si elle avait eu les yeux tout-puissants du narrateur, Amande aurait découvert Yvon et Bathilde un peu plus loin au large, faisant la planche côte à côte et main dans la main sous la Voie lactée, les cheveux flottant emmêlés et un sourire béat aux lèvres.

Quant à Mourad et Jason, disparus dès les premiers instants de la baignade, c'est dans une anfractuosité des rochers, à quelques mètres seulement du plongeoir, qu'elle les eût trouvés. Ils s'y empoignaient enfin, avec la rage tendre et goulue de l'attente frustrée, la volupté douloureuse du renoncement à la lutte, et la maladresse hâtive de la jeunesse, convaincue qu'elle n'a plus que quelques heures de vie devant elle.

DIXIÈME JOURNÉE

Cette chose universellement décriée, qui ne trouverait nulle part un défenseur : « le potin », lui aussi, soit qu'il ait pour objet nous-même et nous devienne ainsi particulièrement désagréable, soit qu'il nous apprenne sur un tiers quelque chose que nous ignorions, a sa valeur psychologique. Il empêche l'esprit de s'endormir sur la vue factice qu'il a de ce qu'il croit les choses et qui n'est que leur apparence.

MARCEL PROUST
Sodome et Gomorrhe

1

C'était la révolution. Sous un soleil triomphant, la communauté organisait sa vie collective à la façon d'un phalanstère. Le pain de l'avenir cuisait dans les fourneaux. Dans le jardin, la pelouse était tondue, les mauvaises herbes arrachées, l'engrais généreusement distribué au pied des rosiers. Dans la maison, la saleté était aspirée, lessivée, rincée. Le linge sale moussait dans une grande machine collective, prêt à étaler sur un fil entre deux arbres ses couleurs les plus vives, ses blancs les plus blancs, disposé à diffuser dans la brise marine son odeur de propre, à mélanger dans une harmonie retrouvée les slips des uns et les chaussettes des autres.

À l'ombre d'un cerisier, Ludivine et Corinne écossaient des pois. Toujours assoiffées de grands débats d'idées, désireuses de refaire le monde, elles discutaient du rôle du travail dans la révolution. Corinne affirmait que le travail était une torture aliénante, qu'il déformait le corps et abrutissait l'esprit. Elle s'en prenait à la religion du travail de l'ère capitaliste, et vantait la culture du loisir, les congés payés et l'épanouissement tranquille de l'âme et des sens au contact de la nature. Ludivine, se rappelant ce qu'elle avait si souvent entendu dire à Hugues, faisait l'apologie du travail bien fait et bien compris. La morale ne pouvait être fondée que sur le labeur, et certainement pas sur l'oisiveté de la bohème, des intermittents et des rentiers du CAC 40 qui constituaient le nouveau *lumpenprolétariat.* Si la division du travail était abolie, on pouvait espérer que le travail ne soit plus synonyme d'exploitation, mais d'activité rude, et cependant nécessaire et dotée de sens. Alors, à l'ombre des forêts replantées, à proximité des bottes de foin bien ficelées et des routes bien entretenues, on pourrait s'accorder des heures de plénitude et de détente, consacrées à la pêche, à la lecture, à l'éducation des enfants et à la préparation de l'avenir.

« Mais qu'est-ce qu'on écoutera si on n'a plus d'artistes subventionnés ? demandait Corinne d'une voix inquiète.

— Il y en aura encore, la rassurait Ludivine, mais ils auront un rôle très précis dans l'organisation du travail. Il faudra qu'ils fassent la preuve de leur utilité sociale. Par exemple, ils viendront avec leur guitare pour accompagner les journées des ouvriers en usine et leur rendre le labeur plus doux. Mais ils ne vivront plus séparés des autres, dans des quartiers d'oisifs ou des squats. Ils participeront à l'organisation du bien-être collectif.

— Hum. Je ne sais pas si ça aurait plu à Joni Mitchell et à ses consœurs. Tu imagines Patti Smith et Rickie Lee sans Greenwich Village, enfermées dans une usine ? »

*

Dans le salon, assis sur le canapé recouvert de sa housse, Mourad, Jason, Karen et Amande, lesquelles arboraient toujours leurs gants de vaisselle, faisaient une courte pause en écoutant les informations. Ils regardaient avec une intensité fiévreuse le petit poste de radio graisseux qui trônait au milieu de la table basse, penchés vers lui comme s'il s'agissait d'une véritable personne, et que l'acuité du regard pouvait pallier les difficultés d'audition.

Entre deux plages de friture, les nouvelles se répandaient dans la pièce, à peine croyables, à la fois terrifiantes et porteuses d'espoir.

Dans la nuit, les locaux de la production des *Prisonniers* avaient finalement été envahis, mis à sac puis incendiés, à l'issue d'affrontements très violents avec les forces de l'ordre qui gardaient les lieux du tournage depuis plusieurs jours. Les derniers prisonniers retenus, Rita, Ken, Dominique et Gwendo, avaient été accueillis comme des héros, portés en triomphe, et conduits immédiatement place de la Bastille, où un gigantesque méchoui était dressé depuis plusieurs jours au milieu des barricades. La prise de cette fausse institution pénitentiaire devenait le symbole de la nécessaire restauration des prisons françaises surpeuplées et insalubres. La rébellion des prisonniers faisait en outre jurisprudence pour ce qui concernait le traitement des candidats aux émissions de télé-réalité : ils ne pourraient plus jamais être traités comme du simple bétail, vaches laitières ou poules aux œufs d'or pour des producteurs cupides et inhumains. À l'origine des événements de la nuit, la disparition tragique du dénommé Jacky, la veille en début de soirée. La cause de la mort du jeune trotskiste n'était pas nettement identifiée. La plus probable est qu'en cherchant à s'évader de sa cellule à l'aide d'une corde à nœuds fabriquée avec ses draps il avait lâché prise et fait une chute fatale de quinze mètres de hauteur. Mais certaines rumeurs disaient qu'on avait empoisonné sa soupe, ce qui avait provoqué une tétanie fatale au moment de son évasion, et d'autres qu'un CRS avait tiré à bout portant sur la corde pour la faire céder.

Karen ne cessait de pleurer.

«Pauvre Jacky ! C'est surréaliste !

— Depuis quand tu verses des larmes pour un trotskiste ? demanda Amande.

— Je m'en fous, qu'il soit trotskiste ! Tu sais bien que depuis le début, c'était mon préféré !»

Tout sentimentalisme télévisuel mis de côté, l'événement était indéniablement tragique. Il s'agissait du deuxième mort depuis le début du conflit. Le décès du jeune Ahmed, tombé dans la Seine trois jours plus tôt, avait provoqué une flambée de violence dans les banlieues. On parlait d'émeutes dans certains quartiers, et on allait jusqu'à les comparer à celles de Los Angeles, au début des années quatre-vingt-dix.

La mort de ces deux jeunes, devenus des icônes révolutionnaires à leur insu, avait précipité la chute du gouvernement. Le Premier ministre venait de donner sa démission, et on attendait la nomination du gouvernement de crise.

Des tables rondes étaient prévues dès l'après-midi même avec les syndicats. Le secrétaire général de la CGT se réjouissait : «Le bidon d'eau douce est à nous! On va pouvoir éteindre l'incendie!» Celui de la CFDT ne se félicitait pas moins : «Nous avons la mainmise sur le mouvement. Le nouveau gouvernement devra cesser de s'en laver les mains, accepter de se mettre les mains dans le cambouis et de mettre la main à la poche. Je mets ma main au feu que tout cela promet de meilleurs lendemains.»

On annonçait un déblocage des routes dès la fin de l'après-midi, une remise en circulation des trains pour le lendemain matin, si les négociations portaient leurs fruits, bien sûr, et si bien sûr l'excès de mauvaises herbes poussées entre les rails ne gênait pas le trafic.

«Je n'ai plus envie de repartir!» soupira Mourad à l'intention de Jason.

Jason le regarda avec un sourire ému. Lui non plus, depuis la veille, il ne souhaitait plus que le blocage s'achève.

Bathilde et Yvon revinrent sur ces entrefaites de la pêche avec des sauts remplis de coques et de crevettes. Ils avaient le cœur serré. Mme de Ganze, très inquiète de savoir sa fille en villégiature prolongée avec des inconnus, avait appelé Bathilde pour lui dire que son oncle, qui habitait lui-même la Bretagne et attendait la fin du blocage pour rencontrer des clients à Lyon, la prendrait au passage, vers 7 heures du matin. Tout ce que Bathilde avait pu négocier, c'est qu'il prendrait aussi dans sa voiture un «ami qui avait absolument besoin de rentrer». Mme de Ganze avait aussitôt posé des questions sur l'ami en question. Bathilde commençait à redouter une confrontation. Mais elle n'avait pas le courage de repartir sans Yvon. Cette idée la déchirait au point qu'elle n'était plus capable de dissimuler son chagrin. Elle s'en ouvrait à tout le monde.

« C'est beau, l'amour ! chuchota Amande, perfide, à l'intention de Karen.

— Ne te plains pas, lui fit Karen. Toi au moins, tu en as eu un peu.

— Si c'est ce que j'ai eu que tu appelles un peu, je préfère encore rien. »

2

La journée était déjà fort avancée, mais on ne pouvait pas en dire autant de l'histoire de Karen. Cédric venait de relire à cette dernière leur essai de la nuit précédente, et la principale intéressée s'avouait franchement déçue.

« C'est chiant, disait-elle. Mou du genou. Il y a plus de méchanceté drôle dans l'histoire de Cendrillon et de ses vilaines demi-sœurs.

— C'est parce que tu n'es pas concentrée. Tu penses à autre chose. »

Cédric voyait juste. Karen avait le cœur labouré. Elle n'imaginait plus que la séparation prochaine. Alors comme ça, c'était déjà fini ? Demain, ils reprendraient tous le train, pour ne plus se revoir que par hasard pendant les oraux des partiels, ou pire, à la rentrée prochaine, au hasard des rencontres de couloir ? Et encore, demain, se disait-elle avec dépit, retournant le couteau dans la plaie, elle n'aurait même pas la satisfaction de prendre le train avec Yvon. Elle ne pourrait pas lui demander de bien vouloir hisser sa volumineuse valise sur le porte-bagages. Elle ne pourrait pas tenter de s'asseoir à côté de lui, chercher à effleurer sa cuisse musclée et poilue avec sa cuisse à elle, fraîchement épilée, crémée et bronzée pour l'occasion. Il fallait que Bathilde lui vole ça aussi.

«Cette histoire ne me plaît plus, fit Karen d'un air boudeur. Je voudrais en changer.

— Tu te fiches de moi? Qu'est-ce que tu veux faire?

— Je ne sais pas. Autre chose. Une histoire de grande amoureuse incomprise, par exemple. Transposée à une autre époque ou dans un pays exotique. Tiens, qu'est-ce que tu dis de ça? Elle, c'est Carolina. C'est une jeune fille discrète, sauvage et romantique, qui vit au milieu des champs, dans une cabane. Lui, c'est Trevor, propriétaire terrien. Il est éleveur de chevaux et se montre aussi indomptable qu'eux. Carolina l'aime en secret. Malheureusement, Trevor est promis à une autre, une certaine Eleonora, qui appartient à la plus haute société. Le mariage est prêt à être célébré en grande pompe. Carolina, parce qu'elle a le cœur brisé, a décidé de se suicider. Mais à la dernière minute, devant l'autel, Trevor se rétracte : il ne peut pas épouser Eleonora, car il se rend compte qu'il aime Carolina, il se l'avoue enfin à lui-même. Il vole à son secours, alors qu'elle est déjà en train d'entrer dans les eaux tourbillonnantes du fleuve, et il l'emmène sur son grand étalon, encore trempée d'écume.

— Ça me rappelle quelque chose, fit Cédric avec une ironie imperceptible.

— Quoi?

— L'Indomptable, en collection Harlequin. C'est le bouquin qui traînait sur ta table de chevet, la nuit où je me suis occupé de toi.

— Bon, j'avoue. C'est vraiment un problème, si on s'en inspire?

— Rien ne nous en empêche. Dans la vraie vie, ça s'ap-

412

pelle un plagiat, mais entre nous, on s'en fout. Le problème, Karen, si je puis me permettre, c'est que je ne pense pas que ça puisse changer quoi que ce soit aux sentiments d'Yvon pour toi. »

Elle s'efforça de soutenir son regard sans faiblir. Il l'avait percée à jour. Et elle savait qu'au fond il avait raison. Elle poussa un grand soupir. La seule chose qui lui restait, c'était la vengeance. Vengeance mesquine, elle en était consciente, et surtout mal ajustée, car il s'agissait de se passer les nerfs sur Amande — qui l'avait tout de même bien cherché, en lui mentant, en ridiculisant son amour, en trahissant son amitié, mais qu'elle ne pouvait s'empêcher d'aimer encore — alors que c'était à Bathilde qu'elle rêvait d'arracher les yeux avec une cuiller. Et pourtant, elle se sentait incapable d'affronter Bathilde, toujours de peur de déplaire à Yvon. Il lui restait donc l'espoir à peine satisfaisant de se soulager sur Amande. Elle s'y accrochait comme à une planche de salut. Mais la peur d'un nouvel échec ne la quittait pas. Elle voulait une vengeance flamboyante. Et l'histoire qu'ils avaient laborieusement pondue, finissant le premier jet la veille à 2 heures et demie du matin, n'avait en l'état rien de flamboyant. Elle manquait de mordant, de piquant, d'esprit. Il aurait fallu que quelqu'un les aide à la remanier. Quelqu'un de plus méchant, de plus incisif que Cédric, lequel avait épuisé ses réserves de fiel en racontant sa propre histoire. Et l'ironie, c'est que la seule personne qui parût à Karen assez fine et rosse dans l'art de la médisance, la seule qui eût pu lui donner le coup de main décisif, c'était précisément la cible de l'histoire.

« Mais qui pourrait nous aider à refaire notre histoire ? pensa-t-elle tout haut. Qui est assez méchant pour me comprendre ?

— Tu n'as pas besoin de quelqu'un de méchant. Tu as besoin de quelqu'un qui ait du style. Car pour ma part, je te confirme que l'histoire est potable, et qu'il ne faut rien y toucher.

— Jason, alors?

— Jason, concéda Cédric à regret.

— Je descends le chercher. »

*

Jason ne se déclara disponible qu'à la condition que Mourad puisse venir également. Il avait décidé de rester quelques jours de plus pour remettre de l'ordre dans la maison et ses idées, et il souffrait déjà à l'idée d'être séparé de son amour. Il voulait passer chaque minute et chaque seconde en sa compagnie. Ce caprice mis de côté, il se montra charmant, coopératif et plein d'idées.

Il commença par s'excuser auprès de Cédric pour son agressivité de la veille, qu'il rapporta sans ambages à son irrépressible jalousie, dès qu'il était question de création littéraire. Il reconnaissait à présent que Cédric avait raison, quand il défendait la fiction. Jason avait d'ailleurs trouvé son histoire formidable, et en tant que grand admirateur d'Hitchcock, il avait beaucoup apprécié les références cinéphiles. En revanche, il n'avait jamais entendu parler de John Grimes ou Grines. Est-ce que ça valait le coup de se procurer ses films?

« Tu risques de te galérer, avoua Cédric. Il n'existe pas. »

Cela dit, le scénario du film n'était pas de la main du maître non plus. Il fallait rendre à César ce qui appartenait à César. Ou à Roald Dahl, en l'occurrence. C'était lui, le véritable auteur de la trouvaille du gigot meurtrier.

Jason eut le bon esprit d'en rire. Puis il reconnut qu'au bout du compte, ce meurtre symbolique, c'était bien fait pour Yvon. Pour sa part, il ne pouvait pas voir en peinture ce chimpanzé qui avait osé dévaliser sa cave et se siffler à lui tout seul des bouteilles de château-margaux. Et il n'était pas le seul. Corinne lui avait dit ce matin qu'elle avait trouvé sa réaction contre Cédric odieuse et disproportionnée. *Gorille dans la brume* n'était pas capable de la plus petite once d'autodérision. Elle regrettait d'ailleurs de ne pas avoir compris assez tôt qu'Adrien Rosset était Yvon, de manière à mieux apprécier la charge. Elle se souvenait surtout des détails sordides sur sa radinerie, et ils concordaient exactement avec ce qu'elle avait pu observer elle-même depuis le début du séjour.

«Bon, c'est très beau, tous ces compliments, l'interrompit Karen. Mais est-ce qu'on peut s'occuper de ma vengeance à moi? On est en train de perdre du temps, et il est déjà 6 heures!

— Parce qu'il s'agit aussi d'une vengeance? demanda Jason.

— On peut savoir de qui tu veux te venger, Karen?» fit Mourad en écho.

Elle avoua qu'il s'agissait d'Amande. Mourad se récria. Il était un inconditionnel d'Amande. Elle était pour lui le condiment sans lequel l'atmosphère aurait affreusement manqué de saveur. Mais Jason déclara que même s'il aimait beaucoup Amande, il fallait avouer qu'elle n'avait aucune limite. On l'épargnait parce qu'on la redoutait, mais elle-même n'épargnait personne. Ludivine lui avait raconté ce qu'elle avait fait subir à Corinne la veille, et qu'il s'empressa de raconter de nouveau à ceux qui l'ignoraient. Ils en furent tous profondément choqués et reconnurent qu'Amande méritait une leçon.

« Ce ne sera pas une méchante leçon, promit Cédric. Juste un avertissement, pour lui faire comprendre que personne n'est dupe. »

Mourad décréta que, pour sa part, il voulait bien écouter, donner son avis, mais rien de plus. Cédric exposa alors le scénario du conte de fées. Et Jason, globalement séduit, commença à faire des propositions pour l'affiner. Il ne s'agissait pas de trahir la psychologie de la narratrice, ses sentiments et ses références, mais de se mettre à leur service, de leur permettre l'expression la plus affûtée, tout en conservant dans les grandes lignes le synopsis mis au point par Cédric. Ils travaillèrent rapidement et efficacement, dans une humeur joyeuse. Karen écrivait sous la dictée de Jason. De temps à autre, Cédric faisait une suggestion, que chacun examinait. En moins d'une heure, l'histoire fut bouclée.

« Je commence à comprendre pourquoi les séries américaines sont tellement bonnes, conclut Cédric. Ils travaillent en équipe. Ça change tout. »

Jason, surpris du résultat, qu'il trouvait *honnête*, reconnut que quand plusieurs talents bien coordonnés se mettent au service d'un même projet, on travaille beaucoup plus vite, et parfois pour des résultats plus impressionnants. Mais lui restait un fervent défenseur de la propriété intellectuelle, de l'individualité artistique et du génie. Le devoir de l'artiste, expliqua-t-il en citant Proust, était d'être attentif à sa seule vérité intérieure, de la traduire par ses moyens propres, bref, de renouveler la vision que le lecteur a du monde, sous peine de demeurer un faiseur. Cédric répliqua qu'on se foutait de l'auteur, que tout le monde avait toujours pompé tout le monde, et qu'il fallait arrêter d'espérer être un génie. La seule chose qui comptait, c'était le produit fini.

«Je suis d'accord, opina Karen. Je suis bien contente d'avoir un texte, et je me fous complètement de savoir qui l'a écrit!»

3

La soirée était si belle qu'ils avaient installé le couvert dehors. Une brise tiède soufflait. La table, couverte d'une grande nappe blanche, était décorée de fleurs, de bougies, et chargée de victuailles. Le pain, en couronnes un peu plates et brûlées, exhalait une odeur appétissante. De nouvelles bouteilles de saint-émilion et de château-margaux avaient été sorties de la cave. Des cruches d'eau fraîche transpiraient dans l'air encore chaud. Un grand saladier venait d'être apporté, rempli jusqu'à ras bord de haricots verts, de crevettes et de tomates cerises, baignant dans une vinaigrette relevée de menthe fraîche et de coriandre. Devaient suivre des coques rissolées à l'ail et au persil, et une friture de poissons, accompagnée d'une jardinière de légumes. Dix couverts étaient de nouveau dressés.

Hugues, toute la journée, avait tergiversé. Puis, sur les coups de 6 heures, il s'était décidé, promettant à Colette de revenir un peu plus tard chercher son sac. Dans le jardin, il était d'abord tombé, pour sa plus grande surprise, sur Yvon et Bathilde, allongés sur une serviette dans l'herbe, et qui ne l'avaient pas remarqué. Il avait grimpé la pelouse en direction de la maison, notant le bel état du jardin, le linge qui séchait aux cordes, l'odeur du pain qui cuisait. Il y avait du changement dans l'air. Une atmosphère d'abondance et de convivialité qui lui fit chaud au cœur.

En arrivant à proximité du potager, il avait découvert Ludivine et Corinne en train de couper des légumes. Dès qu'il avait aperçu Divine, de dos, si fragile, ses minces bras rougis par le soleil, sa masse de cheveux blonds hâtivement rassemblée en chignon avec un crayon à papier, il avait senti son cœur battre à grands coups, comme s'il la voyait pour la première fois, dans sa splendeur gracile de jeune fille en fleur.

Corinne l'avait aperçu la première. Elle s'était levée, comme mue par un choc électrique, puis avait déguerpi. Ludivine s'était retournée. Hugues était déjà tout près d'elle. À genoux dans le gravier de l'allée, pour implorer son pardon.

*

Tout le monde s'était mis sur son trente et un pour cette soirée d'adieu. Les couleurs exaltant le bronzage étaient de sortie, environnées de parfums légers ou capiteux, boisés ou fruités. Mais Amande était à coup sûr la plus belle, une fois encore. Et elle fit d'autant plus sensation qu'elle arriva la dernière à table, largement après tout le monde, réussissant à voler la vedette à Hugues, dont le retour était presque unanimement célébré.

Se sentant vide et seule, elle avait décidé de s'occuper d'elle-même, et de «fusionner avec sa salle de bains», selon une expression fétiche qui disait clairement ses habitudes de propriétaire partout chez elle. Elle s'y était enfermée pendant deux heures, estimant qu'après y avoir fait le ménage elle pouvait bien profiter du produit de son travail. Elle avait pris un bain aux sels minéraux, poncé la corne de ses talons, gommé son visage et son corps avec une lotion exfoliante, enduit ses cheveux d'un soin aux huiles essentielles et sa figure d'un masque à l'argile douce. Elle avait traqué chaque micropoil avec sa pince à épiler, coupé et limé les ongles de ses mains et de ses pieds, avant de les recouvrir de vernis rouge. Elle avait traqué dans les armoires toutes les crèmes de luxe, expérimenté tous les parfums et les baumes de la grand-mère de Jason. Elle avait essayé dix robes différentes, et autant de coiffures, avant d'en revenir à une simplicité meurtrière. Avec son turban cerise sur la tête, son débardeur assorti, sa minijupe noire et ses espadrilles à talon compensé, elle était ravageuse, et elle le savait. Une véritable reine. Mais ce qu'elle ignorait, c'est qu'elle venait en réalité de faire une toilette de condamnée à mort.

En découvrant Hugues, qui était assis à table et massait le cou de Ludivine, elle avait eu un mouvement de recul, mais ne s'était pas laissé démonter pour autant.

«Tiens, revoilà le révolutionnaire.

— Ce qui est rassurant, commenta Hugues d'un ton goguenard et sans s'adresser à elle, c'est qu'il y a quand même des choses qui ne changent pas ici.

— C'est gentil pour la chose. Qu'est-ce que tu fabriques ici? Tu n'es pas sur les barricades avec tes camarades?»

Hugues se contenta de hausser les épaules. Il n'avait pas envie de mesquins règlements de comptes. Il en avait soupé de la violence et de la solitude. Il aspirait désormais à une forme d'harmonie sociale, qu'il était tout surpris et réconforté de trouver ici.

Après s'être confessé à Ludivine, qui n'en demandait pas tant, ayant flanché dès qu'elle l'avait vu à ses genoux, et fondu en larmes dès qu'elle avait pu le toucher, vérifier qu'il n'était pas un fantôme mais son Doudou en chair et en os, il

l'avait emmenée sur la plage. Ils avaient fait l'amour follement, pendant une grande partie de l'après-midi. Puis, les
cheveux encroûtés de sable, les genoux et les coudes râpés
par les rochers, collants et salés, ils étaient revenus dans leur
chambre, grimpant incognito les escaliers, découvrant avec
stupeur qu'un autre couple avait dû utiliser leur lit entretemps.

« On s'en fout, avait déclaré Ludivine. L'amour est partout. Il faut partager. »

Elle avait raconté à Hugues tout ce qui s'était passé en son
absence, mêlant événements de taille et faits divers, de la
révélation tragique du sida de Corinne aux métamorphoses
de Bathilde et de Jason, en passant par les expériences noc-
turnes qui avaient été tentées et les couples qui s'étaient formés.

« Tu n'imagines pas, c'est le monde à l'envers. La vraie
révolution, c'est ici qu'elle a lieu. »

Elle avait aussi résumé pour Hugues les débats qui avaient
occupé les soirées, jurant qu'ils avaient été plus élevés, plus
utiles à la transformation des mentalités qu'avant son
départ, lui faisant comprendre sans se vanter qu'elle n'avait
jamais abandonné la partie, qu'elle avait toujours été là
pour défendre la juste cause, reprendre son rôle à lui sans
délaisser le sien propre. Elle sentait d'ailleurs que les choses
commençaient à bouger, que certaines certitudes volaient
en éclats.

« Il ne faut pas exagérer, bien sûr Bathilde reste Bathilde.
Cela dit, même chez elle, il y a un mieux. Elle est vraiment
plus cool depuis quarante-huit heures. »

Hugues n'était pas absolument persuadé. Sa bonne vieille
lucidité matérialiste lui soufflait que ce n'était pas Bathilde
qui avait changé, mais que c'était sans doute ce petit-bour-

420

geois d'Yvon qui était rentré dans le rang, ou plutôt qui avait concrétisé ses fantasmes de parvenu en s'enamourant d'une *reudeudeu*. Mais ses retrouvailles avec Divine l'obligeaient à la prudence. Lui-même n'avait pas su s'émanciper. Son épopée révolutionnaire s'était terminée à quelques kilomètres de là dans un commissariat, et il était revenu auprès de sa Divine chercher le réconfort des habitudes, le bien-être matériel et le regard admiratif d'une femme convaincue qu'il était bel et bien un héros de la lutte armée. Il chassait sa mauvaise conscience comme son scepticisme en se disant que ce qui l'avait surtout rendu à Divine, c'était l'amour, et que l'amour était à la source même de toute révolution. En la regardant parler, les narines frémissantes, les pommettes couvertes de petites taches de son, les yeux palpitant comme une mer flambante, il s'était laissé déborder par un mélange de gratitude, de désir et de tendresse pour sa pasionaria.

Divine continuait le compte rendu de sa mission avec un sérieux ardent. Jason avait eu un début de prise de conscience sociale et paraissait sur le bon chemin. Mourad était récupérable sur certains points, mais voyait encore trop le capitalisme comme l'instrument de son émancipation. Lui faire comprendre qu'il n'y a pas de liberté individuelle sans liberté collective n'était pas impossible, mais risquait de prendre du temps. Corinne était une fille adorable et ferait sans doute une bonne recrue pour la révolution, à laquelle elle apporterait sa générosité comme sa soif de justice, tandis que Cédric, si mou et apolitique qu'il paraisse, ne manquait pas d'agressivité à l'égard des tyrans et saurait sans doute se laisser convaincre par les bons arguments. En revanche, celle dont il fallait définitivement se méfier, avait conclu Ludivine, c'était Amande. En voilà une qui n'avait pas évolué. Elle était même encore pire. Elle multipliait les vacheries en toute impunité, faisait régner une atmosphère despotique. Mais tout le monde en avait eu sa dose. Et ce soir, il était question de la remettre à sa place. Chacun s'était passé le mot. Ludivine ne savait pas encore en quoi la vengeance allait consister, mais pour sa part, elle se tenait prête à dégainer.

Et de fait, la communauté, même parvenue au terme de son histoire, avait besoin de sceller sa nouvelle et éphémère alliance par un sacrifice. En cette soirée si douce, le bouc émissaire était tout désigné, et l'autel se préparait, ainsi que les coutelas tranchants et les corbeilles destinées à recueillir son sang.

Après le plat principal, Karen partit chercher dans sa chambre le cahier où elle avait consigné l'histoire. Elle traînait la patte, et il fallut que Cédric lui fasse du coude à plusieurs reprises pour qu'elle se décide à se lever. Elle n'avait plus envie de passer à l'acte. Elle sentait qu'elle se dégonflait. Si elle avait pu planter sa fourchette dans le décolleté plongeant de Bathilde, ou la défigurer avec une patate brûlante, cela aurait suffi à l'apaiser. Mais il était trop tard, et il fallait qu'elle assume ses responsabilités.

Elle revint au bout de quelques minutes et se rassit. Son laïus était connu d'avance par une bonne partie de ses auditeurs, curieux toutefois de l'effet qu'il allait produire.

« Je me suis permis d'écrire mon histoire, déclara-t-elle, la voix tremblante et la sueur au front, car je ne suis pas très douée pour l'improvisation orale.

— Ça, ma petite Karen, je ne te le fais pas dire », jeta Amande, qui devinait confusément qu'une catastrophe se préparait, et ne pouvait s'empêcher de la devancer crânement, de s'y précipiter de son propre chef, quitte à aggraver la colère des dieux. « Je me souviendrai toujours de ton exposé sur l'écriture féminine. Tu bafouillais tellement qu'à la fin le prof t'a interrompue en disant : "Écoutez, Mlle Letort, j'ignore toujours s'il existe une écriture féminine. Mais si c'est le cas, j'espère que ça ne ressemble pas à la bouillie pour chat que vous nous avez servie." »

Karen retrouva aussitôt sa détermination et son sang-froid.

« Je m'en souviens très bien, Amande, fit-elle en ouvrant le cahier. Est-ce que tu veux bien me laisser reprendre ? Je disais donc que je vais vous lire mon histoire. Je tiens à préciser que j'ai pris quelques cours de diction pendant mon stage au conservatoire. Donc rassurez-vous, je devrais être capable de vous servir autre chose que de la bouillie pour chat. »

Dixième histoire
LES MÉDISANCES

Il était une fois, dans un pays lointain mais en réalité très proche, une jeune fille comblée par la nature. Ses marraines les fées lui avaient octroyé à sa naissance la beauté, l'intelligence et la santé, comme de bien entendu, mais aussi l'argent, l'entregent, et surtout le pouvoir de subjuguer tout le monde, et de se faire servir tout en donnant l'impression à ceux qui la servaient qu'ils lui étaient redevables.

Cette jeune femme se nommait Aubépine.

Hélas ! Le jour de son baptême, la fée Carabosse, qui n'avait pas été invitée, fit une apparition tristement mémorable. Annoncée par le fracas du tonnerre, le mugissement du vent et les rafales d'une pluie noire, l'horrible sorcière s'avança jusqu'au berceau, et, face à une assistance terrorisée, levant jusqu'aux voûtes du château ses bras faméliques terminés par des griffes violacées, elle déclara :

« Je ne peux annuler les dons qui viennent d'être faits à cette enfant. Ainsi, Aubépine aura bien la beauté, l'intelligence, la santé, l'argent et la grâce. Mais je lui donne quelque chose en plus, qui sera source de toutes sortes de discordes et de catastrophes pour elle. J'ai nommé *une mauvaise langue*. Dès qu'elle sera en âge de parler, Aubépine ne pourra s'empêcher de dire des horreurs sur tous les amis qui auront eu le malheur de ne pas être présents au moment où elle les proférera. En lieu et place de fleurs et de colliers de perles, des vipères et des crapauds s'échapperont immanquablement de sa bouche si délicatement dessinée, et ces animaux atroces viendront toucher de leur venin toute la nature, pour la plonger dans un éternel hiver. »

Cette sinistre prophétie fut heureusement vite oubliée.

En grandissant, Aubépine se révéla la plus charmante petite fille, puis la plus délicieuse jeune femme qui se fût jamais rencontrée. Elle avait l'art de se faire aimer de tous ceux qui l'approchaient, de leur inspirer le culte le plus passionné et la confiance la plus absolue. C'était au point qu'on ne la voyait jamais seule.

Mais ce culte ne tenait pas vraiment à une gentillesse désintéressée et universelle. Il semblait même avoir sa source dans la prédiction de la vilaine sorcière, laquelle prédiction se réalisait en fait à l'insu de tous.

La princesse Aubépine, en effet, aurait pu faire sien le fameux adage : « Diviser pour mieux régner. » Elle cloisonnait soigneusement toutes ses amitiés. Et, à chacune de ses relations, elle laissait entendre qu'elle était la seule et unique, et que le reste de l'univers l'indifférait. Pour renforcer encore cette impression d'exclusivité qu'elle donnait à tous ses amis, elle n'hésitait pas à médire des autres. Ce qu'elle faisait avec un talent si consommé, une légèreté si délicate et un humour si irrésistible que les crapauds et les serpents qui s'échappaient de sa bouche paraissaient aussi charmants que des colombes, et qu'on les nommait plutôt reinettes et salamandres que crapauds et serpents, afin de leur rendre justice.

*

Aubépine avait trois meilleures amies, qui lui étaient toutes inférieures en beauté, en charme et en intelligence, et qui, attirées par elle comme des astres faiblement lumineux par un soleil brûlant, lui étaient dévouées corps et âme. Ces amies se nommaient Béatrice, Cassandre et Diane. Mais Aubépine les surnommait à leur insu Buse, Cloche et Dinde. Pour l'économie de notre récit, il nous arrivera dans ce récit de nommer Aubépine A, et ses amies respectivement B, C et D.

Lorsque A se trouvait dans la compagnie de B, elle médisait épouvantablement de C et de D.

Lorsqu'elle passait du temps avec C, B et D en prenaient sérieusement pour leur grade.

Lorsque, pour finir, elle se divertissait avec D, c'était aux dépens de B et de C.

A s'arrangeait en outre pour que B s'imagine qu'elle n'était appréciée ni de C, ni de D, que C se croie dénigrée par B et D, et que D rapporte tous ses sifflements d'oreille à B et C. Chacune savait qu'A passait du temps avec ses deux rivales. Mais A laissait entendre que c'était par dévouement compassionnel plus que par élan amical, par devoir à l'égard du passé plus que par engouement présent.

Ainsi, par une sorte de pacte tacite, constamment renouvelé grâce à un poison isolant habilement distillé, B ne se trouvait jamais avec C ni D, C jamais avec B ni D, D jamais avec B ni C.

En outre, Aubépine était assez fine pour ne jamais prendre de risques trop importants, lorsqu'elle médisait de ses amies absentes. D'abord, elle se répandait en éloges sur la bonne mine de l'amie avec laquelle elle conversait présentement, et lui faisait des protestations d'amitié exclusive. Ensuite, elle tenait des propos généraux et attristés sur la méchanceté des gens, la stupidité des commérages et l'immoralité des calomnies, de manière à entretenir sa réputation usurpée d'âme charitable et à désamorcer les réticences éventuelles de son interlocutrice. Quand elle avait bien préparé son terrain, elle s'arrangeait toujours pour que ce soit son amie qui initie les médisances. En réalité, l'air de rien, c'était Aubépine qui lançait une amorce, laquelle consistait presque toujours à énoncer une contre-vérité manifeste au sujet de l'une des deux absentes. L'autre réagissait immédiatement, mordait à l'hameçon et se mettait à déchirer l'absente avec d'autant plus de véhémence que l'éloge lui avait paru injustifié.

Alors Aubépine commençait par tempérer la violence de son amie. Puis elle faisait quelques concessions à la critique. Et enfin, tout son venin se répandait, en coulées ininterrompues, en arabesques scintillantes. Et l'autre riait aux éclats, scandalisée, mais mille fois reconnaissante à l'égard d'Aubépine, qui ne la laissait pas toute seule, nue et exilée sur l'île inconfortable de la médisance non partagée, mais au contraire la réconfortait, la guidait sur les terres chaudes et onctueuses de la perfidie commune.

Donnons un exemple pour mieux nous faire comprendre.

Un jour qu'Aubépine se trouvait dans la roseraie de son petit Trianon avec Béatrice, elle s'approcha de sa plus belle fleur, et émit le commentaire suivant :

« Je ne sais pas pourquoi, cette rose me fait penser à Cassandre. C'est exactement la couleur de ses joues. Et ce parfum si délicat. C'est l'odeur même de sa peau. »

Cassandre avait précisément un teint d'endive et de graves problèmes d'acné.

Béatrice ouvrit les yeux avec stupeur, et se récria immédiatement.

«Aubépine, tu plaisantes? Tu as vu les pustules de Cassandre ces derniers temps? Elle est peut-être rose sous la vermine, mais en surface, c'est une fleur malade, piquée de rouge et de blanc comme par des pucerons. Quant à son odeur, pardon! C'est celle du fumier qui rend tes roses si belles.

— Ma chérie, tu exagères. Il est vrai que Cassandre a déjà l'air défraîchi. Mais je te jure qu'elle a eu une peau magnifique, vers l'âge de sept ans, et c'est à ça que je pensais. Une peau si belle, si délicate, que j'en étais jalouse. C'est aussi à ce moment-là qu'elle sentait la fraise des bois, et que les petits pages du château menaçaient de la manger avec de la crème chantilly, ce qui provoquait d'insupportables gloussements de contentement chez elle. Il est vrai que la puberté lui a été fatale. Brusquement, elle a pris des teintes grises de graisse de baleine. Tu sais qu'elle ne mange pas de viande, convaincue que ça la fait grossir encore plus. Mais le poisson qu'elle engloutit ne lui réussit pas mieux. Elle se gave de sardines à l'huile, fait frire des blocs de morue congelés, avale dix bâtonnets de colin pané en les enrobant de mayonnaise. Elle n'a pas compris qu'il faut faire cuire le poisson à la vapeur, sans matière grasse. Et pour tout te dire, je crois que c'est à cause de tout ce poisson ingurgité que tu trouves qu'elle a mauvaise odeur. Il est vrai que certains jours, c'est effrayant, elle cocotte le hareng saur. Par temps chaud, elle transpire la marée, et par temps froid, cette graisse se fige, lui bouche les pores, et provoque les plaques et les furoncles que tu as décrits. Comme c'est malheureux! Et comme je la plains!»

Et Béatrice se tordait de rire comme une petite folle, assoiffée de nouvelles méchancetés, et véritablement extasiée par les talents vipérins d'Aubépine.

*

Hélas, Aubépine n'était pas heureuse. En dépit de tous les dons dont elle était pourvue, elle souffrait d'un mal presque incurable, qui montrait bien que la fée Carabosse n'avait pas parlé en l'air, le jour de son baptême. Aubépine était sujette à l'ennui.

Il ne lui suffisait plus de régner sans partage sur sa petite cour. Il ne lui suffisait plus de transformer ses amies en miroirs flatteurs, ne faisant que confirmer ce que lui disait tous les jours son propre miroir, à savoir que oui, elle était incontestablement la plus belle, mais aussi la plus intelligente et la plus drôle des jeunes filles du royaume.

Aussi prenait-elle de plus en plus de risques. Elle s'amusait à pousser la calomnie jusqu'aux frontières de l'inacceptable, allant jusqu'à donner de vagues inquiétudes à B, C et D. Dans le ciel bleu de l'hilarité de ses auditrices préférées passait parfois un nuage qui les faisait frissonner. Il suffisait d'une intonation trop enflammée, d'une expression vraiment excessive, déchirant d'un seul coup les apparences bonhommes de la conversation, comme le jour où elle avait traité D de « petite guenon en chaleur » face à C, ou celui où elle avait dit de B à D qu'elle avait « le QI d'une huître », pour que la confiance absolue que chacune accordait à Aubépine se trouvât — très fugitivement — mise en péril.

Avec son extrême sensitivité, Aubépine flairait le danger. Elle s'en délectait, car cela lui donnait le sentiment d'être encore vivante, mais bien sûr elle redoutait de pousser les choses trop loin et de perdre son empire. Aussi avait-elle conçu une arme suprême de domination. À force de cajoleries persuasives et de fausses ou insignifiantes confidences à son propre sujet — par

428

exemple : «Certains jours je me trouve laide», ou : «Je crois que je ne suis plus aussi souple qu'avant» —, elle avait réussi à extorquer à chacune de ses amies son plus grand secret.

Béatrice lui avait ainsi confié qu'elle avait un sixième orteil au pied gauche. Elle redoutait de ne jamais pouvoir trouver son prince charmant en raison de cette difformité, et s'en était ouverte un jour de désespoir à Aubépine. Celle-ci lui avait promis que dans un avenir proche, une de ses marraines travaillant dans une clinique de soins esthétiques lui ferait disparaître dans le plus grand secret la raison de son malheur.

Cassandre avait pour sa part avoué à Aubépine, qui lui demandait comment une fille aussi jolie qu'elle pouvait encore se trouver sans prétendant parmi les pages du royaume, qu'à sa grande honte elle préférait les jouvencelles aux jouvenceaux.

Diane, enfin, avait raconté à Aubépine qu'elle souffrait d'une maladie aussi rare qu'incurable, et qui lui faisait redouter de rester éternellement pucelle. Quand un garçon l'approchait de trop près, elle tombait en catalepsie. Ses muscles se tétanisaient. Sa bouche se mettait à écumer. Ses cuisses et sa poitrine se couvraient de plaques.

La possession de ses secrets offrait un confort absolu à Aubépine. Elle savait qu'elle avait barre sur chacune de ses amies, et que si un jour elle allait trop loin et voyait se profiler une mutinerie de ses troupes, elle pourrait obtenir le silence en menaçant de tout révéler.

Cependant, qu'est-ce qu'un secret s'il n'est pas révélé ?

Qu'est-ce qu'un sentiment de supériorité si on ne peut vérifier qu'il est fondé ?

Qu'est-ce que la sécurité sans la menace concrète d'un péril extérieur ?

Aubépine en venait à regretter les craintes qui la prenaient quand, trop imprudente dans ses médisances, elle voyait se ternir le sourire de l'une de ses amies. À présent qu'elle avait une botte secrète, que plus aucun danger de révolution ne la menaçait, elle s'ennuyait de nouveau. Et cet ennui lui était plus insupportable que tout.

Se rappelant l'un de ses contes préférés, elle confia le secret de B au puits du fond du parc, dans l'espoir que l'écho le répéterait à C et D quand elles passeraient dans ce coin. Puis elle raconta le secret de C à un essaim d'abeilles, imaginant que celles-ci seraient capables de le retranscrire par leur bourdonnement à B et D, quand elles feraient leur sieste sous le grand chêne. Enfin, elle glissa le secret de D dans un gâteau magique qu'elle fit manger à B et à C, avec l'idée que le gâteau provoquerait chez ses amies des songes révélateurs.

Elle attendit ensuite impatiemment que chacune de ses amies vienne se jeter à ses genoux en lui disant : «J'ai appris quelque chose d'à peine croyable.» Alors elle les inciterait à la plus grande discrétion, de manière à garantir la diffusion encore plus rapide du secret dans tout le royaume, n'ignorant pas que plus un secret est présenté comme capital, plus il a de chances d'accéder au grand jour.

Malheureusement, rien ne venait. Aubépine en tournait au vinaigre. Elle avait de plus en plus besoin de lever le voile sur sa méchanceté véritable, par défi, provocation, ou simple besoin de nouveauté.

Un jour, elle eut un accrochage avec Diane. Elle avait été trop loin dans ses propos sur Béatrice et Cassandre. Diane en avait été cette fois franchement choquée. Par une inversion de la progression rituelle des échanges, elle avait même cherché à prendre la défense de Béatrice.

Aubépine avait alors élevé la voix : «Ma parole! Si tu te fais l'avocate de cette triple Buse, je vais finir par croire que tu es aussi bête qu'elle, et que tu es par conséquent indigne de mon amitié!»

Diane avait reculé de dix bons centimètres sur le petit banc de pierre moussu où elle était assise.

«Par toutes les fées et les lutins du royaume! Tu es monstrueuse! Je vais aller répéter à tout le monde les horreurs que tu racontes.

— Personne ne te croira.

— C'est ce qu'on verra. Je ne peux plus te laisser dire des choses aussi affreuses!

— Ma chère Diane, souhaites-tu que Buse et Cloche apprennent que tu es ridiculement prise de convulsions dès qu'un individu du sexe opposé te fait l'honneur de s'approcher de toi?»

Diane était assez intelligente, quoi qu'en dît Aubépine, pour comprendre qu'il s'agissait là de chantage pur et simple. De cette seconde, elle sut que la belle princesse était en réalité une créature de Carabosse, transformée en bouton de rose par un sort, mais qu'une simple opération magique devait pouvoir rendre à sa nature véritable. Des souvenirs des légendes noires qui avaient entouré la naissance d'Aubépine, et auxquels ses parents faisaient parfois allusion devant elle, lui revinrent également à la mémoire. Mais elle était assez maligne pour ne pas souhaiter provoquer directement la colère d'une créature maléfique et dotée de pouvoirs dangereux. Elle se le tint pour dit, et, en apparence du moins, ne changea rien dans ses relations avec Aubépine. Elle se montrait toujours respectueuse et admiratrice envers la princesse, mais peut-être moins enjouée et naturelle qu'autrefois.

Aubépine se trouva pour sa part momentanément rassérénée. La jouissance que lui avait procuré son coup d'éclat, le plaisir qu'elle avait eu à se montrer sous son jour véritable, en même temps que le frisson d'horreur qui avait suivi cet échange — l'un des sujets du royaume, pour le moins, savait à quoi s'en tenir sur elle! — lui rendirent la paix. Elle éprouvait le besoin de refaire ce qu'elle avait défait, de retrouver la confiance de Dinde, et de restaurer le ton de badinage léger qui avait caractérisé jusqu'à présent leurs relations. Elle y parvint presque.

C'est alors que l'ennui la terrassa de nouveau, et qu'elle prit conscience qu'elle ne pouvait plus se contenter de menaces de révélation. Les secrets en sa possession la démangeaient tellement qu'elle commençait à se gratter en public, ne pouvant plus du tout contrôler son apparence digne et stricte, ni respecter en tout point l'étiquette. La liberté de parole lui semblait le plus doux des trésors, celui qui lui avait été précisément refusé par ses marraines en raison de son statut de princesse. Elle rêvait de dire des horreurs du matin au soir, même si cela devait lui coûter sa couronne, pour ne pas dire sa tête.

Un jour, après avoir langui toute la matinée à la recherche d'un divertissement susceptible de la tirer de son épouvantable ennui, elle fit venir Béatrice, et recourut à un stratagème assez grossier.

« J'ai appris quelque chose d'affreux au sujet de Diane, lui expliqua-t-elle. Je lui avais juré de ne pas en parler, mais je l'aime trop pour la laisser souffrir ainsi. Il faut que nous trouvions une solution, car si elle garde tout ça pour elle, elle en mourra. »

Et sans avoir eu besoin de se faire prier, elle raconta le secret de Diane, lequel fit pousser à Béatrice des cris d'horreur et de contentement mêlés.

Une semaine plus tard, Aubépine fit venir Cassandre, et lui déclara tout de go qu'elle se croyait perdue.

« Comment donc, perdue ?

— J'ai des troubles de la vision. Ou bien je deviens folle.

— Explique-toi !

— J'étais l'autre jour à la fontaine avec Béatrice. Et, au moment où elle est entrée dans l'eau, j'ai cru voir qu'elle avait six orteils au pied gauche. »

Il n'en fallait pas plus pour mettre Cassandre dans un état d'excitation invraisemblable. Elle s'empressa de rassurer Aubépine en lui disant que c'était là chose facile à vérifier, et qu'elle le ferait à la première occasion. Aubépine fut doublement satisfaite. Elle avait raconté un secret qui la brûlait, et n'avait rien à craindre de son indiscrétion, puisque Cassandre comptait faire semblant de découvrir la vérité de manière accidentelle, au cours d'un jeu de plein air ou d'une baignade.

Une semaine plus tard, elle compléta son ouvrage en appelant Diane à son chevet.

« Je suis dans une situation épouvantable, lui confia-t-elle.

— Que t'arrive-t-il ?

— Cloche m'a fait des avances.

— Des avances ? Ai-je bien compris ?

— Oui, je savais que tu comprendrais. Je n'ai pas du tout envie de raconter sur tous les toits les préférences sexuelles de Cloche. Mais, vois-tu, j'ai besoin qu'au moins une personne de mon entourage soit au courant de la situation, de manière à m'escorter en permanence. Imagine qu'elle aille trop loin dans ses propositions ? »

L'argument n'était pas contestable. Pourtant, depuis la fameuse scène au cours de laquelle Aubépine avait menacé de révéler le secret de sa maladie à tout le monde, Diane n'avait jamais pleinement retrouvé sa confiance dans la princesse. Elle s'empressa de cacher ses doutes, mais demeura néanmoins sur le qui-vive.

La situation était donc la suivante, à ce stade du conte : B connaissait le secret de D, C celui de B et D celui de C. La crise était imminente.

*

Sur ces entrefaites, la princesse tomba gravement malade. Peut-être était-elle déchirée par sa mauvaise conscience. Peut-être le soulagement successif à cette triple trahison avait-il provoqué une sorte de déséquilibre nerveux. Ce qui est certain, c'est qu'elle dut garder la chambre pendant un mois, et que les médecins du roi interdirent tout accès à son lit.

C'est ainsi que B, C et D se retrouvèrent quotidiennement dans l'antichambre princière, rendues au désœuvrement par l'absence de leur chère Aubépine, et voulant être les premières à l'embrasser en cas de guérison.

Pendant trois jours, elles ne s'adressèrent pas la parole, et se regardèrent en chiens de faïence. Le quatrième jour, elles commencèrent à émettre quelques sifflements. Béatrice prétendait être la meilleure amie d'Aubépine, Cassandre jurait qu'Aubépine lui avait demandé de veiller sur elle, et Diane qu'elle était chargée de surveiller Cassandre, et de faire en sorte qu'elle ne s'approche pas trop près d'Aubépine. Cassandre parut un moment déstabilisée par l'attaque, dont elle exigea en vain de connaître l'origine, mais fut finalement persuadée que c'était là une perfidie de la part de Diane.

Jusqu'au sixième jour, elles continuèrent à se décocher des flèches.

Puis, le septième, lassées par ce persiflage stérile, elles déposèrent les armes et se mirent à évoquer leurs souvenirs d'Aubépine, comme si celle-ci était déjà morte et enterrée. Elles rivalisaient d'éloges, d'évocations sublimes de moments privilégiés. Elles soupiraient, surenchérissaient, passaient du rire aux larmes.

Le dixième jour, elles furent au bout de leurs ressources communes et commencèrent à trouver pesante l'atmosphère de l'antichambre. C'était une pièce sans fenêtres. Elles savaient que dehors, le soleil de juin brillait. À force de discuter ainsi quoti-

434

diennement, de partager souvenirs du passé et inquiétudes au sujet de l'avenir, elles s'étaient rendu compte qu'elles avaient des points communs, et qu'elles n'étaient pas si bêtes ni méchantes les unes les autres qu'elles auraient pu le craindre.

Elles décidèrent de quitter l'antichambre.

Dehors, la chaleur était grande et le ciel immaculé. Cela sentait la vieille pierre tiède, les sous-bois au printemps, le gravier cuit au soleil et l'eau stagnante chauffée. Par-dessus tout, l'odeur exquise du buis se répandait dans les allées. Les oiseaux chantaient, les lézards couraient sur les murets, les roses étaient au sommet de leur éclat.

Rendue folle de gaieté par le beau temps, Cassandre proposa à ses camarades une baignade dans le grand bassin, dont les jets d'eau étaient en marche. Elle souhaitait en profiter pour compter les orteils de Béatrice. Mais cette dernière, bien entendu, fuyait la baignade et gardait sa nudité secrète. Elle déclina l'offre. Cassandre entra dans l'eau jusqu'à la taille, puis revint éclabousser Béatrice et, pour finir, chercha à lui arracher son soulier gauche. Celle-ci poussait des hurlements de colère. Dans sa rage de savoir, Cassandre la renversa dans l'eau du bassin en la tenant par la cheville. En agitant le pied dénudé de Béatrice, elle s'égosillait : « Montre-le donc, vilaine Buse ! Tout le monde le sait, que tu as six orteils au pied gauche ! »

Diane, qui observait avec angoisse la scène depuis le rebord du bassin, se mit à crier sur Cassandre :

« Veux-tu bien lâcher Béatrice, grosse Cloche ! Tu ne comprends donc pas qu'elle ne veut pas de toi ? »

Cassandre abandonna aussitôt la cheville de Béatrice à moitié noyée, et se rua sur Diane avec une rage virile pour lui faire payer ses insultes. Béatrice sortit alors la tête de l'eau pour mettre Cassandre en garde :

« Fais attention, Cassandre! Cette petite Dinde souffre de convulsions si on l'approche trop brutalement! »

Mais c'était trop tard. Diane, terrassée par le triple choc de la révélation de son surnom, de la diffusion de son secret et de l'empoignade de Cassandre, venait de tomber à la renverse sur le rebord du bassin, secouée de spasmes et crachant des jets bouillonnants de salive.

*

Quand Diane eut été ramenée à la vie par le médecin du roi, séchée, frictionnée, et apaisée par une décoction de simples, Cassandre et Béatrice avaient déjà achevé de tirer leurs conclusions sur la triste Aubépine.

« Ce n'est pas une princesse, c'est une véritable sorcière. »

Diane ne put que cautionner leur jugement. Elle leur apprit les soupçons qu'elle avait eus depuis déjà de longues semaines au sujet d'Aubépine. Puis chacune se fit un plaisir de raconter aux deux autres toutes les horreurs que la princesse avait racontées sur elles, de manière à bien retremper leurs plaies dans le sel et le vinaigre. Toutefois, la complicité dans la haine et la sensation d'être plus fortes ensemble que séparément l'emportèrent, et B, C et D se jurèrent d'être unies à jamais contre les forces du mal, au son d'un vibrant : « Une pour toutes et toutes pour une! »

Il s'agissait à présent de se mettre d'accord sur le châtiment à infliger à ce suppôt de Carabosse. Elles cherchèrent d'abord un surnom dépréciatif digne de Buse, de Cloche et de Dinde. Mais les propositions ne leur venaient pas facilement. Béatrice suggéra « Ardure », qui n'était pas dans le dictionnaire ; Diane, « Arpie », qu'elle ne savait pas orthographier ; Cassandre, « Ânesse » qui sembla trop doux aux oreilles de ses nouvelles amies. Finalement, elles se mirent d'accord sur « Artifice », qui leur semblait tout à fait adapté aux méchants tours d'Aubépine. Puis elles mirent au point une vengeance.

Chacune d'entre elles avait depuis de nombreuses années collectionné dans des bocaux les nombreux crapauds et les nombreuses vipères qui étaient sorties de la bouche de leur princesse. Elles mirent leurs réserves en commun et enfermèrent les animaux vénéneux dans une grande jarre, puis se rendirent dans la chambre d'Aubépine, laquelle se réveillait tout juste d'un long sommeil et prenait le frais sur son balcon.

En les voyant toutes ensemble, Aubépine ne put s'empêcher de frissonner. Devinant la catastrophe, elle voulut redéployer ses charmes. Elle se leva. Ses boucles descendaient en cascades sur ses épaules, et le soleil couchant faisait comme une auréole cuivrée derrière son visage. Béatrice et Cassandre, éblouies par son air de grandeur et de sainteté, sentirent leur courage faiblir. Mais Diane les rappela à l'ordre :

« Mes sœurs ! N'oublions pas notre serment ! Une pour toutes et toutes pour une ! »

Aussitôt, Béatrice et Cassandre se groupèrent de chaque côté de Diane et retrouvèrent leur désir de vengeance.

« Artifice ! crièrent-elles simultanément. Tes artifices ne nous tromperont plus. Nous savons que tu as révélé nos secrets. Nous connaissons les horreurs que tu as répandues sur nous. Tu vas payer pour tous tes crimes ! »

Elles ouvrirent la jarre et en projetèrent le contenu dans la direction d'Aubépine. Celle-ci fut en un instant recouverte de vipères et de crapauds grouillants. Elle eut le temps de pousser un hurlement, puis bascula contre la balustrade du balcon, et tomba dans le vide.

*

Aussitôt, une paix universelle gagna le royaume. Le monde était débarrassé du mal et de la médisance. Béatrice, Cassandre et Diane furent immédiatement proclamées les plus belles créatures du royaume. Elles restèrent éternellement amies, et, pour deux d'entre elles, du moins, elles eurent beaucoup d'enfants.

4

Amande n'ignorait pas que la meilleure défense, c'est l'attaque. Pendant la lecture de Karen, elle avait flairé le danger avec l'instinct du gibier poursuivi par la meute. Elle avait parfaitement compris que l'histoire, sous ses apparences douceâtres, lui était destinée. Elle avait remarqué les regards qui s'étaient posés sur elle, tour à tour fuyants et insistants, malicieux et indignés. Les sourires de connivence qui avaient été échangés ne lui avaient pas échappé non plus. Une sorte d'excitation s'était emparée d'elle, et elle s'était préparée tranquillement à la riposte, un peu impatiente mais concentrée, les mains à peine moites, un léger froid au cœur. Il allait enfin y avoir du sport.

« Ma chère Karen, je te félicite ! s'écria-t-elle. Tu n'écris pas mal du tout, et en toute honnêteté je ne te croyais pas capable de faire aussi bien. Est-ce que je peux seulement me permettre quelques critiques ? »

Karen soutint le regard étincelant d'Amande et opina d'un air grave, en contrôlant un tremblement. Elle savait déjà qu'elle n'était pas de taille à se mesurer à sa camarade, et qu'elle avait jeté toutes ses munitions dans son histoire.

« Ton récit est plutôt marrant, reprit Amande. Tes personnages sont bien croqués. Mais, si je peux me permettre, ce dénouement moralisateur, c'est niais et ça ne tient pas la route. Je ne crois pas une seconde que la mort de la princesse Aubépine rende la paix au royaume, ni que tes princesses puissent vivre dans une éternelle amitié.

— Et pourquoi ça ?

— Premièrement, elles sont trois à prétendre au titre de plus belle créature du royaume. Tu crois qu'elles vont se contenter d'un triumvirat ou d'une statue les représentant comme les trois grâces sur un pied d'égalité ? Certainement pas. Elles ne seront satisfaites que quand chacune d'elles aura éliminé ses deux rivales et été proclamée seule et unique plus belle créature du royaume. Et je ne parle pas de la jalousie liée au fait de ne pas avoir d'enfants, pour l'une, ou d'avoir pour les deux autres à comparer sans cesse les mérites de leur progéniture respective. Deuxièmement, elles savent que leur secret est connu, et qu'il peut encore être divulgué : elles ne connaîtront plus jamais la sérénité, ce qui leur donnera un motif supplémentaire de haine. D'ailleurs il leur faudra bien un nouveau bouc émissaire pour leur faire supporter à l'une un sixième orteil, à l'autre des spasmes grotesques et à la dernière une homosexualité mal vécue. Troisièmement, et c'est le plus grave, elles vont s'ennuyer affreusement sans Aubépine. Tu ne vois pas que ce qu'il y a de plus réussi dans ton récit, c'est ton personnage de méchante ? Sans elle, tout serait fade, et c'est bien pour ça que dès qu'elle est morte, tu n'as plus rien à dire. De la même manière, la vie de tes pauvres petites princesses n'a plus aucun intérêt si elle est privée du divertissement quotidien, formidable et gratuit que constituent les médisances d'Aubépine. Que ferait-on sans les Aubépine qui parsèment le plat pays de nos existences ? Je te le dis tout net. On se ferait abominablement chier. Nouveau motif, d'ailleurs, pour s'entredéchirer. Car non, ma chère, la méchanceté ne disparaît pas de la surface de la terre quand on a éliminé un ou deux méchants. La seule chose qui disparaît, momentanément d'ailleurs, c'est la mauvaise conscience d'avoir participé aux déballages et d'y avoir pris du plaisir. D'ailleurs, le vrai méchant, ce n'est pas le médisant, c'est l'idiot, c'est-à-dire celui qui égratigne sans grandeur ni esprit. Et en manière d'idiotie, tes princesses malheureuses sont vraiment gratinées. En bref, ma pauvre Karen, tu croyais faire un apologue contre la médisance, mais tu n'as réussi qu'à la célébrer, bien malgré toi, et à ridiculiser les bien-pensants!»

Karen lança un regard paniqué aux co-auteurs de son histoire, mais ils restèrent silencieux.

«Ça n'empêche pas qu'Aubépine est une sale hypocrite, finit-elle par bredouiller. Elle n'a eu que ce qu'elle méritait.

— Et tes princesses débiles, elles ne sont pas de sales hypocrites? Elles sont méchantes au point d'aller se dépêcher de rapporter aux autres les horreurs qui ont été dites sur elles. Elles raffolent au fond des crapauds et des serpents qui sortent de la bouche d'Aubépine. Le problème est qu'elles n'assument pas. Alors le moment venu, en rabat-joie moralisatrices, elles mettent leur comique préférée au peloton d'exécution.»

Amande, voyant qu'elle captait l'attention de tous, continua son plaidoyer. La partie lui paraissait étrangement facile. Elle était persuadée d'avoir pour elle l'éloquence et l'honnêteté intellectuelle, et de ne rencontrer en face d'elle que le néant et la lâcheté. Aussi ne se gêna-t-elle pas pour refaire le procès de son double fictionnel. La princesse Aubépine était incontestablement médisante, mais qui ne l'était pas sur cette terre? Aucune révolution ne pourrait jamais effacer cette pratique universellement répandue, constamment nourrie par la jalousie, l'ennui ou la simple curiosité. D'ailleurs, ce n'était pas à souhaiter, encore une fois. Un monde de concorde et de bonté serait plus laid, plus ennuyeux et plus faux qu'une fête d'école célébrant un dictateur dans les sourires crispés de la propagande. Oui les hommes étaient bêtes, ridicules, insupportables. Mais heureusement on pouvait en rire. Et personne ne s'en privait. Seulement, bien sûr, tout le monde ne le faisait pas avec génie. Au fond, Jason avait très bien exposé le problème quand il avait parlé de la satire à l'époque de Louis XIV, au début de leur séjour. La qualité de la satire, sa drôlerie et son style justifiaient à eux seuls la médisance. Justement, Aubépine était non seulement brillante, mais géniale. Son brillant se traduisait par l'élégance de ses portraits, l'art de leur agencement. Mais ce qui manifestait son génie, c'était sa démesure : elle allait loin, toujours plus loin, jusqu'au malaise, jusqu'au moment où le rire s'inverse en grimace de frayeur. C'était là que ça devenait intéressant. Le rire devenait énorme, paniquant, vertigineux. À côté, les commérages des cloches, dindes et autres buses étaient de petites vilenies d'une rare médiocrité. La vengeance qui consiste à dire « miroir » était du niveau CM2. La fin donjuanesque d'Aubépine la couronnait par comparaison d'une auréole de gloire.

« Amande, l'interrompit Corinne, je sais que tu adores te faire l'avocat du diable, mais s'il n'y avait sur terre que médisance et vacherie, on ne respirerait plus ! Heureusement qu'il y a des gens qui font le bien, qui ne disent jamais de mal de personne et qui se placent au-dessus de ces jets de bave !

— Qui a dit que le médisant était incapable de se comporter en être humain ? Ça n'a rien à voir. Par contre, trouve-moi une seule personne qui n'ait jamais ragoté ! Même parmi les professionnels de la charité, il n'y a que des langues de pute. J'ai vu l'autre soir un documentaire très instructif sur des religieuses dans un couvent. Elles sont épouvantables les unes avec les autres. Elles critiquent, rapportent, se jalousent, tout en priant toute la sainte journée le Seigneur de bien vouloir les rendre meilleures. Mais après tout, c'est bien normal. Ce sont des êtres humains comme les autres ! Et en plus elles sont enfermées ensemble !

— Je ne sais pas de quel documentaire tu parles, s'élança Bathilde, choquée par cet outrage fait à de pieuses femmes. Mais même en admettant que ce soit vrai, la différence entre ces femmes et toi, je veux dire, entre ces femmes et Aubépine, c'est qu'elles, elles culpabilisent de médire. Elles savent qu'elles font le mal, et s'en repentent. Alors que cette petite garce d'Aubépine s'en glorifie !

— Nous y voilà ! Le repentir ! Mais ça fait une belle jambe au bon Dieu de les voir se confesser, tes bonnes sœurs, pour recommencer leurs saloperies le lendemain, avec la conscience seulement un peu allégée. La voilà, l'hypocrisie la plus répugnante !

— Excuse-moi, Amande, intervint Yvon, mais ce qui est répugnant, c'est ce manque total de respect à l'égard de ce qu'il y a de meilleur dans l'individu. Même si on a tous déjà dit du mal de notre voisin, on peut quand même faire un effort pour lutter contre la fatalité. Essaie de dire du bien des gens, pour une fois. Essaie de te repentir. Encore mieux, essaie de leur dire en face ce que tu penses d'eux, au lieu de leur cracher dans le dos. Tu verras, je te parie que tu te sentiras meilleure, et que le monde entier s'en portera beaucoup mieux.

442

— Je peux savoir pourquoi tu m'agresses? Je croyais qu'il était question de la princesse d'un pays lointain!

— Fais pas semblant! T'as très bien compris qu'il s'agissait de toi.

— J'ai très bien compris, mais je faisais un effort pour ménager Karen, et ne pas lui balancer tout haut ce que je pense tout bas.

— Mais dis-le, ce que tu penses! s'écria Karen, regonflée par le secours inattendu que lui avaient apporté ses camarades. Vide ton sac une bonne fois!»

Amande s'immobilisa au bord du précipice. La fatigue commençait à se faire sentir. Elle trouvait soudain la partie plus difficile que prévu. Elle redoutait de faire un faux pas et pressentait qu'il s'agissait là d'un piège. Pour finir, elle avait toujours trouvé ridicules et inutiles ces moments de vérité.

«Qu'est-ce que tu attends? Sois *vraie* pour une fois!

— Tu m'emmerdes. Ça veut dire quoi, être *vraie*?

— Ça veut dire avoir le courage de ses opinions!

— Conneries. Il y a des choses, ça sert à rien de les dire. Ça blesse, et ça devient invivable. Quand j'ai un truc à dire, je le dis, sur le coup. Mais les grandes vérités, les grands procès, les rétrospectives genre "regarde tout ce que j'encaisse depuis des années", ça me paraît malsain et impoli. Or la politesse, c'est le seul truc qui rende la vie vivable. Et ça commence par médire dans les règles.

— Tu avoues donc que tu médis? demanda Corinne, abasourdie.

— Bien sûr. Comme toi, comme tout le monde ici.

— Et tu peux nous expliquer ce que tu appelles *règles de la médisance*? demanda Yvon d'un air narquois. Tu peux nous dire comment bien dire du mal de nos semblables?

— Eh bien, ça commence par ne dire du mal que des absents.

— Ah bon ? jappa Bathilde. Et ça, tu trouves que c'est poli ? Et ça, tu trouves que ça n'est pas malsain ?

— Elle se fout de notre gueule ! éructa Karen, déchaînée. Elle est la première à balancer sans arrêt des trucs dans la figure des autres, au moins autant que dans leur dos. Et tout le monde sait qu'elle est sans-gêne. La politesse ? Mon cul, oui ! Elle cherche juste à gagner du temps ! Il faut la faire parler !

— Qu'est-ce que tu veux me faire dire ?

— Dis-leur ce que tu penses d'eux ! Dis-leur ou je te balance !

— Une des règles d'or de la médisance, reprit calmement Amande, consiste à ne pas rapporter aux gens, sous couvert d'amitié, les trucs que d'autres racontent sur eux. Ça provoque des embrouilles irréversibles. Et puis ça retombe toujours sur la gueule de celui qui a colporté. Tu ne voudrais pas transgresser cette règle, ma chère Karen ? Tu comprends bien que tout le monde saurait que tu as largement participé à mes médisances ? Car il faut être au moins deux, dans cette activité. La langue de pute n'existe jamais sans l'oreille de pute.

— Ne cherche pas à m'embobiner ! J'en ai assez de ta prose. Je veux que tu craches ton venin une bonne fois, et que les autres sachent à quoi s'en tenir à ton sujet.

— Tu veux que je me suicide en direct pour tes beaux yeux ? Ne compte pas sur moi. Si tu veux, je peux faire un tableau des vices, en général. Tu es d'accord avec moi, Jason ? Si je reste dans l'allusion, on respecte les règles, pas vrai ? »

Pour la deuxième fois, Amande interpellait Jason, et celui-ci ne répondait pas. Il était de plus en plus mal à l'aise. La plaisanterie avait assez duré comme ça. Il trouvait que les autres s'acharnaient, et lui aussi trouvait malsain cet appel à la transparence. S'il s'agissait de donner une leçon à Amande, l'histoire avait suffi. Il fallait arrêter ce jeu de massacre avant qu'il ne soit trop tard. Et pourtant, il se sentait incapable de venir au secours de sa camarade. Il restait rivé à sa chaise, insensible aux flatteries d'Amande, seulement inquiet de la voir jouer avec le feu.

«Je vous propose donc une typologie des médisants, reprit Amande après un soupir, comprenant qu'il lui fallait continuer à lutter seule contre l'hostilité de tous. J'ai beaucoup réfléchi à tout ça, au cours de ma petite existence. J'ai beaucoup observé. Et voici ce que j'ai constaté : il y a trois catégories de médisants stupides et de mauvaise foi.

— On s'en fout de tes catégories à la con! cria Karen. Arrête de tourner autour du pot!

— La première catégorie est celle des *agressifs susceptibles*. Les agressifs susceptibles, ce sont ceux qui attaquent tout le temps, qui en plus se foutent de la gueule de ceux qui prennent mal leurs piques, même lourdes ou de mauvais goût, mais qui deviennent superdouillets dès qu'ils sont eux-mêmes la cible de la plus légère moquerie.

— Tu vises qui? demanda Yvon.

— Dans la deuxième catégorie, on trouve les *médisants moralisateurs*. Les médisants moralisateurs sont une espèce nombreuse et abjecte. Ils vivent dans le fumier, mais ils aspirent à l'air pur par intermittences et médisent des médisants avec la plus grande et la plus pénible inconséquence.

— Si c'est de moi que tu parles, glapit Bathilde, parle ouvertement!

— La troisième et dernière catégorie, plus dangereuse

encore, est celle des *paranoïaques comploteurs*. Encore une contradiction vivante, le paranoïaque comploteur! Il vit hanté par un complexe de persécution. Et sous prétexte qu'il faut bien se défendre, il monte des machinations invraisemblables. Il fait des plans de renversement du pouvoir, il imagine des vengeances terribles, par exemple des histoires qu'il peut raconter ensuite à ses petits camarades et qui sont censées neutraliser son pire ennemi. C'est un impuissant, et pire encore, un malade mental.

— Est-ce que tu veux parler de nous? demandèrent en même temps Cédric et Karen, rendus furieux par l'allusion aux histoires qu'ils avaient racontées.

— Amande, tu n'es qu'une lâche, fit Ludivine.

— Une lâche et une hypocrite, reprit Karen en écho. Ça suffit, maintenant, parle, dis ce que tu as à dire de chacun de nous. Dis-leur ce que tu penses d'eux. Si tu ne le fais pas, je te jure que je m'en charge. Moi je m'en fous de couler avec toi, du moment que tu prends cher. »

Amande rassembla ses forces et s'apprêta à foncer la tête baissée. Elle aussi, elle trouvait que ç'avait assez duré. Elle en avait plus que marre de ménager des crétins et des ingrats. Et puis au fond elle se fichait de ce qu'ils pouvaient penser d'elle. Elle se savait condamnée d'avance. Bien sûr, elle se rappelait que la plus grande règle d'or de la médisance consiste à ne pas laisser de traces. Pas de lettres, pas de sms ni d'e-mails. Jamais d'aveux, de manière que rien ne confirme la parole des témoins gênants. Mais après tout, c'était beaucoup plus drôle de tout faire sauter. Un bon petit massacre, pour terminer ce séjour asphyxiant. Ça ne la rendrait pas foncièrement heureuse, car dans son for intérieur elle ne souhaitait le malheur de personne, mais au moins ça lui laisserait un souvenir.

Une goutte de pluie qui s'écrasa sur son épaule lui donna le signal. Le temps avait brusquement changé. Depuis un moment, les nuages s'étaient amoncelés au-dessus de leur tête, et il faisait nuit noire. Un vent humide s'était levé. L'averse était proche, et il fallait en finir maintenant. Elle n'aurait peut-être pas le temps de s'en prendre à tout le monde. Mais en ce qui concernait Karen, du moins, il fallait la remettre à sa place et lui rappeler qui était la maîtresse.

«Karen, petite Karen, dit-elle d'un ton toujours très calme. Tu es tellement pathétique, à chercher les coups comme une grande, alors que d'une pichenette je te fous par terre. Je vais te faire plaisir, mais il ne faudra pas te plaindre. D'abord ton histoire. Lamentable, à plus d'un titre. Tu utilises un procédé déjà exploité par Cédric hier, preuve que tu n'as aucune personnalité. Ensuite, en bonne *paranoïaque comploteuse* que tu es — mais rassure-toi, tu es aussi une *agressive susceptible* et une *médisante moralisatrice* —, tu m'accuses de parler par allusions, alors que l'allusion est précisément ce sur quoi repose ton histoire. Moi je te dis : "C'est toi qui l'as dit c'est toi qui y es !" Et puis est-ce que tu t'imagines que j'ignore que tu n'as pas écrit une ligne de ce conte de fées? Même si je n'avais pas entendu des trucs bizarres ce soir quand je prenais mon bain, des cris surexcités venant de la chambre des garçons, et que je comprends beaucoup mieux maintenant — prends pas ton air innocent, Jason, je sais que tu y étais, et toi aussi, Mourad, et toi aussi, mon pauvre Cédric, espérant y gagner quelque chose, sans doute —, j'aurais immédiatement su que cette histoire n'était pas de toi. Pas seulement parce que je reconnais le beau style de Jason, mais parce que je te connais assez pour savoir que tu es incapable de ça! Les deux seules choses qui soient de toi, dans cette histoire, c'est l'univers rose bonbon de tes tests à la con, et le dénouement crétinus. Ose me dire le contraire ? »

Karen baissait la tête et courbait le dos, attendant que l'orage passe. Mourad avait eu un mouvement de protestation, puis s'était recalé au fond de son siège. Jason était rouge de confusion. Cédric levait les yeux au ciel.

« Mais enfin, ma chérie, reprit Amande, le plus grave n'est pas là. Ce qui est triste dans tout ça, c'est que tu essaies de te venger sur moi de ta jalousie envers Baba-pas-cool. J'oubliais de vous dire ! Baba-pas-cool est le surnom que Karen et moi avons inventé pour Bathilde.

— C'est pas vrai, ça c'était ton invention !

— Oui, c'est vrai que toi tu préférais Babar, à cause des oreilles décollées. Mais bon, ça te plaisait bien, Baba-pas-cool. Enfin, bref, tu n'assumes pas, je n'y peux rien. Tu m'as dit que tu voulais dégommer Bathilde si jamais elle touchait à Yvon. Mais comme tu n'as rien dans le bide, tu t'en prends à moi. Seulement tu comprends, ma petite, c'est tout de même pas de ma faute si Yvon te trouve fade, grosse et inintéressante ! »

Karen blêmit. Elle était sur le point de sauter à la gorge d'Amande.

« Et le fait que tu as essayé de coucher avec lui, répondit-elle d'une voix haineuse, tout en essayant de me faire croire qu'il ne t'intéressait pas, et puis en racontant à Ludivine qu'il avait voulu te violer, c'est pas de ta faute, ça non plus ? T'appelles pas ça de la manipulation, par hasard ? »

Bathilde venait de se lever, arrachant sa main de celle d'Yvon d'un mouvement si brusque qu'elle renversa une bouteille de vin. Ludivine et Hugues fixaient Amande d'un air scandalisé, les bras croisés en signe de réprobation. Jason regardait avec stupéfaction la nappe blanche qui buvait avidement la coulée pourpre.

« Et puis c'est pas tout, reprit Karen, qui avait le rouge aux joues et les yeux injectés. Vous savez pas ce qu'elle raconte, cette salope. Vous n'imaginez pas comme elle est méchante.

— Ça suffit, Karen ! cria Jason d'une voix méconnaissable, trouée d'aigus. Vous êtes complètement malades ou quoi ? Vous n'en avez pas marre de vos règlements de comptes hystériques ? Je ne veux pas être témoin de ça, vous m'entendez ? Si vous êtes assez cons pour vous écharper, je ne veux pas le savoir ! Je ne veux pas le savoir ! »

Il se leva à son tour de table et disparut, entraînant Mourad dans son sillage.

« Vas-y, Karen, moi ça m'intéresse, ce qu'elle raconte sur nous », fit Bathilde avec acidité.

Karen hésitait. Elle hoquetait, la voix grosse de sanglots, se balançant frénétiquement sur sa chaise d'avant en arrière, tandis qu'une petite pluie fine commençait à tomber et mouillait ses épaules. Elle était prise au piège. Elle ne pouvait plus reculer.

« Elle dit que tu es une sainte-nitouche, commença-t-elle d'une voix faible et geignarde. Tu fais croire à tout le monde que tu te gardes pour le mariage, mais tu as le feu au cul, et tu brûleras en enfer. »

Amande écoutait, un sourire impénétrable sur les lèvres.

« Et moi ? Qu'est-ce qu'elle dit de moi ? demanda Ludivine.

— Et de moi ? Est-ce qu'elle a dit quelque chose ? lança Corinne en écho.

— Balance tout, Karen, fit Hugues. Y a des contextes où c'est permis, la délation. »

Alors Karen se lança, déversant un torrent d'ordures, tout

en maintenant son doigt pointé sur Amande. Chacun récupéra son petit paquet, y compris les absents. Jason était un scout autoritaire et casse-bonbons, un petit prof étalant sa culture jusqu'à la nausée. Mourad un requin sans cœur, une diva superficielle, qui ne se lassait pas de se regarder être beau. Ludivine une féministe de supermarché, sotte comme un panier percé. Hugues un fanatique rasoir et opportuniste, un Robespierre en culottes courtes. Cédric un puceau frustré, plus lourd que du far breton. Yvon, enfin, avait la radinerie d'Harpagon, sentait le bouc et bandait mou.

«Et moi? insistait Corinne, presque déçue de n'avoir encore rien reçu.

— Toi? Elle dit que tu es mytho, et que tu n'as jamais eu le sida!»

Ce fut le coup de grâce. Ils se levèrent tous, scandalisés. Ils s'approchèrent un à un d'Amande et la traitèrent d'immondice, d'amie sans cœur et d'autres noms d'oiseaux. Bathilde lui donna une claque. Yvon cracha au ras de ses chaussures. Hugues déclara qu'il fallait brûler les putains de son espèce, et que la réussite de la révolution était à ce prix. Ludivine renchérit, en disant qu'elle pouvait aller crever la bouche ouverte. Corinne, qui se rappelait un documentaire vu en terminale, proposa de lui tondre la tête. Comme personne ne lui répondait, elle arracha le turban qui maintenait les cheveux d'Amande et le piétina. Puis ils rentrèrent tous ensemble pour se mettre à l'abri. Karen courut à leur suite, et rattrapa Yvon au moment où il allait entrer dans la cuisine. Elle lui mit la main sur l'épaule, hagarde, brûlant de se traîner dans la boue, à ses pieds, pour qu'il la considère une minute.

«Qu'est-ce que tu veux?

— Je voulais juste que tu saches... je ne suis pas comme elle, moi !

— Je sais bien que tu n'es pas comme elle. Toi, c'est la catégorie encore en dessous. T'es encore plus moche. Une bouse. Voilà ce que tu es. »

*

Amande ne savait pas depuis combien de temps elle était à table. Tournant le dos à la façade de la maison, elle avait observé avec indifférence les taches jaunes et rectangulaires que les fenêtres donnant sur le jardin faisaient sur la pelouse. Elles avaient disparu les unes après les autres. À présent, la pelouse était noire et lisse comme un lac. Amande n'avait pas eu froid, jusqu'ici. Mais en regardant les verres à demi vides, leurs parois emperlées de petites gouttes de pluie, elle eut un frisson. La belle table du début de la soirée n'était plus qu'un amas de reliefs détrempés. Les bougies s'étaient éteintes. Les bouquets s'étaient affaissés. Dans le prolongement de la bouteille renversée, la coulée rouge s'était élargie, avait viré au rose pâle. L'air froid avait figé le gras dans les assiettes encore parsemées de rondelles de pain spongieuses.

Amande toucha ses lèvres avec les doigts. Elle était vraiment contente de son rouge. Il n'avait pas coulé. En revanche, son Rimmel avait fait des paquets. Elle sentait ses cheveux goutter dans son dos. Elle se pencha, ramassa dans l'herbe boueuse son long turban rouge, et se releva, toujours très calme, apaisée même. Elle n'avait pas la moindre envie de se coucher. Elle était plutôt tentée d'aller dire au revoir à la mer.

Elle se dirigea instinctivement au fond du jardin, chercha

dans la muraille la poterne, et descendit l'escalier en coli-maçon, précautionneusement car les marches glissaient. Elle s'éclairait avec son téléphone portable, qui projetait une lueur bleuâtre sur la pierre. Arrivée en bas de l'escalier, elle aperçut, sur la dernière marche, un objet qu'elle n'iden-tifia pas sur le coup. En approchant sa lumière, elle distin-gua une sandale. Elle la ramassa, et reconnut alors la tong de Karen. Elle poussa la grille en fer, qui n'était pas fermée, et qui grinça sur ses gonds. Elle se retrouva en haut de l'es-calier taillé dans le rocher, et scruta l'horizon obscur.

D'abord elle ne distingua rien que des nuages d'écume indigo se brisant contre les récifs. La marée était haute, et à mi-parcours, les marches de l'escalier qui conduisait à la plage étaient mangées par les vagues. Le rocher où ils avaient pris leurs bains de soleil était englouti par les eaux noires et agitées, comme si la nature avait choisi d'effa-cer toute trace de leur occupation des lieux, de nettoyer tout indice de leur présence si bêtement, si pauvrement humaine.

Elle resta un instant, la sandale en plastique posée sur son turban roulé en boule comme sur un écrin, à regarder l'eau prisonnière des rochers moutonner avec rage, fabriquer en tournoyant une mousse épaisse et lactée que le vent soule-vait en flocons.

Puis, en faisant remonter son regard plus près d'elle, elle s'aperçut que la rampe de l'escalier était arrachée sur toute sa partie supérieure. Elle descendit deux marches et vit que la barre rouillée n'avait pas disparu dans la mer, mais faisait un angle au-dessus du précipice. Elle était encore rattachée à la partie inférieure de la rampe.

« Karen ? cria-t-elle. Karen, tu es là ? »

Elle descendit encore quelques marches, et s'approcha

prudemment du précipice, le cœur serré. Elle découvrit alors Karen, ruisselante d'eau, accrochée par les deux bras à la rampe qui penchait dangereusement à une quinzaine de mètres au-dessus des rochers et de l'écume.

*

Grelottantes, assises sur les marches du colimaçon, Amande et Karen se frictionnaient mutuellement pour se réchauffer, tout en observant à travers la grille la mer qui continuait à monter, qui allait bientôt lécher les barreaux. Nous ne raconterons pas par le menu les étapes du sauvetage de Karen par Amande, pour ne pas outrager la vraisemblance. Il faisait d'ailleurs trop noir, pendant les minutes pénibles que dura cette périlleuse entreprise, pour qu'on pût distinguer autre chose que le turban rouge d'Amande, tendu à bloc, transformé en corde à nœuds pour l'occasion, accessoire décisif de cette ultime et pathétique aventure.

« Tu aurais pesé ne serait-ce que deux cents grammes de plus, disait Amande, et la corde craquait. Tu vois qu'il faut impérativement que tu fasses un régime.

— Pourquoi tu me parles comme ça? Tu veux que je refasse une tentative de suicide?

— Karen, arrête de mentir. Tu n'as pas tenté de te suicider, tu t'es vautrée dans les escaliers et tu t'es raccrochée comme tu as pu à la rambarde. À voir comment tu la tenais, je peux te dire que tu es bien agrippée à la vie.

— Et si j'avais lâché prise? Si j'étais morte?

— Eh bien, quoi?

— Tu aurais pu me survivre?

— Et puis quoi encore? Tu m'aurais embarqué mon turban préféré, qui est déjà plus qu'à moitié niqué par ta faute, et en plus il aurait fallu que je me tue? Tu prends tes désirs pour des réalités, ma chérie.»

Karen prit son menton dans sa main, boudant un peu. Puis, voyant que sa comédie était sans effet, elle laissa aller sa tête contre l'épaule d'Amande.

«Au fond, je ne sais pas pourquoi je t'aime, alors que tu es si méchante.

— Peut-être parce que ce que tu aimes en moi, c'est ma méchanceté. Ou bien encore parce que je ne suis pas si méchante que ça. La preuve, je t'ai sauvé la vie, alors que toi, petite salope, tu as essayé de me tuer à deux reprises!

— Je ne voulais pas te tuer, je voulais mourir avec toi!

— Qui parle de mourir, espèce d'idiote? On va vivre! On va vivre et on va mettre le monde à nos pieds!»

Elles se regardèrent, solennelles, une lueur de joie et d'émotion dans les yeux. Puis soudain, sans crier gare, elles partirent d'un rire extravagant et libérateur, qui en rebondissant contre les parois du colimaçon les fit rire encore plus, éclata en joyeuses stridences lacrymales, explosa en grondements de bacchantes, se déchaîna en vagues furieuses et pour finir les secoua si violemment qu'elles durent s'accrocher à la grille pour ne pas valser de nouveau dans le décor.

ÉPILOGUE

L'expérience est arrivée à son terme. Le Grand Soir n'a pas eu lieu, et le onzième jour est celui de la reprise du trafic et des négociations. Ça ne pouvait pas durer davantage, bien sûr. Les exigences du récit, depuis le début en lutte avec les impératifs révolutionnaires qu'elles ont fini par écraser de leur domination après les avoir exploités jusqu'à la corde, expliquent que la grève ne puisse pas dépasser dix jours. Chaque personnage a eu son temps de parole réglementaire. La représentation est finie. Un petit tour et puis s'en vont.

Un jour sale et pluvieux s'est levé sur le bon vieux monde. En apparence, rien n'est changé. Tout est même plus triste, plus blême, plus rouillé qu'avant. Le décor achève de perdre sa magie sous un crachin qui annonce déjà l'automne. La balancelle effondrée au milieu de la pelouse ressemble à une vieille bâche, creusée de petits bassins plastifiés dans lesquels les gouttes tombent avec des flocs lamentables. Jason n'a pas eu le temps de débarrasser la table de la veille, et personne ne l'a aidé avant de partir. Elle achève de perdre ses formes et ses couleurs dans une bouillie de cire fondue, de graisse figée et d'eau froide. Deux transats sont restés dehors sous un arbre et ont pris l'eau. À leurs pieds, des canettes de bière vides et un cendrier transformé en piscine cendreuse, où nagent d'affreux petits mégots, témoignent de l'incorrigible pente pollueuse de l'homme.

Les rats ont fui le laboratoire. Les acteurs de la tragi-comédie ont posé leur masque. Les prisonniers en cavale sont loin. Ils ont rejoint la ville, où les banderoles sont remisées et les barricades démontées, jusqu'à la prochaine occasion. Voici quelques-unes de leurs nouvelles, même si leurs destinées deviennent difficiles à distinguer, fondues qu'elles sont dans l'anonymat citadin et la grisaille lugubre qui recouvre l'Hexagone en ces premiers jours de juin.

Bathilde et Yvon sont repartis les premiers, comme prévu, dans la voiture de William Boquet, le frère de Mme de Ganze. Ce dernier les a plaisantés sur leurs mines défaites et leurs vêtements froissés. Mais ses jeunes passagers n'ont pas desserré les dents du voyage. Bathilde, n'ayant pas obtenu de réponse à ses questions concernant la fameuse nuit qu'Yvon a passée avec Amande — et à propos de laquelle on ne saura décidément jamais rien de précis, notre omniscience souffrant de brusques et incompréhensibles défaillances —, a décidé de lui faire payer son silence en le boudant jusqu'à leur point d'arrivée. Là, l'attitude revêche de Mme de Ganze les a de nouveau soudés, étant entendu que l'hostilité de la famille et la désapprobation de la société restent les plus puissants ferments de l'amour naissant. Yvon s'est coupé les cheveux, se rase deux fois par semaine et porte des chemises blanches. Il a promis à Bathilde qu'il allait profiter de l'été pour essayer d'arrêter le cannabis. Nous ne savons pas ce que Bathilde a concédé en échange de ces promesses. Mais il est certain qu'elle est un peu plus souple qu'auparavant. Elle sourit davantage, lit un livre sur la spiritualité bouddhiste, et ne dédaigne pas un verre de panaché à l'heure de l'apéro. Ce sont peut-être là les indices d'une lente mais sûre transformation.

Ludivine et Hugues sont repartis ensemble par le train de 8 heures, après être passés chez Colette pour reprendre le sac à dos. Ils ont décidé de porter plainte contre le commissariat de H*** pour violences gratuites subies en cours de garde à vue. Ils vont tenter de se servir des relations de M. Nattier pour alerter la presse. Ils se doutent que ça n'aura qu'un impact limité, mais c'est pour le principe. À leur arrivée au milieu des cendres encore chaudes des méchouis révolutionnaires, Divine et Doudou prennent quelques jours pour se retrouver. Après quoi, convaincu désormais qu'en matière amoureuse la continuité vaut mieux que la rupture, et le réformisme mieux que la révolution, Hugues se dit qu'il lui faut se racheter auprès de sa compagne, et regagner les faveurs de ses beaux-parents. Il a plusieurs entretiens d'embauche prévus au cours du mois de juin, et au fond de lui, il se sent disposé à faire une pause dans ses combats. Ludivine, en revanche, est plus déterminée que jamais à décapiter les réactionnaires de tout poil et à renverser les idoles du monde ancien. Les tensions risquent de revenir entre eux deux, mais selon un schéma symétriquement inverse de celui qui a jusqu'à présent eu cours dans leurs disputes.

Cédric, Corinne et Mourad ont pris le train de 10 heures. Les deux premiers ont songé pendant quelques minutes, au départ du train, à unir leurs solitudes. Puis l'idée leur a paru une fausse bonne solution, un *happy end* incongru, et pas uniquement parce que Mourad leur tenait compagnie. Ils ont dormi pendant tout le trajet, rencognés chacun de son côté, rêvassant à des plans de conquête du bonheur.

Cédric a imaginé se lancer une bonne fois dans l'écriture d'un polar. Il n'a pu s'empêcher d'envisager son livre encore chimérique comme un riche pot au lait destiné à lui assurer la gloire et un succès foudroyant auprès des femmes. Il a également songé à reprendre le personnage de l'inspecteur Moineau, et à en faire le porte-parole de son éthique, cette défense des faibles et des maladroits contre les puissants et les présomptueux, cette apologie de leur charme si injustement méconnu.

Corinne a décidé de changer de filière et de se consacrer à la psycho. Elle s'est soudainement vue, prenant un raccourci que la cruauté du monde ne lui autorisera sans doute pas de bon gré, avec des lunettes en écaille, derrière un luxueux bureau d'époque Louis XIII recouvert de statuettes de divinités océaniques, écoutant toute la journée des histoires passionnantes, soulageant les détresses des uns et des autres, et se rendant deux jours par semaine en prison ou dans un centre social pour des consultations gratuites. Elle espère ainsi conjuguer les joies de la revanche sociale, de l'intensité romanesque et de la bienfaisance à l'égard des misérables de ce monde.

Pendant ce temps, Mourad, surexcité, a fait défiler en surimpression à travers la vitre du train les images incandescentes de ses deux dernières nuits. Il s'est servi de ces images pour se représenter un bonheur sans nuages pour les prochains mois. La réalité doit pouvoir lui donner satisfaction, à condition qu'il ne dévalue pas son amour sous prétexte que celui-ci est enfin payé de retour, qu'il ne se braque pas quand Jason le forcera à écouter l'intégrale des *Concertos brandebourgeois* dirigés par Karajan, et qu'il évite lui-même de heurter son nouvel ami en déclarant que le sexe est une performance comme une autre, ou qu'il faut interdire les SDF dans les centres-ville et couper les allocations aux chômeurs de longue durée. S'ils font des efforts chacun de son côté, s'ils restent attentifs à leur chance fragile et palpitante, s'ils savent faire de leurs différences la source d'une plénitude, et non d'une discorde, la théorie de l'harmonie sociale née des joies de l'amour se trouvera heureusement vérifiée, pour un temps qu'on leur souhaite le plus long possible.

Amande et Karen sont reparties les dernières, par le train de 14 heures. Elles se sont levées tard, et avec tous les symptômes d'une forte angine. Elles ont retourné le lit de Bathilde pour y trouver des traces de combat amoureux. Karen a été persuadée de découvrir une tache de sang, mais Amande lui a remontré qu'il ne s'agissait que d'un détail de l'ornementation florale des draps. Elles ont encore trouvé le moyen de se disputer tout au long du trajet, se reprochant mutuellement leur gorge douloureuse et leurs sinus enflammés, mais, nous le savons désormais, elles ne seront jamais capables que de brouilles passagères, du moins jusqu'à ce qu'un amour véritable surgisse dans la vie de l'une ou de l'autre. En attendant sa comparution prochaine en tant que témoin dans l'affaire Trudel-Savanat, et afin d'évacuer l'angoisse terrible et refoulée que cette épreuve lui cause, Amande va suivre un stage de théâtre, en vue d'entrer au conservatoire national de Paris. Karen a pour sa part décidé de soigner son chagrin d'amour en gardant ses petites nièces et en leur lisant des contes de fées. Elle ignore encore que cette expérience doit lui révéler une véritable passion pour les enfants, et une vocation d'animatrice de centre aéré ou d'assistante maternelle.

Le changement est donc bien dans l'air, en dépit des apparences, en cette grise et pluvieuse journée où le bon vieux monde semble refaire sa peau à l'identique, arrondir son dos frileux et entrer en hibernation. Après les convulsions des derniers jours, tout semble rendu à la paralysie. Mais ce n'est qu'illusion d'optique. Certes, on parle davantage d'aménager que de refondre, d'humaniser que de balayer. Les syndicats eux-mêmes se sont convertis au *réformisme*, et, momentanément satisfaits de ce qu'ils ont pu obtenir du nouveau gouvernement, presque effrayés par leur puissance retrouvée, ils se déclarent prêts à *coopérer* pour que les bonnes vieilles habitudes puissent reprendre leur cours. Et pourtant. Les jours passés vont laisser des traces. Naissance de vocations révolutionnaires et constitution de traumatismes politiques. Préparation des luttes à venir ou aménagement d'une résistance au spectre rouge. Même pour les Durand et les Dupont de ce monde, des mutations sont en cours, dans les modes de vie et les façons de penser. De nouvelles lignes de faille s'accentuent en vue de catastrophes futures, de nouvelles graines sont plantées pour les récoltes incertaines et peut-être fructueuses de demain. Et, ne serait-ce qu'à fort court terme, on aurait du mal à prévoir que, par une inversion climatique devenue désormais usuelle, la froideur morne de cette journée de juin porte en germe un automne estival. Cette fois, les universités risquent d'être de la partie. Et comme l'annoncent certains prophètes des deux bords : « La rentrée sera chaude ! »

Avant de démonter définitivement le décor de la représentation, retrouvons une ultime fois l'un de ses protagonistes et rendons-lui la parole. Cet après-midi, après avoir commencé les rangements — mais sans son énergie habituelle, car il flotte dans un entre-deux mélancolique, fait de joie intense, de colère et de nostalgie —, Jason est passé voir Colette et lui a rappelé qu'elle lui devait une explication.

*

«Mais pourquoi lui?» insista Jason.

Colette eut du mal à garder son sérieux. La lèvre supérieure de Jason était ombragée d'une moustache marron clair. Depuis qu'il était petit, il fallait qu'il trempe son museau entier dans le bol, pour ne pas perdre une goutte de chocolat chaud. Contraste détonnant avec sa recherche habituelle d'élégance. Retour inconscient de l'enfant dans le jeune homme, qui rendait son indignation juvénile risible, et la submergeait d'une joie tendre.

«Est-ce que tu crois que j'ai eu le temps de me poser la question? Ça pouvait bien être un terroriste en cavale, j'aurais fait la même chose. Quand quelqu'un est dans la peine, j'ai pas pour habitude de lui fermer ma porte.

— Enfin, tu aurais aussi bien pu ne pas le voir!

— Le fait est que je l'ai vu. On ne va pas réécrire l'histoire, mon bonhomme. Et puis je ne sais pas pourquoi tu prends la mouche. Il est très bien, ce garçon.

— Un fanatique. Je hais les fanatiques.

— Et toi, tu n'es pas fanatique, par hasard? Ta haine, elle n'est pas fanatique?

— Tu ne sais pas comment Hugues a traité sa copine. S'il n'était pas revenu, ils ne se seraient pas remis ensemble. Tu es responsable de ça, Colette. Tu te rends compte? Si ça tourne mal entre eux, ce sera ta faute.»

Colette haussa les épaules et rajouta une couche de beurre salé sur son craquelin, avant de le tremper dans sa chicorée. La crise de jalousie de son petit tyran l'irritait autant qu'elle la comblait. C'était une divine surprise, en même temps qu'une preuve de plus qu'elle l'avait trop gâté.

«Tu vois, tu me demandais pourquoi ça n'a pas fonctionné entre vous. Mais la raison, elle est là. Vous êtes d'une intolérance monstrueuse. Vous manquez de légèreté à un point inimaginable.

— Parce que tu trouves que la situation prête à la légèreté?

— Ça n'est pas ce que je dis. Mais si tu ne prends pas un peu les choses à la rigolade, mon bonhomme, t'es foutu! Tu m'entends, foutu! Le monde crève à force de se prendre au sérieux. Le sérieux, ça débouche sur le premier degré. Le fondamentalisme, autrement dit. Évidemment si tu étais un petit écervelé rigolard qui croit que tout est pour le mieux dans le meilleur des mondes possibles, et qui tourne tout à la blague, je te tiendrais un autre discours. Mais toi! Toi, angoissé, à fleur de peau! Qui n'as pas de souci à te faire pour ton avenir, en plus! Tu viens de découvrir qu'il y a une réalité en dehors des livres, et aussitôt tu pars en croisade. Tu veux que le monde change aussi vite que toi. Ça ne va pas. Faut doser les choses autrement, mon petit gars. De la superficialité, bon sang de bonsoir! De la souplesse!

— Le truc, c'est que je n'ai pas envie de m'asseoir sur tout. Je vois pas pourquoi je devrais tout tolérer.

— On ne te demande pas de tout tolérer. On te demande de glisser dessus, de temps à autre.

— Je ne sais pas faire. J'ai cru que je pouvais, et je me suis planté.

— Pourquoi tu dis ça?»

Jason repensait à tous ces moments où il avait eu envie de tuer ses camarades. À l'impression qu'il avait eue de perdre son temps, souvent, dans la compagnie des autres, quand il eût préféré lire ou réfléchir. À toutes ces conversations aigres et frivoles, à cette petite musique geignarde et irritante, en lieu et place d'une symphonie dense et construite, qui avait meublé les après-midi et les soirées, insignifiante mais tyrannique, parce qu'elle ne laissait la place à rien d'autre, à aucune profondeur, aucune nuance ni aucun silence.

«J'ai cru qu'on pouvait vivre tous ensemble. Qu'il fallait juste de la bonne volonté, un peu d'organisation et de souplesse, comme tu dis. Et ça a été un fiasco.

— Et alors?

— Et alors j'en déduis qu'il faut que je vive tout seul.

— Tu dis des conneries. Il y a un moyen terme entre la vie communautaire et la tour d'ivoire. Tu sais, on en est tous au même point. "Jamais avec toi ni sans toi." Moi, par exemple, j'ai jamais autant aimé mon mari que depuis qu'il a cassé sa pipe. J'ai voté communiste toute ma vie, mais je me suis toujours réservé le droit de penser que les hommes sont des cons infréquentables. La solitude est une garce, ça c'est vrai. Mais vivre ensemble, bon sang de bonsoir, je sais toujours pas si c'est possible à l'heure qu'il est!

— Et la révolution, dans ces conditions. Tu y crois?»

Colette réfléchit une minute. Dans son œil bleu passèrent des visions fugitives d'espoirs anciens, des souvenirs de réunions de cellule fiévreuses et vibrantes, toutes chargées des rêves de lendemains meilleurs. Puis la lueur s'éteignit.

«La révolution, tu parles d'un mot! Si c'est pour faire le bonheur des gens malgré eux, je dis foutaises. Ça se saurait si ça pouvait marcher. Moi je dis que le bonheur, ça regarde chacun dans son privé.

— Mais tu crois que les gens peuvent être heureux dans la misère?

— Bien sûr que non.

— Alors qu'est-ce qu'on peut faire?

— J'en sais trop rien. Mon mari, il disait : "Faut que les

pouvoirs publics assurent le minimum, pour que les gens vivent décemment." Je suis bien d'accord, vivre décemment. Mais après? Est-ce que ça suffit à rendre les gens heureux? Évidemment non. Tout est encore à faire. Il faut avoir des dispositions au bonheur. Et de la chance. Ça fait beaucoup.

— Moi qui te voyais en optimiste incurable. Au bout du compte, t'es une vraie pessimiste.

— Je suis une lucide, Jason. Ça m'empêche pas de croire qu'on peut améliorer les choses. Si chacun y met du sien, à sa petite échelle, tout le monde se portera mieux. C'est ce que je te disais, tu vois. Le partage, la générosité, autant que possible. La politesse, aussi, parce que ça arrondit les angles. Au début, on a l'impression de faire la grimace. Après coup, on se rend compte qu'on s'est dérouillé les articulations. C'est pas pour autant qu'on passe tout à tout le monde. Mais comme on dit, commence par sourire à ton voisin, tu verras qu'il te sourira en retour.

— Mouais. Ça s'appelle de l'hypocrisie, ça.

— Non, mon bonhomme. Ça s'appelle du savoir-vivre. »

Jason continua à lamper son chocolat, la tête dans le bol, pour cacher sa défiance. Pour une fois, elle ne le convainquait pas. Sa morale lui paraissait trop tiède. Bien sûr, le savoir-vivre n'était pas une vertu purement négative. Ça avait du bon, la conversation, la convivialité, les plaisirs de la table. Ce midi, il avait avalé de traviole des restes froids et moisis, debout devant le frigo, mastiquant à peine, furieux à l'idée de perdre son temps dans une activité aussi dépourvue d'intérêt. Lui qui croyait pouvoir se régaler dans sa solitude retrouvée, savourer chaque bouchée, il en avait regretté les grandes tablées où se mêlaient, dans les meilleurs moments, bonne chère et nourritures spirituelles. Mais enfin, l'utopie de la communauté fraternelle avait fait long feu. Au contact de la réalité aigre et médiocre, l'abbaye de Thélème s'était transformée en taudis crasseux. Dans le frottement des inimitiés et des jalousies, l'agora athénienne avait viré cour de justice ou cour de récréation. Et il se demandait s'il ne préférait pas encore la vérité, si brutale et haineuse qu'elle soit, aux petits arrangements avec les convenances, la domination aristocratique des seuls esprits brillants à la démocratie en Amérique.

De l'autre côté de la table, Colette ne disait plus rien. Elle comprenait qu'elle venait de faire sa vieille conne. À plus de quatre-vingt-dix balais, ça devait bien finir par arriver. Mais tout de même, ça l'énervait, d'avoir prêché le manque de sérieux avec un sérieux de vieillarde. Elle savait pourtant bien que le jour où les jeunes raisonneraient avec des tempéraments de vieux sages revenus de tout, le monde sombrerait dans le formol. Hélas, elle n'avait pas pu s'en empêcher. Par amour pour Jason. Par envie pour lui du meilleur, et sans perte de temps. Maintenant, elle s'en mordait les doigts. Elle aurait voulu ajouter quelque chose. Elle aurait voulu dire : « Soyez fous, soyez impatients et intolérants, mais surtout ne soyez pas sceptiques, ne soyez pas blasés, surtout pas maintenant, pas déjà. » Mais elle avait peur de s'enfoncer et préférait se taire.

Jason, lui, était déjà passé à autre chose. Arrivé au fond du bol, il venait de reconnaître les petits îlots d'instantané cacao qui n'avaient pas fondu dans le lait, protégés par une pellicule lisse et brunâtre. S'il les perçait avec sa cuiller, il savait que la poudre allait se répandre, plus claire et toujours sèche, à la surface du lait. Cette expérience familière et toujours étrange fit remonter des souvenirs d'enfance. C'était si simple, quand la vie se résumait à un bol de chocolat chaud. Pour la peine, il saccagea les monticules.

Mais soudain, il eut l'impression que ces bulles qui crevaient, c'étaient les histoires qu'il avait entendues depuis dix jours, refaisant surface et bouillonnant dans son esprit avec toute leur violence et leur charge émotive, libérées d'un repli de sa mémoire. Il repensa à Varia Andreïevskaïa, avec sa perruque en nylon et son rouge à babines vampirique. Il vit se dessiner dans une arabesque poudreuse la maléfique Groucha Ladislova. Les marbrures du chocolat imitaient des hallucinations psychédéliques, dessinaient des paysages brumeux du Yorkshire, une médina tunisienne, les nymphéas d'un bassin de pierre. Les sphères croûteuses évoquaient des globules rouges, le sang contaminé de Corinne, le sang coagulé des côtelettes de porc. Des victimes de l'ordre social ou de la cruauté des hommes se noyaient dans le lait, d'autres parvenaient à se hisser sur les petites îles sableuses et à dominer le désastre. Qu'est-ce que ça signifiait, tout ça? Qu'est-ce qui resterait de cette tambouille de sorcière, de ce magma de drames et de comédies, de cette soupe de petits faits vrais et d'élucubrations fantasmagoriques?

«Tu t'es noyé dans ton bol?»

Jason releva la tête. Cette fois, il avait un peu de barbe moussue le long de la mâchoire.

«Je repense à ces histoires qu'on s'est racontées pour passer le temps. J'ai une impression de gâchis.

— Pourquoi tu ne les écris pas, avant d'oublier?

— Je ne m'en sens pas capable.

— Allons, tu veux rire? Doué comme tu es!

— C'est encore trop tôt. Et puis elles ne sont pas à moi.»

Colette se permit d'insister. Ces histoires étaient à tout le monde. Et même, si c'était lui qui faisait l'effort de les mettre par écrit — moyennant quelques transpositions, bien sûr, et à condition de savoir les partager en temps et en heure —, il en devenait le propriétaire. Mais Jason n'écoutait plus. Il s'était replongé une ultime fois dans son bol vide, comme pour faire l'autruche. Il fermait les yeux et inhalait doucement l'odeur du cacao évaporé. Cette fois, ça lui rappelait la peau de Mourad. Doux vertige. Couverture de chaleur et de sensualité. Il releva la tête, le front cerclé, les yeux embrumés.

« On verra plus tard, Colette. Pour le moment, j'ai d'autres casseroles sur le feu. »